古典文獻研究輯刊

八　編

曾永義　主編

第 **18** 冊

明清女劇作家研究

鄧　丹　著

國家圖書館出版品預行編目資料

明清女劇作家研究／鄧丹 著 — 初版 — 新北市：花木蘭文化
出版社，2013〔民102〕
目 2+246 面；19×26 公分
（古典文學研究輯刊 八編；第 18 冊）
ISBN：978-986-322-394-8（精裝）
1. 明清戲曲 2. 戲曲評論
820.8   102014676

ISBN-978-986-322-394-8

9 789863 223948

古典文學研究輯刊
八 編 第十八冊   ISBN：978-986-322-394-8

明清女劇作家研究

作　　　者　鄧 丹
主　　　編　曾永義
總 編 輯　杜潔祥
出　　　版　花木蘭文化出版社
發 行 所　花木蘭文化出版社
發 行 人　高小娟
聯絡地址　235 新北市中和區中安街七二號十三樓
　　　　　　電話：02-2923-1455／傳眞：02-2923-1452
網　　　址　http://www.huamulan.tw 信箱 sut81518@gmail.com
印　　　刷　普羅文化出版廣告事業
初　　　版　2013 年 9 月
定　　　價　八編 24 冊（精裝）新台幣 42,000 元

本書獲教育部人文社會科學研究青年項目
（批准號：12YJC751012）
廣東省哲學社會科學「十二五」規劃青年項目
（批准號：GD11YZW03）
廣東高校優秀青年創新人才培養計劃項目
（批准號：2012WYM_0043）
資助

明清女劇作家研究

鄧　丹　著

作者簡介

鄧丹，女，1979 年生，湖北通山人。曾師從首都師範大學張燕瑾教授攻讀碩士、博士學位，2008 年進入華南師範大學中國語言文學博士後流動站工作，合作導師為左鵬軍教授。現任華南師範大學文學院副教授。有論文發表於《戲劇》、《戲劇藝術》、《戲曲藝術》、《紅樓夢學刊》、《文化遺產》和《華南師範大學學報》等學術刊物，獨立主持兩項省部級課題和一項省教育廳課題，參與「中國近代文體觀念與文體演變研究」等課題。

提　要

　　我國明清兩代至少有二十九位女作家從事過戲曲創作，創作的戲曲作品在六十八種以上（今存全本三十三種、殘本三種）。明清婦女的戲曲創作是明清才女文化的重要一翼，同時，也是明清繁盛的戲曲文化中不容忽視的組成部分，第一章從明清才女文化和戲曲文化的主要特徵和發展歷程入手，對女劇作家生活和創作的文化空間做總體觀照。第二、三章對現知全部明清婦女劇作進行分主題系統研究，「私情」書寫、「情」之重寫、性別思索和社會關懷是婦女劇作四項重要的主題，通過多角度的比較研究，揭櫫這些主題劇中女性特殊的書寫心態、各個不同的婚戀理想、鮮明的女性意識和對社會政治、時事的深切關懷。第四、五、六章結合新發現的資料對清代三位重要的女劇作家王筠、吳蘭征、劉清韻的生平及戲曲創作進行新的闡釋和評價。最後，總結明清婦女戲曲創作的特點及意義，認為她們的戲曲創作有著迥異於男作家的視角和表現方式，有著對戲曲文類的嫻熟駕馭，在戲曲史上具有不可替代的價值。附錄對明清女劇作家生平及創作情況做全面、細緻的整理和考訂工作，對前人研究中的訛誤和疏漏之處進行考辨、補充，同時吸收最新的研究成果，輯錄女劇作家作品的著錄情況及其同時代或後人對其作品的評價。

目 次

緒　論

一、選題緣起及研究意義

　　女性與戲曲一直有著不解之緣。早在中國戲曲形成之初的隋唐時期，就流行著《踏謠娘》這樣傾訴女子婚姻不幸的悲苦心聲的歌舞小戲。作爲戲曲發展史上第一座輝煌高峰的締造者，關、馬、白、鄭、王等一大批男性作家融注感情揮灑筆墨敍寫女性的悲喜命運，將歌頌女性的美好品質、表現女性的抗爭作爲雜劇創作的重要主題，塑造了竇娥、崔鶯鶯、紅娘、王昭君、李千金等一系列光彩照人的女性形象，使戲曲成爲普天下公認的擅長女角塑造的藝術。宋元南戲「無一事無婦人，無一事不哭」，[註1] 其悲劇主角，也絕大多數都是女子。到了明清這一戲曲發展的又一個黃金時代，表現女性的人性覺醒，凸顯女性的人生價值，幾乎成爲一代風潮，徐渭、湯顯祖、吳炳、孟稱舜、李漁、洪昇、孔尚任等難以數計的思想進步的男性劇作家在表達和傳播女性的性格力量和呼聲方面做出了不容忽視的貢獻，而他們個人對於社會和人生的富有哲理性的思考也正是通過動人的女性藝術形象傳達出來的。可以說，古代戲曲藝術力量之重要部分，即來自劇作家筆下女性角色的魅力。

　　儘管在中國戲曲史上，那些具備穿透心靈超越時空的藝術感染力的女性形象如竇娥、崔鶯鶯、杜麗娘、李香君等均出自男性作家筆下，他們的作品代表著時代的婦女觀念和文藝思潮。然而，女性並不僅僅是作爲男性描摹的無聲的對象存在的，她們也通過戲曲創作抒寫自己的情欲、描繪自己的理想

〔註1〕〔明〕陸容《菽園雜記》，北京：中華書局，1985年，第124頁。

甚至表達自己對於時事政治的思索，發出了戲曲史上別樣的聲音。女性作家的戲曲作品，擴大了戲曲的內涵，豐富了文學的風格和色彩，更重要的是以女性自身的獨特體驗，建構了戲曲文學的完整空間，有著不可替代的價值。

封建時代的女性，長期圍於家庭之中，其聰明才智往往處於被壓抑、湮沒的狀態。加之禮教「內言不出於閫」（《禮記‧曲禮上》）的重要信條的束縛，大多數女性長期在歷史中無言、失語，即使從事文學創作，其作品也很難流傳。明朝中後期，由於經濟的繁榮、文化的發展和許多有識之士的倡導，中國歷史上第一次湧現了大批的女性作家，有利的出版條件幫助她們將自己的作品刊刻傳世。然而，晚明女性的文學活動多圍繞詩詞的創作展開，寫戲的女子仍屬寥寥，正如晚明戲曲家沈自徵所言：「若夫詞曲一派，最盛於金元，未聞有擅能閨秀者」，〔註 2〕「閨媛塡傳奇，古人所少」。〔註 3〕明末清初的才女王端淑也曾感歎：「詩才易，曲學難，苦心吳歈，浩（皓）首難精。」〔註 4〕戲曲的創作因爲需要具備較爲複雜的曲學知識和對音律的掌握，甚至是敘事的技巧和舞臺調度的本領，其難度遠甚於詩詞。儘管如此，自晚明萬曆至於清末民初，至少有二十九位女作家迎難而上，加入到傳奇和雜劇創作的行列之中，打破了戲曲創作由男作家獨領風騷的局面，她們是：生活於明萬曆至清順治的馬守眞、梁孟昭、梁小玉、阮麗珍、葉小紈；作劇於康熙至乾隆朝的姜玉潔、林以寧、李懷、曹鑒冰、張蘩、張令儀、李靜芳、宋淩雲、程瓊、孔繼瑛、許燕珍、王筠；嘉慶至民初的姚素珪、吳蘭徵、桂仙、姚氏（朱鳳森妻）、吳藻、顧太清、何佩珠、劉清韻、王妙如、劉氏（古越嬴宗季女）、陳慧和陳小翠。〔註 5〕她們中既有歌舞侑唱、以才色事人的歌姬，

〔註 2〕〔明〕沈自徵《鴛鴦夢‧小序》，見葉紹袁原編、冀勤輯校《午夢堂集》，北京：中華書局，1998 年，第 378 頁。

〔註 3〕〔清〕焦循《劇説》，中國戲曲研究院編《中國古典戲曲論著集成》（八），北京：中國戲劇出版社，1959 年，第 196 頁。

〔註 4〕〔清〕王端淑《名媛詩緯初編》，康熙間清音堂刻本。

〔註 5〕歷史意義上「明清」的概念，其下限應爲清朝滅亡的 1911 年，然而文學的發展並不完全與歷史同步，陳小翠在民初十年間的戲曲創作就思想内容和作品的體制形式來看，均是傳統的傳奇和雜劇的創作，因此她可視作女性傳奇、雜劇創作的尾聲，本文將她納入研究範圍，有助於勾勒女性傳奇、雜劇創作之完整歷程和演進軌迹。郭梅《中國古代女曲家的創作實踐及其心態》（《河北學刊》，1995 年第 2 期）、鮑震培《清代女作家彈詞小說論稿》（天津社會科學院出版社，2002 年）也都將出生於清末、作品問世於民初的婦女曲家、彈詞作家納入討論範圍。凌景埏、謝伯陽《全清散曲》也將陳小翠在民初發表的散曲作品收入（濟南：齊魯書社，1985 年，第 2225 頁）。

也有遁入空門、無所牽絆的道姑；既有家世顯赫的大家閨秀，也有出身商賈
之家的小家碧玉；有的足不出戶，在閨房之中幻化出舞臺大世界，有的迫於
生活設帳王府，奉命撰寫雜劇專付王府家優演唱。現今可以統計的明清時期
女劇作家的戲曲作品在六十八種之上，但僅存全本三十三種，另有殘本三種，
在中國戲曲史上有如滄海遺珠般彌足珍貴。

　　關於女性戲曲文學的發展歷程，有研究者曾指出：「已知女性作劇，始
於明萬曆年間，而且大多集中在明末清初這一時期。」〔註 6〕「婦女寫戲，
當始於明后期而盛於明末清初。」〔註 7〕現知最早從事戲曲創作的女性是萬
曆年間的秦淮名妓馬守眞，她的《三生傳》傳奇寫書生與妓女的三世情債，
今僅殘存佚曲二套。現存第一部女性創作的完整劇作，是葉小紈的《鴛鴦夢》
雜劇，該劇抒寫女性之細膩心曲，用情沉痛悱惻，其寫情的主旨、易裝的形
式和「下凡」的情節模式對於後世女劇作家的創作多有啓發，奠定了葉小紈
在婦女戲曲史上的重要地位。總體來看，明末清初這一時期雖然產生了多位
女劇作家，但她們各自創作的戲曲作品大多僅只一兩種，且佚失十分嚴重，
影響相對有限。不同於男性傳奇、雜劇創作在清中葉之後的式微趨勢，女性
劇作家直至乾嘉之後才綻放出最奪目的光彩，女性的戲曲創作在清中葉之後
方開始步入成熟期：生活於乾嘉年間的王筠創作的《繁華夢》和《全福記》
是現存婦女劇作中少見的長篇，吳梅《中國戲曲概論》稱讚《全福記》曲白
工整，「詞頗不俗」，〔註 8〕周貽白《中國戲劇史長編》則認爲在崑曲日漸衰
落的乾嘉時期，王筠創作《繁華夢》「能於一般作家中特樹一幟」；〔註 9〕吳
蘭徵是最早將《紅樓夢》改編成戲曲的作家之一，她的《絳蘅秋》曾贏得另
一位「紅樓戲」作家萬榮恩「才華則玉茗風流，妙倩則粲花月旦」的稱譽，
〔註 10〕可視作早期閨閣紅學的重要組成部分，對於研究清代女性對《紅樓夢》
的接受頗具價值；在清代詞壇享有盛名的兩位女詞人——道咸年間的吳藻和
顧太清均有劇曲存世，吳藻的《喬影》（一名《飲酒讀騷圖》）「見者擊節，
聞者傳抄，一時紙貴」，〔註 11〕「一時傳唱，幾如有井水處必歌柳七詞矣」，

〔註 6〕　葉長海《明清戲曲與女性角色》，《戲劇藝術》，1994 年第 4 期。

〔註 7〕　李小慧《明清婦女的戲曲因緣》，《中共福建省委黨校學報》，1999 年第 5 期。

〔註 8〕　王衛民編《吳梅戲曲論文集》，北京：中國戲劇出版社，1983 年，第 185 頁。

〔註 9〕　北京：人民文學出版社，1960 年，第 440 頁。

〔註 10〕　〔清〕萬榮恩《吳香倩夫人〈絳蘅秋傳奇〉敘》，見阿英編《紅樓夢戲曲集》，
　　　　　中華書局，1978 年，第 350 頁。

〔註 11〕　〔清〕吳載功《喬影·跋》，鄭振鐸《清人雜劇二集》本，據道光五年（1825）

〔註 12〕《喬影》與明初葉小紈的《鴛鴦夢》並稱明清婦女雜劇的雙璧。光緒年間，除劉氏（古越贏宗季女）以傳統戲劇形式表達女性的政治時事關懷，最早將女俠秋瑾的事迹搬上舞臺而廣受關注之外，尤爲可稱者，江蘇才媛劉清韻一人作劇 24 種（現存 12 種），其作品數量之多、涉獵內容之廣堪稱明清女劇作家之最，即使與當時的男劇作家相比，所取得的成就也不容小覷。劉清韻如春蠶吐絲般孜孜不倦地從事戲曲創作，不僅令同鄉文士注目，晚清著名的樸學大師俞樾聞之也主動索觀其作品，贊其《小蓬萊傳奇》「雖傳述舊事，而時出新意，關目節拍，皆極靈動，至其詞則不以塗澤爲工，而以自然爲美，頗得元人三昧」，〔註 13〕不僅爲她的作品作序，還爲其出版出力，促成了這十部傳奇的行世。劉清韻及其作品「是女性戲曲史上最光榮的一頁」，〔註 14〕也是女性戲曲文學成熟於晚清的標誌。延至晚清、民國之交，在各種新舊力量激烈交彙的文藝領域，仍有陳小翠鍾情傳統戲劇樣式，以傳奇和雜劇的創作表達個人在急遽變化的社會現實中對這一轉折時代的特殊感受和思索，可以視作明清婦女戲曲創作之尾聲。

自晚明至於清末，二十多位生活於不同時期，有著不同家庭出身、不同身份以及不同的社會經歷的女性，通過她們難能可貴的戲曲創作實踐完成了一次自我呈現的過程，使女性從被描摹的無聲的對象轉換爲戲曲中抒情言志的主體，在明清繁盛的戲曲文化中扮演了積極的創造者的角色。因此，有關「明清戲曲與婦女」之議題，似乎不應只有「戲曲中的女性形象」這一個熱點，「女性創作的戲曲」同樣是值得探討的話題。

上個世紀末，在多元文化的影響及薰陶下，女性作品經典化成爲最令人矚目的文化現象之一。自西方漢學界掀起重新發掘婦女作家及其作品的研究熱潮以來，〔註 15〕明清婦女文學贏得了港臺和大陸學界越來越多的關注。尤

萊山吳載功刊本影印，1934 年。

〔註 12〕〔清〕魏謙生《花簾詞序》，道光十年（1830）刻本。

〔註 13〕〔清〕俞樾《小蓬萊傳奇序》，見《小蓬萊傳奇》，光緒二十六年（1900）上海藻文石印本。

〔註 14〕譚正璧《中國女性文學史話》，天津：百花文藝出版社，1984 年，第 363 頁。

〔註 15〕九十年代初，耶魯大學教授孫康宜組織六十多位美國漢學家翻譯中國古代女詩人（絕大多數爲明清作家）的作品，編纂成英文版的《中國女詩人：詩歌與評論選集》（Women Writer of Tradition China: An Anthology of Poetry and Criticism）一書，「希望通過比較與重新闡釋文本的過程，把女性詩歌從『邊緣』的位置提升（或還原）到文學中的『主流』地位。」（孫康宜《改寫文學史：婦女詩歌的經典化》，《讀書》1997 年第 2 期，第 111 頁）1993 年 6 月，

其是進入新世紀之後，越來越多的大陸學人在現代學術層面上展開了對於明清女性書寫的研究，在明清婦女詩詞、彈詞、文學批評的研究方面，取得了不少成果。〔註16〕但是作爲明清婦女創作群體中不容忽視的組成部分、有著豐富創作實績的女劇作家們，在很長一段時期內都未能得到應有的關注。步入新世紀之後，中國古代戲曲的研究亟待打開新的局面，一方面，對明清曲家的研究過多集中在幾位大家身上，有重複勞動之嫌，而另一方面，相當一部分明清曲家少有人問津，留下大片空白。因此，選擇明清女劇作家作爲本文的研究對象，既是對西方漢學界發起的對於明清婦女文學和文化的「再認識」的工作的一種積極回應，也是對大陸學界關於古代婦女文學研究的一種有益補充，更有助於塡補中國古代戲曲研究的空隙，豐富戲曲研究的內涵，無疑具有文學史、戲曲史、文化史、婦女心態史研究的意義。

二、明清女劇作家研究狀況述評

1、20 世紀初至 1949 年

二十世紀初，相繼問世的謝无量的《中國婦女文學史》、梁乙眞的《清代婦女文學史》和譚正璧的《中國女性的文學生活》是最早爲婦女創作爭取文學史上的一席之地的三部重要著作。謝著力圖勾勒出自上古迄近世歷代婦女文學之盛衰，「爲自來婦女文學之總要」，〔註17〕但因清代婦女專集存世者較多，欲另外集結考論，敘述至明末即止；梁著「以詩爲經，以史爲緯」，爲清

來自中國大陸、臺灣、日本、加拿大和美國的數十名學者會集於耶魯大學，舉行議題爲「明清婦女與文學」的討論會，挖掘被逐漸遺忘或有意埋沒的女作家及其作品，「不只在中國文學研究領域，而且在歷史、婦女研究和比較文學等方面，都能引起重大的再認識」（康正果《重新認識明清才女》，《中外文學》第二十二卷第 6 期，1993 年，第 122 頁）成爲此次會議的理想目標。西方漢學界對婦女文學與性別研究的討論對於喚起人們對明清時期女性創作的文學作品的注意，重新思考有女性參與的明清文學的歷史，審視明清女性文學在明清文學史上的眞正的地位起到了重要的引導作用，並進而帶動了港臺地區和中國大陸對古代女性創作研究的關注。

〔註16〕如郭蓁《清代女詩人研究》（北京大學博士論文，周先愼指導，2001 年）；鄧紅梅《女性詞史》（山東教育出版社，2002 年）；鮑震培《清代女作家彈詞小說論稿》（天津社會科學院出版社，2002 年）；虞蓉《中國古代婦女的文學批評》（四川大學博士論文，曹順慶指導，2004 年）；趙雪沛《明末清初女詞人研究》（北京大學博士論文，程郁綴指導，2005 年）；段繼紅《清代女詩人研究》（蘇州大學博士論文，羅時進、嚴明指導，2005 年）。

〔註17〕謝无量《中國婦女文學史‧緒言》，上海：中華書局，1916 年，第 3 頁。

代婦女文學作專史，對一大批在清季產生過一定影響的女作家的生平和創作做了評述，「知人論世之外，兼寓春秋筆削之意」。〔註18〕然而，梁著與謝著有一個共同的缺點是惟注目於正統的文藝樣式如詩詞文賦等，並不涉及小說、戲曲和彈詞的女性創作。明清女劇作家中僅有葉小紈、林以寧、吳藻、顧太清四人憑藉自己在詩詞方面的成就才得以進入二書的研究視野。譚正璧不滿於梁著與謝著之偏窄，於 1930 年推出《中國女性的文學生活》，〔註19〕冀圖更加全面地展現中國女性文學的真實面貌。譚著「以時代文學為主，例如自宋而後，小說戲曲彈詞居文壇正宗，乃專著筆於此」，於漢晉詩賦、六朝樂府、唐詩宋詞、小說彈詞之外專設「明清曲家」一章，使明清女性曲家第一次作為一個特殊而獨立的群體而受到關注。在「明清劇曲家」專節中，除對葉小紈、吳藻等受關注較多的女作家的戲曲創作予以介紹之外，譚著更首次將多位名不見經傳的女劇作家如梁孟昭、阮麗珍、林以寧、王筠、姜玉潔等納入研究視野，通過對文學史料的爬梳考其生平，述其劇作，試圖描繪出從明至清的戲曲作品中所存在的女性戲曲傳統。雖然譚著所涉及的女劇作家僅止十人（遠遠少於我們今天所考知的人數），而且一些重要作品如王筠的《繁華夢》、《全福記》，吳藻的《喬影》等，譚先生均未親自寓目，對這些作家生平資料的掌握也非常有限，但此著對於二十世紀明清女劇作家研究的篳路藍縷之功仍是不容抹殺的。

出版於 1926 年的吳梅《中國戲曲概論》對葉小紈《鴛鴦夢》、吳藻《飲酒讀騷圖曲》（即《喬影》）以及王筠的《全福記》作了簡單的評述：「葉小紈《鴛鴦夢》，寄情棣萼，詞亦楚楚。惟筆力略屬弱，一望而知女子翰墨。第頗工雅。」（《明人雜劇》）〔註20〕「蘋香諸作，意境雅近秋舲，與所作《飲酒讀騷》劇，更覺清俊，蓋散曲文情閒適，《讀騷圖》未免牢愁故也」（《清人散曲》）〔註21〕「《全福》，長安女士王筠撰，詞頗不俗。……此記事實，未脫窠臼，惟曲白尚工耳。」（《清人傳奇》）〔註22〕所論極為簡略，但畢竟將明清時期較為重要的三位女劇作家及其作品收入了專門的戲曲史著作中，實屬可貴。

〔註18〕見王蘊章為梁乙眞《清代婦女文學史》所作《序》，上海：中華書局，1927年，第 1 頁。

〔註19〕光明書店，1930 年，後更名為《中國女性文學史》。

〔註20〕原為大東書局（上海）出版，載入王衛民編《吳梅戲曲論文集》，北京：中國戲劇出版社，1983 年，第 149 頁。

〔註21〕王衛民編《吳梅戲曲論文集》，北京：中國戲劇出版社，1983 年，第 186 頁。

〔註22〕王衛民編《吳梅戲曲論文集》，北京：中國戲劇出版社，1983 年，第 185 頁。

　　1949 年以前，二十多位明清女劇作家中惟有吳藻受到學界較多關注。
鄭振鐸 1934 年發表的《元明以來女曲家考略》一文雖側重於對元明清三代
的女性散曲作家的研究，亦論及了吳藻的《飲酒讀騷圖傳奇》（即《喬影》），
他認爲吳藻的散曲「很少可注意的，倒是那本《飲酒讀騷圖》，雖是短短的
一篇劇曲，卻全然自抒懷抱，亢爽悲壯，不能不算她爲整個的一首抒情歌曲。」
〔註 23〕馮沅君《古劇說彙》附錄二《記女曲家吳藻》對吳藻及其劇作進行
了重新評價，作者認爲《飲酒讀騷圖》傳奇缺乏戲劇衝突，情節過於單調，
然而「一、這本雜劇雖因故事，結構方面的失敗，而嫌於幼稚，但它也有優
點：文辭極美，全劇各曲無不秀美空靈。」「二、這本雜劇雖在故事、結構
方面失敗了，但這種失敗應由金元以降許許多多文人來負責，並非吳藻特別
低能。」「三、明清雜劇與金元雜劇有個顯著的差別，就是其中上品往往與抒
情詩接近，它們常是作者的富有詩意的自白」，而《飲酒讀騷圖》與前後《四
聲猿》「同樣的是憤慨的書寫」。〔註 24〕陸萼庭《女曲家吳藻傳考略》〔註 25〕
輯錄了不少當時人的評論，對吳藻的字號、生平、家世、交遊、創作等許多
方面的問題作了辯證和考述。馮文和陸文在今天讀來對吳藻的研究仍極具參
考價值。

　　2、1949 至 1979 年間

　　1949～1979 年間，中國大陸受到政治風波的干擾，古代婦女文學研究
方面的成就總體上來說不高，明清女性劇作家的研究愈發歸於沉寂。而在海
外，兩篇關於葉小紈和劉清韻的個體研究的文章值得一提。〔日〕八木澤元《明
代劇作家研究》〔註 26〕第九章專論葉小紈，分爲「葉小紈的一家」、「作品」、
「年譜」、「《鴛鴦夢》雜劇」四節，並附葉小紈詩輯。在此之前，談論葉氏一
家詩詞創作的文章並不少見，而此文將葉小紈以戲劇家身份作爲單獨的研究
對象並爲她編撰年譜，在眾多的明清女劇作家中葉小紈成爲吳藻之後享此殊
榮的第二人。蘇之德《中國婦女文學史話》有《女戲劇家劉清韻》〔註 27〕專
節，作者特別讚賞劉清韻的社會批判精神，認爲其劇作「大都接觸到社會現

<hr>

〔註 23〕《女青年月刊》，13 卷第 3 期。
〔註 24〕上海：商務印書館，1947 年，第 376～378 頁。
〔註 25〕《文史雜誌》六卷二期，1948 年。後修改爲《〈喬影〉作者吳藻事輯》，收入
　　　　《清代戲曲家叢考》一書，上海：學林出版社，1995 年。
〔註 26〕談行社刊行，昭和 34 年（1959）。
〔註 27〕香港：上海書局，1977 年，第 92～95 頁。

實問題」,「對於她自己認爲是不好的東西,敢於尖銳地提出批判,這種作風和思想感情,在封建時代的女性作家中是少見的」。從這一角度出發,蘇之德對《炎涼券》和《丹青副》兩部劇作給以了較高的評價。但在此之外,並未對劉清韻的戲曲創作做整體觀照和深入探討。

這一時期,值得大書特書的是胡文楷的《歷代婦女著作考》〔註 28〕在女性作家文獻整理上的突出成就。胡氏歷經二十餘年苦心收集,輯錄了自漢魏以迄近代四千多位女作家的生平和著述情況,「凡見於正史藝文志者,各省通志府州縣志者,藏書目錄題跋者,詩文詞總集及詩話筆記者,一一採錄」(《自序》)。明清時期女性文學空前繁榮(她們作品的目錄佔據了該書絕大部分的篇幅),大批女作家涉獵過詩、詞、曲等多種文體,而胡氏在輯錄其作品名錄時並未能一一注明其文體形式,致使戲曲作品的數目難以統計完全。儘管如此,經過粗略統計,此書涉及到的明清女性創作的戲曲作品至少有 33 種,劇作家不少於 20 人。胡著爲本書研究對象的確定提供了重要參考資料。同一時期,傅惜華《明代雜劇全目》〔註 29〕和《明代傳奇全目》〔註 30〕著錄了葉小紈、馬守眞、梁小玉、姜玉潔、阮麗珍、梁孟昭等六位女作家的戲曲作品,成爲我們瞭解明代女劇作家、作品情況的基本依據。非常可惜的是,傅惜華傾注其心血完成的《清代傳奇全目》書稿於十年浩劫中毀於一旦,而現知不少清代女劇作家所完成的戲曲作品皆爲傳奇,我們因此而無從得知藏書極豐、見聞頗廣的傅先生對於這些作品的輯錄情況,不能不說是很大的遺憾。

3、1980 年至今

1980 年以後,在西方學術思潮的影響下,有感於國外學界對婦女文學與性別研究的探討已日趨深入和理論化,諸多學者亦開始對中國古代的婦女創作進行全面而有系統的宏觀研究,對明清女劇作家的研究在量與質上均有較大飛躍。周妙中《明清劇壇的女作家》〔註 31〕、徐扶明《明清女劇作家和作品初探》〔註 32〕是這一時期最早對明清女劇作家進行專門研究的文章。周文撰寫的動機是有感於「在現有各種《中國文學史》裏,數得著的女作家很少。

〔註 28〕上海:商務印書館,1957 年。
〔註 29〕北京:作家出版社,1958 年。
〔註 30〕北京:人民文學出版社,1959 年。
〔註 31〕中山大學學報編《古代戲曲論叢》第一輯,1983 年。本文中的相關內容經補充修改後收入周妙中《清代戲曲史》,鄭州:中州古籍出版社,1987 年。
〔註 32〕收入徐扶明《元明清戲曲探索》一書,杭州:浙江古籍出版社,1986 年。

還有些戲曲女作家沒有被注意到。」作者認為「這是由於我國學術界長期存在著貴遠賤近，重詩文輕戲曲的傾向造成的。」周文介紹、評述的對象僅限葉小紈、張藻、王筠、吳藻、劉清韻（誤以為與劉淑曾為同一人）五位有作品傳世者，無論是對作品的評價還是對作家生平資料的發掘比譚正璧《中國女性的文學生活》中的相關研究都已較為深入。徐扶明同樣有感於「中外學者著《中國戲曲史》，對明清時期的女劇作家，都很少提及」，該文整理撰寫了 23 位明清女劇作家的小傳，並認為家學淵源、親友影響、社會環境及個人的識見與努力等方面的因素促使她們從事戲曲創作。從作品的思想意義上看，「她們的劇作最突出的地方，就是反映了當時婦女的生活和命運，表達了當時婦女的願望和理想，傾訴了當時婦女悲憤的心聲。」而在藝術上，「應當承認，她們對於我國戲曲藝術的發展，是有過不同程度的貢獻的。」對明清女劇作家的創作既未拔高，也不貶低，做出了較為公允的評價。

如果說在徐文當中還可以明顯看到從女性劇作中挖掘社會批判意義的傾向，那麼，葉長海《明清戲曲與女性角色》一文則已剔除了時代與政治話語的影響，從女作家的創作實踐出發，偏向於對女性創作的內在的心理動因的思考，凸顯其女性特色。該文通過對男性作家筆下女性角色的塑造與女劇作家自己的創作的比較，總結出女性劇作的若干特點：「女性作家一般不寫『私奔』、『妒婦』、『妓女』之類較驚人耳目的女性問題劇，亦不寫經國治亂之類沉重的壯烈的社會劇。她們寫女性的才幹，主要是從表現女性的自尊和人的價值方面著眼；她們寫情愛，又總是顯得婉折深沉。總之，她們是在寫自己的生活。」〔註 33〕此文的不足之處在於對文章考察的重要對象——明清女劇作家及其創作的基本情況的掌握過多依據前人研究中的材料，缺乏作者本人的發現（其中的訛誤部分作者也未進行考辨），因而文章對她們的具體生存狀態和心理動因的瞭解是浮泛的。郭梅《中國古代女曲家的創作實踐及其心態》〔註 34〕將元明清三代的女曲家（包括作散曲與劇曲者）的創作實踐放置在整個曲體文學發展史的大背景中考察，認為「中國婦女曲史的發展進程與整個曲體文學的發展進程基本同步，但又似乎落後一拍」，這是「女性的被忽視的地位造成了耳目閉塞、延緩了女性文學的發展這個歷史事實的

〔註 33〕 李小慧《明清婦女的戲曲因緣》（《中共福建省委黨校學報》，1999 年第 5 期）
　　　　　對女性劇作之特徵的評析，與該文多有相通之見。
〔註 34〕 《河北學刊》，1995 年第 2 期。

一個側面表現」，是有價值的觀點。但文章以「願天速變作男兒」、「易求無價寶，難得有情郎」、「也算是薄命青娥有下稍」三種創作心態來概括古代女曲家的創作，還是稍顯簡單，難以概括婦女曲作的豐富內涵。唐昱《明清女劇作家的「木蘭」情結》〔註35〕專對郭梅文中所言女曲家「願天速變作男兒」的一種創作心態進行了深入探討，認爲「木蘭」情結是明清女劇作家最具特色的戲曲精神和風範，女劇作家對易性喬裝劇的偏愛既傳達了作者本人對改變社會性別的心曲，也是爲在男性文化縫隙中求得生存的需要，對女性從事戲劇創作時的艱難處境和矛盾心態有較深入的揭示。

這一時期在女劇作家生平、著作的文獻資料的發掘方面亦有較大突破。1990 年底，江蘇淮陰市文化局的李志宏在沈陽發現了劉清韻《小蓬萊傳奇》十種之外的兩種戲曲作品：《望洋歎》和《拈花悟》，儘管經過輾轉抄寫，非劉氏原稿，但遺珠復顯，彌足珍貴，苗懷明據李志宏提供的資料撰寫了《記晚清女曲家劉清韻兩部曾佚失的戲曲作品》，〔註36〕對稿本的具體內容和發現經過作了介紹。王永寬的《明清女戲曲作家生平資料補證》〔註37〕就周妙中、徐扶明的相關研究中的缺漏和訛誤之處作了補充和辯證，依據不少新的文獻資料將學界對馬守眞、林以寧、李懷和曹鑒冰、張令儀、何珮珠諸位女劇作家的生卒年、生平事迹、詩詞及戲曲創作諸方面問題的研究推向深入。鄧長風所撰《明清戲曲家考略》、《明清戲曲家考略續編》和《明清戲曲家考略三編》〔註38〕考知「生平不詳」的明清兩代曲家近百人之多，其中的女劇作家有曹鑒冰、李靜芳、宋凌雲、張藟、許燕珍、張令儀六人，或標舉其確切生年，或對其生平事迹有重要發現，提供了不少寶貴的文獻資料。黃仕忠《顧太清的戲曲創作與其早年經歷》〔註39〕介紹新發現的清代著名女詞人顧太清的稿本《桃園記》、《梅花引》，證實她也是一位重要的戲曲作家。該文將劇作與太清丈夫奕繪的早期詞作及相關史料相印證，澄清了關於太清早年生平的一些問題，對顧太清研究具重要意義。

隨著婦女文學研究的升溫，女性劇作家的研究中逐漸引入了心理學、文化學、社會學、女性主義的理論，表現出對女性生命狀態、女性創作與社會

〔註35〕《戲曲藝術》，2004 年第 2 期。
〔註36〕《古典文學知識》，2002 年第 4 期。
〔註37〕《戲曲研究》第 34 輯，1990 年。
〔註38〕分別爲上海古籍出版社，1994、1997、1999 年出版。
〔註39〕《文學遺產》，2006 年第 6 期。

關係以及女性創作的內在的心理動因的更多思考，尤其在對女劇作家的個體研究中體現了出來。嚴敦易《何珮珠的〈梨花夢〉》，〔註40〕浦漢明《〈喬影〉——中國古代知識女性的憤懣與呼號》，〔註41〕張宏生《吳藻〈喬影〉及其創作的內外成因》，〔註42〕王永寬《王筠評傳》，〔註43〕李志宏《戲曲女作家劉清韻生平、著作考述》，〔註44〕鍾慧玲的《清代女作家專題——吳藻及其相關文學活動研究》〔註45〕或結合新材料，或採取新的視角來觀照這些女作家的劇作，積極探討她們的劇作所承載的文化意義及所折射的女性心態，在個體研究方面取得了較突出的成果。

　　2003 年，臺灣學者華瑋推出了兩部新成果，堪稱海內外明清女劇作家研究的集大成之作。其一是《明清婦女戲曲集》，〔註46〕共收錄了五位女劇作家的完整劇作十種，最難得的是於 1990 年始被發現手稿本的劉清韻的《拈花悟》和《望洋歎》二劇，在此集中首次以刊本的形式面世。這十部作品經過華瑋的詳細校點，並附上相關的序跋、題詞，爲中國古典戲曲與明清婦女文學研究提供了一份寶貴的文獻。另一部《明清婦女之戲曲創作與批評》〔註47〕將華瑋近年來研究明清女性戲曲創作及批評的相關論文收入其中，其中關於女性戲曲創作研究的文章共有四篇，包括對婦女劇作中的「情、欲書寫」特色的探討、對葉小紈《鴛鴦夢》、王筠《繁華夢》、吳藻《喬影》、何珮珠《梨花夢》中「擬男」藝術傳統的性別意義的考察、以及劉清韻《小蓬萊傳奇》中的家國與眾生關懷和嬴宗季女的《六月霜》傳奇中的女權與秋瑾敍寫的專論。用西方的理論來解讀明清女性的戲曲創作與批評是該著的顯著特色，在對女劇作家個人的思想、性格和心理特點與她們的創作的關係上，華瑋給予了相當多的關注。稍顯不足的是，在對個體女作家生平及創作情況的瞭解方面，華瑋所掌握的文獻資料仍停留於國內學者已有的學術成果之上，較少有個人的發現和突破，而國內的不少相關文章陳陳相因，存在不少疏漏及明顯的訛誤之處，這也難免影響到華瑋對於女劇作家作品作較爲深入細緻的解讀。另

〔註40〕　《元明清戲曲論集》，鄭州：中州書畫社，1982 年。
〔註41〕　《青海社會科學》，1995 年第 2 期。
〔註42〕　《南京大學學報》，2000 年第 4 期。
〔註43〕　《中國古代戲曲家評傳》，鄭州：中州古籍出版社，1992 年。
〔註44〕　《藝術百家》，1997 年第 2 期。
〔註45〕　臺北：樂學書局，2001 年。
〔註46〕　臺北：中央研究院中國文哲研究所，2003 年。
〔註47〕　臺北：中央研究院中國文哲研究所，2003 年。

外，像桂仙、顧太清、陳小翠等比較重要的、有作品存世的女劇作家也並未納入該書的研究視野。

　　縱觀近百年來明清女劇作家的研究，可見通過幾代學人的努力，這一群體日益受到學界的關注，對古代婦女戲曲創作的研究得以在現代學術層面上展開，並取得了不少突破。然而在梳理材料的過程中，我們發現研究中所存在的空白與罅隙也十分明顯，有待深入探討的問題依然不少。比如，對於明清女劇作家的研究更多的是在分散的各個「點」上進行，並沒有被整合到「中國古代婦女的戲曲創作」的整體框架中，以至於在缺乏總體觀照的前提下，各自為陣，孤軍奮戰，研究視野頗為狹窄；在對女劇作家的個體研究中，大部分研究文章失之過簡，只是泛泛地羅列史料，而並未對史料進行綜合、分析，更缺乏理論的思辨和深入的開掘。總之，明清女劇作家研究尚有很多空間，需要我們繼續努力，不斷開拓創新，才能更好地呈現婦女戲曲創作之特色與意義，以填補文學史、戲曲史書寫之空白。

三、本書的寫作思路及研究方法

　　單純從文學而非文化入手討論明清婦女的戲曲創作及其在文學史上的地位顯然失之皮相，明清婦女的戲曲創作是明清才女文化的重要一翼，同時，也是明清繁盛的戲曲文化中不容忽視的組成部分，因此，本文第一章從明清時期才女文化和戲曲文化的主要特徵和發展歷程入手，對明清女劇作家生活和創作的文化空間作總體觀照，既試圖回答中國文學史和戲曲史上婦女劇作家出現之原因的問題，也為後面進一步研究她們的戲曲創作做鋪墊。

　　第二、三章在「中國戲曲史中婦女的戲曲創作」這一整體框架下對全部現知婦女劇作進行分主題系統研究。關於現存明清婦女劇作的主題，葉長海《明清戲曲與女性角色》一文將之分為「言才」與「言情」二種；華瑋《明清婦女之戲曲創作與批評》分為「婚戀離合」、「社會關懷」和「自我追求」三類。而本文依據題材來源及所表達的內涵之不同，進一步細化為「私情」書寫、「情」之重寫、性別思索和社會關懷四類，並將之置於中國戲曲發展的歷史進程中開展多角度的比較研究，以呈現每一類劇作獨特的思想內涵。所考察的作家人數、所評析的作品數量均將超過以往該專題的相關研究。

　　第四、五、六章為清代三位重要的女劇作家王筠、吳蘭徵、劉清韻的個體研究。

　　王筠的《繁華夢》、《全福記》是現存明清婦女劇作中少見的兩部長篇，她也是中國戲曲史上極爲少見的同時涉足了創作和批評兩個領域的女曲家。第四章依據筆者新發現的王筠及其父王元常、子王百齡的詩詞合集《西園瓣香集》，重新闡釋《繁華夢》的創作內涵；結合王筠在《西園瓣香集》的詠劇詩中透露的戲曲觀念，對其戲曲創作在文學史上的價值也給予重新判定。

　　吳蘭徵是在《紅樓夢》接受史上佔有一席之地的「紅樓戲」女作家。《紅樓夢》這樣一部「專寫柔情」、關注女性情感和悲劇命運、有著巨大文化意涵的小說，在清代知識女性中曾引起過怎樣的反響？吳蘭徵作爲《紅樓夢》的早期讀者和「紅樓戲」的早期作者，在將這部不朽巨著改編成戲曲時，又對之進行了怎樣的異於男性劇作家的改動和發揮？第五章擬結合新發現的吳蘭徵生平材料，對這些問題進行深入思考。

　　晚清戲劇才媛劉清韻是中國戲曲史上最多產的女作家，她在晚清社會劇烈變革時期將戲曲作爲自己關懷社會、人生的載體，並以之作爲終身事業來經營，所取得的成就令人矚目。第六章擬從傳統觀念和時代精神兩方面論析《小蓬萊傳奇》十種的思想內容，並從文本與音樂體制、情節結構和語言風格等方面考察其藝術實踐之得失。

　　作爲本論題研究開展的重要基礎，附錄部分擬對明清女劇作家生平及創作情況做全面、細緻的整理和考訂工作。目前學界對不少女劇作家的生平及創作情況的瞭解陳陳相因，存在不少訛誤和疏漏，本文擬結合筆者新發現的文獻資料對之進行考辨，同時吸收最新的研究成果，廣泛徵引和彙聚各類史籍（包括正史、方志、家譜、筆記、詩文以及其他雜著）中的相關資料，爲每位女劇作家編寫小傳。

　　本文在研究方法上，以文獻研究爲基礎，注重考證方法的使用，考證作家生平、輯錄其同時代以及後人的評論，以盡量還原明清女劇作家的歷史眞實；在對具體作家的戲曲作品的分析上，注意將作家詩詞創作與其戲曲創作相結合，既採用文學批評與鑒賞的方法，也以比較的眼光，審視這些作家及其作品在中國戲曲史乃至文學史上的地位。由於明清婦女的戲曲創作是明清女性文學繁盛的大環境中的產物，在考察其創作行爲和文本意蘊時採用文化學、歷史學和社會學的理論與方法，以增加研究深度。

第一章 明清婦女戲曲創作的文化背景

明清婦女的戲曲創作是明清才女文化的重要一翼，同時，也是明清繁盛的戲曲文化中不容忽視的組成部分。婦女劇作家的出現，可以說既是這兩種文化發達興盛之表現，也是兩種文化交彙融通的結果。因此，本文第一章從明清時期才女文化和戲曲文化的主要特徵和發展歷程入手，對明清女劇作家生活和創作的文化背景作總體觀照，既試圖回答中國文學史和戲曲史上婦女劇作家出現之原因的問題，也爲後面進一步研究女劇作家的戲曲創作做鋪墊。

第一節 明清才女文化的興盛歷程

明朝中期以後，中國歷史上第一次湧現出大批的女作家，她們一方面得益於男性親屬師友的幫助將自己的作品刊印行世，另一方面，同男性文人一樣，結交才致相當、興趣相投的朋友，唱和交遊，組結社團，一種極富生機的才女文化由此形成。〔註1〕明清才女文化最先出現於明中葉的江南，在清中葉達於極盛，直至清末民初仍以各種形式繁榮於不同地區。

〔註1〕 「關於中國婦女文化的產生，不僅源於單個女性的自我視角，也來自她們逐漸形成的這樣一些關係，即與其他女性、與男性世界和與布滿了文學人物、歷史名人和傳奇英雄的想像空間之間的關係。由於這個婦女文化主要是靠文學創作和鑒賞批評來傳承，所以我稱之爲『才女文化』」。〔美〕高彥頤著、李志生譯《閨塾師——明末清初江南的才女文化》，南京：江蘇人民出版社，2005年，第16頁。

一、明中葉至清初：才女文化的初興

　　明朝嘉靖以後經濟迅速發展，社會相對穩定，帶動了人們物質文化需求的增長。雕版書籍商品化大量流通，使閱讀不再是傳統精英上層等級的特權，普通中產之家的女性，亦可參與到書籍的閱讀和購買中來，在閨中開拓自己的視野和聞見。出於向女子灌輸封建倫理綱常的需要，同時考慮到知識女性對於教育下一代所具有的不可估量的潛能，提高女子的文化素質成爲士大夫乃至普通民眾家庭至關重要之大事，部分女子受益於文化知識的薰陶的客觀條件已較爲成熟，並逐漸成爲時風。但是，女子讀書識字之後，卻很容易地與文學創作發生了聯繫，在文學魅力的吸引之下產生塗鴉效響的衝動。女子展示文藝之才與禮教的基本精神本相違背，所幸有不少開明之士無視此一陳規，反以女子能文爲榮。

　　晚明陽明心學盛行，在思想界掀起一股肯定人欲、追求個性自由、強調眞性眞情的啓蒙思潮，不少聲名卓著的士人如王世貞、屠隆、徐渭、鍾惺、譚元春等都主動表示出他們對女性文學創作活動的理解、支持和鼓勵。在諸多思想家和進步文士的獎掖和推動之下，社會上重視女子才學的風氣普遍流行，許多家庭更以培養家族中的才女爲榮，如現今第一位有完整劇作存世的女劇作家葉小紈的父親葉紹袁，即將「才」列爲婦人的「三不朽」之一，指出「丈夫有三不朽：立德立功立言，而婦人亦有三焉：德也，才與色也，幾昭昭乎鼎千古矣。」〔註2〕出於發揚女才、追求不朽的動機，葉紹袁於崇禎九年（1636）將其妻女等人的作品精心編爲《午夢堂集》（其中即包括了葉小紈的雜劇《鴛鴦夢》），這種重視整理、刊行才女的作品在明末許多士人家庭中並不罕見，如雲間王鳳嫻的詩集《焚餘草》（附其長女張文姝、次女張媚姝詩）由王弟獻吉刊刻行世、女曲家徐媛的詩詞曲合集即由丈夫范允臨出資刊印，吳江沉靜專、沈蕙端的作品部分收入沈自晉所編的《南詞新譜》，而往往被視爲家庭／家族的驕傲。這些進步的觀念和行爲對束縛女子之才的理學觀念帶來很大衝擊，又進而推動著女性對自身認識的轉變與提升，促進了晚明女性在文學藝術領域的發展。

　　通過明末清初流行的各種婦女文學選本可以看出，這一時期的才女創作群體在構成上以閨秀和歌妓兩大類爲主。就閨秀才女而言，這一群體文化發

〔註2〕　〔明〕葉紹袁《午夢堂集‧序》，葉紹袁編著，冀勤輯校《午夢堂集》，北京：中華書局，1998 年，第 1 頁。

展呈現出較爲突出的家族性特徵，往往一門風雅、才女輩出，母女唱隨、姊妹切磋的情況十分普遍。其中最爲知名者，有吳江葉氏沈氏、桐城方氏、華亭張氏、檇李黃氏和山陰祁氏等。吳江葉、沈二姓爲明末文化望族，擁有深厚的重文傳統和濃郁的文學氛圍，沈宜修是戲曲家沈璟的侄女，工詩詞，與同邑進士、工部郎中葉紹袁成婚之後所生五女八男，均有文采。以沈宜修、葉紈紈、葉小紈、葉小鸞母女作家爲核心，形成了一個包括沈大榮、沈倩君、沉靜專、沈智瑤、沈憲英、沈華蔓、沈蕙端等一大批蜚聲文壇的才女創作群體，酬答唱和，彼此激勵，表現出共同的文學熱情。在桐城，同樣也出現了以方維儀、姊方孟式、妹方維則爲骨幹，以及方維儀弟媳吳令儀、吳令則姊妹和圍繞在她們周圍的親友眷屬多人的一個閨閣吟詠團體。名門望族和仕宦書香之家多重視女子的教育，女子接受家庭文化傳統的薰陶，往往具有較高的文化程度和文學素養，一門倡隨，才女群出的現象也較普遍，有力地推動了明清婦女文學發達的繁盛局面的出現。

　　明清之際才女文化的活力不僅僅體現在才女之間於家庭／閨閣之中的吟詠唱和，更通過不少才女越逸家庭、閨閣而建立的廣泛和頻繁的交遊唱和活動體現出來。明末徐媛與另一位蘇州才女陸卿子通過詩歌保持著遠距離的友情，其影響從閨中擴大到了家庭外部，在一定程度上得到了社會的認可：「小淑（徐媛字）多讀書，好吟詠，與寒山陸卿子唱和，吳中士大夫望風附景，交口而譽之，流傳海內，稱吳門二大家」。〔註3〕清初更有少數閨秀無視「男女授受不親」的教條，開始與男性文人詩詞唱答，如王端淑、吳山、黃媛介、張藻等均有與文士寄和之作存世。〔註4〕清初獨立的女子詩社如蕉園五子／七子的出現，更是邁出了才女活動由家庭性向社會性發展的重要一步，標誌著明清才女文化進入了一個新階段。從政治文化淵源上來考察，明代結社的風氣原本很濃厚，「結社這一件事，在明末已成風氣，文有文社，詩有詩社，普遍了江、浙、福建、廣東、……各省，風行了百數十年。大江南北，結社的風氣，猶如春潮怒上，應運勃興。那時候，不但讀書人要立社，

〔註3〕　〔清〕錢謙益《列朝詩集小傳》，上海：上海古籍出版社，1983年，第752頁。

〔註4〕　王端淑和黃媛介皆獲李漁之邀，分別爲李漁《笠翁十種曲》中的《比目魚》和《意中緣》作序。張藻曾爲尤侗收爲女弟子，從她的〔燭影搖紅〕《尤悔庵太史所新詞刻〈燃脂集〉中辭謝》（《眾香詞》）、《錄詩呈尤悔庵並謝惠新詞》（《晚晴簃詩彙》）等詩詞中可見尤侗對她的推重。

就是士女們也要結起詩酒文社，提倡風雅，從事吟詠。」〔註 5〕明末吳江沈宜修、桐城方孟式以及山陰商景蘭周圍出現的女子吟詠團體皆可視為女子詩社的早期形式，而蕉園女子詩社以其較大的公眾能見度和主要成員較高的文學聲望，成為清初才女文化成熟的一個重要標誌。蕉園詩社分為兩個時期，前期稱為「蕉園五子」，發起人為顧玉蕊，成員以林以寧、柴靜儀、錢鳳綸、馮嫻、顧姒五人最為知名和活躍；後期稱為「蕉園七子」，發起人為林以寧，在「五子」原有成員的基礎上又加入了張昊、毛媞二人。〔註 6〕「七子」在組織上亦日益完善，經常舉行大型的集會，促進成員間的情感和文學的交流，對於提高她們的創作水平大有裨益。蕉園才女遊弋於景色優美的西湖的遊船上舉行詩會的情景作為當時杭州的一大文化景觀而為「藝林傳為美談」，她們通過公開集會的活動表現出來的較大的公眾能見度，不僅表明清初閨閣女子生活空間和自由度的進一步擴大，也是她們對於自身才學自信的一種表現。從毛媞「詩乃我神明」〔註 7〕的驚人之語和林以寧等人對同里女性文學創作的支持和鼓勵中，足見蕉園才女對文學有著高度的使命感和執著的追求，林以寧以其「執騷壇之牛耳」的文學聲望「傳彩筆於娥眉」，〔註 8〕積極為梁瑛《字字香》、徐德音《綠靜軒詩抄》、柴靜儀的《北堂詩集》、何韞山《鏡玉樓遺集》等婦女之作作序，對江南地區才女文化的發展也產生了一定影響。

明末清初才女創作群體在閨秀之外的的另一主體名妓，亦以其豐富的才情和與文士名流的酬和、交往創造出絢麗獨特的名妓文化。名妓文化繁盛於晚明，「無論是其能見度，還是其文化水平，都在這一時期達到了頂峰」。〔註 9〕以後世稱為「秦淮八豔」的馬守真、董小宛、顧橫波、柳如是、卞賽、寇白門、李香、陳圓圓為代表，晚明名妓無論藝術才能還是藝術修養均超過了前代名妓。她們將自己的視野伸延到詩詞歌賦、繪畫戲曲、琴弦絲竹等藝

〔註 5〕 謝國楨《明清之際黨社運動考》，瀋陽：遼寧教育出版社，1998 年，第 7 頁。
〔註 6〕 蕉園詩社之所以命名為「五子」和「七子」，是因為五人和七人合刻過詩集。實際上參加蕉園詩社活動的尚不止這七人，還包括錢靜婉、錢柔嘉、柴貞儀、李淑昭、朱柔則等錢塘才女。在《眾香詞·吏集》中，徐樹敏有一個評論，表明蕉園七子到 1688 年，即這一選集出版時，已很知名。
〔註 7〕 〔清〕惲珠《國朝閨秀正始集》，第四冊。
〔註 8〕 〔清〕惲珠《國朝閨秀正始集》卷四林以寧小傳。
〔註 9〕 高彥頤《閨塾師——明末清初江南的才女文化》，第 269 頁。

術的各個領域，不僅精湛於某一種技藝，還注意融會貫通，許多名妓身兼數
藝，堪稱全才。如馬守眞姿容雖非絕代，但「神情開朗，明秀豔異」，〔註10〕
能詩善畫，以擅長畫蘭號湘蘭子，晚明姜紹書記載她聲聞海內的狀況云：
「其畫不惟爲風雅者所珍，且名聞海外，暹羅國使者亦知，購其畫扇藏之。」
〔註11〕她的詩集《湘蘭子集》有晚明吳中名士、戲曲家王稚登爲之作序，又
獲得如皋名士冒愈昌的青睞，將她的詩與趙今燕、朱泰玉、鄭如英之集合刻
爲《秦淮四美人詩稿》，以表示對四人詩藝和氣質的讚賞。除此之外，馬守
眞通音律，擅歌舞，精熟於演劇之道，在戲曲搬演方面的才華同樣令人驚異
和歎服，她所調教的戲班能夠演出全本《北西廂》，這在崑腔盛行、「北詞幾
廢」的明代中後期是少有而且不易之事。〔註12〕這種集多種才藝於一身的
才女不僅在名妓史，就是婦女史上也是罕見的。

　　在晚明個性解放思潮的影響之下，同時也受到所交往名士進步思想觀念
的濡染，晚明名妓朦朧的自我意識開始蘇醒。表現在文學藝術方面，她們不
再如前代名妓那樣僅將文藝技能的掌握作爲謀生和自娛的手段，更將之作爲
體認自身價值、展示自我獨立人格的載體。馬守眞之畫瀟灑恬雅、董小宛的
書法「楷法遒勁，波折輕妍」、〔註13〕柳如是的楷書冷峻有骨感，「書勢險勁」
（程孟陽語），無不是個人氣韻品格的展現。隨著自身創作水平的不斷提高和
主體意識的逐漸復蘇，晚明不少名妓不再甘於充當文藝作品中被描寫、被傳
遞的對象，以文藝主體的姿態參與文藝的創造。如馬守眞不僅擅長戲曲扮演，
也提筆創作了傳奇《三生傳》，通過三生轉折來寫書生與青樓女子之間的情
債。以妓女身份寫妓女題材在戲曲史上十分鮮見，馬守眞同時成爲現今可知
中國歷史上第一位女性劇作家。吳興妓梁小玉同樣嘗試了戲曲的創作，她的
傳奇《合元記》與徐渭《四聲猿》中的《女狀元》取材相同，演黃崇嘏女扮
男裝考中狀元事。梁小玉「七歲依韻賦落花詩，八歲摹大令帖，長則遊獵群

〔註10〕〔清〕徐樹敏·錢岳輯《眾香詞》，清康熙二十九年刊本。

〔註11〕〔明〕姜紹書《無聲詩史》，《叢書集成續編》，臺北：新文豐出版公司影印本，
　　　　1989 年。

〔註12〕沈德符《顧曲雜言》「北詞傳授」云：「自吳人重南曲，皆祖崑山魏良輔，而
　　　　北詞幾廢，今惟金陵尚存此調。……項甲辰年，馬四娘以生平不識金閶爲恨，
　　　　因挈其家女郎十五六人來吳中，唱《北西廂》全本。」《中國古典戲曲論著集
　　　　成》（四），北京：中國戲劇出版社，1959 年，第 212 頁。

〔註13〕冒襄《同人集》卷三。陳焯：書影梅庵憶語後，水繪庵藏版。

書，作《兩都賦》半載而就」，〔註14〕可謂天賦英才。她通今博古，胸有大志，多方涉獵外，更「僭越」到史學領域，以「女董狐」自期，廣擻史書中之「可喜可愕、可怖可憐之事」〔註15〕，以詩作吟詠之，積成《古今詠史錄》一書，融入自己對歷史的思索，表現出異於前代名妓的價值追求。除此，她還對「二十一史有全書，而女史缺焉」〔註16〕的現狀感到不滿，致力於為歷史上不同身份的著名女性列傳述史的工作，輯錄成《古今女史》一書，擺脫歷朝歷代《列女傳》的呆板體例與嚴苛控制，以外史、國史、隱史、烈史、才史、韻史、豔史、誡史來進行分類和論述，並在「才史」中提出「無才便是德，似矯枉之語。有德不妨才，真平等之論」，其志向和識見令人刮目相看。梁小玉辛勤輯史的舉動不僅是明末部分名妓主體意識大大增強之表徵，更將名妓之「才」延伸到更為廣闊的領域。

晚明青樓名姝才藝兼善、雅有情趣，且有著獨立的藝術人格和識大體、知善惡的可貴品質，不僅贏得名士文人的尊重、感慕、推引，甚至還得到一部分閨秀名媛的理解和認可。如柳如是歸錢謙益後與名媛黃媛介、王端淑相識結交，顧媚嫁給龔鼎孳後與著名的宗室女詞人朱中楣唱和，李因于歸葛徵奇後與女劇作家、畫家梁孟昭文藝往還，彼此敬慕相惜，在一定程度上實現了名妓文化與閨秀文化的融合。明清鼎革之際，由於戰爭的破壞，江南的青樓妓館一度蕭條敗落，名妓文化已失去了晚明時期的大部分光環，迅速由盛而衰。入清之後，封建統治雖然不斷強化，但士人對婦女文學創作的推助更為明顯，閨秀的文學活動更為活躍，且獲得了更大的生活和創作的空間。部分晚明名妓在嫁與士人、轉變身份之後，躋身於閨秀之列，她們外向的生活方式和交往方式對傳統閨秀走出家門、擴大生活空間有重要的影響，比如，從清初杭州「蕉園七子」泛舟湖上吟詩作畫、現身於公眾之中的文化活動中，不難看到柳如是、王微等名妓扁舟載書，往來於西湖之上的行為的影子。名妓文化與閨秀文化在清初的融合，為閨秀文化注入了新的活力，促進了閨秀文化的進一步發展，為清中葉才女文化的高潮來臨奠定了基礎。

〔註14〕《宮閨氏籍‧藝文考略》，引自胡文楷《歷代婦女著作考》，上海：商務印書館，1957年，第128頁。

〔註15〕〔明〕梁小玉《古今詠史錄自序》，引自胡文楷《歷代婦女著作考》，第128頁。

〔註16〕〔明〕梁小玉《古今女史自序》，引自胡文楷《歷代婦女著作考》，第129頁。

二、清中葉至清末：才女文化的極盛

　　爲中國古代婦女生活撰寫專史的陳東原在總結清代的婦女生活時說：「清代學術之盛，爲前此所未有，婦女也得沾餘澤，文學之盛，爲前此所未有。」〔註17〕據胡文楷《歷代婦女著作考》一書採錄，明清兩朝出版過專集的女作家共有近四千家，清代即有 3600 多人，從時間上看，她們大多出現在清中葉之後；從地域分佈的角度考察，長江下游的江南地區女作家最多。〔註18〕可知在清代中葉之後的江南，出現了才女文化最爲繁盛的局面。

　　清朝前期和中期，社會相對穩定，江南的學術文化在豐厚的物質基礎上達到了空前的繁榮，大批經史學家、文學家、藝術家都活躍在這一地區，並吸引了全國各地的文人學子於此地形成龐大的學術文化群體，舉行各種文化學術活動，拜師授徒，著書立說，結社開派。在這種空前濃郁的文化氣息的薰陶下，婦女向學之心高漲，文學創作活躍，結社連吟、構文作畫等文化活動得到了充分發展。即以常州爲例，清中後期由於張惠言、周濟倡導的常州詞派的興起，帶動了一個以常州詞派成員親屬爲主體的婦女創作團體的發展，《國朝常州詞錄》所錄大部分爲清代中、後期詞人，其中有許多正是常州詞派主將的家人。其地才女文化的繁榮，除家學的薰陶、才女自身的努力之外，獨特的文化氛圍的濡染亦功不可沒。

　　與前代相比，清代士人對女子之才的獎掖更加不遺餘力，自明中葉以來士人輯錄閨中文字的熱情，一直持續到清末未見稍衰。清初的文人士大夫如毛奇齡曾選輯浙江閨秀詩，王士祿曾彙輯古今閨秀之文 230 卷編爲《燃脂集》，陳維崧明末清初婦女能詩者軼事爲《婦人集》，對婦女的文學創作多有推助；康乾之際沈德潛選《國朝詩別裁集》，對明末清初不少著名女作家都有收錄和評價；乾隆間《擷芳集》的編選者汪啓淑辛勤搜集，輯得清代才女作家約兩千餘家；朝廷重臣阮元在所纂《淮海英靈錄》中收入揚州府 46 位閨秀的詩文，《兩浙輶軒錄》及《補遺》中輯錄江浙兩地 271 位閨秀詩文，

〔註17〕陳東原《中國婦女生活史》第八章《清代的婦女生活》，北京：商務印書館，1937 年，第 257 頁。

〔註18〕現代西方婦女史家曼素恩（Susan Mann）曾據胡文楷《歷代婦女著作考》（1957版）的內容製成表格來分析清代女作家的地域分佈，結果表明 70.9%的清代女作家生活於長江下游，尤以蘇州、杭州、嘉興、常州、松江諸府最爲集中。詳見在曼素恩著、定宜莊譯：《綴珍錄——十八世紀及其前後的中國婦女》（附錄：清代女作家的地域分佈），南京：江蘇人民出版社，2005 年。

且對她們的生平與創作作了詳盡介紹，對才女的聲名流播起了推波助瀾的重要作用。中期以後，袁枚、陳文述等人在江南一帶廣收女弟子，更帶動了整個婦女詩壇的繁盛，對其時婦女文學創作影響巨大。袁枚倡揚「性靈」詩說，強調詩寫性情，突出人的個性和情感，易於得到多以詩歌表達個人眞摯情感的女詩人的認可，同時他在理論上推崇婦女之才，並與宗經的文學傳統溝通起來，在《隨園詩話補遺》卷一中說：「俗稱女子不宜爲詩，陋哉言乎！聖人以《關雎》、《葛覃》、《卷耳》冠三百篇之首，皆女子之詩。」〔註19〕闡述了女子作詩的合理性，並不遺餘力地傳播才女的作品，故吸引了大批女子投之門下拜師學詩。袁枚招收女弟子決非是空前絕後的舉動，明代的「儒教叛徒」李贄收梅澹然、澄然、善因等爲女弟子，清初則有毛奇齡之收徐昭華、馮班之收吳綃、尤侗之收張藻、惠棟與沈大成之收徐映玉、翁照與杭世駿之收方芳佩等，與袁枚同時的還有蘇州任兆麟招張芬等「吳中十子」等二十餘人爲女弟子。但是，上述這些人的女弟子不僅在人數上，而且在地域範圍上都無法和隨園女弟子相比。隨園女弟子今已被查知的共約50餘人，其中江蘇30餘人，浙江近20人，是屬於吳越地區的一批才女，〔註20〕她們或因父輩或因丈夫的關係而得以將自己的作品呈致袁枚以求斧正或當面求教，席佩蘭、金逸、王倩、孫雲鳳、孫雲鶴、歸懋儀等是其中的佼佼者。乾隆庚戌（1790年）、壬子（1792年）袁枚及女弟子於杭州孫嘉樂臬使寶石山莊的湖樓兩作西湖詩會，眾女弟子負笈斂衽，各以詩畫爲贄，問字登堂，盛況空前。除直接招收女弟子之外，袁枚還在《隨園詩話》等著作中大力宣傳女詩人，通過《隨園詩話》和嘉慶丙辰（1796年）編選的《隨園女弟子詩選》，眾多江南才女的生平才爲後人所瞭解。袁枚招收女弟子和採錄婦女詩作的熱情，遭到當時一些保守派文人的攻擊，如章學誠在其《文史通義》中借著對袁枚刊刻女弟子詩集的不滿，對一批愛好文學創作的婦女大張撻伐之威，一再重申婦言、婦德、婦容、婦功才是婦女的正學，吟詩作文蓋妓女所爲，爲閨秀文學創作的熱情痛心疾首。饒有趣味的是，在章學誠攻擊袁枚對婦女文學的倡導的《文史通義‧詩話》中，卻提供了婦女文學在彼時盛況空前的有力證據：

〔註19〕〔清〕袁枚《隨園詩話》，北京：人民文學出版社，1982年，第590頁。
〔註20〕詳見王英志《關於隨園女弟子的成員、生成與創作》，《井岡山師範學院學報》，2002年第1期。

古今婦女之詩，比於男子詩篇，不過千百中之十一；詩話偶有所
舉，比於論男子詩，亦不過千百中之十一……今乃累軸連篇，所
稱閨閣之詩，幾與男子相埒；甚至比連母女姑婦，綴和娣姒姊妹，
殆於家稱王、謝，戶盡崔、盧。豈壺內文風，自古以來，於今爲
烈耶！〔註21〕

章氏的描述並非誇張，清初毛先舒就曾指出：「大江南北，閨秀繽紛，動盈
卷軸，可謂盛矣」，〔註22〕清中葉袁枚在《隨園詩話補遺》中也說：「近時
閨秀（能詩者）之多，十倍於古，而吳門尤盛」。〔註23〕章氏所言更進一步
指出當時在很多家庭，寫作已成爲婦女一種重要的生活方式，他的迂腐、保
守之論儘管在一定程度上會對婦女文學起到壓制、破壞作用，但難以阻擋整
個婦女文學發展的滔滔洪流。梁乙眞《清代婦女文學史》云：「隨園之在清
代，其影響於思想界者頗大，而其在婦女文學史中，尤有特殊之關係。蓋自
乾隆而後，百餘年間，蔚爲婦女文學極盛時期，實其流風餘韻有以潛移默化
之也。」〔註24〕受袁枚影響，其後不久著名詩人陳文述也在杭州公開招收
女弟子，教詩論詩，爲才女徵集題詠，並仿《隨園女弟子詩選》輯刻《碧城
仙館女弟子詩》，對每位弟子之詩多有讚語。碧城門下以詩名者有吳規臣、
張襄、汪琴雲、錢守璞、吳藻、王蘭修、辛絲、陳滋曾、於月卿、史靜等多
人。陳文述對婦女文學的鼓吹，並不限於詩詞，他的《西泠閨詠》以七律詩
吟詠古今名媛，所評論的名媛創作不單是詩詞，還有戲曲、彈詞等。碧城女
弟子中成就最高的吳藻在詩詞、散曲、戲曲方面都表現出極高的文學才華，
與陳文述對閨秀才女的極力提攜、傾心指教和碧城女弟子群的交流切磋、才
思啓迪是分不開的。陳文述踵武袁枚對才女的表彰和推舉，成爲女性在文學
領域繼續開拓的有力促動，「而袁、陳二人的女弟子們，也在十八世紀末和
十九世紀上半葉成爲江浙地區女詩人群體的骨幹力量。」〔註25〕

　　清中葉以後才女活動的主要形態，除傳統的家庭唱和、投師訪友之外，
雅集詩社之風更是盛況空前，《紅樓夢》中所寫大觀園內的詩社活動就是對

〔註21〕〔清〕章學誠《文史通義‧詩話》，劉公純標點，北京：古籍出版社，1956
　　　　年，第159頁。
〔註22〕《皆綠軒詩序》，汪啓淑《擷芳集》卷二十八。
〔註23〕《隨園詩話》補遺卷八，見《隨園詩話》，北京：人民文學出版社，1982年，
　　　　第785頁。
〔註24〕梁乙眞《清代婦女文學史》，臺北：臺灣中華書局影印本，1979年，第62頁。
〔註25〕陸草《論清代女詩人的群體性特徵》，《中州學刊》，1993年第3期。

清代女子結社之風的審美再現。乾隆後期在吳中地區，活躍著著名的「清溪詩社」〔註 26〕，相較於清初杭州著名的「蕉園詩社」，「清溪詩社」在成員組成上有所變化，除一部分成員間有還親戚關係之外，更多的已脫離了家庭／家族的範式，由居住地域的相近、愛好文學的共同追求爲緣而組結成社——袁枚和陳文述的部分女弟子也體現出這一新的構成特點——在一定程度上反映著當時女性社會交往自由度的加大，「這種具有社會性的女子群體『偕行』遊戲，似乎隱約向我們遞送了中國婦女有望走出以血緣爲基礎的家庭／家族等級序列關係，在社會平行的人際關係中尋求解放的先聲。」〔註 27〕邁出了才女活動向社會性發展更重要的一步。嘉慶及道光以後，女子詩社依然很活躍，如著名詞人、女劇作家顧太清寡居京師時與女友沈善寶、許雲林、錢伯芳、項屏山等詩人結有「秋紅吟社」，湘潭郭潤玉、郭佩蘭的「梅花詩社」，江陰沉珂與丈夫任所江西會昌的女詩人結成的「湘吟社」，楊芸、李佩金與京師閨秀的詩社等等，皆向我們傳遞了才女的吟詠與結社在當時已成爲一種社會風氣的信息。

有清一代才女的文學創作以詩詞爲主，但在散曲、戲曲、彈詞、小說甚至文學批評等方面也取得了豐碩的成果。散曲的創作在明中期至清初曾掀起一個高潮，湧現出黃峨、徐媛、梁孟昭、沈蕙端、馬守眞、景翩翩、林以寧等數十位散曲作家，中後期吳藻、劉清韻、朱恕、陳小翠等頗具造詣的女曲家的加入，使婦女曲壇散發出絢爛奪目的光彩。彈詞作爲一種特殊的小說體裁——「韻文體小說」，堪稱清代婦女文學文苑中的一朵奇葩。女作家涉筆彈詞大約始於明末，前期只以抄本的形式流行，清乾隆年間始有書坊開始刊行彈詞小說，嘉慶道光間書坊刻印彈詞蔚然成風，清中葉彈詞作家和作品大量湧現，直到民初還有餘緒。〔註 28〕批評方面，清代女性亦繼續關注和參與對

〔註 26〕由吳江張允滋發起，「與同里張紫繁芬、陸素窗瑛、李婉兮嫩、席蘭枝蕙文、朱翠娟宗淑、江碧岑珠、沈蕙孫繽、尤寄湘澹仙、沈皎如持玉結清溪吟社，號『吳中十子』，媲美西泠。」見〔清〕惲珠《國朝閨秀正始集》卷十六「張允滋」條。

〔註 27〕王緋《空前之迹——1851～1930：中國婦女思想與文學發展史論》，北京：商務印書館，2004 年，第 114 頁。

〔註 28〕鮑震培《清代女作家彈詞小說論稿》附錄《清代女作家彈詞作品一覽表》所列 35 種清代女作家所作彈詞作品中，成書於明末的有 1 種，順治間 1 種，清初和不詳的各 1 種，另外 31 種可確定成書於乾隆中期以後，顯然，女作家彈詞小說的創作，在清中期之後形成高潮。鮑著爲天津社會科學院出版社 2002

《牡丹亭》等戲曲作品的評論與箋注；女性評《紅樓夢》的作品則顯示此期女性文學批評成果超出了傳統的詩文範圍，亦不僅限於戲曲，而是大規模地擴展到了小說領域，在女性文學批評史上具有重要意義。清中葉以後，也開始有了婦女從事傳統小說創作的記錄，儘管只有顧太清《紅樓夢影》得以傳世，已足見清中葉以後婦女創作群體多方面的才華。「文體的完備，不僅顯示了明清知識女性多方面的才華，而且也標誌著明清女性文學已進入了成熟的階段。」〔註29〕

綜上可知，才女文化之興盛是明中葉至清末民初重要的文化現象之一，這一文化環境爲婦女從事戲曲創作及作品的保存、流傳提供了最爲優越的社會條件。現知所有明清女劇作家幾乎全都在當時興盛的才女文化中扮演著重要角色，親身參與了才女文化的創造，她們的戲曲創作既是這一文化發展的重要產物，也是其不容忽視的組成部分。

第二節　明清婦女的戲曲因緣

一、婦女與明末清初的戲曲文化

明朝中期以後，城市商品經濟日漸發達，社會物質與文化需求增長迅速，以城鎮爲中心的各種文化娛樂活動呈現多姿多彩的局面，在諸多的娛樂活動中，看戲、聽曲是社會各階層共同趨好的熱門，長期壓抑在沉悶的深閨之中的婦女，因思想控制的鬆動、社會風氣的變化而擁有更多的生活空間和自由，接觸戲曲、熟悉戲曲的機會遠勝於前，獲得難得的文化娛樂享受。

一是社會演劇活動的頻繁。除傳統的歲時節令、婚冠喪祭活動邀請職業戲班演出之外，明中葉以後出現許多新興的廟會節慶，如城隍神誕、東嶽神誕與觀音大士誕辰等，往往搭臺演戲，酬神娛人，婦女是這些廟會活動的積極參與者。如蘇州遇迎神賽會，借祈年報賽爲名即搭臺演戲，轟動遠近，甚至有「婦女至賃屋而觀」的情形。〔註30〕蘇州虎丘一年一度的中秋曲會，更

〔註29〕　郭延禮《明清女性文學的繁榮及其主要特徵》，《文學遺產》2002年第6期。
〔註30〕　〔清〕錢泳《履園叢話》卷二十一記鄉間迎神賽會時演戲，「一時闐動，舉邑若狂，鄉城士女觀者數萬人，雖有地方官不時示禁，而一年盛於一年」。北京：中華書局，1979年，第575頁。

是包括了社會各個階層的觀眾和演員的如火如荼、舉國若狂的藝術盛會和狂歡節：「每至是日，傾城闔戶，連臂而至，衣冠士女，下迨蔀屋，莫不靚妝麗服，重茵累席，置酒交衢間。」〔註31〕婦女傾城而往暢遊虎丘、觀演戲曲的熱情，甚至令有些士人避之惟恐不及，特別選擇婦女未到的時候先遊。〔註32〕陸萼庭據楊揖的《潺湲引序》記載，認為「中秋夜虎丘曲會一直到清代乾隆年間還未消歇，只是規模和活動內容已有所變化」。〔註33〕規模盛大、歷時久遠的虎丘曲會營造了包括婦女在內的全體民眾癡迷崑曲藝術的濃烈氛圍，對崑曲的普及、提高起到了重要的作用。除虎丘中秋之外，西湖之春、秦淮之夏、揚州清明，都曾是演劇鬧季，掀起一浪高一浪、既熱烈又頻繁的演劇活動，吸引了眾多婦女外出觀賞，積極投入到這一娛樂審美活動中，滿足她們的文化消費要求。

二是文士縉紳置買和蓄養家庭戲班之風的盛行。仕宦豪紳蓄養家樂之風早在宋、元之際已然風行，〔註34〕但明初思想政治控制嚴苛，統治者對戲曲活動和戲曲劇目多有限制，有關家樂活動的記載也十分鮮見。從正德年間開始，由於經濟的繁榮、物質的昌盛和社會享樂之風的刺激，一些具有相當財富實力的士大夫出於自娛及應酬的需要開始組織家庭戲班於家中演劇。到萬曆至明末，尤其在吳、越一帶，觀戲若癡、寄情於聲色的文人士大夫屢見不鮮，置辦家樂之風也達於極盛。〔註35〕明代家庭戲班的主人，大多是通曉音律、精於演劇之道的戲曲活動家或劇作家，他們對戲曲的癡迷和家庭戲班的排演活動，令家中女性親屬在耳濡目染中對戲曲有更深入的瞭解。家班的演出往往在廳堂中進行，女子或在座中或在屏後觀賞演出為當時較為盛行的習俗。〔註36〕在具備了較多曲學知識之後，有的女子甚至能夠指點、訓練家班

〔註31〕〔明〕袁宏道《虎丘》，錢伯城箋校《袁宏道集箋校》卷四，上海：上海古籍出版社，1981年，第157頁。

〔註32〕〔明〕李流芳《檀園集》卷八《遊虎丘小記》：「虎邱中秋，遊者尤盛，士女傾城而往，笙歌笑語，填山沸林，終夜不絕……予初十日到郡，連夜遊虎邱，月色甚美，遊人尚稀……」。見《文淵閣四庫叢書》本，上海：上海古籍出版社，2003年，冊1295，第367頁。

〔註33〕陸萼庭《崑劇演出史稿》，上海：上海文藝出版社，1980年，第54～55頁。

〔註34〕齊森華《試論明代家樂的勃興及其對戲劇發展的作用》，《社會科學戰線》2000年第1期。

〔註35〕參見陸萼庭《崑劇演出史稿》和劉水雲《明清家樂研究》（上海：上海古籍出版社，2005年）。

〔註36〕如崇禎本《金瓶梅》第63回的插圖所示，大廳中間擺有地毯，作為演出場所，

的演出。如吳江沈君張的家班遠近聞名，「沈君張家有女樂七八人，俱十四五女子，演雜劇及玉茗堂諸本，聲容雙美。」〔註37〕沈的女兒字少君，工詩、懂音律，能彈絃索，父親的歌姬若有曲誤，「少君必指點之」，〔註38〕可惜年僅十七便不幸夭折。海寧查繼佐晚年「耽聲伎之樂」，「盡出其囊中裝，買美鬟十二，教之歌舞。每於長宵開宴，垂簾張燈，珠聲花貌，豔徹簾外，觀者醉心。」而查夫人「亦妙解音律，親為家伎拍板，正其曲誤，以此查氏女樂遂為浙中名部。」〔註39〕晚明著名戲曲家阮大鋮家蓄有家庭戲班一部，主要搬演主人的作品，曾在其家觀看過《十錯認》（即《春燈謎》）、《摩尼珠》（即《牟尼合》）和《燕子箋》三劇的張岱對阮家的演劇，從劇本的情節安排、語言、表演設計到布景道具、場面鋪排無不佩服到了極點，阮氏家班的演出在當時風靡南都，固然與歌者朱音仙、曲師陳裕所等人的精湛技藝有關，更得益於阮大鋮在文學和戲曲曲藝兩方面過人的才華，劇本的創作和家班的演出均能夠充分體現晚明文人的藝術追求及審美情趣。而阮大鋮最著名的劇作《燕子箋》相傳由其女阮麗珍草創，後經阮大鋮修正，是父女合作的結晶。阮麗珍於戲曲藝術同樣是一位行家，她協助老父訓練家班之類的逸聞數十年前猶津津傳述於懷寧鄉間伶人之口，〔註40〕除《燕子箋》外，她另有《夢虎緣》、《鸞帕血》兩部傳奇問世，〔註41〕是明清之際一位不容忽視的女劇作家。在

五位尊貴的女人坐在簾後觀賞，簾子將她們與外邊人們的視線隔開；沈德符《萬曆野獲編》卷二十五「《曇花記》」條記：「西寧夫人有才色，工音律。屠（屠隆）亦能新聲，頗以自炫，每劇場輒闌入群優中作伎，夫人從簾箔中見之，或勞以香茗，因以外傳」。垂簾觀戲的西寧侯宋夫人命送香茗與屠隆潤喉，此事後來成為屠隆獲罪罷官的口實，其實不過是宋夫人的一番知音賞曲之意；馮夢禎《快雪堂日記》卷五十三的記載表明，女性賓主在觀賞家樂時也可能另設一席：「赴徐大來席，出家樂。內人亦赴徐夫人席。」（1595、10、25）

〔註37〕〔明〕葉紹袁《天寮年譜別記》，收入《午夢堂集》，第 896 頁。

〔註38〕〔明〕葉紹袁《天寮年譜別記》，收入《午夢堂集》，第 897 頁。

〔註39〕〔清〕鈕琇《觚賸》卷七「雪遘」條，見《筆記小說大觀》第一輯，上海：進步書局，民國間石印本。

〔註40〕詳見鄭雷《阮大鋮叢考》（下），華僑大學學報，2006 年第 4 期。

〔註41〕柴萼《梵天廬叢錄》卷十六「阮大鋮女」：「阮圓海之《燕子箋》，即鄙薄其人如吳應箕、侯朝宗輩，僉許為才人之筆，不知實其女所作，圓海特潤色之。女名麗珍，字楊龍友之幼子名作霖者，美容色，工詞曲，所撰尚有《夢虎緣》（梁紅玉事）、《鸞帕血》等曲，今皆不傳。」（民國十四年刊本）光大中《安徽才媛紀略初稿》也著錄了阮麗珍的兩部劇作（《學風》，第四卷、第五卷，1934～1935 年）。

家庭環境的濡染之下，產生這樣一位女戲曲作家也就不足爲奇了。

與閨閣女子相比，晚明名妓與戲曲的接觸更爲頻繁。由於職業傳統和職業需要，名妓之中多有擅長演劇之人，不僅夜夜在青樓中「梨園扮演，聲徹九霄」，〔註42〕有的還積極參與社會演劇活動和名士家班的演出，如陳圓圓、梁昭是虎丘度曲的高手；馬守眞酷愛度曲串戲，並曾扮演「女班頭」角色，她所調教的戲班能夠演出全本《北西廂》。萬曆三十二年（1604）六月，應馮夢禎和楊蘇門之邀，馬守眞率領她調教的女伶到杭州，與包涵所的家班合作串演《西廂記》，「晚，馬氏姊妹演《北西廂》二齣，頗可觀」。〔註43〕同年秋，馬守眞帶女伶十五六人到蘇州爲戲曲家王稚登祝壽，演《北西廂》全本，「丙夜歌舞達旦，殘脂剩粉，香溢錦帆，涇水彌月煙熅。……吳兒嘖嘖誇美盛事，傾動一時。」〔註44〕這次大規模的北曲《西廂記》的演出盛況在王稚登《馬湘蘭傳》、沈德符《顧曲雜言》和錢謙益《列朝詩集小傳》中均有記載，馬守眞與嗜曲、懂曲之士的交往、切磋多有益於她的劇藝的提升。在馬守眞死後，她的能演全本《北西廂》的戲班頃刻瓦解，不復存在，沈德符因此有北曲將成廣陵散之憂，更顯馬氏戲班之難能可貴。馬守眞是今知中國歷史上第一位女性戲曲作家，且明代五位女劇作家中，有兩位（馬守眞和梁小玉）是晚明名妓，足見晚明名妓對於戲曲文化的貢獻，以及這一時期特殊的文化環境對作家戲曲創作的重要影響。

三是文人戲曲劇本創作的風起雲湧。明初推行程朱理學，重新確立宗經載道的文化傳統，宋元以來士人醉心詞曲的風氣大爲改觀，文人對戲曲多不以爲意，「祖宗開國，尊崇儒術，士大夫恥留心詞曲，雜劇與舊戲文本，皆不傳」。〔註45〕然而從萬曆年間開始，戲曲日益成爲一種最能令士人揮灑才情、表達主體精神和社會關懷的重要文體，士大夫作劇蔚然成風，名家佳作輩出，形成戲曲史上文人編劇的又一高潮。萬曆末呂天成描繪當時傳奇創作的繁盛局面說：「博觀傳奇，近時爲盛。大江左右，騷、雅沸騰；吳、浙之間，風流掩映。」〔註46〕崇禎間沈寵綏在《度曲須知》中也說：「名人才子，躋《琵琶》、

〔註42〕〔明〕余懷《板橋雜記》卷上「雅遊」，李金堂校注，上海：上海古籍出版社，2000 年，第 8 頁。
〔註43〕〔明〕馮夢禎《快雪堂集》卷六十一「甲辰」，四庫全書存目叢書影印明萬曆四十四年黃汝亨、朱之蕃等刻本，集部第 165 冊，第 82 頁。
〔註44〕〔明〕王稚登《馬湘蘭傳》，秦淮寓客輯《綠窗女史》卷十二，明刻本。
〔註45〕〔明〕何良俊《四友齋叢說》卷三十七，北京：中華書局，1959 年，第 337 頁。
〔註46〕〔明〕呂天成《曲品》卷上《新傳奇序》，《中國古典戲曲論著集成》（六），

《拜月》之武，競以傳奇鳴；曲海詞山，於今爲烈。」〔註47〕這股劇本（包括傳奇和雜劇）創作風潮與戲曲（主要指崑曲）演出風潮相輔相成，一直持續到清代前期，形成中國戲曲發展史上新一輪的繁盛期。與劇本大量出現及頻繁演出相對應，明中葉以後印刷業的迅猛發展加速了劇本的大量刻印和廣泛傳播，而江南地區新湧現的才女和知識女子層多成爲戲曲劇本消費的重要群體，她們對於戲曲的興趣不僅僅停留於演出的觀賞，而延伸到劇本的閱讀上面，經歷了一個由欣賞、評論到主動創造的發展過程。

在明末清初浩如煙海、「幾等海霧」的戲曲作品中，最受明清才女喜愛、最能激起她們情感共鳴的，不外乎「寫才」和「言情」這兩類作品。明末清初才女層出不窮，社會注重女子之才的風氣益熾，作爲這一社會風氣的反映，當時的戲曲和小說作品中塑造了大批才華卓異的女性。在女性讀者中影響最大的，莫過於徐渭《四聲猿》中的《女狀元》和《雌木蘭》。《女狀元》寫黃崇嘏改扮男裝考中狀元事，《雌木蘭》寫木蘭女扮男裝替父從軍事，兩劇易性喬裝的手法後來屢屢爲明清女劇作家所襲用，成爲劇中主人公實現自己理想的重要途徑；在明清婦女創作的戲曲作品中還有兩部直接改編自《女狀元》，分別是明妓梁小玉的《合元記》和清代張令儀的《乾坤圈》，張令儀在該劇自題辭中表示，她創作此劇的最終目的是「爲蛾眉生色」，〔註48〕頗有張揚女性主體意識之意。清初李漁的傳奇《意中緣》以眞人眞事爲藍本，將明清之際聞名西湖的兩位才女畫家林天素和楊雲友的事迹搬上舞臺，較爲眞實地展現了明清之際部分才女的文化生活，耐人尋味的是，應李漁之邀爲該劇作序的黃媛介同樣是一位擅簹西湖、詩畫之名皆噪的職業藝術家，她在劇評中融入了自己的切身體驗，對作者的憐才之心深表感激。這些寫才的戲劇作品，深入到才女們眞實的生活處境，傳達了她們的性格力量和眞實心聲，因此吸引了她們的關注並受到歡迎。

明后期以來，「言情」成爲戲曲的一面旗幟，湯顯祖《牡丹亭》所表達的要求性靈解放、愛情自由的思想主題，激蕩著無數爲禮教窒息了青春和生命的讀者的心田，杜麗娘對至情生生死死的追求，令千千萬萬女性讀者感奮覺醒。「如果明、清女性讀者有著一個共同的詞彙，那它就是源自《牡丹亭》

北京：中國戲劇出版社，1959年，第211頁。

〔註47〕〔明〕沈寵綏《度曲須知》卷上《曲運衰隆》，《中國古典戲曲論著集成》（五），北京：中國戲劇出版社，1959年，第198頁。

〔註48〕〔清〕張令儀《蠹窗文集》，收入《蠹窗詩集》，清雍正間刻本。

的。」〔註49〕《牡丹亭》在女子中的流行達到了驚人的程度，如清初程瓊所言：「蓋閨人必有石榴新樣，即無不用一書爲夾袋者，剪樣之餘，即無不願看《牡丹亭》者。」〔註50〕更有不少女子懷著熾熱的感情，對《牡丹亭》邊讀邊批：婁江女子俞二娘嗜讀《牡丹亭》，「密圈旁注，往往自寫所見，出人意表」，〔註51〕痛感封建婚姻不自由，年十七惋憤而終；命途多舛的揚州少女馮小青閱讀《牡丹亭》亦有評跋，惜爲「妒婦毀之」，今只留下「人間亦有癡於我，豈獨傷心是小青」的淒惻詩句。清初女詩人李淑說：「自有臨川此記，閨人評跋，不知凡幾，大都如風花波月，飄泊無存。」〔註52〕即以今天能夠讀到的葉小鸞、黃淑素、浦映淥、陳同、談則、錢宜、林以寧、顧姒、馮嫻、李淑、程瓊、林陳氏、程黛香、王筠、吳規臣等人批評文字中，已足見《牡丹亭》對至情和人性的呼喚和謳歌在女性中所引起的廣泛而熱烈的共鳴。她們通過這部劇作，認識到社會的不合理，認識到自己所承受的巨大壓迫，也看到了自己的要求和理想，故而她們的批語也十分注重對情的闡揚。

閨閣女子對大膽言情之作《牡丹亭》的閱讀和批評，傳達出一個不容忽視的信息，即此類戲曲劇本的消費在很多家庭不僅不會遭到反對，有時還會受到男性文人的鼓勵。明末社會風氣開放，士人嗜曲之風頗盛，《牡丹亭》問世不久，即「家傳戶頌，幾令《西廂》減價」，〔註53〕廣泛流行於社會的同時滲入到閨閣之中也是十分自然的事；與此同時，社會對女子的期望和思想教育也發生了很大的變化，《西廂記》、《牡丹亭》一類的戲曲作品甚至可以用來當作教育女子、訓練女子儀容氣質的教科書，如明末衛泳《悅容編·博古》篇說：「女人識字，便是一種儒風。故閱書畫，是閨中學識……如宮閨傳，《列女傳》，諸家外傳，《西廂》，玉茗堂《還魂》、《二夢》，雕蟲館《彈詞六種》，以備談述歌詠。」〔註54〕更爲普遍的是，劇本的閱讀作爲一種日

〔註49〕高彥頤《閨塾師——明末清初江南的才女文化》，第 77 頁。
〔註50〕〔清〕程瓊《批才子牡丹亭序》，見毛效同編《湯顯祖研究資料彙編》（下），上海古籍出版社，1986 年，第 920 頁。
〔註51〕〔明〕張大復《梅花草堂筆談》，見毛效同編《湯顯祖研究資料彙編》（下），第 849 頁。
〔註52〕〔清〕李淑《吳吳山三婦合評牡丹亭還魂記·跋》，戴龍基主編《不登大雅文庫珍本戲曲叢刊》（六）影印本，北京：學苑出版社，2003 年。
〔註53〕〔明〕沈德符《顧曲雜言》，《中國古典戲曲論著集成》（四），第 206 頁。
〔註54〕收入蟲天子《香豔叢書》一集卷二，人民文學出版社，1990 年影印，第 67 頁。

常文化娛樂、消遣的方式而獲得認可，成爲很多閨閣女子日常生活中一種公開的行爲。如俞二娘獲讀《牡丹亭》，是父親親自授與的；葉小鸞在她的《返生香》中寫下幾首題杜麗娘小照的七絕，傾訴她對杜麗娘的深深心儀和深切同情，父親葉紹袁在詩後附上批語，並將這些詩作收入了全家人的作品合集《午夢堂集》中。入清之後，統治者加強思想文化控制，《西廂記》、《牡丹亭》等被劃入「誨淫」作品之列而常出現於統治者關於查禁淫戲小說的法令之中。〔註55〕但即使是身爲最高統治者的清朝皇帝們也沒能抗拒其巨大的精神及藝術魅力，《牡丹亭》中的一些折子戲在宮廷中也有頻繁演出，〔註56〕劇本的流傳也從未停歇，在一些士人家中，甚至出現了父女共賞、夫婦同評的現象。〔註57〕事實上，伴隨著清代才女文化極盛局面的到來，具有極高文化水平和文藝鑒賞能力的才女更容易將女性讀者對《牡丹亭》的癡迷和把玩發揮到極致，如康熙間一位常熟士紳之家的女詩人陳蘭修，從《牡丹亭》中選取一些精華詩句，並將它們排列成一種雙關語，稱之爲牌譜，以用作女性閨閣中的一種遊戲，她的一位男性親屬以欽佩、稱賞的語氣記載了此事。〔註58〕康熙間刊印的《牡丹亭》最重要的婦女評本《吳吳山三婦合評牡丹亭還魂記》，其第一位評者黃山才女陳同，在嫁給錢塘書生吳人（字吳山）之前，癡迷於校對、改正《牡丹亭》的不同版本的工作，後從其嫂手中得到一個權威版本，不能再作校正，便開始在頁邊草寫評論，惜罹病夭逝。吳人先後續娶的兩位妻子談則、錢宜在陳同的評語基礎之上，以同樣的精神完成對整書的評注，後由吳人公開刊印出版。〔註59〕《三婦評本》是中國歷史

〔註55〕詳見王利器《元明清三代禁燬小說戲曲史料》（上海古籍出版社，1981年）及丁淑梅《明清禁燬戲曲對戲曲生態發展的影響》（《晉陽學刊》2004年第6期）。明代目前還未見官方禁燬戲曲劇目的禁令，但從順治到光緒，清朝每一個皇帝都頒佈過關于禁燬淫戲小說的法令。

〔註56〕詳見李玫《湯顯祖的傳奇折子戲在清代宮廷裏的演出》，《文藝研究》2002年第1期。

〔註57〕父女共賞《牡丹亭》見於清嘉慶十四年所刻王筠及其父王元常、子王百齡的詩詞合集《西園瓣香集》，上卷有王元常《偶題玉茗四夢》四首，中卷有王筠《題湯臨川四夢》詩四首。王氏父女喜愛觀劇，見後詳述。清代有一部著名的評注《牡丹亭》的奇書——《才子牡丹亭》，是程瓊和吳震生夫婦合作的結果。

〔註58〕〔清〕劉本沛《後虞書》：「陳蘭修，即濟遠族姑，郡守遵凡公之孫女，……善山水，能詩。有與夫唱和田園詩及《湯若士牡丹亭牌譜》，皆奇絕。」毛效同編《湯顯祖研究資料彙編》（下），第883頁。

〔註59〕《三婦評本》的成書情況見吳人、談則、錢宜《還魂記序》，《吳吳山三婦合

上第一部出版的女性戲曲批評著作，雖遭到一些道學家的攻擊，但其價值與貢獻也得到了男性評論者的承認。〔註60〕康、雍間精通書史的休寧才女程瓊，爲讓天下女子瞭解《牡丹亭》之妙、之奇，逐出逐句地取「中國所有之子、史、百家、詩詞、小說」〔註61〕對原劇的語源語義、曲詞內涵、人物思想進行細緻的箋注和評點，經其夫吳震生改易增補爲三十餘萬言的《才子牡丹亭》刊刻問世，該書規模之龐大、徵引之廣博、識見之獨特，堪稱「古代戲曲的第一奇評」。〔註62〕若非吳人、吳震生等男性文人的支持、肯定和推助，吳山三婦和程瓊的《牡丹亭》評本很可能會和其他閨秀的手批本一樣，難免「飄泊無存」的命運，也正是得益於這些思想開明文士的支持和庇護，明清閨秀得以在閨閣之中自由從事觀劇、讀曲、評曲乃至寫作劇本的活動，找到一片新的展現才華、表達自己情感的園地。

二、婦女與清中葉至清末的戲曲文化

自清朝康、乾以後，文人劇本創作之潮開始衰退，文人參與創作的積極性不如以前，其整體水平也有明顯下降，傳奇和雜劇的創作均顯示出衰頹的景象。

從康熙末年開始，戲曲文化生態較之明末清初發生重大變化，各種地方聲腔劇種如雨後春筍般湧現、成長，有力地衝擊著崑曲獨霸劇壇的地位。至乾、嘉之際，那些被稱爲「花部」和「亂彈」的新興地方劇種，漸漸取代雅部崑劇，在南北各地劇壇上占盡上風。花部亂彈與雅部崑劇審美風格迥異，亂彈曲調慷慨、文詞猥鄙，崑劇曲調悠揚、文詞典雅。自明中期起，文人傳奇創作幾乎都是以崑腔爲依附體，遵守著崑腔的模式，少有例外，而花部地方戲的興起，「對於崑劇傳奇創作來說，簡直無異於釜底抽薪」。〔註63〕知識階層對崑曲的特別偏愛和大量投入，曾經締造了一個戲曲文學、演出、理論

評牡丹亭還魂記》，《不登大雅文庫珍本戲曲叢刊》（六）影印。

〔註60〕如乾隆末著壇主人張宏毅說：「集唐詩注出作者姓名，三婦本頗有功，今採補之。」見《重刻清暉閣批點〈牡丹亭〉凡例》，收入《湯顯祖研究資料彙編》（下），第933頁。

〔註61〕阿傍（程瓊）《批才子牡丹亭序》，江巨榮、華瑋點校《才子牡丹亭》，臺北：臺灣學生書局有限公司，2004年。

〔註62〕江巨榮、華瑋《才子牡丹亭・導言》，江巨榮、華瑋點校《才子牡丹亭》，第29頁。

〔註63〕郭英德《明清傳奇史》，南京：江蘇古籍出版社，2001年。第507頁。

探索全面繁榮的時期，但其所帶來的弊端也越來越明顯：傳奇曲詞的文雅清麗變成了詞藻、典故的堆砌、填塞，案頭化傾向嚴重；曲調的悠揚婉轉，變成了令人聽而欲睡的催眠之曲，形式內容日益僵化，遠不如新鮮活潑、通俗生動的新的戲曲形式更加吸引觀眾。與此同時，雍、乾年間，由於朝廷屢次頒佈禁止官員蓄養歌童、優伶的條令並嚴厲執行，縉紳士大夫蓄養家班的情況較明末清初時急度銳減，〔註64〕家班作為文人試演新戲、切磋劇藝的重要場所，在明末清初繁盛的戲曲文化中發揮了巨大的作用，家班逐漸退出上層知識家庭傳遞出文人對戲曲的興趣已遭破壞、消解的信息。事實上，清中期後，由於思想文化控制的嚴厲，文人學者或者埋頭鑽進故紙堆，移心力於訓詁考訂，注解儒學經典；或者注目傳統的文學樣式如詩詞、古文，多不屑染指戲曲「小道」，像明末張岱、祁彪佳那樣嗜戲如命、觀劇若癡的文人幾乎已完全絕跡。吳梅《中國戲曲概論》亦云：「乾嘉以還，經術昌明，名物訓詁，鑽研深造，曲家末藝，等諸自鄶，……又自康雍後，家伶日少，臺閣巨公，不喜聲樂，歌場奏藝，僅習舊詞，間及新著，輒謝不敏，文人操翰，寧復為此？」〔註65〕由此至清末，則「才士按詞，幾成絕響」。乾嘉以降，除了夏綸、唐英、張堅、蔣士銓、楊潮觀、楊恩壽等屈指可數的作家和為數不多的作品之外，再沒有什麼可大書特書的了。

儘管在清中葉後，文人劇本創作之潮和崑曲演出之風頹勢明顯，但婦女對戲曲的熱愛之情未有稍減。有清一代從中央法令、地方法規到社會輿論，對女子觀劇、聽曲的行為做出了許多限制，〔註66〕為正風化、嚴閨範，封建統治者和衛道士不僅反對婦女外出觀戲，即使家宴演劇時垂簾觀之，也會驚呼「婦女垂簾坐看，羅襪弓鞋，隱隱露於屏下，濃妝豔服，嬉嬉立於簾前，指座客以品評，聆歌聲而擊節，座中浪子，魂已先銷，場上優人，目嘗不轉：醜之至矣！恥孰甚焉！」〔註67〕認為是極傷風化之舉而主張對之嚴厲約束。然而，透過當時地方所頒佈的各種法規法令，恰恰可以看出婦女觀看戲曲之

〔註64〕　徐珂《清稗類鈔・戲劇》「串客」條有云：「雍、乾間，士夫相戒演劇，且禁蓄聲伎。」北京：中華書局，1986年。
〔註65〕　王衛民編《吳梅戲曲論文集》，北京：中國戲劇出版社，1983年，第166頁。
〔註66〕　在王利器輯《元明清三代禁燬小說戲曲史料》一書中，清代「禁婦女入廟觀戲」、「禁婦女看戲燒香」、「婦女不可看戲」、「婦女禁止看戲」的條令隨處可見。
〔註67〕　〔清〕溫序《病餘掌記》卷一，轉引自王利器《元明清三代禁燬小說戲曲史料》，第258頁。

極大熱情：江西遇迎神賽會時，「男女雜沓，觀者如堵」〔註68〕；陝西逢喪中演戲時，「恒舞酣歌，男女聚觀」〔註69〕；官員張觀準知河南某府時，因「俗婦女好看廟戲，禁之不革」，甚至要親自率役僕坐於廟門前圍堵攔截，〔註70〕……她們對待戲曲的熱情，即使遭到封閉羞辱也屢禁不止。

　　清代閨秀才女群體崛起，她們具有一定的知識基礎和較為高雅的審美趣味，故更容易青睞雅部崑曲的演出和文人的傳奇、雜劇創作。在崑曲演出市場日漸縮小、戲曲劇本創作整體水平不高的清中葉以後，閨秀才女通過閱讀、評賞劇本而表現出來的對戲曲的鍾情，並不遜於戲曲文化極為繁盛的明末清初時期，那些能夠滿足閨秀讀者對自我情感和生存狀態的關注的傳奇（或雜劇）作品，往往甫經問世即能在閨閣之中引起強烈反響。清中葉合肥作家趙對澂（1798～1860，字野航）作有傳奇《酬紅記》，記敘嘉慶間四川女子杜鵑紅遇難而死的事迹。鵑紅曾於逃難途中，在富莊旅店的牆壁上題詩一首，並有小序自述身世。趙對澂寫此劇固然有對異性詩人的激賞之意，更多的是對杜鵑紅「情慘境悲」之孤苦和病死異鄉的不幸遭際的同情，此劇情節既不曲折，也沒有熱鬧的穿插，完全以一種對薄命才女的命運的歎惋之情「把一個題材枯窘的故事寫得感動得讀者會落下淚來」，〔註71〕為之題詞的文人竟多達四十位，其中女讀者就有王瑾、袁綬、袁青、袁嘉、吳素、張季芬、王畹蘭和何佩玉等多人，「我亦恨人根觸易，一回讀曲一潸然」（袁嘉）、「佳人小傳才人筆，挑盡蘭登不忍看」（袁綬）、「世間薄命知多少，豈獨傷心杜宇聲」（王瑾）等詩句寫盡了她們在挑燈讀曲時所引起的強烈的情感共鳴。戲曲家黃燮清（1805～1864）作於道光年間的傳奇《帝女花》，演明崇禎皇帝朱由檢之女長平公主與駙馬周世顯的悲歡離合，「哀感頑豔、聲情俱繪，一時傳覽無虛日」（刻本卷末黃際清跋），查慧、許延礽、沈金蕊、徐宗淑、席慧文、萬鈿、錢寶珩、吳藻等多位女子閱後唏噓不已，紛紛留下題詠

〔註68〕乾隆七年七月江西「陳宏謀禁止賽會斂錢示」，《元明清三代禁燬小說戲曲史料》，第109頁。
〔註69〕乾隆十年陝西「陳宏謀巡歷鄉村興除事宜檄」，《元明清三代禁燬小說戲曲史料》，第110頁。
〔註70〕〔清〕醉醒生《莊諧選錄》卷四引《俟徵錄》，《元明清三代禁燬小說戲曲史料》，第130頁。
〔註71〕吳曉鈴《〈酬紅記〉及其作者》，見《吳曉鈴集》（五），石家莊：河北教育出版社，2006年，第142頁。

之作。乾、嘉年間重要的女劇作家王筠和吳蘭徵皆喜觀劇、讀戲，在王筠的詩集中，不僅可見她觀賞當時舞臺上流行的折子戲的《詠戲雜出》詩，即令乾隆間問世的金兆燕的《旗亭記》，她亦有感題之作；吳蘭徵熟讀元雜劇，「嘗取《元人百種曲》，摘其新豔淡遠者，蠅頭端楷手錄之」，〔註72〕而尤喜乾隆間戲曲大家蔣士銓（1725～1785）的劇作，曾爲他的《香祖樓》傳奇和《四弦秋》雜劇撰寫題辭。在吳蘭徵的傳奇《絳蘅秋》中，無論是褒揚雅正之情的創作主旨、還是劇作結構安排、戲中戲手法的運用，皆可看到蔣士銓劇作的影響。在文人戲曲創作日趨衰頹的清中葉以後，活躍於才女文化中的一批才女讀者以她們讀曲、評戲的熱情實踐，充當了蕭條期文人劇作家的閨閣知音。不僅如此，她們中的一些人也選擇將傳奇／雜劇作爲抒寫個人心志、表達自身情感的重要方式而加入戲曲創作的隊伍，王筠、吳蘭徵、吳藻、劉清韻等人的戲曲作品在文人中間同樣獲得了較大的反響，爲戲曲文學史貢獻了閨閣操練的經驗和成果。

　　道光二十年（1840）鴉片戰爭爆發，中國社會發生深刻的轉折和變化，多種文化因子交彙碰撞，戲曲界亦醞釀著一場大的變革。在這種特殊的文化背景下生成的晚清戲劇，已表現出迥異於古典戲曲的獨特品格，大批先進知識分子直面社會現實，以戲曲創作的方式表達他們對社會劇烈動蕩時期時事和社會的關懷。面對動蕩不安、國事日非的社會現實，晚清時期不少才女作家亦開始突破傳統婦女文學題材，以戲曲關注社會、時代和人生。江蘇戲劇才媛劉清韻的《望洋歎》和寓居上海的女作家古越嬴宗季女的《六月霜》是現知明清婦女劇作中並不多見的直接表現時代背景的劇作，尤其後者譜寫愛國女俠秋瑾事迹，在秋瑾殉難後不久後問世，贏得當時許多女性知識分子的關注，爲之撰寫題詞的有「南徐香雪前身」、「宛溪雙玉詩媛」、「蘇臺桂宮仙史」、「初雲女史」、「巫雲女史」諸位女子。

　　遲至清末民初，仍有杭州才女陳小翠鍾情傳統戲曲樣式，以傳奇和雜劇的創作表達個人在急遽變化的社會現實中對這一轉折時代的特殊感受和思索。陳小翠的父親陳蝶仙是鴛鴦蝴蝶派的著名作家，好小說、戲曲、彈詞和詩詞，曾作傳奇共七種；兄陳小蝶亦工詞曲，有傳奇一部、雜劇二種。陳小翠十六歲時即在父親所辦《文苑導遊錄》上發表戲曲作品，該書所刊傳奇雜

〔註72〕　〔清〕俞用濟《室人吳孋寶香倩傳》，見吳蘭徵《零香集》，嘉慶十一年（1806）撫秋樓刊本。

劇多將陳栩正譜本與作者原著本同時刊出，從中可以真切地感受到在陳栩和他的子女、弟子及其他追隨者們中間，營造了極佳的切磋戲曲創作、文學技藝以求共同進步的氛圍。正是這種氛圍的影響，造就了陳小翠這位女性傳奇雜劇創作的殿軍，令明清婦女與戲曲之因緣至民初仍延續不衰。

三、明清女劇作家的戲曲因緣

檢索中國戲曲史可知，明清兩代至少有二十九位女性從事過戲曲創作，創作的戲曲作品在六十八種之上（今存全本三十三種，另有殘本三種）。具體情況見下表所示：

作　家	年　代	字　號	籍　貫	劇　作	其他作品	備　註
馬守真	1548～1604	字月嬌，號湘蘭	寓金陵	《三生傳》	《湘蘭子集》	金陵妓，與戲曲家王稚登交善
梁孟昭	約1560～約1640	字夷素	浙江錢塘	《相思硯》	《墨繡軒集》、《山水吟》、《山水憶》	
梁小玉	明末	字玉姬，號琅嬛女史	寓吳興	《合元記》	《琅嬛集》、《千家記事珠》、《詠史錄》、《古今女史》、《古詩集句》、《樂府驪龍珠》等	吳興妓
阮麗珍	（1609以前～？）	不詳	安徽懷寧	《夢虎緣》、《鸞帕血》、《燕子箋》	不詳	阮大鋮之女，相傳《燕子箋》為阮麗珍草創
葉小紈	1613～1657	字蕙綢	江蘇吳江	《鴛鴦夢》	《存餘草》	葉紹袁女，沈璟孫媳
姜玉潔	清初在世	不詳	不詳	《鑒中天》	不詳	女道士
林以寧	生於1655，卒於1730以後	字亞清	浙江錢塘	《芙蓉峽》（與其夫錢肇修合撰）	《鳳簫樓集》、《墨莊詩鈔》（附《詞餘》、《文鈔》）	「蕉園七子」之一，丈夫為洪昇表弟
李懷	清初在世	字玉燕	江蘇華亭	《雙魚譜》（與其夫曹重合撰）	《問花吟》、《繫聯環樂府》	
曹鑒冰	生活於清順、康間	字葦堅，號月娥	江蘇金山	《瑤臺宴》	《清閨吟》、《繡餘試硯稿》	李懷之女
張藜	清初	字探於，別署衡棲老人	江蘇長洲	《雙叩閽》	《衡棲集》	《才星現》與《醒蒲團》二劇疑亦為張藜所作

張令儀	1668～1752	字柔嘉	安徽桐城	《乾坤圈》、《夢覺關》	《蠹窗詩集》、《蠹窗二集》、《錦囊冰鑒》	大學士張英之女、張廷玉姊
李靜芳	1668～1748	字又淑，一字紉蘭	江蘇長州	《丹晶串》	不詳	
宋淩雲	約生於1691，卒於1761前	字逸仙	江蘇吳縣	《瑤池宴》	《軒渠初集》	
程瓊	約生於1695，卒於1732之前。	字飛仙，號安定君，亦稱轉華夫人	安徽休寧	《風月亭》	《雜流必讀》、《繡牡丹》	戲曲家吳震生妻
孔繼瑛	約生於1717之前，卒於1786	字瑤圃	浙江桐鄉	《鴛鴦佩》	《瑤圃集》、《慎一齋詩集》、《南樓吟草》	
許燕珍	生於1736，卒於1803之後	字儷瓊，一字靜含	安徽合肥	《保貞蕘》、《紅綃詠》	《鶴語軒詩集》、《松窗詞草》、《蕭餘小草》	《廬州府志》記徐幹妻吳氏有《紅綃詠》傳奇
王筠	1749～1819	字松坪，號綠窗女史	陝西長安	《繁華夢》、《全福記》、《遊仙夢》	《西園瓣香集》、《槐慶堂集》	
姚素珪	生於乾隆初，壽八十餘	字靜儀	江蘇常熟	傳奇三種，譜五代十國事，佚名。	《伴雲小詠》	
吳蘭徵	1776～1806	原名蘭馨，字香倩，又字軼燕，號夢湘	新安（今浙江安徽一帶）	《三生石》、《絳蘅秋》	《零香集》《金閨鑒》	袁枚女弟子；丈夫俞用濟為《絳蘅秋》補作二齣
桂仙	生於1784，卒於1820之前	不詳	滿洲	《遇合奇緣記》	不詳	某藩王福晉
姚氏	生於乾隆末	不詳	廣西臨桂	《才人福》、《十二釵》（與朱鳳森合撰）	不詳	戲曲家朱鳳森妻
吳藻	約1799～1862	字蘋香，號玉岑子	浙江仁和	《喬影》（一名《飲酒讀騷圖曲》）	《花簾詞》、《香南雪北詞》、《花簾書屋詩》	陳文述女弟子
顧太清	1799～1877	字梅仙，號太清，自署西林春或太清春，別號雲槎外史。	滿洲鑲藍旗	《桃園記》、《梅花引》	《紅樓夢影》、《天遊閣集》、《東海漁歌》	多羅貝勒奕繪之側福晉

何珮珠	道光間在世	字芷香	安徽歙縣	《梨花夢》	《環花閣詩鈔》、《竹煙蘭雪齋詩鈔》、《紅香窠小草》	
劉清韻	1841～1915	字古香，小字觀音	江蘇沭陽	《黃碧簽》、《丹青副》、《炎涼券》、《鴛鴦夢》、《氤氳釧》、《英雄配》、《天風引》、《飛虹嘯》、《鏡中圓》、《千秋淚》、《拈花悟》、《望洋歎》，另佚失十二種	《小蓬萊仙館詩鈔》、《瓣香閣詞》、《小蓬萊仙館曲稿》	《小蓬萊傳奇》十種由樸學大師、戲曲作家俞樾作序並推薦出版
王妙如	約1877～約1903	名保福，號西湖女士	浙江錢塘	《小桃源》	《女獄花》小說、唱和集詩詞	羅景仁妻
古越嬴宗季女	清末	姓劉，人稱「劉家小妹」	原籍浙江，寓居上海	《六月霜》	不詳	
陳慧	1883～1947	字仲瑄，別署拜石	湖北江夏	《冰玉影》	不詳	趙恩彤妻，趙樸初母
陳小翠	1902～1968	名璻，字翠娜，又字小翠	浙江錢塘	《焚琴記》、《夢遊月宮曲》、《自由花雜劇》、《護花幡雜劇》、《除夕祭詩》、《黛玉葬花》	《翠樓吟草全集》；小說《療妒針》、《情天劫》、《望夫樓》、《薰蕕錄》、《視聽奇談》等	陳蝶仙（天虛我生）長女

（注：此表依作家生年先後排序。現存於世的劇本以小四號字加黑標示，其中殘本三種爲《三生傳》、《鑒中天》、《芙蓉峽》）

　　從晚明萬曆間的秦淮名妓馬守眞，到清末民初上海的閨秀才女陳小翠，中國古代戲曲史上的二十多位女劇作家可謂生活於不同時期、地域、出身於不同的家庭、有著不同的身份和經歷。然而細加分析她們走上戲曲創作道路的條件和原因，卻能發現許多共通之處。

　　首先，就作家的個人素質來看，明清女劇作家大都表現出了多方面的天賦和才思，不僅有著深厚的詩詞功底，而且有較爲廣博的歷史聞見和豐厚的藝術素養，爲她們從事作爲綜合藝術的戲曲的創作打下了堅實的基礎。

　　古典戲曲是劇詩，其曲詞是在詩詞的基礎上發展起來的，若無詩詞創作

的功底，便難撰寫出詩筆芬芳的曲文，達到極富詩意的抒情效果。明清女劇
作家大多兼擅詩詞的創作，除阮麗珍、姜玉潔、李靜芳、桂仙、姚氏（朱鳳
森妻）和劉氏（贏宗季女）的相關著述難以查考之外，其他諸位皆有詩詞專
集問世，且作品多爲當時各類詩詞總集所收錄，她們的筆墨贏得了不少文人
雅士的推重，如王稚登、冒愈昌之於馬守眞，葛徵奇之於梁孟昭，沈德潛、
薛雪之於宋淩雲，袁枚、姚鼐、萬榮恩之於吳蘭徵，阮元之於顧太清，王詡、
俞樾之於劉清韻等等，對她們在詩詞方面的創作才華無不是讚譽有加，又往
往付諸行動，積極爲之刻集作序。尤爲可稱者，林以寧是清初最著名的女子
詩社「蕉園七子」的倡導者，「執騷壇之牛耳，傳彩筆於娥眉」，〔註73〕頗蜚
聲於西子湖濱；張藻是清初著名文士、戲曲家尤侗的女弟子，尤侗評她的詩
作或「吐詞清婉」，或「逸致翩翩」，或「淡而有味」，或「情景俱眞」，〔註74〕
並積極地向輯錄《燃脂集》的王士祿推薦她的詩詞作品，《林下詞選》的編者
周銘也極爲推重張藻的詞作，認爲她的詞堪與宋代著名女詞人吳淑姬並肩；
〔註75〕吳藻曾拜杭州名士陳文述爲師，在詞曲上的成就轟動一時，「時下名
流，往往不逮」〔註76〕、「才氣闊大，詞筆豪邁，又較有思想性，頗有一洗綺
羅香澤故態，擺脫閨閣脂粉習氣的特色，不愧爲清代女詞人中的重要一家。」
〔註77〕顧太清在清代滿族詞人中，有「男中成容若，女中太清春」之譽，前
人將她與吳藻、徐燦相提並論，譽爲清代女詞人三大家，〔註78〕所取得的成
績亦令人側目。

　　在吟詠之餘，很多女劇作家遊獵群書，擁有較爲廣博的歷史聞見。明末
吳興妓梁小玉於史學方面的成就已於前文述及，清代閨秀劇作家中同樣不乏
精通經史、博學多才者，如吳蘭徵極喜《資治通鑒》，丈夫俞用濟說她「自
幼見《通鑒》而悅之也，迄今歷十餘年翻閱，浸熟於古人事迹。能見大意，
善會心，凡平時一舉一動皆證以史事」。〔註79〕她曾於史鑒中有涉於閨閫的

〔註73〕〔清〕惲珠《國朝閨秀正始集》卷四林以寧小傳。

〔註74〕徐乃昌輯，聞石點校《晚晴簃詩彙》，北京：中華書局，1990年，第8189頁。

〔註75〕〔清〕周銘《林下詞選》評張藻詞云：「其詞品似吳淑姬一流，當與《陽春白
　　　　雪》並傳。」

〔註76〕〔清〕黃燮清《香南雪北詞序》，道光三十年刻本。

〔註77〕周汝昌《紅樓夢新證》（增訂本），北京：人民文學出版社，1976年，第1106
　　　　頁。

〔註78〕〔清〕俞陛雲《清代閨秀詩話》「湘蘋以深穩勝，太清以高曠勝，蘋香以博雅
　　　　勝，卓然爲三大家」。

〔註79〕〔清〕俞用濟《室人吳躚寶香倩傳》，見吳蘭徵《零香集》。

內容多加摘錄，並以詩作一一評論之，「議論橫生，褒貶各當，皆克發前人所未發」，〔註80〕此書由俞用濟呈致袁枚，得到了袁枚的極力讚賞，爲之命名《金閨鑒》。程瓊熟悉史書和諸子書，曾將諸子百家所論的「師眾通微、得情制術」等十大問題，分門別類，又各附以史實例證，編爲《雜流必讀》一書，作爲兒子的啓蒙讀物。她和丈夫吳震生聯手爲湯顯祖的《牡丹亭》所作的箋注本《才子牡丹亭》於儒道佛典籍、歷史文獻、詩詞戲曲作品廣加徵引，內容之豐富令人驚歎。故事是戲曲的重要因素，古典戲曲多取材於歷史和小說，明清女劇作家對歷史故事和小說故事的廣加涉獵，對於豐富戲曲創作的題材、增強戲曲的敘事因素，均打下了極好的基礎。

「明代中葉以後，士大夫於凡百諸藝均有廣泛的愛好，而於書畫尤其偏愛。」〔註81〕在這種社會風氣的影響之下，很多才女於詩詞之外，另闢書畫這一方新的空間來發揮、展現她們的才華。明清女劇作家中亦有不少以善畫知名者，如馬守眞、梁孟昭、李懷、曹鑒冰、李靜芳、程瓊、吳藻、顧太清和陳小翠等。馬守眞之畫在晚明時期即已遠銷海外；梁孟昭的山水畫深遠秀逸，風格不群，「前代畫品中，如李公擇妹、文與可女、管夫人道昇，輝映筆墨，始知林下風調，爲最勝耳。」〔註82〕李懷、曹鑒冰母女的畫皆爲時所珍，曹鑒冰因家貧而以授經爲女師，其書畫之精妙爲四方名流所重，「造請者咸稱葦堅先生」。〔註83〕李靜芳得母孫氏之傳，頗善點染花卉與折枝果品，其夫蔣深亦工蘭竹，夫婦二人的筆墨「得者珍如拱璧」。〔註84〕吳藻曾自繪男裝小影，題名《飲酒讀騷圖》，表達自己對六朝名士疏放自由的嚮往，她傳唱大江南北的劇作《喬影》（又名《飲酒讀騷圖曲》）即據此畫而作，是對畫作中所表達的精神更加感慨淋漓的詮釋、宣泄。生於清末的陳小翠十七歲從山陰畫家楊士猷畫仕女，工筆堪稱一絕，後於上海創辦女子書畫會，因她詩詞曲、駢文、書法、繪畫無一不佳，人有「靈襟夙慧，女中俊傑」之譽。〔註85〕明清女劇作家在書畫方面的才藝與時代風尚的濡染有關，亦是個人豐厚的藝術修養的體現。

〔註80〕〔清〕俞用濟《室人吳躚寶香倩傳》，見吳蘭徵《零香集》。

〔註81〕夏咸淳《晚明士風與文學》，北京：中國社會科學出版社，1994年，第69頁。

〔註82〕〔明〕徐沁《明畫錄》卷五「名媛·梁孟昭」條，《叢書集成初編》，上海：商務印書館，1936年。

〔註83〕〔清〕惲珠《國朝閨秀正始集》卷五「曹鑒冰」條。

〔註84〕民國《吳縣志》之《婁關蔣氏本支錄》。

〔註85〕陳聲聰《兼於閣詩話》，上海：上海古籍出版社，1985年，第251頁。

古典戲曲是一門綜合藝術，其文體特徵正如清初戲曲大家孔尚任所云：「傳奇雖小道，凡詩賦、詞曲、四六、小說家，無體不備。至於摹寫鬚眉，點染景物，乃兼畫苑矣。其旨趣實本於三百篇，而義則春秋，用筆行文，又左、國、太史公也。」〔註86〕它的創作顯然需要多方面的才華和知識儲備，而明清女劇作家豐富的個人素養爲她們選擇這一文藝樣式來抒情寫意創造了條件。

其次，從作家生活的家庭環境來看，明清女劇作家的家境大都富於文學和戲劇氛圍，她們與戲曲結緣與家庭／家族文化氛圍的浸潤和影響多有密切關係。

冼玉清《廣東女子藝文考》自序女子成才的原因云：「其一名父之女，少稟庭訓，有父兄爲之提倡，則成就自易；其二才士之妻，閨房倡和，有夫婿爲之點綴，則聲氣相通；其三令子之母，儕輩所尊，有後嗣爲之表揚，則流譽自廣。」點明了家庭或家族環境對作家成長的重要關係。除晚明的名妓作家馬守眞、梁小玉和清初的女道士姜玉潔之外，其餘的女劇作家皆係閨秀，她們接觸並涉筆爲正統士大夫所不屑的戲曲，多是受到父輩或丈夫的影響，在他們的正面指導或間接影響之下開始戲曲創作的實踐。葉小紈在閨中時常與母沈宜修、姊葉紈紈、妹葉小鸞唱和相娛，葉氏一門五子三女並有文藻，「門內人人集，閨中個個詩」，〔註87〕表現出濃厚的寫作熱情。葉小紈後嫁與著名戲曲家沈璟之孫沈永禎，沈氏一門中繼沈璟之後步入劇壇的有沈自晉、沈自徵、沈自昌、沈永令、沈永喬、沈永隆等多人。沈自徵（1591～1641）是小紈的舅父，作有《漁陽三弄》（包括《霸亭秋》、《鞭歌妓》、《簪花髻》）雜劇，曾爲小紈的《鴛鴦夢》作序。沈氏一門熱衷曲學的家庭氛圍和沈自徵借劇作寓寫作家個人對具體生活事件的親身經歷的寫法，可以說對小紈創作帶有自傳性質的《鴛鴦夢》雜劇不無影響。阮麗珍之父阮大鋮爲晚明著名戲曲家，他所調教的家樂極爲出色，爲麗珍的戲劇創作提供了所需的物力、人力和智力方面的支持，前有詳論。清初《瑤臺宴》傳奇的作者曹鑒冰一家，是當時聲名遠播的一個文人家庭，父曹重、母李懷均擅詞曲，曾合撰《雙魚譜》傳奇，而曹鑒冰與母李懷、祖母吳胐皆能詩善畫，三代人有合刻詩稿曰《三秀

〔註86〕〔清〕孔尚任《桃花扇小引》，王季思、蘇寰中注《桃花扇》卷首，北京：人民文學出版社，1959年。
〔註87〕《午夢堂集》，第982頁。

集》。李懷與曹鑒冰母女同爲戲曲作家，這在古代戲曲史上是現已知的僅有的一例。王筠（乾、嘉間人）之父王元常亦喜好讀曲，尤其讚賞湯顯祖的「玉茗堂四夢」和沈采的《還帶記》，〔註88〕曾爲之題辭或仿擬劇中之曲以自娛。除了閱讀劇本，王氏父女也非常熱衷聽曲觀戲，王元常的「懷人組詩」中，有一首專懷舊伶人朱成，對他當年「聲韻爲梨園絕調」的出色技藝稱讚、感懷不已。朱成離開王家廿餘年之後，與王筠仍有音信往來，王筠對他早年唱曲時的音容意態仍然難以忘懷，同時爲他老衰、落魄的淒涼現狀頗爲傷感，寫下多首情眞意切的詩詞作品以抒懷。〔註89〕若非有著對戲曲藝術的尊重和癡愛，王氏父女不會與家中舊伶結下如此眞摯的情誼，王筠也正是在父親的影響之下，大量閱讀戲曲劇本、觀演舞臺上流行的新舊戲目並記錄下自己的觀感，成爲中國戲曲史上並不多見的同時涉足了創作和批評兩個領域的女戲曲家。

在清代，夫婦二人同爲戲曲家、聯手作劇的情況較爲突出，林以寧、程瓊、李懷、吳蘭徵、姚氏的家庭中都有很好的切磋曲藝的氛圍。林以寧的丈夫錢肇修是著名戲曲家洪昇的表弟，夫婦倡酬，爲士林佳話，二人聯手創作了《芙蓉峽》傳奇。程瓊之夫吳震生著有傳奇《玉勾詞客十三種》，亦是戲曲書錄《笠閣批評舊戲目》的作者，夫婦二人對《牡丹亭》下過相當深刻的研究功夫，合作完成了一部箋注《牡丹亭》的巨著奇書《才子牡丹亭》。〔註90〕吳氏之友史震林所著《西青散記》中，對吳、程二人詩詞酬倡、「共爲新曲數十種」的盛舉有眞切的描述，〔註91〕吳氏現存的十餘部曲作亦當包含了長於製曲的程瓊的才華。乾隆末年，百二十回本《紅樓夢》問世不久，即掀起了「紅樓戲」創作的熱潮，在現存十餘部清代「紅樓戲」劇本中，就有兩種爲

〔註88〕 王元常的詩集中有《偶題「玉茗四夢」》、《向閱〈還帶記〉有風花雪月四曲流傳已久，戲成四曲以遣積悶，不敢云工，但不與古人沿襲耳》等詩作，見王元常、王筠、王百齡合著《西園辮香集》卷上，清嘉慶己巳（1809）紫泉官署刻本。

〔註89〕 見王元常、王筠、王百齡合著《西園辮香集》卷中，清嘉慶己巳（1809）紫泉官署刻本。

〔註90〕 鄧長風《〈笠閣批評舊戲目〉的文獻價值及其作者吳震生》對吳震生、程瓊夫婦的生平和著述有詳考，見《明清戲曲家考略》，上海：上海古籍出版社，1994年，第430～441頁。

〔註91〕 〔清〕史震林《西青散記》卷一，張靜廬點校，上海雜誌公司據原貝葉山房本排印本，1935年，第41頁。

夫婦戲曲家合著：嘉慶間吳蘭徵將《紅樓夢》改編成戲曲《絳蘅秋》，惜僅填成二十五齣，未終稿而卒，其夫俞用濟遵照吳蘭徵原擬目錄續補了《珠沉》、《瑛弔》二齣，借寶玉哭悼黛玉的曲文抒寫對亡妻的悼念。俞用濟的友人許兆桂爲此劇作序時特別指出吳氏譜《絳蘅秋》原是出於「言情」，而維繫俞吳夫婦間之紐帶亦是一個「情」字，這部婦作夫續的「紅樓戲」，對曹雪芹原著「言情記恨」之旨做了非常感人的詮釋；嘉慶間戲曲家朱鳳森與其妻姚氏同樣愛好戲曲和《紅樓夢》小說，亦曾合譜「紅樓戲」《十二釵》，爲十二位紅樓女兒的悲劇命運作傳，蘊含改編者對薄命紅顏的悼惜之情，另有譜寫司馬相如和卓文君情事的《才人福》傳奇。朱、姚文藝素養深厚，長子朱琦後以文名著，成爲道光、咸豐間之古文大家，與夫婦二人的影響和薰陶是分不開的。

　　再次，從作家生活的地域環境來看，明清女劇作家主要集中在江蘇、浙江、安徽三省的長江三角洲地帶，以蘇籍、浙籍居多，皖籍次之，另在陝西、廣東、廣西、北京等地有零星分佈。江浙一帶經濟繁榮，人文薈萃，戲曲文化尤爲繁盛，堪稱「戲曲之鄉」：「至明中葉以後，製傳奇者，以江浙人居十之七八；而江浙人中，又以江之蘇州，浙之紹興居十之七八，此皆風習使然，不足異也。」〔註92〕這一地區不僅戲曲傳統的積澱非常深厚，至明中葉以後，同樣也是婦女文學的重鎮。梁乙眞《中國婦女文學史綱》中論道：「天下言文章者在東南，而錢塘、吳江婦女之學尤盛」。〔註93〕女劇作家多集中於此地，無疑是江浙一帶文化優勢的體現，也因這一地區歷來重視搜集、整理鄉邦文獻，而使更多作家及其作品的有關史料得以保存的緣故。

　　最後，從戲曲創作發展的歷程來看，女劇作家的戲曲創作實踐初興於明末清初，至清中葉之後方步入成熟發展階段。明末清初這一時期雖產生了多位女劇作家，且其中不乏廣受關注者（如葉小紈），但就作品質量而言，屬於獨立創作且影響較大的並不多，作品佚失的情況也十分嚴重。至乾嘉以後，創作了兩部少見的長篇傳奇、兼擅戲曲創作和批評的王筠，最早將《紅樓夢》改編成戲曲的吳蘭徵，有單折雜劇《喬影》廣爲傳唱、紙貴一時的吳藻以及一人作劇24種的劉清韻等多位重要作家，共同將清代婦女的戲曲創作推入成

〔註92〕王國維《錄曲餘談》，《王國維戲曲論文集》，北京：中國戲劇出版社，1957年，第226頁。
〔註93〕上海：開明書店，1932年，第394頁。

熟發展的階段。這一發展歷程，在整個中國戲曲發展的歷史進程中較男性作家傳奇、雜劇創作的發展顯得「慢一拍」，但卻與明清才女文化的興盛歷程基本上保持了一致。郭梅《中國古代女曲家的創作實踐及其心態》曾就婦女散曲創作而言，指出「中國婦女曲史的發展進程與整個曲體文學的發展進程基本同步，但又似乎落後一拍」〔註 94〕，這是「女性的被忽視的地位造成了耳目閉塞、延緩了女性文學的發展這個歷史事實的一個側面表現」，同樣道明了婦女戲曲創作發展「慢一拍」的原因。明清婦女的戲曲創作與這一時期戲曲文化的成熟和繁盛雖有著重要的關係，但它更是明清興盛的才女文化下的產物，是兩種文化交彙融通的結果。

〔註94〕《河北學刊》，1995 年第 2 期。

第二章　明清婦女劇作主題研究（上）

第一節　「私情」書寫

　　「私情」書寫是中國古代婦女文學較爲突出的內容特徵之一。[註1] 古代婦女之與文學結緣，多數是出於抒寫個人在日常生活中內心感受的需要，將之作爲表達一己之幽情私緒的載體。詩詞等抒情性較強、而又相對易於習學的文體，容納了女作家大部分私情內容的寫作。然而隨著生活體驗、文學經驗的不斷積纍，女作家中的佼佼者在大膽涉獵戲曲這種更爲複雜的文體形式時，亦在較大程度上使她們的劇作體現出了古代婦女文學鮮明的「私情」素質，有不少劇作是對作家個人因家庭生活、婚戀際遇而生的種種人倫情感做出的戲劇形式的演繹。「私情」書寫同樣成爲明清婦女劇作一項突出的特徵。

　　現存全部明清婦女劇作中，至少有九部屬於作家個人的「私情」書寫，按作品問世時間先後爲序，依次是：葉小紈《鴛鴦夢》雜劇、王筠《繁華夢》傳奇、桂仙《遇合奇緣記》傳奇、吳藻《喬影》雜劇、何佩珠《梨花夢》雜

[註1] 女性主義學者喬以鋼在論述古代婦女文學的整體特徵時曾指出：「女作家的傷懷多與婚戀際遇等私生活相關，立足點基本在於自身的現實處境，故『私情』色彩比較突出」，「與男子相比，她們更專注於個人家庭，更傾向於對日常生活中內心感受，特別是悲思愁緒的開掘與表現」（《中國古代婦女文學的感傷傳統》，《文學遺產》1991 年第 4 期）；並認爲「從漢高祖時戚夫人的淒婉的《永巷歌》到近代秋瑾早期閨閣生活中的誦愁之作，無不具有鮮明的私情素質、哀情色彩。」（《中國女性傳統命運及其文學選擇》，《天津師大學報》1996 年第 3 期）。這段論述道明帶有感傷性的私情寫作是婦女文學最爲突出的特徵。本文將作家對自身日常私生活中的情感意緒的書寫概之爲「私情書寫」。

劇、顧太清《梅花引》與《桃園記》傳奇、劉清韻《拈花悟》雜劇、陳慧《冰玉影》傳奇和陳小翠《夢遊月宮曲》雜劇等。這些劇作具有明顯的自傳性質，所敘劇情本於作者經歷過的具體生活事件，重在抒發作家日常私生活中的情感意緒，並無激烈的戲劇衝突。就作品所表達的思想、情感意涵來看，王筠的《繁華夢》和吳藻的《喬影》側重抒發作家對自身性別角色的牢騷，因特殊的「性別議題」而廣受關注，故本文將之置於「性別思索」專節中進行討論。對葉小紈《鴛鴦夢》、桂仙《遇合奇緣記》、何佩珠《梨花夢》、顧太清《梅花引》和劉清韻《拈花悟》等極具代表性的婦女劇作家「私情」寫作的作品，本文以「私情劇」概稱之，以區別於那些有故事本源的、情節性較強的愛情改編劇。

一、自傳性與情感之私密性：「私情劇」的突出特徵

　　戲曲是一種抒情性與敘事性兼備的藝術形式，「戲曲者，有是情，且有是事，而詞人曲肖之者也。」〔註2〕它雖有著鮮明的抒情特性，但歸根結底是一門敘事藝術，以人物和事件構成不可或缺的文體要素。縱觀中國古代戲曲史，劇作家在處理劇作的人物和事件方面，有兩種較爲普遍的傾向，一是擷取傳聞小說、正史雜傳、政治時事中的人物和事件作爲劇作構思的基礎，此爲改編劇；一是自我設計題材，「脫空杜撰」、「捏造無影響之事」，〔註3〕此爲獨創劇。前者自元雜劇以來即已蔚爲大觀，多爲劇作家「借他人酒杯，澆自己塊壘」之載體；後者在明末浪漫主義思潮興起之後盛行於劇壇，成爲劇作家標新立異、展示和標榜自我個性的手段。介於這兩種創作傾向之間，還有一種十分特殊的構思方式和寫作特點，即無題材來源，以與作家個人生活經歷緊密關係之人和事入戲，以戲曲爲作家自敘傳的創作手法。明初張瑀《還金記》以作者自己作爲劇中主角，寫實人實事，「在明代傳奇中實開先聲」，〔註4〕後雖有廖燕《柴舟別集》雜劇四種、徐爔《寫心雜劇》、湯貽汾《逍遙巾》等劇作對這一手法進行不同程度的承繼與發揮，但從總體上來看，帶有自傳性質的書寫方式在中國戲曲史上不過是細枝末流。

〔註2〕　〔明〕周之標《吳歈萃雅》卷首，王秋桂《善本戲曲叢刊》（第2輯），臺北：臺灣學生書局，1984年影印本。
〔註3〕　〔明〕王驥德《曲律‧雜論上》，《中國古典戲曲論著集成》（四），北京：中國戲劇出版社，1957年，第147頁。
〔註4〕　郭英德《明清傳奇史》，南京：江蘇古籍出版社，2001年，第99頁。

在明清婦女劇作中，自傳性卻是一種較為普遍的書寫特徵。尤其在書寫「私情」內容的劇作中，它既是創作思維的特徵，同時又是最直接的創作動機和目的。茲以幾部最具代表性的「私情劇」為例來說明。

1、葉小紈《鴛鴦夢》

明末葉小紈的《鴛鴦夢》是現存唯一一部完整的明代婦女劇作。小紈（1613～1657）字蕙綢，吳江葉紹袁與沈宜修次女，十八歲適曲壇盟主沈璟之孫沈永禎。《鴛鴦夢》現存明崇禎間刊本，戲曲家、小紈舅父沈自徵為《鴛鴦夢》所作《小序》署「崇禎丙子秋日」，可知在崇禎九年、小紈二十四歲時此劇即已完成。沈自徵稱：「若夫詞曲一派，最盛於金元，未聞有擅能閨秀者。……綢甥獨出俊才，補從來閨秀所未有，其意欲於無佛處稱尊耳。」〔註5〕足見此劇在明清婦女戲曲史上的重要意義。

葉紹袁一門人才濟濟，葉、沈所育五女八男，俱有文采。小紈與姊葉紈紈（1610～1632，字昭齊）、妹葉小鸞（1616～1632，字瓊章，又字瑤期）最為情深，姊妹間多有詩詞唱和之作。崇禎五年（1632）十月，小鸞於臨嫁前七日患奇病身亡，年僅十七。已出嫁的大姊紈紈剛為愛妹吟成催妝詩，遽聞兇信，趕回哭妹，竟因悲慟過度而亡。小紈於兩月間驟失姊妹，經歷了人生中最為慘痛的變故，她的《鴛鴦夢》雜劇，如舅父沈自徵所言，正為傷悼姊妹而作：

> 《鴛鴦夢》，予甥蕙綢所作也。諸甥姬皆具逸才，謝庭詠絮，璧月聯輝，洵為盛矣。迨夫瓊摧昭折，人琴痛深，本蘇子卿『昔為鴛與鴦』之句。既已感悼在原，而瓊章殞珠，又當于飛之候，故寓言匹鳥，托情夢幻，良可悲哉。」〔註6〕

沈氏這段小序指明了《鴛鴦夢》的寫作動因和劇名之來歷。蘇子卿「昔為鴛與鴦」之句出自漢代大將蘇武的一首別兄弟詩，〔註7〕蘇武以「昔為鴛與鴦，今為參與辰」之句表達對兄弟離別的感慨，而小紈藉以抒寫姊妹陰陽相隔的

〔註5〕　〔明〕葉紹袁原編、冀勤輯校《午夢堂集》，北京：中華書局，1998年，第387頁。

〔註6〕　〔明〕沈自徵《鴛鴦夢·小序》，見《午夢堂集》，第387頁。

〔註7〕　〔漢〕蘇武的這首別兄弟詩全文為：「骨肉緣枝葉，結交亦相因。四海皆兄弟，誰為行路人？況我連枝樹，與子同一身。昔為鴛與鴦，今為參與辰。昔者常相近，邈若胡與秦。惟念當離別，恩情日以新。鹿鳴思野草，可以喻嘉賓。我有一樽酒，欲以贈遠人。願子留斟酌，敘此平生親。」〔梁〕蕭統《文選》第三冊，上海：上海古籍出版社，1986年，第1354頁。

人生缺憾，亦頗恰當。又，小鸞之夭逝，正在成婚前七日，該劇《楔子》中主人公蕙百芳有狂風吹折並頭蓮，將鴛鴦驚散之夢兆，「鴛鴦夢」也可作為良姻未遂之象徵，蘊含小紈對妹妹將婚而卒的歎惋。

《鴛鴦夢》共四齣一楔子，演西王母侍女文琴、上元夫人侍女飛玖、碧霞元君侍女苣香偶語相得結為兄弟，王母以為她們凡心少動，將三人貶下塵寰，使她們見人寰中離合聚散，悲歡愁恨，有同夢幻泡影。苣香降生為書生蕙百芳（字苣香），與文琴降生的昭綦成（字文琴）、飛玖降生的瓊龍雕（字飛玖）於鳳凰臺一見如故，結為兄弟。三人於中秋佳節賞月暢飲，共恨世道不平，皆有歸隱林泉之志。臨別時，約定一年後再聚於此地。次年中秋，苣香來到鳳凰臺，惟有秋風細雨，不見文琴、飛玖，思念之情更甚。不料次日即得飛玖病故之噩耗，苣香大慟，直奔其家。於弔唁中又得知文琴病中驚悉飛玖噩耗，竟一慟而亡。苣香痛失知己，感悟生死靡常，遂往終南山訪道尋真。呂純陽化身道者將他前身點破，與文琴、飛玖相會，共到瑤臺為西王母獻壽。

劇中蕙百芳顯然為小紈（蕙綢）自況，昭綦成、瓊龍雕分別與紈紈、小鸞有明顯的對應關係：三角色的姓氏皆取自三姊妹表字的第一個字；兄弟三人結交時昭綦成年二十三，蕙百芳年二十，瓊龍雕年十七，與小鸞、紈紈過世時的情況正合；昭綦成因哭悼瓊龍雕而逝，與葉紹袁《祭長女昭齊文》所記紈紈死因並無二致。〔註8〕小紈以瓊飛玖喻指小鸞，將姊、妹之夭逝設想為重返瑤池而去，皆非憑空臆想。據沈宜修《季女瓊章傳》記，瓊章死後七日，「面光猶雪，唇紅如故」，令親人以為其「豈凡骨，若非瑤島玉女，必靈鷲之侍者。應是再來人，豈能久居塵世耶？」〔註9〕小紈《哭瓊章妹》詩之五也有「不信玉顏同物化，應隨王母赴瑤池」〔註10〕之句。又據葉紹袁《年譜別記》「丙子」（崇禎九年）條敘：

八月顧太沖來，為瓊章作《返駕廣寒圖》，點染精絕。余曰：「君善紫姑術，盍召仙來索詩，以書其端乎？」太沖即焚符召之，須臾仙至，作四絕句云：……。尋去，又召一仙至，亦云仙女也。作詩云：……。余曰：「可傳信否？」曰：「即日可傳音耗，明日當與飛

〔註8〕 葉文見《午夢堂集》，第277～282頁。
〔註9〕 〔明〕沈宜修《鸝吹》，《午夢堂集》，第203頁。
〔註10〕 《午夢堂集》，第360頁。

　　玖同來。」余曰：「飛玖何人？」云：「即令女瓊章前身，是許飛瓊

　　妹飛玖耳。」〔註11〕

可知瓊龍雕之字「飛玖」由葉氏降神招魂所得，並非小紈虛構。崇禎八年
（1635）前後，葉家變故迭生，難遣屢失至親之慘痛，遂與善於降神扶乩的
「泖大師」〔註12〕有多次交往。在崇禎八年六月的一次迎神活動中，葉紹
袁求問亡女紈紈、小鸞的「往昔因緣、今時棲託」，「泖大師」指明紈紈「是
發願爲女者，向固文人茂才也」，小鸞「月府侍書女也」，並告之「君家諸眷
屬都有奇迹，查不能清耳」。〔註13〕也即是說，葉氏一門不僅死者有因緣奇
迹，即令生者如葉紹袁、葉小紈等，皆有仙緣際會在身。葉家對降仙招魂活
動的熱衷是他們家難迭生時尋求精神慰籍的一種方式，於小紈而言，爲她在
《鴛鴦夢》雜劇中對人世前因後果的追尋和構想提供了諸多生活依據。與馬
致遠以來多取材於歷史傳說和神仙故事的元明曲壇流行的神仙道化劇相
比，《鴛鴦夢》在細節的眞實性和生活化方面的特徵更爲明顯。

　　葉小紈《鴛鴦夢》除融入作者眞實的生活、情感經歷抒寫姊妹間眞摯的
情誼之外，關於姊妹三人生平志趣的描寫也可從各人詩文及至親祭文中覓得
端倪。劇作第一齣寫結拜後的兄弟三人飲酒賦詩，評古論今，多有對世道不
平、才人不遇的牢騷和感慨，昭慕成於是有埋蹤泉石的倡議：

　　（昭云）光陰易過，盛世難逢，自古道「有道則見，無道則隱」，到

　　不如潛形林壑之間，寄跡水雲之畔，釣遊鱗、弋飛鳥，遇冬成歲，

　　花發知春，豈不美哉！〔註14〕

　　蕙、瓊同樣有此之志，故三人立下「山林之約」：「我三人若有名山佳
地，誓同一處，切勿世情相絆者」。這一共同的理想和志向在劇中是將兄弟
三人牢牢團結在一起的思想、情感基礎。在舊傳統社會中，「山隱」之願多
與失意之「仕」相對，作爲對「仕」的調節而存在，生活於深閨之中的小紈
姊妹根本沒有「仕」的機會，雜劇中「山隱」願望的表達更多地被認爲是一

〔註11〕《午夢堂集》，第 892 頁。

〔註12〕關於泖大師的眞實身份，高彥頤認爲是一位蘇州靈媒陳夫人（見《閨塾師──
　　　　明末清初江南的才女文化》，第 212 頁）；而陸林認爲是早年曾頻繁扶乩降
　　　　神於吳中的金聖歎（見《〈午夢堂集〉中的「泖大師」其人──金聖歎與晚明
　　　　吳中葉氏交遊考》，《西北師大學報》2004 年第 4 期）。

〔註13〕〔明〕葉紹袁《續窈聞》，《午夢堂集》，第 519～520 頁。

〔註14〕《鴛鴦夢》，《午夢堂集》，第 393 頁。本文所引《鴛鴦夢》原文皆出自該版本，
　　　　不另注明。

種男性意識的話語體現，是戲擬的代言而非作者之本意。但據葉父《祭長女昭齊文》所記，「山隱」之約確由紈紈倡起，且成為了姊妹三人思想、情感世界的重要主題：

> 但見汝煙霞痼疾，泉石膏肓，每思買山築塢，逃虛絕俗，招朋松桂，撫懷猿鶴，若必不欲見世態紛紜者。偶一夕間，挑燈連榻，汝與兩妹競耽隱癖，汝料入山無緣，流涕被枕，我時聞之，深笑汝癡，隱豈兒女子事，又何至如霰之泣也。〔註15〕

據此可知紈紈姊妹久有隱意。紈紈的詩詞中也多有抒寫歸隱渴望之句，〔註16〕她對「山隱」的追慕無形之中影響了小紈和小鸞，她的《寄妹》詩云：「何事寥寥音信疏，故園春色近何如。相思不害經年別，舊約堪憐已是虛。」〔註17〕透露出姊妹三人於現實生活中亦曾立有歸林之約，與《鴛鴦夢》雜劇所述正同。

《鴛鴦夢》取材於作者自身家事，作者自己和親人直接成為劇中的人物形象，重在抒寫作者對具體生活事件的真實情感，是極富自傳意味的戲曲作品。劇作自傳性的構思方式和寫作特點，「把屈原、杜甫以來詩人以詩自傳的傳統繼承到戲劇中」，「這是對戲劇文學功能的發展」，〔註18〕在明清婦女戲曲史乃至整個中國戲曲史上都具有創新意義，並對清代婦女劇作家的戲曲創作產生了深遠的影響。《鴛鴦夢》問世之後，清代劇壇出現了多部敘寫作家個人生平、情感經歷的帶有自傳性的戲曲作品，其中出自女作家之手者居多。如康、乾間宋凌雲因丈夫客死異鄉悲慟難遣，叩乩得知亡夫前身繫瑤天洞主，故作《瑤池宴》傳奇以補夫妻天人永隔之恨及丈夫生前懷才不遇之恨；〔註19〕乾隆朝王筠經歷了婚姻這一她人生中最大的轉折，以《繁華夢》傳

〔註15〕《午夢堂集》，第 279～280 頁。
〔註16〕如《夢中思隱作》：「有恨隨流水，無緣去入山。登樓空極目，惟羨白雲閒。」《菩薩蠻・秋思》：「煙波多少事，難作歸山記。秋浪拍堤寒，浮生共渺漫。」
〔註17〕葉紈紈《愁言》，《午夢堂集》，第 249 頁。
〔註18〕李真瑜《文學世家的聯姻與文學的發展——以明清時期吳江葉、沈兩家為例》，《中州學刊》，2004 年第 2 期。
〔註19〕《瑤池宴》今已佚失，其創作始末據宋凌雲的同時人朱雲翔《蝶夢詞》中〔木蘭花慢〕《題閨秀宋逸仙遺詩並〈瑤池宴〉樂府》之《自序》知悉，序云：「逸仙，宋南園先生女，適崑山李某。李應撫幕聘，賓主不洽，卒於僧舍。逸仙悲恨，得夢兆，前身繫瑤天洞主。叩乩亦云爾。乃填《瑤池宴》樂府，未終稿，遽卒。」詞作末句云：「舊日雲英應在，瑤臺同證前盟。」可知宋凌雲希冀通過劇作使夫妻人天永隔之恨得到填補。

奇抒寫自己對少女時期自由生活的懷念；道光間吳藻的雜劇《喬影》以作者
所繪《飲酒讀騷圖》為最主要的道具，託名謝絮才對畫飲酒抒懷，傾訴作者
對性別的牢騷和文名傳世的欲望。同樣問世於道光間的何佩珠《梨花夢》和
顧太清《梅花引》是兩部較具代表性、堪稱作者之自敘傳的作品。

2、何佩珠《梨花夢》

　　何佩珠字芷香，號天都女史，安徽歙縣人，鹽知事何秉堂四女，清道光
間在世。何秉堂字子甘，深於詩學，諸女習聞庭訓，各擅才名。佩珠與二姊
佩芬（字吟香），三姊佩玉（字浣碧）皆有詩集存世。〔註20〕《梨花夢》今存
道光二十年（1840）《津雲小草》附刻本，雖為雜劇，但不按一般雜劇體例以
「折」標次，而以卷示序，每卷一折，共五卷。劇演女子杜蘭仙隨夫北上，
舟中戲為男裝小坐，小臥時夢見一貌美仙子，手持梨花一枝，請她題詠。杜
女感她知己情誼，自此日夜追憶，又為之寫影，以供慰藉。無奈相思日益沉
頓，竟由此傷情成疾。忽一日夢至仙境，得遇夢中之梨花仙子與另一藕花仙
子，三人攜手同遊。梨仙點明三人原係姊妹，惜「聚首無多，分離在即」（卷
五《仙會》中二仙子語），將杜女送回塵世。杜女為鐘聲驚醒，在人生如夢的
感慨中結束全劇。

　　《梨花夢》的劇情，明顯有模仿多部劇作的痕迹：主人公因夢感情、傷
情成疾、對畫訴情的情節與《牡丹亭》多有相似；與梨、藕二位仙子的夢中
聚會則似葉小紈《鴛鴦夢》中姊妹聚首的情節；杜蘭仙的唱詞與道光間傳唱
大江南北的吳藻《喬影》劇中謝絮才的曲詞頗為雷同，尤其是卷五《仙會》
中的〔北雁兒落帶得勝令〕一曲，「簡直可以說是抄襲成文了」。〔註21〕儘管
如此，《梨花夢》的創作緣起及所表達的情感內容，仍是本於作者個人的現實

〔註20〕何佩珠今存詩集多部：《紅香窠小草》、《津雲小草》和《竹煙蘭雪齋詩抄》，
　　　　據《正始續集》所記，還有《環花閣詩抄》，筆者未見；何佩芬今存《綠筠閣
　　　　詩抄》；何佩玉存《藕香館詩抄》。
〔註21〕嚴敦易《何佩珠的〈梨花夢〉》，見《元明清戲曲論集》，鄭州：中州書畫社，
　　　　1982年，第303頁。何曲為：「我待跨青鸞上玉天，我待駕金鼇遊蓬苑；我待
　　　　弄瑤笙向鶴背吹，我待拔吳鉤作霜花炫。呀！我待拂宮袍入海捉冰蟾，我待
　　　　倚銀槎直到牛女邊；我待理朱琴作幽蘭怨，我待著戎衣把筆黛捐。我待參禪，
　　　　比玉局尤豪邁；我待遊仙，笑秦皇空自憐，笑秦皇空自憐。」吳藻《喬影》
　　　　原文為：「我待趁煙波泛畫橈，我待御天風遊蓬島；我待撥銅琶向江上歌，我
　　　　待看青萍在燈前嘯。呀！我待拂長虹入海釣金鼇，我待吸長鯨貰酒解金貂；
　　　　我待理朱弦作幽蘭操，我待著宮袍把水月撈。我待吹簫，比子晉還年少；我
　　　　待題糕，笑劉郎空自豪，笑劉郎空自豪。

生活、情感經歷的。杜蘭仙甫一上場時的一段自敘頗可值得注意：

> 我杜蘭仙，生成莊貌班才，帶得仙風道骨。腰肢步處，柳在霾和；氣息吹來，蘭開
> 澧水。十齡擅繡，七步成詩。可惱者，鸞凰有偶，工畫翠眉；雁塔無名，終慚紅粉。
> 茲因偕婿北上，一路以來，露幌風簾，餐辛茹苦。回憶邗江與東鄰諸女伴，鬥草評
> 花，修雲醉月，曾有願余爲男子身，當作添香捧硯者。今日春色闌珊，餘情繾綣，
> 戲爲男子裝小坐。想當日呵！
>
> 〔南越調錦搭絮〕抵無限碧蓮紅豆種情窠，一味價似醉如癡，望浣
> 紗人入夢多。問東風，心事知麼？秦樓弄玉，月窟嫦娥，豔質芳姿，
> 只落得覷影聞聲喚奈何。

這段曲白交待了杜蘭仙入夢之緣由，劇中才貌俱佳的杜蘭仙顯然是作者的自
我寫照。杜守恩爲《梨花夢》題辭時極力稱讚佩珠之才道：「世間不少奇男
子，欲比卿才總不如」，杜蘭仙自言「十齡擅繡，七步成詩」並非誇耀之辭。
但是，她對自己的婚姻並不滿意（「可惱者，鸞凰有偶」），在隨婿北上的途
中，心中最難以割捨的是舊日東鄰一女伴對自己的知己情誼。杜蘭仙改扮男
裝的舉動包含著想要重尋當日閨中之情的心理動機，隨後入夢、追憶、寫影、
仙會等情境正由此而展開。偕婿北上之事於何佩珠而言，是一段較爲特別的
經歷。何佩珠的丈夫名不詳，據《津雲小草》王勳序知是「張子，名進士孫」，
因公公在天津做官，她曾隨丈夫離開所居之江蘇揚州而跋涉北上，收錄她于
歸之後詩作的《津雲小草》即由此而名篇。《津雲小草》卷上有《隨外子北
上舟中雜詠》詩題，第四首云：

> 蓬窗瞥見好花枝，翠羽明璫絕世姿，惆悵塵隨羅襪遠，煙波無際惱
> 陳思。（時隔船有某尚書女公子，雲容窈窕，光豔照人）〔註22〕

鄰船一位絕世女子勾起了作者的無盡「陳思」，因此遐想無際。《梨花夢》中
寫杜女在舟中對舊日女伴的縈思懷想，與何佩珠這首詩的情境可以參看。嚴
敦易先生最早指出：「倘若《梨花夢》有稍爲特殊的地方，那就是有較重的同
性戀傾向。」〔註23〕道明了《梨花夢》一劇表達的情感實質。劇中杜女爲梨

〔註22〕〔清〕王勳《津雲小草・序》云：「余獨取張子元配何芷香女史之詩，足以見
其性情之正……嘗讀其《津雲小草》而知之矣。曷爲言乎『津雲』也？夫人
尊舅官天津，此其于歸後所作，故以津雲名篇。」此序作於道光庚子（1840），
而《梨花夢》卷二《憶夢》點明偕婿北上事在己亥歲（1839），顯然劇中所演
有當時實事爲根據。
〔註23〕《何佩珠的〈梨花夢〉》，見《元明清戲曲論集》，第303頁。

花仙子傷情成疾，而後劇末點明三人（包括藕花仙子）原係姊妹，從表面上看來是「表現了佩珠婚後對兩位姐姐的思念」，〔註24〕其實「卻是禮法和文字上不得不如此掩藏和遮飾的結果。」〔註25〕若細讀杜蘭仙傾訴情懷的多支曲文，極易喚起讀者、觀眾關於才子佳人異性戀的聯想：

〔北寄生草〕碧唾凝香袖，橫波截月秋。你芳容合被煙光透，柔腸合被情絲扭，羅襟合佩鴛鴦扣。緣投爭似兩情投？怕今生情緣易盡情關陡。（卷二《憶夢》）

〔北折桂令〕最憶步芳叢，可意嬋娟。掩映著翠袖雲衣，越覺素影翩躚。甚天風漾下飛仙？真個是神寒骨重。卻何嘗鬢亂釵偏？似這證同心，拈花笑戀，煞強如效齊眉，孽債冤牽。……（卷五《仙會》）

像這樣訴寫抒情主人公與梨花仙子長相廝守，締結三生情緣的願望的曲文在劇中隨處可見。〔北折桂令〕一曲更將同性知己間的「同心」之戀與夫妻之愛相比，以後者為「孽債冤牽」，透露出現實婚姻生活帶給何佩珠的煩悶和迷惘。參閱《津雲小草》及何佩珠的其他詩集如《紅香窠小草》、《竹煙蘭雪齋詩抄》，其中提及不少親人、家事，敘寫夫妻之情的詩作則幾乎未見。相反，有相當一部分詩為詠美人之作，或著力繪寫美人情態，或回念過去與美人交往的細節，抒寫別離後的相思之苦和無法與之相聚的恨恨。如《竹煙蘭雪齋詩抄》「無題」組詩中的這二首：

鈿閣當年覲理妝，曾將深淺共商量。聯吟燈幕凝紅小，鬥茗磁甌泛碧涼。那得離魂同倩女，恨難縮地覓長房。三生我亦情癡者，聽到哀弦倍斷腸。

瑤函密字寄殷勤，玉怨珠啼不忍聞。纖魄擬煙消夜雨，嫩愁如粟印春雲。斷無釵鏡能重合，願作鴛鴦不暫分。惆悵名花栽別院，護持還欲仗東君。〔註26〕

這組「無題」詩共計二十六首，與何佩珠《紅香窠小草》中另外二十五首「無題」詩一樣，全為描寫美人之作，〔註27〕作者在男女婚姻關係之外的情感欲

〔註24〕李修生主編《古本戲曲劇目提要》之「《梨花夢》」條，王永寬撰，北京：文化藝術出版社，1997年，第784頁。

〔註25〕《何佩珠的〈梨花夢〉》，見《元明清戲曲論集》，第303頁。

〔註26〕〔清〕何佩珠：《竹煙蘭雪齋詩抄》，道光二十八年刻本。

〔註27〕華瑋對何佩珠的手抄詩集《紅香窠小草》（今存道光間抄本）中的二十五首「無題」七律有較細緻的分析，她認為「集內（按：指《紅香窠小草》）的詩作主

望和體驗呼之欲出，故云《梨花夢》中杜蘭仙對梨花仙子的同性情誼在何佩珠的現實生活中可以尋得藍本，《梨花夢》同樣是帶有明顯自傳性的劇作。

3、顧太清《梅花引》

顧太清（1799～1877），滿洲鑲藍旗人，本為西林覺羅氏，後改姓顧名春，字子春、梅仙，號太清，又號雲槎外史，是清代一位重要的女詞人、女小說家。太清作為戲曲家的身份近年來始為學界認知，〔註28〕她中年所作的《桃園記》和《梅花引》二劇與葉小紈《鴛鴦夢》、宋淩雲《瑤池宴》相似，創作緣起均為悼亡。太清二十六歲時與多羅貝勒奕繪成婚，成為他的側福晉。奕繪（1799～1838），字子章，號太素，又號幻園居士，乾隆第五子永琪之孫，著有《寫春精舍詞》、《明善堂文集》等。太清與丈夫才情相若，趣尚相同，婚後親密相處，美滿幸福。然而道光十八年（1838）奕繪病故不足四月，太清為婆母逐出家門，攜子女典釵而居。對於太清被逐之緣由，一時間揣測萬端，謠言紛至，甚至引出了一樁撲朔迷離的「丁香花公案」。〔註29〕太清以《桃園記》和《梅花引》兩部劇作回憶與奕繪相戀及成婚始末，既為悼念亡夫，也為借劇中誓言以回應關於她情感變移的謠言。

《梅花引》演才子章彩（名後素）前身為天宮司書仙史，因誤點書籍被謫人間。他二百年前與羅浮梅精有婚約，梅精因遇真仙，得受人身，潛形西山幽谷修煉，以圖後會。夢神因章彩學博情癡、情深夢切，特將他癡魂引至幽谷，以與梅仙相會。梅仙一面為二人奇緣而感歎（「妾苦志待君，不期二百年鬼窟中竟能尋到」），一面又對章彩「願結文字之交」的請求顧慮重重（「然時尚未到，幽明阻隔，人言可畏。君如金玉，妾如蒲柳。此處不可久留，就

題統一，從不同的角度重複地描寫同一個愛慕的對象，間亦透露兩人交往的生活細節，顯與《梨花夢》劇中刻畫之閨中感情同調。」（《明清婦女之戲曲創作與批評》，第139～140頁。）而筆者在《竹煙蘭雪齋詩抄》中發現的二十六首「無題」七律，與《紅香窠小草》中的無題詩題材相同，但比《紅香窠小草》在對美人情愛的抒寫方面更為直白、顯露。

〔註28〕參見本書附錄之「顧太清《桃園記》、《梅花引》條」。

〔註29〕即將太清被逐與龔自珍己亥（1839）出都事相聯繫，懷疑二人有曖昧關係。太清有詩題《七月七日先夫子棄世，十月廿八奉堂上命攜釗、初兩兒，叔文、以文兩女移居邸外，無所棲遲，賣以金鳳釵購得住宅一區，賦詩以紀之》，其中「亡肉含冤誰代雪，牽蘿補屋自應該。」透露出她的被逐係蒙受了冤情。龔定庵先生道光是年有《己亥雜詩》三百十五首，中一首云：「空山徒倚倦遊身，夢見城西閬苑春。一騎傳箋朱邸晚，臨風遞與縞衣人。」自注：憶宣武門內太平湖之丁香花一首。」

此送君歸去。」）章彩醒後，將夢中之事填成一首〔江城梅花引〕詞，不期爲前來造訪的友人鄭齋、韋半朝讀到，二友提議同往西山尋訪。梅氏在西山幽谷採柏以供晚炊，適與前來遊玩尋訪的章彩三人相遇，章彩識得梅氏即夢中之人，但礙於他人在場，未通一語而返。次日章彩獨自尋來，與梅氏證得前緣，共度良宵。光陰荏苒，章、梅二人重遊初逢之處，梅氏憂念「人生有限，宴安鴆毒」，願與章彩一同出世，「同登彼岸」。適逢維摩詰攜天女前來度脫，章彩塵心頓悟，願皈依法座；梅氏則隨天女赴歲寒閬苑管領群芳。

　　《梅花引》的男女主角，係直接化用奕繪與作者之名字，且在劇中嵌入了奕繪的詩詞〔註30〕，與《桃園記》借白鶴童子和萼綠華的仙境情緣寓寫自己與奕繪情事的寫法不同，自傳性更爲明顯。《桃園記》中的白鶴童子與萼綠華萌生情愫係少男少女情竇初開，雖曾遭受磨難（萼綠華被罰看守桃園，童子被遣往南海竹林掘筍），但分離不過一年，因「癡心忒固，兩情戀慕」（《投胎‧滿願》中許飛瓊語），終於感動金母和觀音，令二人「同到世間，擇個世族名門，投胎轉世，成就良緣，兒女滿堂，夫妻偕老」。〔註31〕劇末生、旦感慨心願得償，願謹記桃花樹下的盟言生生世世永爲伉儷，同唱一曲「從今不惹相思苦，用不著蕭條情互，且將這兩個字的眞情著意注」（〔尾聲〕）而下，結局美滿。相較而言，《梅花引》所繪二人情事則更帶幽苦和悽楚色彩。章彩甫出場時已屆中年，自歎年近三十而無閨閣知音，一幅寂寞公子形象；羅浮梅精在幽谷鬼窟中苦候章彩二百年之久，二人兩番相遇皆不敢互訴心事，細陳衷腸（《幽會》、《驚晤》），且梅精以「蒲柳」自比，似與章彩身份、地位懸殊，這些情節隱指太清與奕繪相戀之事曾受到多層壓力和重重阻撓。奕繪有〔疏影〕《賦梅花》詞一首，詞云：

　　　　清容怎寫？似板橋十里，月明林下。醉眼迷離，瘦幹橫斜，夢回不
　　　　辨眞假。玲瓏竹外傳香澹，渾訝道、美人來也。破玉顏、縞袂臨窗，
　　　　莫是文君新寡。

〔註30〕　黃仕忠指出：「此劇男主角，即直接化用奕繪之名及字。姓章，因奕繪字子章；名後素者，《論語》曰『繪事後素』，即從奕繪之名而來。奕繪曾任職管理御書處及武英殿修書處等事，故劇中謂章彩本爲天宮司書仙吏。」「太清字梅仙，《梅花引》中，羅浮梅精終成梅花仙子，即其自敘。」「劇中章彩所作《江城梅花引》詞，……實見於奕繪之《寫春精舍詞》。」（《顧太清的戲曲創作與其早年經歷》，《文學遺產》，2006年第6期）
〔註31〕　《桃園記》，清抄本，黃仕忠、〔日〕金文京、〔日〕喬秀岩編《日本所藏稀見中國戲曲文獻叢刊》（第一輯）影印，桂林：廣西師範大學出版社，2006年。

惆悵謫仙老去，動江南詩興，形影牽惹。一樹池邊，一剪燈前，一樣斷腸深夜。哀絲不怨毛延壽，怨出格、風流難畫。待春來、積雪消時，只怨和伊都化。〔註32〕

黃仕忠聯繫《梅花引》中記敘太清與奕繪私情的〔江城梅花引〕詞，判定《寫春精舍詞》中詠梅數篇亦爲太清而作，這首〔疏影〕《賦梅花》以新寡之少婦比擬梅花，很可能太清與奕繪相戀前有過一段婚姻，她的再嫁的身份是他們婚姻受到奕繪家族阻撓的原因之一。〔註33〕以奕繪之詞與太清所作戲曲相印證，對太清與奕繪早年情事能多有發現，足見太清之涉筆戲曲，實有銘刻個人生活經歷與人生感慨的動機與目的。而《梅花引》中男女主人公的戀情在仙界、人間、夢境、現實中歷經幾番延宕，既是現實生活經歷的寫照，亦飽含著太清對莫測的人生、多變的世事的恐懼和迷惘。〔註34〕在《梅花引》劇末，我們看到了一個與《桃園記》不同的結局：章、梅二人終得同享山林之樂之時，梅仙卻慮於「人生有限，宴安鴆毒」，萌生出世之思：

〔北刮地風〕總有這幽谷流泉滿樹花，不過是供遊賞一霎浮誇。猛可的狂風驟雨觸了飄零煞，對空林自歎嗟。要看準了道路無差，莫負了好時光春秋冬夏。早尋個安身處白雪黃牙。

前來度脫的維摩詰也勸章彩「把浮名浮利皆拋下，擺脫了情絲網、牢籠架」（《返眞》），作者借章彩之口唱道：

〔北水仙子〕俺、俺、俺，斬斷情牙。看、看、看，看利鎖名繮眞可怕。便、便、便，便擁貔貅虎帳談兵，也、也、也，也不過沙場閒耍。總、總、總，總錦繡文章似浪花，就、就、就，就偎個人兒如畫，到、到、到，到頭來棺內惟餘一個咱。從、從、從，從今後

〔註32〕張璋編校《顧太清奕繪詩詞合集》，上海：上海古籍出版社，1998年，第424頁。

〔註33〕《顧太清的戲曲創作與其早年經歷》，《文學遺產》，2006年第6期。

〔註34〕奕繪有詞云：「此日天遊閣裏人，當年嘗遍苦酸辛。定交猶記甲申春。　曠劫因緣成眷屬，半生詞賦損精神。相看俱是夢裏身。」（〔浣溪沙〕《題天遊閣三首》，《南谷樵唱》卷一，《顧太清奕繪詩詞合集》，第655頁），從中可見他與太清結合過程中所經受的磨難。太清作於道光十五年（1835）的〔定風波〕《惡夢》詞亦云：「事事思量竟有因，半生嘗盡苦酸辛。望斷雁行無定處，日暮，鵒鴒原上淚沾巾。　欲寫愁懷心已醉，憔悴，昏昏不似少年身。惡夢醒來心更怕，窗下，花飛葉落總驚人。」（《東海漁歌》卷一，《顧太清奕繪詩詞合集》，第194頁。）對自己早年命途多舛的戀情與人生遭際心有餘悸。

千金擔子肩頭卸，還、還、還，還怕是江心風緊柁難拿。〔註35〕

不同於《桃園記》全劇對眞情的抒寫和頌揚，《梅花引》以人世幻滅、情緣不永的感慨作終，梅仙與章彩雙雙斬斷情根，出世逍遙。太清與奕繪歷經磨難終得結合，而奕繪的離世、家庭的變故使二人短暫的幸福如同曇花般轉眼即逝。生活的磨難，現實的殘酷，使太清渴盼超然塵世以尋求自我解脫，這是《梅花引》安排出世結局的原因。表面上看來太清對男女情愛、對現實人生已做出否定，如太清好友沈善寶爲《梅花引》作序時謂：「慨塵夢之迷離，晨鐘忽警；念幻緣之生滅，慧劍初揮。此《梅花引》所由作也。」實際上揮劍斬情根正是因爲情濃，太清先後以兩部劇作（《桃園記》作於奕繪去世一週年，《梅花引》稍後）回念與奕繪的婚戀波折，且幻想章彩爲維摩詰度脫而去，正寄託著對亡夫的無盡思念之情。而《梅花引》較之《桃園記》，是更爲眞摯的書寫「私情」的劇作。

顧太清之後，遲至清末民初，帶有自傳性質的「私情」寫作在劉清韻、陳小翠等女作家的戲曲創作實踐中仍可找到例證。如劉清韻的《拈花悟》寫作者與婢女芒兒的主僕情誼、陳小翠《夢遊月宮曲》寫小翠夢中爲寒簧招引，前往月宮遊賞之事，均是直接以作者本人入戲，情節簡單，篇幅短小，側重表現作者的某一段情感經歷和欲想。

通過以上對幾部明清婦女作家「私情劇」的分析，可知主體情感的眞實抒寫是明清女作家戲曲創作的重要動機，也是婦女劇作中一項重要的內容。就「私情劇」所包含的情感內涵來看，無論是葉小紈《鴛鴦夢》的姊妹情誼和「山隱」情結、何佩珠《梨花夢》的同性之戀，還是宋凌雲《瑤池宴》、顧太清《梅花引》對亡夫的思念，均是與作者個人生活密切相關的極具私密性的情感內容。葉小紈對姊妹之情和「山隱」之志的強調源於葉氏姊妹現實生活中對婚姻的排拒、逃避、失望和恐懼的心理〔註36〕，希望叛離男性中心的現實世界，在遁世遊仙之想中獲得超脫和自由；何佩珠《梨花夢》表達的是另一種意義上的女性之間的眷戀之情，同樣有著背離「以夫爲天」的婦職的

〔註35〕《梅花引》，清抄本，國圖縮微膠片。

〔註36〕葉紈紈經歷了一段不如意的婚姻生活，在成婚的七年中愁城爲家，「終年悶悶，悒鬱而死」（葉紹袁《祭長女昭齊文》，《午夢堂集》，第278頁）；葉小鸞由父母許婚崑山張立平，原本身體無恙，在張家催妝之夕突然病倒，短短二十餘日中便致沉疴不起，又在其父應許張家就婚的第二日旋告不治，種種迹象表明她的驟然夭逝與她對婚事的恐懼和排拒心理應有所關聯。

努力傾向，現實婚姻生活帶來的缺憾使她在女性情欲自主的呼聲中包含著對知己之誼的渴求，但自我情欲的真實書寫最終必須以姊妹情誼來掩飾；顧太清與奕繪早年情事坎坷，婚後幸福短暫，在喪夫之痛的打擊和流言蜚語的侵襲中，她所回顧的與丈夫成婚前的幽會經歷呈現幽淒苦楚之致，惟有以遁世避囂的追求來消解塵世的煩愁。這些帶有自傳性質的書寫透露了女劇作家內斂的、向自我尋找中心的寫作心態和關注內心的創作傾向，顯示了婦女「私情劇」審美主體化、內在化意向的特點。曹履山為阮大鋮《牟尼合》所作序中的一句「名言為曲，實本為心」正可借用來言明女劇作家私情書寫的「心曲」性質。

另外值得一提的是，筆者新發現的一部劇作——嘉慶年間問世的桂仙《遇合奇緣記》，令婦女劇作的私情素質體現到了極致。就演述方式來看，劇情完全採用實錄的原則，「實人實事，直筆直書」〔註37〕，甚至以編年紀事，在每齣齣目旁標注故事發生的具體年月，所涉及到的國家政事也與史書記載相符，〔註38〕惟因所涉人物身份過於敏感（皆為滿清貴族），而以化名示人；就情感內容而言，劇作記述了作者與盟兄長達二十八年的情感歷程，二人少年訂情，但無緣結成夫妻，各自嫁娶之後維持著一段違背道德倫常的無禮之戀，作者明言「有情無禮兩心知，這文章不求諷世」（第五十齣《作記》），以戲曲形式記錄這段私情，「只圖知己陶情」（《序》），滿足自己和情人將情感存世為照的願望。可以說，桂仙的《遇合奇緣記》是婦女「私情劇」自傳性和情感之私密性特徵的極端體現。

二、「私情劇」與清代文人自傳式「寫心劇」的比較

自元代以來，文人編劇，以曲寫心，已成傳統，經晚明「主情」的文藝思潮的推動，借戲曲以抒寫自我內心情感成為傳奇雜劇創作的重要題旨之一。但是，自元至明的多數文人劇，所採用的多是借古人之酒以澆自家胸中塊壘的「託寓式」演述方式。由清初廖燕的《柴舟別集》雜劇四種肇其端始，通過作家自我登場為主人公演繹寫心之題旨，在清代戲曲中另創自傳式「寫心劇」一格。〔註39〕受廖燕影響，唐英《虞兮夢》、徐爔《寫心雜劇》、曾衍

〔註37〕《遇合奇緣記序》，見《遇合奇緣記》卷首，嘉慶二十五年（1802）清抄本。
〔註38〕參見附錄之「桂仙《遇合奇緣記》」部分。
〔註39〕現知最早以作者自己為劇中主角的戲曲作品是明初張璡的《還金記》，劇敘張

東《述意》、湯貽汾《逍遙巾》、周實《清明夢》等劇作皆以作者自我入戲，訴說自己的性情愛好，抒發自己的志趣理想。明清婦女「私情劇」與這類特殊的清初文人自傳式「寫心劇」有不少相通之處，但又有著自己獨具的寫作心態，茲對這兩類劇作進行簡單比較，以進一步對明清女劇作家的「私情劇」做戲曲史意義上的觀照和評價。

與傳統文體如詩、詞、文相比，最能顯示戲曲文體特性的是其「代人立言」的抒情方式和「寓言、虛構」的敘事特徵。〔註40〕「騷人以自己筆端，代他人口角」，〔註41〕「須以自己之腎腸，代他人之口吻」，〔註42〕作者應設身處地地爲筆下人物形象代言，在帶有一定虛構性的情境中依據劇中人的思想、性格、情感和心境去發爲言說。明清婦女「私情劇」和清代文人自傳式「寫心劇」以作者自身和親友入戲，作者直接登場抒情言志，其體制形態上實現了由「代人立言」到「自我言說」的轉變；對於戲曲文體另一項不可或缺的要素——故事，在「私情劇」和「寫心劇」中也實現了由構建「他人的故事」到演述「我的故事」的轉變，所敘人、事本於作者所經歷過的具體生活事件，所表達的眞性眞情在作者和相關人物的詩詞、文集中皆可獲得印證，甚至「按年編錄實事」，〔註43〕直接將生活實事搬上舞臺，對戲曲「代人立言」的抒情方式和寓言、虛構的敘事特徵皆是一種突破。

從創作的具體動因來看，「寫心劇」作者採取自傳式寫作往往包含著青史留名的心理，期待知音的理解，期許才華獲得認可。廖燕的雜劇抒寫懷才不遇和生活困頓的牢騷鬱悶，「以其不羈之才，困頓風塵，抑鬱無聊，故所作直

瑀父親病重，因瑀尚年幼，便將平日積攢的白金百兩託親戚梁相保管，待日後交給張瑀。梁相恐表弟張瑀損抑志氣，故秘而不宣。瑀發憤勤學，但屢試不中，下第歸來，家徒四壁，一貧如洗。時值初冬大學，瑀與老母生計艱難，梁相赴張家，將寄存二十八年的白金，悉數相還。此劇記實人實事，重在歌頌梁相恪守信義的可貴品質，並非張瑀抒寫個人心志的作品。廖燕的《柴舟別集》雜劇四種爲《醉畫圖》、《訴琵琶》、《續訴琵琶》和《鏡花亭》，四劇均以作者本人入戲，每劇抒寫作者的一種特殊處境和心態，表達身世偃蹇的抑鬱感慨和逍遙物外的意願。

〔註40〕具體請參見郭英德《明清傳奇戲曲文體研究》第四章和第五章的相關論述。北京：商務印書館，2004 年。

〔註41〕〔明〕周之標《吳歈萃雅‧又題詞》，《吳歈萃雅》卷首，王秋桂《善本戲曲叢刊》（第 1 輯），臺北：臺灣學生書局，1984 年影印本。

〔註42〕〔明〕王驥德《曲律‧論引子》，《中國古典戲曲論著集成》（四），北京：中國戲劇出版社，1957 年，第 138 頁。

〔註43〕《遇合奇緣記‧凡例》。

抒其胸臆也。」〔註44〕徐爔在《寫心雜劇》自序中云:「《寫心劇》,原以寫我心也。心有所觸,則有所感,有所感,則必有所言,言之不足,則手之舞之,足之蹈之,而不解自己者,此序劇之所由作也。」〔註45〕他把自己一生的事迹分為十八節,緣性而發,緣情而感,通過富有意義的情節片斷來表達一種情趣、一段思考。徐爔雖未像廖燕那樣直接袒露內心的激憤,但作為邊緣文人不能得到社會認可的無奈同樣在他的劇作中有充分的展現。清代女劇作家吳藻在她的《喬影》中也力圖凸顯自我之個性精神之於現實存在的種種關係以及由此導致的內心衝突,表露出作者文名傳世的欲望和焦慮。但是,大多數「私情劇」作者涉筆戲曲均是因為生活中發生重大變故,有的親友遠逝(如葉小紈《鴛鴦夢》傷悼姊妹、宋淩雲《瑤池宴》和顧春《梅花引》悼念亡夫、劉清韻《拈花悟》悼念婢女);有的經歷了婚姻這一人生中的重大轉折(王筠《繁華夢》、何佩珠《梨花夢》對婚前生活的懷念),生命中某種美好、珍貴的東西的瞬息幻滅,引發了她們對人生的思索和對永恒的嚮往,她們以戲劇形式記錄一段於自己而言十分重要的人和事,記錄一段私人情感,可令心中的缺憾稍稍為補。至於是否留名傳世,並不是她們所在意的問題,如桂仙在《遇合奇緣記》劇末的下場詩中所言:「一任人間傳不傳!」

　　以自我生活本事安排劇情,以我之手寫我之心的自傳式寫作在一定程度上彰顯了「私情劇」和「寫心劇」作者的主體精神和自我呈現的欲望。但不同於自傳式「寫心劇」作家鮮有掩飾主人公姓名的演述方式,〔註46〕「私情劇」中的主要人物並未以現實人物之真名示人,有的甚至改換性別,以「擬男」的方式呈現,〔註47〕它表明女劇作家在將自己的內心情欲外化時仍抱持猶疑的心態,不願意直截了當、沒有阻隔的表現自我。一方面,她們選擇了以戲曲這種在表現人物命運和感情發展歷程方面具有明顯優長的藝術形式來呈現最具私密性的情感內容,另一方面,面對於戲劇藝術而言至關重要的

〔註44〕傅惜華《清代雜劇全目》,北京:人民文學出版社,1981年,第70頁。

〔註45〕《寫心雜劇》,清乾隆54年(1789)徐氏夢生堂刻本。

〔註46〕如《柴舟別集》雜劇四種的主人公直書作者真實姓名:「小生姓廖名燕,別號柴舟,本韶州曲江人也」;《寫心雜劇》中作為主角的「生」、「正生」也就是徐爔本人。

〔註47〕如葉小紈《鴛鴦夢》將姊妹三人改成兄弟三人;何佩珠《梨花夢》的主人公是著男裝的杜蘭仙;王筠《繁華夢》令王氏出場不久即得到觀音的幫助夢中變為男子;吳藻《喬影》的主角謝絮才(女子)自始至終著男子巾服扮演。

舞臺演出的要求以及社會認同與傳統價值的考量，令其人對於情欲的書寫不免有所猶豫，大多數「私情劇」充滿了呈現自我和隱藏自我的矛盾，〔註48〕這一書寫困境在男性作家的劇作以及女作家的其他文體作品中較為少見。〔註49〕

　　與不同的書寫目的相對應的是劇本不同的體制形態。自傳式「寫心劇」大多短小精悍，如《柴舟雜劇》四種除《續訴琵琶》是二齣，其他三種都是一齣的短劇；《寫心雜劇》「以十八短劇自寫身世，創空前之局」，〔註50〕全部十八種作品皆為一折，每折演述一段獨立情節，連綴成篇。一折短劇在清代最為發達，「因其形式之方便，最利於文人之抒寫懷抱，故自徐文長、汪道昆以來，作者頗多，至於清初，流行益盛。」〔註51〕這種短劇專為作者一時的心理情境而設，場景沒有變化，有利於文人淋漓盡致地抒發主體的心靈感受。但劇本篇幅的短小決定了戲曲中不可或缺的文體要素——故事在其中不可能受到充分重視，正如杜桂萍評價《寫心雜劇》時所說：「由於重在議論、感發，創作者對於引出這一狀態的『事』並不真正關切，『事』只是提起抒情或議論的一個因子；一旦進入抒情或者議論的狀態，『事』便逐漸退出，演變成為抒情的背景。」〔註52〕作者的興奮點僅僅落在自我情志的表達上，而忽略了對故事情節、戲劇結構的經營。明清婦女「私情劇」劇本體制多樣，既有短篇雜劇如一折的《夢遊月宮曲》、四折一楔子的《鴛鴦夢》、四齣的《拈花悟》、五卷的《梨花夢》，也有短篇傳奇如六齣的《梅花

〔註48〕比較特殊的「私情劇」如桂仙的《遇合奇緣記》雖以「實錄」的原則書寫違禮、不倫之戀，但其前提，正是作者已完全放棄了舞臺演出和劇本刊播的可能：「既不災乎梨棗，又不譜於氍毹」（《遇合奇緣記》卷首），僅僅將之作為記錄個人情感歷程的文本工具，劇本的流播在作者逝後，實違背了作者的寫作本意。

〔註49〕明清婦女創作的彈詞也熱衷於「擬男」（即女扮男裝）的情節設計，且亦十分重視各種人倫關係的描寫，不同的是，婦女彈詞較少表現女性情欲，女主角「一概玉潔冰清」（胡曉真《才女徹夜未眠——近代中國女性敘事文學的興起》，北京：北京大學出版社 2008 年，第 157 頁），而婦女「私情劇」中「情」之豐富性得以真實呈現。

〔註50〕鄭振鐸《清人雜劇初集・序言》，民國 20 年（1931）影印本。「作者以一生事迹，分為十八節，每節以一折記之。創空前之局。」（莊一拂《古典戲曲存目彙考》，上海古籍出版社，1982 年，第 760 頁）。

〔註51〕劉大杰《中國文學發展史》，天津：百花文藝出版社，1999 年，第 494 頁。

〔註52〕杜桂萍《寫心之旨・自傳之意・小品之格：徐燨〈寫心雜劇〉的轉型特徵及其戲曲史意義》，《南京師範大學學報》，2006 年第 6 期。

引》，甚至不乏長篇傳奇如五十齣的《遇合奇緣記》。〔註53〕這些劇作有著完整的故事情節，適合作者以之銘刻一段完整的情感經歷，故而展現出比詩、文、曲更加豐富、靈動的情感內涵。但是，傳統劇作所看重的戲劇衝突和情節結構，同樣不是「私情劇」作者構思的重點，長達五十齣的《遇合奇緣記》記敘生旦二十八年間共同經歷的許多事件，也只是「皆按年編錄實事，故無所謂埋伏照應、虛張聲勢之處」(《凡例》)，置戲劇應有的情節性而不顧。傅惜華評價葉小紈《鴛鴦夢》時說：「寄情棣萼，詞亦楚楚。惟筆力略孱弱，一望而知女子翰墨。」(《明人雜劇》)〔註54〕筆力孱弱的印象應當部分地是因閨秀作家對設置戲劇衝突、經營情節結構等方面事情的疏淡所致。

「私情劇」作家同「寫心劇」作家一樣，以戲劇作為詩歌的變體來抒發自己的心靈感受，造成了劇作向案頭化發展的傾向。然而，這些作品因所抒情感真摯動人、酣暢飽滿，若獲得演出機會，亦能收到好的效果。根據鄧長風的考證，葉小紈《鴛鴦夢》曾在舞臺上演出過，清人楊復吉在《夢闌瑣筆》中記葉紹袁一家時，有「雁陣分飛莫雨昏，瓊花鏡裏未招魂。演來一折鴛鴦夢，檀板烏絲盡淚痕」，〔註55〕由此推知。另從當時友人為王筠《繁華夢》和何佩珠《梨花夢》劇本所作題辭判斷，二劇也都似曾在私人場合清唱、搬演過；〔註56〕顧春的《梅花引》、《桃園記》也曾以小本傳奇的形式演出，儘管只在一定範圍內流傳，亦不失為可貴的藝術實踐。

綜上，明清婦女「私情劇」因其自傳性的書寫，探尋了女性生命和情感的多重面貌，儘管陳述出來的生命是屬於私密的、個人範疇的，並不關涉「重大」議題，但其借由戲曲文體的特殊性，於其中容納／演繹了最為真實的女性心理和價值觀，透露作家的深層欲望與自我認知，在中國戲曲史和婦女文學史上有不容替代的價值。

〔註53〕另外兩部涉及到私情書寫的劇作：吳藻的《喬影》和王筠的《繁華夢》分別為一折短劇和二十五齣的長篇傳奇。
〔註54〕王衛民編《吳梅戲曲論文集》，北京：中國戲劇出版社，1983年，第149頁。
〔註55〕《明清戲曲家考略續編》，上海：上海古籍出版社，1997年，第228頁。
〔註56〕朱珪為王筠《繁華夢》劇本題詩云：「花光蕉影映窗紗，知是多才道韞家。獨向書中尋旨趣，還從夢裏譜繁華。百年春屬原同幻，三島追隨尚未遐。一曲繞梁爭擊節，燈紅酒綠月痕斜。」末二句透露《繁華夢》至少在私人場合演唱過；陳宏勳為何佩珠《梨花夢》所作《題辭》亦云：「登場一曲唱郎當，夢雨梨雲盡慘傷。譜入玉簫聲裏聽，二分月色也蒼茫。」似顯示此曲至少清唱過。

第二節 「情」之重寫

寫「情」是明清婦女劇作的一大主題，在演述作者自身生活和情感經歷的「私情劇」之外，由作者憑空虛構或是改編自歷史傳聞、名著小說的婚戀離合劇在明清婦女劇作中也佔有較大比重。憑空結撰的婚戀劇主要集中在明末，現知有明末梁孟昭的《相思硯》、阮麗珍的《燕子箋》以及清代乾隆間王筠的一部《全福記》；改編劇則貫穿於整個明清婦女戲曲史，從現知第一位女劇作家馬守眞到清末民初女劇作家的殿軍陳小翠，均曾涉筆愛情改編劇，這些作品按問世時間之先後依次爲：馬守眞的《三生傳》（演王魁、敫桂英事）、程瓊的《風月亭》（演司馬相如和卓文君情事）、吳蘭徵的《絳蘅秋》和姚氏的《十二釵》（改編《紅樓夢》的寶、黛情緣）、《才人福》、劉清韻的《鴛鴦夢》（演明才子張靈與崔瑩情事）、《鏡中圓》（演南楚材、薛氏事）和《氤氳釧》（演陶元章與黃、白二女事）和陳小翠的《焚琴記》（演蜀帝公主與乳娘之子琴郎情緣幻滅事）。劇作家大都對這些關於男女婚戀的已有之作不甚滿意，力圖自出機杼、表達自己的婚戀理想而對舊作進行重構。本節主要以女劇作家的愛情改編劇爲考察對象，比較不同時期女劇作家在改編舊作時所呈現的婚戀觀的異同，並對其差異形成的時代和個人原因做出分析。

一、明清婦女劇作中唯一一部妓女戲：《三生傳》

明代萬曆年間秦淮名妓馬守眞的《三生傳》是現知第一部女性創作的劇作，此劇全本已佚，僅有殘曲散見於胡文煥《群音類選》和淩虛子《玉露音》中。呂天成《曲品·補遺》評述該劇梗概云：「始則王魁負桂英，次則蘇卿負馮魁，三而陳魁、彭妓各以義節自守，卒相配合，情債始償。但以三世轉折，不及《焚香》之暢發耳。」〔註57〕可知這是一部通過「三世轉折」來寫書生與妓女之間的情債的劇作。王魁和桂英的故事民間流傳已久，宋元以來的小說、戲曲多以之爲題材。〔註58〕早期敷衍這一故事的小說和戲曲大多敘述了一個書生負心的悲劇：宋時書生王魁下第，邂逅妓女敫桂英，兩情篤密，定下婚約。桂英資助王魁讀書赴考，魁狀元及第後負約另娶，桂英憤而自殺，

〔註57〕吳書蔭校注《曲品校注》，北京：中華書局，1990年，第390頁。

〔註58〕如宋官本雜劇《王魁三鄉題》、戲文《王魁》、《王俊民休書記》、元代尚仲賢的雜劇《海神廟王魁負桂英》等宋元戲文，《侍兒小名錄拾遺》引《摭遺》、《雲齋廣錄》卷六《王魁歌》、《醉翁談錄》辛集《王魁負心桂英死報》等筆記小說皆以王魁、桂英故事爲線索。

死後化爲厲鬼，活捉王魁。敘述者多通過這一故事寄託著對王魁負心忘恩的貶斥和對桂英所託非人的同情。自無名氏作《桂英誣王魁》戲文、元末明初楊文奎作《王魁不負心》雜劇之後，王魁故事以另一種結局出現於舞臺，尤其是明代王玉峰的傳奇《焚香記》爲王魁翻案，把王魁重塑爲一位忠貞於情、貴不易妻、愛情和道德至上的至誠種子，辭婚守義，團圓收場，成爲最著名的翻案劇。翻案是劇作家「求新求異」的藝術追求的體現，「近日人情世故，總以翻案見奇」，〔註59〕馬守眞作《三生傳》似乎也有意修改王魁、桂英故事的悲劇結局，代之以書生、妓女義節自守、最終團圓的圓滿結局，藉此體現劇作構思之新奇。葉長海評價此劇云：「以『三世轉折』來寫負心事並不精彩，但從中可以看出作者象王魁這樣的負心漢的反感，故借三生命運之反覆以表示妓女對負心人的懲罰心願。」〔註60〕馬守眞爲王魁負心故事續接了兩部分情節，如果僅僅是爲表示妓女對負心人的懲罰心願，在第二部分「蘇卿負馮魁」的故事中已可實現，顯然這並不是馬守眞的改編初衷，她所構思的「三世轉折」的情節正爲鋪敘獲得愛情之艱辛與不易，強調書生和妓女在婚戀過程中應承擔相等的責任，均應該忠貞、執著於情，方能最終結合；而在男作家筆下，不管是書生負心劇還是書生癡情劇，幸福姻緣成就與否之關鍵皆取決於王魁的情感道德如何。馬守眞在處理王魁題材時，她的妓女身份並未令她的情感立場完全偏向青樓女子一方，這實際上表明了在她看來，在「情」面前是無所謂身份地位之高下、性別角色之尊卑的。《群音類選》收《三生傳》片段《玉簪贈別》，曲文如下：

〔香柳娘〕把斟來竹葉，把斟來竹葉，一杯餞別，相將斷卻同心結。看行囊已設，看行囊已設，塵沒逐徵車，日暮投荒舍。（合）這別離行色，這別離行色，古道魂賒，深閨夢疊。

〔前腔〕念當時題葉，念當時題葉，百年爲節，可憐中道恩情歇。把誓盟重社，把誓盟重社，莫戀富豪宅，忘卻茅簷舍。（合前）

〔憶多嬌〕聲已咽，腸自結，怎將青眼送人別？難禁這盈盈淚成血。（合）死相同穴，死相同穴，卻把玉簪贈別。

〔前腔〕言正切，淚欲竭，間關千里馬蹄捷，難聽那聲聲鵑啼血。

〔註59〕〔清〕李漁《閒情偶寄・詞曲部》，杭州：浙江古籍出版社，1985年，第13頁。

〔註60〕《明清戲曲與女性角色》，《戲劇藝術》，1994年第4期。

〔黑麻序〕……只爲功名，輕離易別，肯負義忘恩，把赤繩再結？
只恐鵬程杳，音書絕，萬里關山，淹留歲月。〔註61〕

這段曲文很可能出自《三生傳》第一部分，是桂英送別王魁時的眞情表白，
與《西廂記》中鶯鶯長亭送別時的情境十分相似。自古文人重功名富貴、輕
兒女私情，桂英和鶯鶯送別心上人時的戀戀難捨、細細叮囑以及對婚姻前程
的隱隱擔憂並無二致。不同的是，桂英是身份低賤的青樓女子，比貴族小姐
鶯鶯更容易遭致被拋棄的悲劇命運，她們得到的恩愛和盟誓最爲脆弱，身處
風塵之中的馬守眞對此應多有見聞。但是，在這段曲文中，作者借桂英之口
表達一種「死相同穴」之「同心結」的愛情理想，表現青樓女子對生死相守
之眞情的堅守與渴望，可謂展示了當時青樓女子一種眞實的心態。這種對於
永恒的知己之情的追慕，是超越了身份、地位約束，接近人的本心的要求，
從這個意義上來說，《三生傳》仍是一部代青樓女子述志的作品。

　　入清之後，時代風氣逐漸變化，加之女劇作家的身份全係閨秀，故不再
寫妓女戲，而多選取著名的才子佳人情事進行改編，從中獲取言情的創作靈
感，寄託自己的婚戀理想。生活於康、雍間的程瓊是《牡丹亭》最癡迷的讀
者，因歎閨中姊妹難以領略《牡丹亭》豐富、獨特、深厚的意涵，而自己批
註了一本《繡牡丹》，試圖將其中之「暗意」、「寓言」發揚透徹。程瓊的批本
最獨特之處在於對《牡丹亭》主題『情』的詮解獨出一幟，「大膽地強調『色
情難壞』（色與情的難以禁絕）；批註之際有將《牡丹亭》『文本情色化』的趨
勢。……全書處處流露出對情色的同情、理解、重視和歡賞」。〔註62〕在清初
重禮教、貞節的社會文化環境下，程瓊對男女情欲（尤其是女性情欲）的肯
定和張揚是十分大膽的，具有挑戰父權、攻擊禮教之意義。程瓊還有《風月
亭》傳奇一本，惜劇本今已不傳。元代戲文中有《風月瑞仙亭》，明人易舜民
作有雜劇《風月瑞仙亭》，均敘卓文君與司馬相如會於瑞仙亭的故事，程瓊所
敘可能即同一故事，以這一眾所周知的女性大膽追求自由婚姻的題材來發揚
女性情欲自主之意涵，對晚明劇壇尚「情」之潮流做出回應。

　　生活於乾嘉年間的吳蘭徵，其身世、興趣與程瓊多有相近之處。〔註63〕

〔註61〕〔明〕馬守眞《三生傳玉簪記》，〔明〕胡文煥編《群音類選》第 2 冊，北京：
中華書局，1980 年，第 932～933 頁。
〔註62〕華瑋《明清婦女之戲曲創作與批評》，第 406 頁。
〔註63〕二人皆天資聰穎，博聞強記，且耽好吟詠，但又都不幸早逝。程瓊與丈夫吳
震生，吳蘭徵與丈夫俞用濟志同道合，婚姻生活美滿幸福。程瓊批註《牡丹

程瓊的丈夫吳震生是一位多產的戲曲家，《繡牡丹》經他的增改、續補，以《才子牡丹亭》之名刊刻行世，堪稱夫婦合作之結晶；吳蘭徵的丈夫俞用濟在她逝後，以「慷慨淋漓、聲淚交迸」〔註64〕之筆為吳未完成的《絳蘅秋》傳奇續補了兩齣，並使之刊行。維繫於這兩對志同道合、融洽相得的夫婦之間的，正是一個「情」字，對於「情」之切身體驗促使她們相繼在女性戲曲批評史及戲曲文學史上發出「頌情」之最強音。

二、「演紅樓寄情不淺」〔註65〕的《絳蘅秋》、《十二釵》

在中國文學史上另一部「大旨談情」的名著——《紅樓夢》問世不久，吳蘭徵即將之改編成紅樓戲《絳蘅秋》；與此同時，另一位女作家姚氏與丈夫朱鳳森合譜的《十二釵》傳奇也以《紅樓夢》為素材，譜寫大觀園女子豐富多彩的情感生活。就創作動機來看，吳蘭徵對當時流行的紅樓戲不滿，閱後有「未盡愜意」之感而試圖自出機杼；另一方面，也是為了自抒情懷，借紅樓故事「以寄其恨，而寫其情」〔註66〕，使之成為自己的寫情寄恨之作。而在姚氏《十二釵》劇首，作者借登場的副末對寫作目的有這樣的表述：

> 〔沉醉東風〕你看南柯夢蟲兒猶戀，牡丹亭死後重圓。今日呵，弄悠揚碧玉簫，度幾曲長生殿。遇著這舞萊衣美酒瓊筵，願祝高堂壽萬千，博得個十分喜羨。
>
> 俺有《十二釵傳奇》，只因《紅樓夢》一書，膾炙人口，不過填幾套曲兒演戲，要他代舞萊衣。〔註67〕

這段曲白道明《十二釵》是為高堂祝壽所撰之曲。那麼，作品不可能對《紅樓夢》原著的悲劇意涵有較多承繼和表現。不同於《絳蘅秋》以寶、黛、釵的情感糾葛為線索的構思方式，《十二釵》以寫人為主，選取最能展現人物生

亭》、吳蘭徵編撰《金閨鑑》，原都是作為閨中讀物，帶有一定的教育和啟蒙的動機。

〔註64〕〔清〕萬榮恩《吳香倩夫人〈絳蘅秋傳奇〉敘》，阿英編《紅樓夢戲曲集》，北京：中華書局，1978年，第351頁。

〔註65〕出自《十二釵·先聲》中的〔折桂令〕一曲，原文為：「演紅樓寄情不淺，把古人舊曲重填。雖則是珠玉居前，卻不道風月無邊。重排著金釵十二，請宴的朱履三千。」《紅樓夢戲曲集》，第370～371頁。

〔註66〕〔清〕俞用濟《絳蘅秋序》，《紅樓夢戲曲集》，第352頁。

〔註67〕《試一齣·先聲》，《紅樓夢戲曲集》，第370頁。本文所引《十二釵》原文皆出自該書，以下不再出注。

存境遇的片斷來刻畫包括元春、李紈、晴雯、探春、湘雲在內的十二釵中的
諸位女子的不幸命運，而對寶黛愛情著筆較少。劇中王熙鳳使調包計造成了
寶、黛、釵的婚戀悲劇（黛玉得知寶玉婚訊，悲慟而逝；寶玉悲悼黛玉，心
灰出家；寶釵新婚而寡，獨守空房），但是，當寶釵在警幻宮向絳珠仙子埋怨
鳳姐並爲黛玉的夭逝感傷（「恨煞他詭計桃當李，怎能夠瞞人鶯代雞。噓唏，
弄的你翠黛銷，悲長逝；淒其，弄的我玉釵斷，恨遠離」）時，警幻仙子卻向
她點明：「賢妹也不必感傷，你與他（按：指黛玉）終是一路人也。」（《出夢》）
流露出姻緣前定的宿命論思想。劇末寶玉與十二釵經渺渺眞人的指點皆領悟
到人生如夢、情係虛空與宿命的道理，全劇在渺渺眞人所唱一曲〔離亭燕帶
歇拍煞〕中結束：

> 說甚麼釵黛情濃。眼看他雪裏逢，眼看他林邊掛，眼看他花間唪。
> 你金釵十二行，做不了的風流夢！把一霎間惺惺懵懂，那眞和假總
> 是空，恁綢繆總是閒，甚姻緣撮得攏！你前身凤慧多，我今日眞言
> 諷。你皈我仙山佛洞，你只管樂逍遙，一回頭須要猛！

朱鳳森夫婦的《十二釵》與萬榮恩的《瀟湘怨》、許鴻磐的《三釵夢》相似，
都可看到原著「色空」觀念的影響，而《十二釵》和《三釵夢》對「情」和
人生更持有否定態度，嚮往出世之逍遙與快樂。

　　吳蘭徵的《絳蘅秋》是清代紅樓戲中對「情」的抒寫最爲不遺餘力的作
品之一。作者爲《紅樓夢》小說所深深吸引首先因它是一部言情之作，如其
《閱紅樓夢說部》之二所云：「明識稗官爲闐儂，關情不禁涕沾胸」〔註68〕，
她對小說原著的悲劇意涵也有著較爲深切的體認：「作者眞有一種抑鬱不獲
已之意，若隱若躍，以道佳公子淑女之幽懷，復出以貞靜幽嫻，而不失其情
之正。」〔註69〕故而，吳蘭徵的《絳蘅秋》在對原著悲劇氛圍的維繫上較
之其他紅樓戲的作者更爲自覺。吳蘭徵其人溫切賢雅、德才兼備，是聞名於
鄉里、稱善於親友間的賢德女子，作爲一位深受傳統思想影響的女作者，她
在對原小說的改編中一再強調情與禮、理的和諧和融通並以才德並重的理想
重塑了黛玉形象；但在個人的婚戀經歷中，她又曾體現出掙脫禮法羈絆、大
膽追求個人幸福的巨大勇氣和執著精神。〔註70〕婚前對於「情」的渴望和

〔註68〕〔清〕吳蘭徵《零香集》卷一，嘉慶十一年（1806）撫秋樓刊本。
〔註69〕此爲俞用濟轉述的吳蘭徵對《紅樓夢》的評價，見《絳蘅秋序》，《紅樓夢戲
　　　　曲集》，第351頁。
〔註70〕關於吳蘭徵的生平及《絳蘅秋》的創作，本書第五章有詳細考論，茲不展開

追求、婚後對於「情」的切身體驗,令她在黛玉形象身上融入了大量個人的情感體驗,將富有悲劇意味的至真之情的抒寫作爲全劇的寫作宗旨,用情深婉,寄意纏綿,故而較之其他紅樓戲更爲細膩動人。

三、「浮生有盡情無盡」〔註71〕的劉清韻《鴛鴦夢》

　　生活於清末的劉清韻是中國戲曲史上最多產的女劇作家,她現存的十二部劇作中,有五部以男女愛情婚姻爲題材。其中,據《聊齋誌異·庚娘》改編的《飛虹嘯》和據黃鈞宰《金壺遯墨·奇女子》改編的《英雄配》對女主人公庚娘和杜憲英之才、智、俠、勇有非常出色的描繪,爲女子張目之意較之對愛情、婚姻的關注更爲突出,故本書將之列入「性別反思」劇中進行分析。另外三部婚戀主題的才子佳人戲:《鴛鴦夢》、《鏡中圓》和《鼠蟲釧》在揮筆繪「情」時著墨不無濃淡深淺之別。《鼠蟲釧》將乾嘉名士張船山詩作中有二知音願來生化絕代麗姝爲執箕帚的戲言,〔註72〕化爲戲中關目,構想出張船山轉世爲書生陶元璋,與兩位修文郎投胎的黃佩芬、白玉英二位佳人,分別因鼠蟲釧、綢繆玉而結成姻緣的一段情事;《鏡中圓》以《安徽通志·烈女才媛卷》所載才女薛氏寫詩寄外以挽回夫心之事爲藍本,改寫成名士南楚材爲趙太守相中,欲招爲婿,其妻薛氏自畫小像感動丈夫返鄉團圓,後通情達理的薛氏親自代丈夫聘得太守之女並與丈夫一同迎娶新人入門事。兩劇皆構思了二女共侍一夫的婚姻模式,以之作爲圓滿結局,正與劉清韻本人在帶有缺憾的婚姻經歷中的無奈心情和妥協心態相對應。〔註73〕但是,對於構成婚姻基礎之「情」,劇作並未作過多描繪,《鼠蟲釧》對筆下女性人物在婚戀過程中的心理情境更疏於表現,僅僅是設計了才子與一雙佳人較爲曲折的離合情事而已。在劉清韻的五部婚戀題材戲中,寫明代才子張靈和佳人崔瑩戀愛故事的《鴛鴦夢》是最爲純粹的寫「情」之作,也是劉清韻戲曲中最具感

　　　　論述。
〔註71〕　出自《鴛鴦夢·鬧詩》中全劇〔尾聲〕唐寅的唱詞:「分明一枕遊仙穩,奈打得晨鐘太緊,方信道是浮生有盡情無盡。」
〔註72〕　〔清〕張問陶(字船山)曾自題二詩云:「秀水金筠泉(孝繼)忽告其所親,願化作絕世麗姝,爲余執箕帚。無錫馬雲題贈余詩,亦有『我願來生作君婦,只愁清不到梅花』之語。戲作二律,以謝兩君。」袁枚《隨園詩話補遺》卷六亦記這段軼事並錄此二詩。張詩見《船山詩草·松筠集》(上),北京:中華書局,1986年,第129頁。
〔註73〕　關於劉清韻的生平和婚姻經歷,請參見本書第六章。

染力的作品之一。

有「後崔張」之稱的張靈、崔瑩癡迷淒豔的愛情故事在明清時期流傳很廣。清初黃周星所作傳奇小說《補張靈崔瑩合傳》對崔張軼事記載頗詳，成爲劉清韻《鴛鴦夢》創作之藍本。黃文敘才子張靈（字夢晉）與唐寅、祝允明諸友飲酒虎丘，張靈醉中假扮乞丐吟句乞酒，唐寅據此繪《行乞圖》，以記文人韻事。南昌崔文博於唐寅處得此圖，暗中心許張靈爲婿。張靈偶遇泊舟於虎丘碼頭的閨秀崔瑩（字素瓊），對崔一見鍾情而長跪求見，雖遭到拒絕，但也結下了一面之緣。崔父出《行乞圖》示瑩，瑩始知舟前長跪者爲張靈，贊他爲眞才子而頗屬意於他。後崔瑩被寧王選妃強送入宮，張靈思慮成疾慟哭身亡。崔瑩經一番曲折終得出宮，奉父親遺命前往吳縣就婚，卻驚聞張靈已於前月因她病逝的噩耗，她在張靈墓前設酒祭奠，悲不成聲，自縊身亡。劉清韻的《鴛鴦夢》基本上依據黃周星《補張靈崔瑩合傳》的情節來敷演，以十二齣的短篇傳奇的篇幅來演繹這一曲折動人的故事本有較大難度，但劉氏利用戲曲長於抒寫人物心理、情感的特點，對原文中特殊情境下的人物內心多有補充刻畫。如第五齣《偵美》寫張靈在邂逅崔瑩之後，相思難遣，日日至虎丘訪查，黃文以一句「靈既於舟次見瑩，以爲絕代佳人，也難再得，遂日走虎丘偵之」〔註74〕簡單交待，而《鴛鴦夢》對張靈爲相思折磨的情態以張靈直接傾述和家童側面交待相結合的方式來刻畫，試讀張靈自述心事的這首〔傾杯序〕：

> 牽掣長相思無休歇，甚烈火熬心熱？近來只覺得永日如年，美景如夢，
> 剛到黃昏，未睡先怯。夢魂怎怙，對一燈明滅，才智俱竭。前曾囑六
> 如代訪，只不知他可曾尋著那根節？〔註75〕

在此曲之前，本齣已連用〔普天樂〕、〔過雁聲〕二支曲子抒寫張靈對崔瑩的一片癡情，而此曲對張靈爲相思度日如年甚至於近癡似狂的情態有更生動的描繪。接下來劇情接續黃文述及的另一個片段，即狂醉的張靈至虎丘效優人演劇，躍入劍池而受傷之事。在黃文中，此事不過是張靈一貫之狂放不羈個性的表現，而劉清韻將之放在張靈日日至虎丘訪查佳人不得、飽受相思折磨而「才智俱竭」的特定情境後演述，更加深化了才子爲情癡狂的形象。又如

〔註74〕 〔清〕黃周星《補張靈崔瑩合傳》，收入《九煙先生遺集》，道光二十九年（1849）刻本。

〔註75〕 〔清〕劉清韻《鴛鴦夢》，見《小蓬萊傳奇十種》，上海藻文石印本，光緒二十六（1900）年。

第十齣《殉玉》所寫崔瑩哭祭張靈后自盡的一段情節，黃文以崔瑩在張靈墳前以詩、酒相祭，以「張靈才子」呼之，拜哭甚哀的動作來感染讀者，但對她的自縊之舉並無任何心理鋪敘，《鴛鴦夢》則以崔女自唱之曲對她殉節前的心理活動有較爲細緻的描寫。如這支〔香柳娘〕：

> 看秋容慘冽，看秋容慘冽，似爲人添悲助咽，只是奴家此時呵，不特中懷少凄切。倒轉覺心神爽澈，轉覺心神爽澈，堪歎人生幻影，空花易消滅。縱上壽百年，也無非一瞥，也無非一瞥，少緩須臾，便與古人同列。

此曲爲崔瑩在前往拜祭張靈的路途中所唱，表明當她聞知張靈因她而死時，已做好了殉情的準備。爲情而死的決心令她在哀痛中暫時解脫，而生發出對人生幻滅的慨歎和思索。在她看來，人生短暫而有限，若無「情」的陪伴，人生無可留戀，倒不如追隨心上人於地下，方才能獲得永恒不滅之「情」。

乾隆末年，由另一位戲曲家錢維喬創作的《乞食圖》傳奇，亦以黃文爲藍本敷演崔、張情事。此劇爲三十二齣的長篇傳奇，劇情跌宕起伏，作者錢惟喬「不但是個多才多藝的藝術家，也是個多情而長於寫情的劇作者」。〔註76〕劉清韻作《鴛鴦夢》是否參考過此劇不得而知，但《乞食圖》的結局與《鴛鴦夢》顯然不同，《乞》劇安排了生旦還魂的大團圓結局：蒙得道高僧生公慈悲，求得觀音的楊柳枝和甘露水，使張靈和崔瑩再造重生，擇吉完婚，夫妻團圓，父女聚首，崔張以「乞兒配偶」、「貧賤夫妻」互稱。而《鴛鴦夢》劇末張靈與崔瑩在冥間相伴相隨，逍遙快樂，並無回生還魂之念想。崔瑩自訴：

> 〔梁州新郎〕〔梁州序〕風流雲散，香銷玉殞，到此應償宿恨。想一杯黃土，再不教鳳拆鸞分。任憑同心帶綰，如意釵橫，好事無人償。奴家那時呵，並非輕猛浪，畢餘生，也只圖連理花開地下春。〔賀新郎〕今鴛家內，雙眠穩。晉郎，我與你倡隨已不讓天仙韻，又何須向那人世上，說還魂？

張生以情死，崔女以情殉，喪失的是軀體，獲得的是愛情的永生，這本是「情」的昇華，又何必嚮往塵世相聚相守之圓滿呢？黃周星借唐寅之口慨歎：「始信眞才子與眞佳人，蓋死而不死也」，劉清韻也借唐寅之口發抒「方信道是浮生有盡情無盡」的感慨，以有限的人生與無盡的情對照，進一步深化了全劇頌「情」的主題。

〔註76〕周妙中《清代戲曲史》，鄭州：中州古籍出版社，1987年，第290頁。

　　《鴛鴦夢》雖是劉清韻的婚戀題材劇中唯一一部純粹寫「情」的劇作，對才子佳人舍生忘死之癡情有真誠的歌頌，但此劇所表達的婚戀觀依然存在著一定局限，與劉清韻其他婚戀題材劇中流露出來的思想局限並無二致。《鬧詩》出當唐寅向結歡使者問及張靈與崔瑩婚姻間阻之因果時，結歡使告知：人世婚姻皆歸月老執掌，氤氳使撮合，更有結歡、結怨兩使者與之湊趣或從中挑撥。張靈「自種三千病魔根」，令結怨使可乘虛而入；唐寅享閨房豔福，結歡使不無功勞，總之，「豐盈缺陷皆定分！」男女姻緣遇合皆是天命的安排，劉清韻對宿命的強調在一定程度上抹殺了筆下主角在婚戀過程中的自主性。就《鴛鴦夢》來看，劇末所增添的劉清韻個人對人世姻緣的議論與全劇頌「情」之主題不甚協調，削弱了劇作的思想價值。

四、「願天下的熱中人齊悟省」〔註77〕的《焚琴記》

　　繼劉清韻之後，清末民初的陳小翠成為戲曲史上又一位多產的女劇作家。陳小翠現存六部作品中，《焚琴記》是唯一一部愛情題材劇，劇演蜀帝公主與乳娘陳氏之子琴郎情緣幻滅事，其藍本為民間流傳的「火燒祆廟」故事，本事見於《淵鑒類函》卷五十八《公主三・玉環解》引《蜀志》：

> 昔蜀帝生公主，詔乳母陳氏乳養。陳氏攜幼子與公主居禁中約十餘
> 年，後以宮禁出外。六載，其子以思公主疾亟。陳氏入宮有憂色，
> 公主詢其故，陰以實對。公主遂託幸祆廟為名，期與子會。公主入
> 廟，子睡沉，公主遂解幼時所弄玉環，附之子懷而去。子醒見之，
> 怨氣成火而廟焚也。〔註78〕

馮夢龍《情史》卷十一「化火」條所記故事梗概與此基本相同，僅在文字上略有出入。〔註79〕元人李直夫有《火燒祆廟》雜劇，惜不傳。元明俗文學作品中，「火燒祆廟」作為男女情緣不遂之典屢為作家所化用，如《西廂記》有云：「白茫茫溢起藍橋水，不鄧鄧點著祆廟火。碧澄澄清波，撲剌剌將比目魚分破。」〔註80〕又《倩女離魂》：「全不想這姻親是舊盟，則待教祆廟火刮刮

〔註77〕　出自《焚琴記・雨夢》中琴郎所唱〔南尾聲〕。
〔註78〕　《文淵閣四庫全書》子部・類書類，上海：上海古籍出版社，1987 年，冊 983，第 526 頁。
〔註79〕　〔明〕馮夢龍《情史》，長沙：嶽麓書社，1986 年，第 343 頁。
〔註80〕　〔元〕王實甫《西廂記》第二本第三折，張燕瑾點校，北京：人民文學出版社，2002 年，第 102 頁。

匝匝烈焰生，將水面上鴛鴦忒楞楞騰分開交頸。」﹝註81﹞「祆廟火」多用來形容使相愛者分離之力量。陳小翠在清末民初重新演繹這一故事時，融入了作者對當下社會風氣、婚姻道德的思索，希望以古鑒今，令當代青年男女在處理「情」時抱持慎重態度，賦予這一流傳已久的故事新的意涵。

《焚琴記》保留了「火燒祆廟」故事前半部分情節，包括：乳母陳氏攜幼子與蜀帝公主居禁中，及公主年長，蜀帝命乳母將子領出；陳氏子思念公主，慊慊成疾，驚聞公主已另許他人，託母親遞信公主於祆廟相會，以為永訣。後半部分陳小翠作了較大修改和發揮：陳氏入宮遇見宮娥寶兒，寶兒拾得琴郎密信，將之映摹一份，欲向蜀帝告發。陳氏面見公主，寶兒將原信呈交公主，公主迫於禮法假裝拒絕琴郎之邀，後仍如期赴約。琴郎聞得公主將入廟拈香，先至廟中等候，困倦睡去。不久公主前來，二人互訴衷腸，公主以所佩玉環相贈，以堅來世之約。蜀帝得知消息，下旨將琴郎鎖入廟中放火燒死，而公主被蜀帝鎖入南樓，愁病交加，嘔血而亡。寶兒後悔向蜀帝報信，偷來軟梯將琴郎救出，與陳氏會合後三人一同隱居山谷。春夢婆見琴郎一顆癡心仍無法安頓，且最喜作夢，「以假為真，以真為假，庸人自擾，忙個不了」（《雨夢》）而前來度脫。琴郎夢見為一女子相引，至與公主相見，公主冷顏相對，後又化作厲鬼，琴郎頓時驚醒。不料醒來後母親告知焚廟、隱居諸事皆為一夢，公主其實畏禮而未曾至祆廟赴約，現蜀帝下詔將公主下嫁琴郎，琴郎喜不自勝，但瞬息之間，歡慶婚事的鼓樂聲變為宋兵進攻的軍鼓聲，諸人皆被驚散，原來又是一夢。此時春夢婆出面度脫，全劇在琴郎「願天下的熱中人齊悟省」（《雨夢》）的感慨中結束。

原故事中，令相愛者情緣難遂的是天意，焚燒祆廟之「火」為陳氏子之欲火、怒火，表明人內心之情願、欲望具有對抗天神安排的力量；而《焚琴記》中的「火」，則代表了一種否定、破壞人內心情欲的外在力量和人為因素，這種用法與元雜劇作家對這一典故的用法更為接近。但是，不同於王實甫、鄭光祖等作家對「祆廟火」的控訴和張揚情性的立場，陳小翠構思蜀帝派人焚廟的情節其實更希望對公主、琴郎的越禮之「情」做出警示。《焚琴記》中公主的形象較原故事有所深化：在演述琴郎寄信的《病訊》一節之前，陳小翠增添了公主自抒懷抱，表達對琴郎思念之情的《閨憶》一齣，抒寫女

﹝註81﹞ 〔元〕鄭光祖《倩女離魂》第四折，〔明〕臧晉叔編《元曲選》（二），北京：中華書局，1958年，第717頁。

性情欲；當陳氏提出約會之請時，公主以「白珪應守女箴篇」爲由並未應允，表現出內心情與禮的掙扎，但最終因情廢禮，如期赴約；原故事中公主赴約之後，雖未遂情，但未受到懲罰，而陳小翠令公主竟由此陷入絕境，懷抱遺恨，殞命南樓。這些改動，蘊涵著陳小翠欲借公主純潔愛情之悲慘結果來否定「情」的意圖，這在交待《焚琴記》創作緣起的第一齣《楔子》中即已點明：

> （小旦）這是什麼書，姊姊爲何好笑？（旦）卻是私家記載，火焚祆廟的故事。
>
> 〔甜水令〕是天心難量，活生生焚琴煮鶴，者般奇慘。冷雨葬秋棠，幾千年不死芳魂，書中飄漾。忘卻了地老天荒。
>
> （旦歎介）正是：畢竟黃金能作祟，從來紫玉易成煙，是好傷心也。（小旦）既這地時，姊姊爲何發笑？（旦）妹妹，你哪裏知道呵！
>
> 〔折桂令〕我笑他芥兒般兒女胸腸，只裝下一字癡情，生死全忘。似縛繭僵蠶，蜘蛛掛網，漫淹煎，心字焚香，爭似那忘情太上，悟南華胡蝶周莊，低微煞鵷鶒鴛鴦，一笑天空，海水蒼茫。
>
> 妹妹，可知「情」之一字，正是青年人膏肓之病。可笑近來女子，爭言解放，惟戀愛之自由，豈禮義之足顧，試看那公主以純潔之愛情，尚爾得此結果，況下爲者乎？
>
> 〔註82〕

第一齣中的「旦」爲「姓烏名有，字子虛」的女子，自言有個閨友喚作陳翠娜，喜歡塗鴉弄墨，便將把「火燒祆廟」故事編爲劇本的任務交付給她。這裏的「烏有」顯然是假託的人物，實爲作者化身，她對近來身邊的女子執意追求自由愛情甚至置禮義於不顧的舉動有所不滿，認爲即使是像公主與陳氏子之間純潔、眞摯的癡情也會令人備受煎熬，遺恨重重，遠不如忘情、超世能帶給人眞正的自由和快樂。所以，就陳小翠對「火燒祆廟」故事後半部分的改動來看，公主與琴郎如約見面，且獲得互訴衷腸的機會，這便化解了原故事本有的矛盾；公主在死後遊戲雲間，了無掛礙，逍遙快樂，得到眞正的解脫；琴郎在夢中先後經歷了心上人離世的慘境以及與心上人團圓成婚的樂境，終於爲春夢婆警醒，悟得人世虛無的道理。劇末琴郎所感慨的「從今參透虛無境，好向那蝴蝶莊周悟化生，嚇，願天下的熱中人齊悟省」正是全劇大旨，是改編者陳小翠面對當時頗具病態的社會風氣、道德氛圍而提出的治

〔註82〕收入陳小翠《翠樓曲稿》，陳栩《栩園叢稿二編》本，上海：家庭工業社，1927年鉛印本，香雪樓藏版。本文所引《焚琴記》原文皆爲該版本。

療良方。

在進入對「火燒袄廟」故事的議論之前，《楔子》中有較長一段作者對當時社會風氣及國勢時局的議論，在陳小翠眼中，「世界潮流愈趨愈下，燃來犀鏡，無非鬼魅之顏；聽到鐘聲，盡熟黃粱之夢」，十里洋場千精百怪，無所不有：男士竟相以文明爲裝幌，實際上「帶三分乞丐腔，手內搖搖拋不了號喪棒」；女子以自由解放的謊言拋了家鄉，但又沉迷於醉生夢死的風流生活中：「風流跌蕩，要賺人回顧眩奇裝，妝做出亂頭時節傾城樣，……算不清他醉生夢死的糊塗賬。」〔註83〕總而言之：

> 〔沉醉東風〕一迷價煙昏霧漲，鬧昏昏生死全忘，沒頭蠅撞入迷天網，絕塵馬斷了藕絲繮。有多少魍魎魑魅，使出他千般伎倆。管什麼禮義全忘，斯文全喪，便南山罄竹，寫不盡他奇形醜狀。
>
> 咳，算年來呵！
>
> 〔雁兒落〕早則是好河山，歧路亡羊，挽西江洗不淨人心腌臢，更效法歐西說改良。皮毛可有三分像？倒把那國粹千年一旦亡。國事沸蜩螗，私怨還分黨，海橫流，倒八荒。堪傷，憑若個中流撐？何當，向中州學楚狂。

陳小翠的這番議論表達了她對新舊過渡時期社會政治、道德等許多方面的看法。她在自己所生活的作爲新舊思潮交彙點的上海，看到了過度的自由給青年男女帶來的強烈刺激和給傳統道德帶來的巨大衝擊，她認爲舊道德的淪喪是社會腐敗、落後的根源，喧囂一時的政治改良並不能眞正挽救祖國危亡，反而會給國勢帶來更多紛爭，造成更多混亂。可以說，陳小翠與許多與她同時的作家一樣，是維護「以德治國」傳統的舊道德維護者。

面對國勢的衰微，不少作家並未將批判的矛頭指向社會黑暗，而是指向了「自由」，如吳梅《落茵記》雜劇（1912年一、二月間作）借劇中人之口說道：「奴想自由之說盛行，不知坑害了多少子女，只我劉素素便是個榜樣了。」〔註84〕《雙淚碑》中亦云：「自由嚇！自由！我汪柳儂就害在你兩個

〔註83〕陳小翠有〔南正宮〕《遊某遊戲場》套曲一套，刊載在天虛我生編《文苑導遊錄》第2冊（上海時還書局，1927年）上，與此劇《楔子》對舞場中遊玩的「新女性」的描繪可以參看。

〔註84〕吳梅《落茵記》，王衛民編《吳梅全集》（作品卷），石家莊：河北教育出版社，2002年，第276頁。

字上也。」﹝註85﹞陳小翠也創作了《自由花》雜劇，譜鄭憐香爲追求婚姻自由被騙而墮入煙花事。作家對「自由」的批判態度看似是對女權、對婦女解放運動的否定，其實不然，吳梅在《落茵記》自序中說：「方今女權淪溺，有識者議張大之，是矣。顧植基不固，往往又脫羈罿駕，而身陷於邪慝，愚者又從爲之辭曰：『不得已也！』嗚呼，守身未定，他何足道！一失千古，誰共恕之？」﹝註86﹞可見他們並不反對女權和自由，只是希望在女子依附於男子的社會，女子對待自由選擇應該持愼重的態度，莫因「自由」而導致道德淪喪、導致邪惡，最終毀滅自己。陳小翠一再強調她改編「火燒妖廟」故事極具現實意義，是「以古鑒今，聊針末俗」、「旨存砭俗，原非浪作情言」（《楔子》），其志願，在天下的癡心人能從公主與琴郎的情緣幻滅中參悟到癡迷於「情」之悲劇，勿因「情」而迷失道德、摒棄禮法。

　　綜合以上對明清女作家愛情改編劇的分析，可知不同時代、有著不同身份和生活經歷的女作家在改編舊作時抱持不同的婚戀理想。然而和男作家筆下常見的張揚女性情欲、渲染女性對「情」的大膽熱烈的追求不同，女作家寫愛情，雖也一再強調「情」對於女性的重要意義，但對這種情感的呈現或強調宿命的安排，或囿於禮法的羈絆，總體顯得矜持委婉，反不如私情書寫劇中女作家對眞實情欲的袒露。無論如何，女劇作家通過愛情改編劇提供了明清女性的另一種生存眞實。

﹝註85﹞《雙淚碑》，《吳梅全集》（作品卷），第312頁。
﹝註86﹞《落茵記》自序，《吳梅全集》（作品卷），第272頁。

第三章　明清婦女劇作主題研究（下）

第一節　性別思索

　　明代中後期，一種極富生機的才女文化逐漸興起並日益活躍，至清代，《清史稿》的《列女傳》以「才女」名標青史者比任何一個朝代都多，大量閨秀詩詞結集出版，閨秀詩人結社、閱讀社群的形成、女作家帶有自傳性和想像的小說戲曲創作等等，都構成了清代才女文化的獨特景觀。與這種才女文化興盛的社會現實相對應的是，書寫女子的才華、願望和要求成爲明清婦女文學創作一項重要的主題。越是卓爾才高的女子，對自己的生存環境越有清醒的認識，在一個女子難盡其才的社會，主體意識日漸復蘇的明清才女多借助文學創作表達對自身處境與性別角色的思考。在以抒情爲主的詩詞和長於敘事的彈詞之間，戲曲作爲一種敘事與抒情性兼備的文體也贏得了不少才女作家的青睞，或將她們胸中的勃勃欲發之氣，借戲中角色的經歷傾瀉而出；或將自己未能滿足的人生願望，借助戲曲形式獲得實現。

　　明清女作家創作的關涉性別議題的劇作有多部，依據思想傾向的不同，這些劇作大致可以分爲兩類：一類側重表達對女性才華的禮贊，處處爲女性張目，塑造的是「理想的才女」。現存婦女劇作或多或少地涉及到了這項內容，而以明代梁小玉的《合元記》和阮麗珍的《夢虎緣》，清代張令儀的《乾坤圈》、王筠的《全福記》、劉清韻的《飛虹嘯》和《英雄配》等較爲突出；另一類作者不滿於自身作爲女性的生存境遇，側重表達對性別角色的牢騷，塑造的是「失意的才女」，以清代王筠的《繁華夢》和吳藻的《喬影》

最爲知名。前者呈現特殊時代條件下女性的生命價值理想，後者展示才女眞實無奈的生命狀態，兩者互爲補充地構建成了明清才女慧敏獨特的內心世界。就前者來看，自明末以來，小說戲曲領域弘揚女子之才的作品層出不窮，蔚爲大觀，婦女彈詞作家尤其以之爲重要主題，創作了多部傳誦頗廣的作品，那麼，女劇作家對「理想的才女」的塑造與男性作家有何差異，與婦女彈詞作家又有何不同將是本節要討論的重要問題。「失意的才女」的塑造是女作家爲中國戲曲史貢獻的獨特內容，《繁華夢》和《喬影》皆透露出女劇作家對女性社會角色不公平所作的思考和覺醒的女性無出路可尋的苦悶和彷徨，本節也試圖對這兩部劇作的戲曲史和婦女心態史意義略陳管見。

一、「理想的才女」與女劇作家的生命價值理想

明中期後，在大量才女湧現的社會現實和頌揚女子之才的社會風氣的促進下，小說和戲曲領域掀起才女題材創作的熱潮，許多具有進步思想的作家都嘗試從不同角度稱頌女子之才。戲曲領域以徐渭《雌木蘭》和《女狀元》開其先河並對後世影響深遠，表達替女性揚眉，爲女子張目的思想意識，此後搬演才調卓異的奇女子事迹的傳奇、雜劇層出不窮，屢見不鮮。小說領域既有大量廣泛流傳於民間的巾幗英雄的故事結集問世，也有以「顯揚女子，頌其異能」（魯迅《中國小說史略》）爲主要特徵的才子佳人小說流行，更有大批以女性爲中心、講述「弱女能爲豪傑事」的女作家創作的彈詞小說應運而生。在這一創作熱潮的影響之下，同時也出於對女性生命價值的關注，女作家們也創作了多部宣揚女性才幹、塑造理想女性的傳奇、雜劇。

明清戲曲小說對於女性才華的展示，往往從兩個角度展開，一種是從「武」的方面展現女性的英雄豪氣，表現女子之「勇」與「力」，以塑造花木蘭最具代表性；一種是從「文」的方面表現女性的文章才華，強調女子之「智」與「識」，以塑造黃崇嘏最具代表性。女劇作家筆下的理想女性也較爲鮮明地分屬於這兩種不同類型，而以俠勇的女子爲多，如：阮麗珍《夢虎緣》以慧眼識英雄且能擊鼓退金兵的女英雄梁紅玉爲主角；林以寧《芙蓉峽》塑造了代夫復仇、解救丈夫一家於危難之中的俠客小濤，張藻《雙叩閽》刻畫了哭叩天閽、爲丈夫爭得雪冤機會的馬大騤妻，她們都有著伸張正義的不屈努力；王筠《全福記》中的力士竇榮妻趙氏精通弓馬、智勇雙全、征戰沙場，龍山寨主薛鳳華武藝超群、殺富濟貧、才智勝過男子；吳蘭徵《絳蘅秋》中

「姽嫿將軍」林四娘爲報恒王之恩而與流寇不屈血戰；劉清韻《飛虹嘯》中的庚娘臨危不懼、智勇報仇，《英雄配》中的杜憲英勇敢救夫，《鼠齧釧》中的白玉英占島爲王、練兵謀略都遠勝過其兄長。她們有的嘯聚山林，有的身出將門，有的不過是普通女子，但都是在危急時刻能夠做出重大而艱難的決定，能獨立做周密的安排，對事件的發展有準確的預測和把握，雖歷經艱險而不折的女性。通過她們體現了作者對女子智慧與勇氣的讚美，更寄寓了作家對女性掌握自我命運的渴望和期盼。女劇作家筆下也不乏文才出眾的女子，如《合元記》、《乾坤圈》演黃崇嘏事；《全福記》中沈蕙蘭女扮男裝考中進士獲得官職；《絳蘅秋》中大觀園內林黛玉、薛寶釵等女子集結詩社、吟詠自娛，她們在吟詩弄文甚至是社會管理方面均展現出了不輸於男性的才華。

　　同樣是塑造具有異樣才能的女性形象，女作家在傳奇雜劇中和在彈詞小說中所描繪的理想女性有所不同，後者對女性傳統性別角色定位的顛覆更爲大膽：如《筆生花》中的姜德華不僅文章字字珠璣，篇篇錦繡，如女中相如高中魁元，而且劍術高超，具有政治家、軍事家的膽識才能；〔註1〕《榴花夢》中的桂恒魁有「仕女班頭，文章魁守」之譽，爲名將、英主、賢臣、哲后，集治國齊家本領於一身，是完美的女豪傑形象。〔註2〕可以說，女作家在彈詞中更將女子之才發揮到極致，塑造了一大批反抗舊禮教、走出深閨、各建奇功的巾幗英雄形象，往往文武兼備、智勇雙全，以濟國救民爲抱負，且成爲國家之砥柱中流，反映了彈詞女作家群體在審美觀上發生了「由『弱』變『強』、由『無能』變『有爲』，由個人感傷的『小我』情懷變成爲大國擔待的『大我』氣派」〔註3〕的突出變化。由女作家所創作的彈詞被認爲是表現女性「白日夢」的典型文本，是「一種幽禁在深閨洞穴中的女性夢幻」，〔註4〕她們不滿於女性所規定的「雌伏」的狀態，渴望和男兒一樣施展才華、建功立業、傳名千秋，故通過筆下改換男裝的女性人物去實現自己的夢想。但是，當巾幗英雄們做狀元、成爲國家的棟梁之後，往往再不願恢復女性身份，不

〔註1〕　《筆生花》，〔清〕邱心如著，32回，道光間問世，現存光緒二十年（1894）上海書局石印本。

〔註2〕　《榴花夢》，〔清〕李桂玉著357卷，浣梅女史續3卷，道光間問世，是現存最長的一部彈詞小說。現存清抄本，福建古籍書店出版校勘本。

〔註3〕　鮑震培《清代女作家彈詞小說論稿》，天津：天津社會科學院出版社，2002年，第128頁。

〔註4〕　樂黛雲《無名、失語中的女性夢幻》，《中國文化》1994年第8期，第162頁。

願退回閨閣中去，更不願與未婚夫履行婚約，表現出激烈反抗社會性別不公平的不屈意志。〔註5〕相較而言，女劇作家並不熱衷於虛構女子「爲大國擔待的『大我』氣派」，不寫她們在重大政治事變中的勇烈行爲，〔註6〕而認爲獨立自主之精神及掌握自己命運的能力，即是女性生命價值理想的體現。

劉清韻的《飛虹嘯》改編自《聊齋誌異・庚娘》，雖以書寫庚娘與其夫悲歡離合之事爲主要情節，但塑造了一個具有獨立自主的精神和可柔可剛的性格韌性的「平凡的英雄」。劇敍尤庚娘與公婆、丈夫一同逃難，途遇強盜王十八，王十八覬覦其家家財和庚娘美貌，力邀庚娘一家同行以伺機行兇。庚娘對王的陰謀有強烈預感，力阻丈夫與之同行，但未果，丈夫與公婆相繼爲王十八殺害。庚娘臨危不亂，不動聲色地佯許嫁給王十八，瞞過強盜尋得機會，在花燭夜手刃仇家三人。庚娘臨死前說自己是「獨來獨往女中豪傑」，不願「這海樣深仇」無人知曉，且恐累及鄰人，故手蘸仇人之血將復仇始末寫於牆上，後投河自盡。庚娘與丈夫金大用皆被人救活，大難不死，最終團圓。在此劇中，作者並未像其他才女題材作家一樣賦予筆下鍾愛的女子高超的武藝和卓絕的智慧，而開始挖掘最平凡的柔弱女子潛藏於深層的剛性和智慧。劉清韻通過劇尾的題詩給這位女子定性云：

> 等閒一樣女兒身，智勇偏叫兩絕倫。
>
> 亂亂離離遭坎陷，生生死死見精神。
>
> 脫身蘇武終歸漢，憤志荊軻競報秦。
>
> 虎穴龍潭都歷遍，洞房消受畫眉春。〔註7〕

劉清韻把庚娘比做蘇武、荊軻般的英雄人物，可見對庚娘這一在危難時刻爆

〔註5〕 如《再生緣》中的孟麗君不肯卸下男裝而「一塵不染歸仙界」；《榴花夢》中的桂恒魁不甘雌伏，修身到仙界繼續追求她的理想；《金玉緣》中的竺雲屛不願恢復女妝，與玉娥假夫妻而終其生；《子虛記》中的趙湘仙行藏暴露後，不願換裝，三天之內，鬱鬱而死，並在臨死前奏明皇帝，與未婚夫解除了婚約，對男權做出至死不渝的反抗，「她們都極富色彩，頗具力度地表現了封建時代晚期婦女的理想與反抗」（林娜《女彈詞中婦女特異反抗形式——女扮男裝》，《福建師範大學學報》1990年第2期）。

〔註6〕 現存明清婦女劇作中，嬴宗季女《六月霜》傳奇關涉的政治事件最爲重大——秋瑾殉難。「鑒湖女俠」秋瑾在生命的後幾年爲救國救民、爭取婦女權利而奔走，所作所爲堪稱轟轟烈烈，但劇作卻並未直接搬演她的這些言行，而做了不少曲筆掩飾，僅僅傳達出她的愛國精神和救國抱負。其它由女性創作的劇作更是無意於描寫女性在政治軍事等領域的奇偉功動。

〔註7〕 《飛虹嘯・重圓》，關德棟、車錫倫編《聊齋誌異戲曲集》，上海：上海古籍出版社，1983年，第790頁。

發、能夠掌握自己命運的普通女子的推許之甚。在刻畫庚娘智勇形象的同時，劉清韻對《聊齋誌異》原作未曾著墨的庚娘與金大用的夫妻之情也做了濃墨重彩的渲染，增添《追悼》和《凝盼》整整兩齣令二人分別傾訴對對方的思念之情，可謂突出了「小我情懷」即婚姻、情感之於俠勇女子的重要意義。同樣將家庭團圓和婚姻美滿作為圓滿人生的追求的，還有劉清韻《英雄配》中的女英雄杜憲英和王筠《全福記》中的龍山寨主薛鳳華。杜憲英與丈夫周孝一起訓練軍隊，保衛一方平安，後又在尋夫途中解救素不相識之群商免受盜匪之侵害，已是在「公共空間」中展現了她的智勇；在丈夫為山盜所擒之後，憲英輾轉探尋，歷時十餘年，終於得以與丈夫重逢，一對英雄配偶成為神仙眷屬。《全福記》中的薛鳳華率兵作戰「異常驍勇」（劇中文彥語），能夠獨當一面，但亦渴盼能夠尋得人品武藝雙絕之男子託付終身。吳蘭徵《絳蘅秋》中的林四娘並不像寶玉《姽嫿詞》中所描寫的為表對恒王之「忠」而與敵軍血戰，最後兵敗被殺；她是出於對恒王之「情」，並在「情」的驅使下最後自殺以殉。如果說，女彈詞作家通過才女建功立業、叱吒風雲的夢幻經歷試圖突出女性性別之剛性特徵，並認為此與女性傳統柔性角色存在不可調和之矛盾；那麼，女劇作家更熱衷於呈現理想才女剛柔並濟之韌性，以二者的並存為完美女性之典範。不可否認後者對女性價值的定位仍是回歸傳統的，在這一點上，絕大多數女劇作家與涉筆才女題材的男作家取得了一致。但也不乏特例，如康、乾間女作家張令儀。

張令儀的《乾坤圈》演黃崇嘏女扮男裝中狀元事，劇本已佚，但有自題辭存於作者的詩集《蠹窗詩集》中，其題辭云：

> 造物忌才，由來久矣！自古才人淪落不偶者，可勝言哉！至若閨閣塗鴉，雕蟲小伎，又何足道？必致窮困以老，甚而越軔失意，顛沛流離，豈非造物之不仁之甚與？故東坡詩云：但願我兒愚且魯，無災無難到公卿；蓋深於閱世者之言也。蠹窗主人偶於長夏翻閱唐詩，因感黃崇嘏之事。崇嘏以一弱女子，以詩謁蜀相周庠，甚稱美，薦攝府掾，政事明敏，吏胥畏服。庠愛其才，欲妻以女，乃獻詩云云。庠得詩大驚，始知為黃使君之女，原未從人，與老嫗同居。因感崇嘏具如此聰明才智，終未竟其業，卒返初服。寧複調朱弄粉，重執巾櫛，向人乞憐乎？故託以神仙作雲間高鳥，不受乾坤之拘縛，乃演成一劇，名曰乾坤圈，使雅俗共賞，亦足為蛾眉生色，豈不快哉？

〔註8〕

明清婦女劇作搬演黃崇嘏事的還有明代梁小玉的《合元記》，劇本也已佚失，據祁彪佳《遠山堂曲品》記載：「此即文長《女狀元》劇所演者」，儘管「閨閣作曲，終有脂粉氣，然其豔香殊彩，時奪人目。」〔註9〕從劇名推測，《合元記》當是按照徐渭《女狀元》的情節內容演述，而安排黃崇嘏與周丞相之子，男、女兩狀元終成眷屬的結局，故而以「合元」名之。徐渭《四聲猿》中之《女狀元辭凰得鳳》同樣令黃崇嘏在中狀元後出嫁宰相之子，回到閨閣，即使是徐渭這樣一位蔑視封建權威、反傳統的作家對女性人生價值的定位仍是回歸傳統的。從上引題辭可見，張令儀寫黃崇嘏之事與徐渭、梁小玉的態度有所不同，她首先指出才女成名較男子更為不易，自古才子淪落，坎坷不得志者甚多，但才女的現實處境更加困頓，「窮困以老，甚而越軻失意，顛沛流離，豈非造物之不仁之甚與？」黃崇嘏具超人之才智，有「政事明敏，吏胥畏服」的卓越才幹，但終將回覆到「調朱弄粉，重執巾櫛」的枯燥生活中去，根本沒有其他的出路。而回歸閨閣，不過是「向人乞憐」，即使個人尊嚴都難保持。故而，張令儀安排黃崇嘏出世逍遙自在，作了神仙，「故託以神仙，作雲閒高鳥，不受乾坤之拘縛」，保持女性的自我人格與尊嚴，這才真正「為蛾眉生色」。張令儀是大學士張英女，大學士張廷玉姊，張廷玉在《蠹窗二集序》中說：「三姊（按：指令儀）於諸昆弟中最為穎異，幼承太夫人之訓，組紃之外兼課以詩，……先太傅絕愛憐之。時余兄弟方治舉子業，無暇肆力於詩，姊則用志既專，學殖益富，詩亦駸駸日上。」〔註10〕張令儀現存詩歌逾千首，作品之宏富在清代女作家中頗為突出，因為社會對性別角色的限定，她與諸昆弟耕耘於不同的人生道路，相信不無才華難以施展之憾。據上引題辭所署「時丁酉仲秋，蠹窗主人書於嚴陵官署」句，可知《乾坤圈》為張令儀五十歲前後所作，此時她已開始向仙、佛求得人生自由、超凡脫俗之途徑，〔註11〕表明她對人生之榮落得失已看淡許多，她為黃崇嘏所尋之出路正是由此。

〔註8〕　〔清〕張令儀《蠹窗詩集》卷十四《文集》，清雍正間刻本。

〔註9〕　〔明〕祁彪佳《遠山堂曲品》，《中國古典戲曲論著集成》（六），第63頁。

〔註10〕　〔清〕張令儀《蠹窗二集》卷首，清乾隆間刻本。

〔註11〕　《乾坤圈》的結局安排表明了作者追求自由、超凡脫俗的願望；而《蠹窗詩集》卷十四所收張令儀另一部劇作《夢覺關》的題辭可見作者藉此劇宣揚佛法、表達皈依佛門之念的意圖。參見本書附錄張令儀《乾坤圈》、《夢覺關》條。

　　徐渭創作《女狀元》無疑帶有爲古代受到束縛、才華難以舒展的女性吐氣之意，同時也寄託了作者本人「才能、抱負難以實現的理想。」〔註12〕但在此劇中，他因黃女的特殊經歷而生發出「世間好事屬何人，不在男兒在女子」〔註13〕的感慨，卻並非代女性發聲之語，於生活中女性無奈、無助的現實處境是一種漠視和曲解。張令儀從自身的經歷和體驗出發，從女性角度對黃崇嘏之事作了迥然不同的闡釋，流露出才女在自信和自負的豪情之下對自身處境的無奈，並認爲維繫個人自由和尊嚴比獲得美滿姻緣更加可貴，表達了另一種意義上的女性生命價值理想。

二、「失意的才女」與女劇作家之性別身份焦慮

　　與康雍年間的張令儀借歷史人物表達自己對女性無奈的生存處境的感受不同，作劇於乾嘉年間的王筠和吳藻在舞臺上且歌且泣地直接傾述個人爲性別身份所限、抱負難展的苦悶，使她們各自的劇作《繁華夢》和《喬影》中的主角成爲戲曲史上最引人注目的失意才女的形象。

　　王筠（1849～1819）字松坪，號綠窗女史，長安縣（今屬陝西）人。她自幼從父讀書，詩詞曲均頗出色，她的《繁華夢》（25齣）和《全福記》（28齣）是現存明清婦女劇作中少見的長篇，另有《遊仙夢》二卷（一說爲《會仙記》）已佚。《繁華夢》敘長安女子王夢麟不滿自己身爲女子，常因無法耀祖光宗、揚名顯姓而自悲自恨，善才奉菩薩法旨使她在夢中換形爲男子。王生中解元後遊西湖、訪佳麗，先後與胡夢蓮、黃夢蘭二女邂逅，訂爲妾室。不久狀元及第，奉父母之命與謝夢鳳成婚，一妻二妾和諧相處。最後官至吏部侍郎，享受榮華富貴達二十年。不想夢醒之後無限凄涼，幸得麻姑點化，終於了悟人生如夢幻泡影。王筠之父王元常所作《繁華夢・後序》中云：「女筠，幼稟異質，書史過目即解。每以身列巾幗爲恨，因撰《繁花夢》一劇，以自抒其胸臆。」〔註14〕劇中的王夢麟顯然是作者的化身，以夢境的形式來抒寫未能滿足的欲望。王夢麟剛出場時自抒胸臆的一首〔鷓鴣天〕，直訴她本有建功立業志向，只因生爲女子，身心受到束縛，鬱懷難展之苦悶，詞云：

〔註12〕　張新建《徐渭論稿》，北京：文化藝術出版社，1990年，第183頁。

〔註13〕　《四聲猿・女狀元辭凰得鳳》第五齣，《徐渭集》（四），北京：中華書局，1983年，第1230頁。

〔註14〕　〔清〕王筠《繁華夢》，乾隆四十三年（1778）槐慶堂刻本。

閨閣沉埋十數年，不能身貴不能仙。讀書每羨班超志，把酒長吟李
白篇。　　懷壯氣，欲衝天，木蘭崇嘏事無緣。玉堂金馬生無分，
好把心情付夢詮。（《獨歎》）

詞作透露出王氏不甘雌伏、欽羨男性社會角色、渴望玉堂金馬之類的功名富
貴的心理。從劇中王夢麟剛出場時爲十八歲、王元常《繁華夢‧後序》又透
露此劇完稿於乾隆三十三（1768）年來推斷，此劇爲王筠青年時所作。而參
閱王筠詩集，這段時間前後，她多有詩作流露出才命相仇的牢騷及嚮往功名
富貴的思想。〔註15〕與劇中表達的情緒和願望正同。劇中主人公理想的實現，
首先必須借助、也是最重要的條件，是「換形」，即變爲男子。從這一角度看，
王筠的確深刻體會到了男女社會地位的不平等，對由性別身份造成的被輕
視、被壓抑的不公正待遇極爲不滿，而換形變性後的情節發展，代表她人生
中情感、功名欲望的滿足。有論者指出：「其劇作中表現的對封建觀念的宣傳
和對功名富貴的追求，反映了作者階級和時代的局限」，〔註16〕值得注意的
是，在劇末，王筠否定了自己的這樣一種追求，試讀《仙化》中麻姑（旦）
點化王夢麟（生）的一段文字：

(生) 可惜我半世功名，一生愛眷，就是這等罷了！（哭介）（旦）你休得悲啼，恁
看世間眞榮眞貴，亦不過野馬浮雲，誰保百年長在？況空虛幻境乎！……（生呆，
醒，作忽悟介）弟子醒悟了，原來二十年恩愛榮華，皆出一念。……（叩頭介）弟
子悟徹癡緣，不貪名利，望乞大仙收爲門下。（旦）汝今省得了麼？（生）是省得了。

(旦唱)

〔收江南〕呀！俺看那世間人的榮辱呵，誰不是夢中情？打不破貪嗔
愛癡死和生。陷名坑利坑，陷名坑利坑，怎似俺無愁無礙萬緣清。

〔註15〕如《和小青原韻》八首其二：「才色何須與命爭，可知有命即無名。明妃遠去
　　　侯妃死，薄命紅顏豈獨卿。」
　　　其四：「慧字何如福字高，癡癡蠢蠢自逍遙，人生了得輪迴業，掃卻愁山與恨
　　　潮。」乃借小青事迹悲慨個人身世。又如，《菊月二日聞掛榜樂聲有感》詩云：
　　　「曉日光迎掛榜新，喧闐簫鼓動街塵。爭看此日登龍客，知是誰家跨鳳人？
　　　應有開簾紅粉笑，豈無掩鏡翠眉顰？無端惹起閨中恨，獨擁寒衾暗愴神。」
　　　既有對男子贏得功名的榮耀的欽羨，也有爲自身爲性別身份所限，不能搲巍
　　　科，取顯宦的失落。詩見《西園辦香集》中卷，嘉慶十四年（1809）紫泉官
　　　署刊本，國家圖書館藏。
〔註16〕王永寬《王筠》，收入胡世厚、鄧紹基主編《中國古代戲曲家評傳》，鄭州：
　　　中州古籍出版社，1992年，第656頁。

最後，全劇以生的一曲〔清江引〕作結：

> 無端一覺消春夢，夢裏空馳騁。三生情枉癡，一笑今何用？方曉得
> 女和男一樣須回省。

「女和男一樣須回省」，表明經歷了夢境的幻滅之後，主人公終於領悟到即使能和男子一樣享受到榮華富貴，也不過是野馬浮雲，終會歸於虛幻，因而否定了自己對於功名富貴的貪戀和追逐。在劇末，王筠已真正超脫了這種性別差異造成的不平等帶給她的缺憾，而陷入到更形沉重的對人世無常的歡嗟中。

《繁華夢》的整體構思與湯顯祖的《南柯記》和《邯鄲記》相仿，王元常在《繁華夢》的批語中多次將此劇與《南柯記》、《邯鄲記》相比較，〔註17〕王筠也曾作《題湯臨川四夢》四首，〔註18〕她的創作很可能受到了這兩部劇作的影響。不同的是，《南柯記》和《邯鄲記》用較多篇幅表現主人公夢中宦途的經歷和權力的糾葛，而《繁華夢》雖也寫到王生在功名上的得意，但幾乎不涉及政治和權力方面的內容，而側重於描繪王生與三位女子的情緣，寫他對嬌妻美妾相伴生活的追求。這一方面表明王筠將情感之滿足、家庭之幸福視為圓滿人生最為重要的內容，其深層原因是王筠個人婚姻不諧的生活現狀〔註19〕；另一方面，劇中除王夢麟之外，其他所有的女性均安於扮演自己傳統女性的角色，且王筠的兩部劇作均以一夫多妻為美談，可知劇作並未表現出對抗社會性別尊卑觀念的傾向，「王筠並無意借劇作廣泛地表現婦女集體對性別角色和定位的思考，《繁華夢》敘寫的僅止她個人身為女子，欲求破除性別樊籠，以實現人生理想的心願而已。」〔註20〕故而《繁華夢》對性別角色的思索和對社會不公的批判仍帶有一定局限性，其深度是有限的。

〔註17〕如王生夢醒後感悟到「原來半世功名，竟是一場大夢」的情節，王元常評曰：「大似《邯鄲》盧生光景，真實不虛。」（《出夢》）；劇末王生演唱最後一首曲子之前，有「大笑」的動作，王元常評曰：「《南柯》之淳于生成佛後亦會大笑，與此笑同」。（《仙化》）

〔註18〕其中二首為「將相榮華六十春，覺來一笑即歸真。電光石火悲歡境，今古誰非夢裏人？——《邯鄲》」；「落魄無聊對古槐，睡鄉富貴逼人來。晨鐘猛擊情魔斷，足下蓮花立地開。——《南柯》。」

〔註19〕關於王筠的婚姻狀況，請參見本文第四章的相關論述。

〔註20〕華瑋《才子・佳人・變：從〈換身榮〉與〈繁華夢〉看清代戲曲中的性別反思》，收入《性別與疆界》，新加坡：南洋理工大學中華語言文化中心，2006年，第109頁。

　　吳藻（1799～1862）與王筠有著相似的對自己的高自期許和對不諧婚姻的不滿，她的劇作《喬影》同樣傳達了她對社會分配給她的「性別角色」的苦悶和反叛，表達一種懷才不遇之感及對一種與男性文人認同的價值。

　　吳藻，字蘋香，號玉岑子，浙江仁和（今杭州）人。出生在一個商賈之家，從小接受了比較全面的文學藝術教育，能識譜，會彈琴，善吹簫，亦長於繪畫，在詞曲上取得的成績轟動一時。《喬影》爲一折短劇，由「仙呂入雙調南北合套」共十支曲子組成，又稱《飲酒讀騷圖》、《讀騷圖曲》。劇敘女子謝絮才著男子巾服至書齋展玩前日自己所繪的男裝小影（即「飲酒讀騷圖」），她對畫飲酒，想到自己爲性別所限，無法施展抱負，自比靈均（屈原），感憤傷懷。劇中謝絮才顯然就是吳藻本人的藝術形象，她的老師陳文述說她「善鼓琴、繪事，嘗寫飲酒讀騷小影，作男子裝，自填南北調樂府，極感淋漓之致，託名謝絮才，殆不無天壤王郎之感耶。」〔註21〕謝絮才之名即由具「詠絮之才」的謝道韞得來。劇中只有一個人物，既無故事，也無穿插，與抒情詩接近。主人公獨自飲酒、對畫訴情的情節安排顯然是受到清初廖燕《醉畫圖》雜劇的影響〔註22〕，但《喬影》所表達的情感和思想內容無疑帶有吳藻本人濃重的思想印跡。謝絮才一出場，先是悲歎自己空有男兒壯志卻身爲女兒：

> 百鍊鋼成繞指柔，男兒壯志女兒愁。今朝併入傷心曲，一洗人間粉黛羞。我謝絮才，生長閨門，性耽書史，自慚巾幗，不愛鉛華。敢誇紫石鐫文，卻喜黃衫説劍。若論襟懷可放，何殊絕雲表之飛鵬；無奈身世不諧，竟似閉樊籠之病鶴。咳！這也是束縛形骸，只索自悲自歎罷了。〔註23〕

和其他明清才女一樣，吳藻嗟歎命運之不濟，把怨恨指向性別的差異。她不甘心命運的安排，要做自己的主宰，「幻化在天，主持在我」，於是讀騷飲酒，著男子裝，以模仿男性的方式來傳達她對社會和命運的反叛。她先對著自己男裝自畫像讚歎一番，說這絕不是無聊之舉，因爲「似這放形骸籠頭側帽，煞強如

〔註21〕〔清〕陳文述《西泠閨詠》卷十六「花簾書屋懷吳蘋香」，光緒十三年西泠翠螺閣重梓本。

〔註22〕《醉畫圖》爲廖燕《柴舟別集》雜劇四種之一，以作者自身爲主人公，寫他獨坐二十七松堂，對著「杜默哭廟圖」、「馬周濯足圖」、「陳子昂碎琴圖」、「張元昊曳碑圖」四幅畫交談飲酒，在似醉似醒中訴説自己身世偃蹇的抑鬱感慨。

〔註23〕〔清〕吳藻《喬影》，鄭振鐸《清人雜劇二集》據道光五年吳載功刻本影印，1934年。本文所引《喬影》原文皆出自該版本。

倦妝疏約體輕綃」；又想到李白的「花間一壺酒，獨酌無相親」，對照自己身受束縛，抱負難展的現實，唯有畫中的小影爲自己生平「第一知己」，故而癡癡的對著影中人呼喚。然而，「顧影喃喃」的「憨態」並不符合謝絮才的形象，於是她立於舞臺中央，一手執《離騷》，一手持酒杯，獨自面對觀眾，暢想平生意氣：

> 〔北雁兒落帶得勝令〕我待趁煙波泛畫橈，我待御天風遊蓬島；我待撥銅琶向江上歌，我待看青萍在燈前嘯。呀！我待拂長虹入海釣金鼇，我待吸長鯨貰酒解金貂；我待理朱弦作幽蘭操，我待著宮袍把水月撈。我待吹簫，比子晉還年少；我待題糕，笑劉郎空自豪，笑劉郎空自豪。

曲作借用歷史上諸多奇人異事的想像和傳說，表達作者對一種極致的自由的嚮往，「所描摹的理想境界，是隱居江湖、飛登仙島、狂歌劍舞、金貂換酒……是擺脫名繮利鎖、清規戒律等一切束縛。看來好似狂想，其實，這種非功利的追求正是女性開始覺醒的反映。」〔註24〕吳藻的志願並非少數女作家心目中的男兒夢，也不是傳統女性文學中的美滿婚姻，而是人格的全面解放和天性的自由發展，這正是她的思想境界超越其他女作家之處。一連十個「我待……」句法排比的曲詞，令人物的思緒如狂飆驟雨般洶湧噴發，與此相對應的，正是作者反抗束縛、發展個性、追求理想的堅決態度。值得注意的是，吳藻對自己社會性別的思索，並不是偶然的心機靈動，而是在生活中的整體體驗，她的許多詞作中都流露出對女性社會角色的不公平所作的思考和對精神自由的追求。如這首著名的《金縷曲・生本青蓮界》，上片云：

> 生本青蓮界。自翻來、幾重愁案，替誰交代？願掬銀河三千丈，一洗女兒故態。收拾起、斷脂零黛。莫學蘭臺悲秋語，但大言、打破乾坤隘。拔長劍，倚天外。

此詞除表達與以往女作家所體驗過的類似的痛苦之外，更展現出女性覺醒的新意識，它既體現於「一洗女兒故態」一語中對女性傳統存在狀態的否定、「拔長劍，倚天外」中對精神極度擴張的新自我的展示，更體現於「大言打破乾坤隘」一語中對於既定秩序的破壞欲望，所蘊含的精神內涵正與《喬影》相似。

　　在《喬影》中，吳藻對屈原有一種認同感，她畫「飲酒讀騷圖」，謝絮

〔註24〕浦漢明《〈喬影〉——中國古代知識女性的憤懣與呼號》，《青海社會科學》1995年第 2 期。

才「肘後係《離騷》」出場，並非僅僅出自吳藻對名士風流的追慕之情，更因《離騷》中的牢騷憤懣之情引起了她強烈的精神共鳴。屈原經歷了「信而見疑，忠而被謗」（《史記‧屈原列傳》）的現實逆境，但吳藻說：「怎知我一種牢騷憤懣之情，是從天性中帶來的嚜！」可知她的牢騷憤懣並非針對一人一事、因具體生活事件而生發，而暗含對施諸女性的所有束縛的沉痛感受，這種感受，給吳藻帶來的精神苦悶也是持久難滅的。〔註 25〕儘管《喬影》中吳藻一度將自己的不得解脫等同於屈原的行吟江畔（「像這憔悴江潭，行吟澤畔，我謝絮才此時與他也差不多」），但她還進一步認識到即使作為士大夫，要想充分施展才能、抱負，要得到精神上的自由解放，在現實生活中也是不可能的，連屈原也只能「憔悴江潭，行吟澤畔」，落得個自沉的下場，可知人世間的幸與不幸、榮達與冷落本是這樣的不公。吳藻從一己之悲苦轉而審視社會全體成員的命運，將男女置於同病相憐的地位，揭示出全體社會成員的個性遭到壓抑的嚴峻現實，〔註 26〕其作品的思想價值和意義較之其他婦女的文學作品顯然要深刻、豐富得多。

　　《喬影》劇末，吳藻通過對屈原聲名的觀照，透露了自己文名傳世的欲望及由此引發的焦慮：「我想靈均神歸天上，名落人間，更有個招魂弟子，淚灑江南，只這死後的風光，可也不小！我謝絮才將來湮沒無聞，這點小魂靈，飄飄渺渺，究不知作何光景？」吳藻對聲名的看重直接來自《離騷》：「老冉冉其將至兮，恐修名之不立。」個體生命意識的高揚與屈原相通，也正是明清覺慧才女群體要求的表達。但是，在她承受著性別不公和個性受抑雙重壓迫的殘酷現實中，終究是無出路可尋的，只有為自己生祭、弔挽，令自己絕望的心靈尋得一個安頓。謝絮才下場時唱道：

〔註25〕吳藻中年時所作《浣溪沙》詞云：「一卷《離騷》一卷經，十年心事十年燈。芭蕉葉上幾秋聲。　欲哭不成還強笑，諱愁無奈學忘情。誤人尤說是聰明。」在詞人十餘年的心路歷程中仍可看到沉重的精神痛苦。

〔註26〕吳藻有《金縷曲》詞抒寫人生不遇的悲憤牢騷和傷心感歎，與《喬影》可資參讀。詞云：「悶欲呼天說。問蒼蒼、生人在世，忍偏磨滅？從古難消豪士氣，也只書空咄咄。正自檢、斷腸詩闋。看到傷心翻失笑，笑公然、愁是吾家物。都併入，筆端結。　英雄兒女原無別。歎千秋、收場一例，淚皆成血。待把柔情輕放下，不唱柳邊風月。且整頓、鐵琶銅撥。讀罷《離騷》還酹酒，向大江東去歌殘闋。聲早遏，碧雲裂！」後半段將「千古」「兒女」的悲痛等量齊觀，超越了男女差異的表象淺層探討，而認為即便是男性也未必都能在現實世界大展宏圖，一樣難免命運的愁悶壓抑。詞作所達到的思想深度與《喬影》相似。

〔清江引〕黃雞白日催年老，蝶夢何時覺？長依卷裏人，永作迦陵
鳥，分不出影和形同化了。

此曲與王筠《繁華夢》的尾曲相似，表明作者在現實人生中遇到無解的難題
後，便轉而尋求宗教式的解脫。吳藻晚年「掃除文字，潛心奉道，香山南、
雪山北，皈依淨土」，〔註27〕無奈而自覺地走上奉道之路，與她一生對於女性
存在、人的存在的痛苦和絕望的體驗之深重是分不開的。

　　《喬影》完成後，曾於道光己酉年（1825）秋，由蘇州男子顧蘭洲在上
海某廣場演出，激起社會廣泛的共鳴。「吳中好事者被之管絃，一時傳唱，遂
遍大江南北，幾如有井水處必歌柳七詞矣。」〔註 28〕當時名流許乃穀為《喬
影》題辭曰：「我欲散髮淩九州，狂飲一瀉三閭憂。我欲長江變美酒，六合人
人杯在手。世人大笑謂我癡，不信閨閣先得之」，以至稱「雛伶亦解聲淚俱……
滿堂主客皆唏噓，鰤生自顧慚無地」，〔註29〕可見劇作在各層次人士中都有強
烈的反響，這正印證了劇作表達的個性解放思想對於男女兩性的普遍意義。
如有的論者所言：「只有將女性的願望同整個時代的要求緊密相連，才能產生
這樣強烈的震撼作用。」〔註 30〕

　　王筠和吳藻皆是不滿足於現實的失意女子，現實的壓抑感使得她們羨慕
男子在社會中獨享的權利，希望擁有獨立自主地追求自我實現，獲得精神自
由的權利。她們在劇中抒寫有才無命的牢騷和悲憤，展示才女真實的生存狀
態，對戲曲史心靈書寫作出了一種有益補充。同樣是表現「失意才女」被壓
抑的人生處境，王筠《繁華夢》著眼於社會生活方面，希望能獲得情感和功
名欲望的滿足；而吳藻《喬影》側重於文化層面，表達作者才情沒有出路、
精神受縛的苦悶，反抗施諸女性的所有束縛，其涵蓋面和對社會現實的批判
力更為寬廣、強烈。可貴的是，王筠和吳藻最終都能夠超越性別的不平等帶
來的缺憾感，或者陷入對人生帶有普遍性的悲劇意義的發掘，或者上升至文
人社會所共有的懷才不遇的悲感的感悟，在乾隆後期及嘉、道之交的劇壇傳
達出覺醒的才女無出路可尋的苦悶心聲，這正是女劇作家「性別思索」主題
劇在戲曲史上呈現的獨特的思想價值。

〔註27〕〔清〕吳藻《香南雪北詞·自序》，道光三十年刻本。
〔註28〕〔清〕魏謙生《花簾詞序》，道光十年刻本。
〔註29〕見《喬影》，《清人雜劇二集》本。
〔註30〕薛海燕《論吳藻詞曲特質及其在女性文學史上的地位》，《南京師大學報》2001
　　　年第 5 期。

第二節　社會關懷

通過對以上三類劇作的粗略巡視，可見愛情、家庭及人倫關係內容的書寫在明清婦女劇作中佔有較大比重。中國古代的女作家，缺乏男性那樣的生活範圍和社交機會，她們的文學創作多以發洩和釋放心中鬱懷，表達自己的理想、情感和欲望爲目的，即屬於「自我宣洩」型的創作。馬守眞、葉小紈、梁小玉等最先涉獵戲曲這種文藝樣式的明代女作家均選取了與自身命運和生存狀態密切相關的題材譜寫成戲曲。但至清代，尤其是在社會矛盾最爲激烈的清初和清末兩個時間段，一些女作家如張藻、劉清韻、嬴宗季女等，並未僅僅注目於個人的生活經歷和情感內容，亦將視界放諸社會，表達她們對社會政治、道德的憂慮和關切，拓展了中國傳統婦女文學的內容題材。

清代婦女劇作中的社會題材劇多以仁人志士的命運遭際爲主線，蘊含作家對社會政治、道德的思索。有的從小說、筆記中擷取題材，如劉清韻的《丹青副》、《天風引》改編自《聊齋誌異》，借劇中人物非凡、離奇的經歷寓寫作者對世事的看法；劉清韻的《千秋淚》和陳小翠的《除夕祭詩》改編自前代文人逸事，借文人失意的遭際抒發對世事不公的感慨。更値得關注的是，還有一些劇作將發生在作家身邊的時事搬上舞臺，如林以寧與丈夫錢肇修合撰的《芙蓉峽》、張藻的《雙叩閣》關涉到清初官場的政治鬥爭，劉清韻的《黃碧簽》和《望洋歎》在清末眞實的時代背景下寫家鄉的眞人實事、嬴宗季女的《六月霜》演清末秋瑾殉難事，均堪稱當時的時事劇。清代女劇作家通過她們的社會題材劇超逸了作家個人的狹窄生活，表現出作家對世俗人生、時事政治的關注，當視作明清婦女戲曲創作實踐走向成熟和取得突破的標誌。

一、扶忠鋤奸的文學想像：《芙蓉峽》和《雙叩閣》

在中國戲劇發展史上，時事劇的創作有兩個極爲繁盛的時期，一是明末清初，一是晚清。明末政治黑暗腐敗，社會矛盾尖銳複雜，時事劇創作蔚爲大觀，在明末清初社會發生劇烈動蕩之時，也有大量以現實政治鬥爭爲題材的時事劇應運而生。然而自康熙中期以後，文字獄頻繁，思想禁錮嚴酷，時事劇創作風潮日益衰頹。現知女作家最早涉筆時事劇大約是在康熙中期前後，聞名於西子湖畔的林以寧、錢肇修夫婦因自己家族遭受的一場政治風波，合撰了《芙蓉峽》傳奇；康熙五十年，職業女作家張藻據當時政治時事創作

了《雙叩閽》傳奇，這兩部劇作成為現知婦女劇作中最早的也是清初僅有的兩部時事政治題材劇。

　　林以寧（1655～1730 以後），字亞清，錢塘人，進士林綸女。丈夫監察御史錢肇修（1752～？，字石臣）是戲曲家洪昇的表弟。林以寧詩、文、曲皆擅，所著《墨莊詩鈔》二卷後附《詞餘》（散曲十一套）和《文鈔》各一卷。她是清初著名的女子詩社團體「蕉園詩社」的成員，在錢塘閨秀文化圈享有極高的知名度。林以寧與丈夫合撰的《芙蓉峽》傳奇共 33 齣，今僅殘存 7 齣，其劇情梗概大略如下：劇寫穆雙清及其女穆氏被冤入獄，穆氏丈夫金友石為報仇，投奔草寇昝大法，率兵與朝廷對抗。朝廷命李辛夷為關西招討，前往征剿，而李恰為金之好友。金友石之妾、劍客小濤從獄中救出穆氏，又為李辛夷送信給金友石，勸他反正。時昝大法有僭號為帝之心，金友石勸之不聽，小濤飛身入營殺死昝大法，將其首級和李辛夷的書信交給金友石，金下令讓全軍歸順朝廷。穆氏又受地痞欺負，小濤歸來除掉地痞救出穆氏，使她和丈夫團圓。之後，小濤拒絕朝廷封賞，飄然而去。臨行時與金、穆夫婦約定，二十年後芙蓉峽中相會。過了二十年，金友石官至宰相，他記起小濤之言，棄官帶穆氏前往芙蓉峽中相尋。穆雙清與李辛夷也欲辭官歸隱。

　　《芙蓉峽》本事不可考，王永寬認為「劇中所寫穆家被冤遭遇，似與林以寧夫家的經歷有關。錢肇修之父錢開宗，即順治十四年（1657）江南鄉試副主考官，因科場舞弊案發被處死，家屬籍沒，流放寧古塔，順治十六年（1659）被放還。劇中金友石似指錢肇修（其字石臣），林以寧或許是目覩了宦場風波險惡，欲勸丈夫急流勇退，特作此劇寓意，亦未可知。」〔註31〕以金友石指錢肇修，確為可信，但認為劇中所寫穆家遭遇與錢家父輩事相關，理由卻不充分。錢肇修長林以寧三歲，生於順治九年（1752），〔註32〕錢父獲罪時他不過是六歲的幼童，林以寧其時不過三歲，不可能從丈夫家事中「目覩宦場風波險惡」。筆者認為《芙蓉峽》的創作緣起和劇情安排，當與林以寧的父親、林綸遭遇的政治風波有關，林以寧所著《墨莊詩鈔》中有《哭伯兄》詩（並序），序文如下：

　　　　兄字寅三，秉志高潔，不趨時望，兄弟中與余最契，余少時執弟
　　　　子禮焉。于歸後，過從不隔旬日，至則煮茗論文，上下千古，盡

〔註31〕李修生主編《古本戲曲劇目提要》「林以寧《芙蓉峽》」條，北京：文化藝術出版社，1997 年，第 490～491 頁。

〔註32〕參見本書附錄「林以寧《芙蓉峽》」條。

無儲粟，晏如也。歲戊午〔1678〕父任夏城令，兄隨任河東，父以不楣權貴，未期月被黜。柄事者將寘於理，兄上書請代，爲朝貴所阻，不獲上聞。歸至中途，忽發狂疾，抵家嘔血而死。題詩襟帶間有「吉盼已死，緹縈尚存」之句，蓋厚望於余也。嗚呼哀哉！」〔註33〕

「戊午」爲康熙十七年（1678），時林以寧 24 歲。父無故被黜、兄救父不成吐血而死，於她而言是巨大的家庭慘劇，而未能實現兄長臨死之前對她如西漢淳于緹縈般勇敢救父的期望，是令她深深抱愧的憾事，如這首《哭伯兄》詩中所云：「史載千年恨，人驚六月霜。上書陳魏闕，泣血訴穹蒼。……苟灌圍難解，緹縈事已荒。我生誠負愧，君死有餘芳。」又如這首數年後所作的《自嘲》：「年逾三十竟何似，碌碌人間朝復昏。常擁牛衣勤優讀，未邀魚佩拜新恩。生兒即有西河慟，有父空教絕塞存。百事傷心難盡訴，不才何以傲持門。」林父任職、獲罪之地在今甘肅，這首以「自嘲」爲題詩中的「有父空教絕塞存」之句，吐露了林以寧多年來難以釋懷的「緹縈」之恨。《墨莊詩鈔》後附《詞餘》一卷，收林所作散曲十一套，其中〔南仙呂八聲甘州〕《題〈芙蓉峽〉傳奇》套曲的後四支曲子如下：

〔皂羅袍〕細玩芳詞清調，歎悲歡離合，逗起情苗。瀟灑心情伴漁樵。功成豈肯居廊廟。鴟夷春泛，風前弄潮。龐家高隱，花前解貂，平生志願皆能道。

〔羽調排歌〕豈肯悠悠，還同腐草。恨緹縈有志難標，含冤只合殉荒郊。奈日近長安路轉遙，啼鵑血，魂暗消。荒雞林外已三號。思親淚，不住拋，何時重見整歸鑣。

〔掉角兒序〕喜窮經何曾憚勞，素心慕五湖煙。想當初蠡斯命篇，愧如今小星虛照。若得他，陽阿舞，金谷嬌，傾城笑，可抒懷抱。灞陵共老，何愁寂寥。那其間，吟風弄月，自憐同調。

〔尾聲〕慧心人，情思巧。一任你筆尖顛倒，怕只怕那有仙姬似小濤。

〔羽調排歌〕一曲似是針對穆氏而言，與林以寧詩、曲中所訴之恨正同，林以穆氏自指之意十分明顯。《芙蓉峽》前 16 齣的內容今已不可見，據此曲推

〔註33〕《墨莊詩鈔》（附《詞餘》、《文鈔》）卷一，清康熙間刻本，國圖縮微膠片，本文所引林以寧詩、文、散曲皆出自該書。

知其中對穆家所遭遇的政治冤情應有實筆描寫。〔掉角兒序〕一曲表達對劇中膽識過人的俠女、劍客小濤的渴盼和傾慕。小濤是全劇的靈魂人物，正是有賴於她的幫助，方能解救金穆夫婦於危難之中。〔尾聲〕一曲明言小濤的形象係作者虛構，林以寧在劇中精心塑造這樣一位身份特殊（金友石之妾）的女子，與她人生中的另一件恨事當不無關係。錢、林二人夫妻情深但子嗣艱難，所生一女於六歲時夭亡，林在《薦殤女嗣徽疏》中自歎「以寧命實不猶，譴詒弱息，五孕不育；生同枯朽，六載空勞」，故在中年以後萌生爲丈夫納妾之意。〔註34〕面對至親所遭遇的巨大的政治災難和自己多年來的愧憾，她構想出一位非凡的女子，託之以爲家庭平冤昭雪、爲國家扶忠鋤奸的重任，既體現出對女子才能的大力揄揚之意，同時也是「下意何由達，幽都不見陽」（《哭伯兄》詩中語）的黑暗政治環境下慰藉自我的無奈想像。

　　與《芙蓉峽》可以參看的是同樣問世於康熙間張蘩的《雙叩閽》。張蘩字採於，長洲（今江蘇蘇州）人，諸生吳士安妻。不同於她之前多位以一部劇作而在中國戲曲史上留名的女作家，也不同於她們「自我宣洩」型的戲曲書寫方式，張蘩是一位職業劇作家，曾於康熙四十五年（1706）應征北上，在寧王府設帳授徒，其間創作雜劇數種供家優演習；她的《雙叩閽》係受人託請，搬演康熙間時事於舞臺，完全無涉於個人經歷，其劇情大略如下：明萬曆時馬大騏奉旨和皇甫謙監修河工，被皇甫謙陷害，逮捕入獄。萬曆南巡，大騏設計賺出監門，到金山駕奏冤枉。萬曆命兩個大臣審理此案。皇甫謙賄賂問官，將大騏問成逆案。大騏的妻子汪氏咬破手指寫血疏叩閽，萬曆親自審訊，方才使案情大白。大騏本是武進士，萬曆命他出征、立功。後來他的兒子也中了進士，一門顯榮。〔註35〕

　　關於此劇的創作緣起，張蘩在《雙叩閽‧自序》中述及：「今春有姻親授余以馮氏伉儷叩閽情節，大聳耳目，屬余爲劇以誌之。然當事者則欲述其眞實，以顯厥志；操管者或稍避嫌於涉世，故易其朝代更其姓氏而隱括焉。」〔註36〕由此可知，《雙叩閽》所演係清康熙間實事，而以改換背景及人名的形式隱括表現。〔註37〕該劇以忠臣馬大騏和姦佞皇甫謙的鬥爭爲主要線索展

〔註34〕參讀林以寧所作散曲《與夫子夜話有懷校書河東三鳳》，附於《墨莊詩抄》後。
〔註35〕因特殊原因，此劇筆者未能獲見（具體原因參見本書附錄），此概要係據周妙中《清代戲曲史》引錄，見鄭州：中州古籍出版社，1987年，第273～274頁。
〔註36〕轉引自杜穎陶《記玉霜簃所藏鈔本戲曲》，《劇學月刊》，第二卷第3、4期。
〔註37〕如主人公馬大騏之名含兩個「馬」字，暗喻「馮」姓原型人物的姓氏。

開劇情，與大多數明清時事劇所呈現的忠奸鬥爭的主題模式正同。〔註 38〕但
與明中期及明清之交戲曲史上許多著名的忠奸鬥爭劇如《寶劍記》、《鳴鳳
記》、《清忠譜》等不同的是，後者將奸臣的惡行與明季官場腐敗的背景緊密
聯繫，不僅抨擊朝政的腐朽糜爛，對皇帝的昏聵無道也有大膽指斥，具有強
烈的政治批判意識；《雙叩閽》雖也涉及到對朝政黑暗的批判（朝廷命臣收受
奸臣賄賂，迫害忠良），但塑造了一位聖明的君主形象：馬大騏到金山駕奏冤
枉時，萬曆帝「天語諄諄」，命人審查冤情；馬妻叩閽，萬曆親自審訊，使案
情大白，後又對馬氏予以重用，「明聖主」在劇情轉換過程中起到關鍵作用。
劇作第一折的下場詩云：「積陰德的廉信官捐金建院，行孝心的賢命婦割骨療
親。資險惡的貪總河終遭天譴，彰褒貶的明聖主恩賜扁旌。」〔註 39〕全劇側
重對馬氏之忠、之善及馬妻割股療親之孝和哭叩天閽之勇的頌贊，而大大淡
化了政治批判意識。這一處理政治時事的傾向，是張藻「稍避嫌於涉世」的
處理策略的體現，也與清初時事政治劇淡化政治批判，強化忠君盡義的總體
傾向保持了一致。〔註 40〕

　　《雙叩閽》和《芙蓉峽》兩部劇作均涉及到了忠臣無故被冤獲罪的情節，
但在《芙蓉峽》中，君主角色是缺席的，扶忠鋤奸的任務由女劍客來完成，
這與林以寧從父兄遭遇中感受到的「下意何由達，幽都不見陽」的政治黑暗
有關。劇末小濤飄然而去，對應著這一人物僅存在於理想世界的事實。林以
寧以筆下人物相繼遠離宦海為終，寄寓著她和丈夫對現實政治的失望和對出
世隱逸生活的渴慕。《雙叩閽》通過一門顯榮的歡喜結局，實現了對忠、孝、

〔註38〕郭英德論及明清文人傳奇忠奸鬥爭的主題模式時認為「在明清文人傳奇中，
　　　　大多數歷史劇和時事劇都呈現出忠奸鬥爭的主題模式。這種忠奸鬥爭的主題
　　　　模式，在明清文人傳奇作品中，由人物、情節、背景和風格基調等層面組成
　　　　一個完整的意義系統。從人物看，主要人物無非分為兩大陣營：一是忠臣義
　　　　士，一是權奸邪佞……，從情節看，這些作品大都有相似的情節發展：權奸
　　　　邪佞蒙蔽『聖聰』，獨攬大權，害國殃民，黨同伐異；忠臣義士或上疏直諫，
　　　　或鋌而走險，或捨身赴難，慘遭迫害，歷經坎坷；最後奸謀敗露，冰山瓦解，
　　　　姦邪授首，忠義襃揚，天下太平。總之，情節發展是從邪壓倒正轉化為正壓
　　　　倒邪，轉化的契機是皇帝的清醒與否，轉化的結果是忠臣義士重掌朝綱。」（《論
　　　　明清文人傳奇的忠奸鬥爭主題模式》，《四川師範大學學報》。1990 年第 4 期）。
〔註39〕轉引自杜穎陶《記玉霜簃所藏鈔本戲曲》，《劇學月刊》，第二卷第 3、4 期。
〔註40〕郭英德曾指出「發展期和餘勢期文人傳奇的忠奸鬥爭主題，大大淡化了政治
　　　　批判，強化了忠君盡義。」（《論明清文人傳奇的忠奸鬥爭主題模式》）他所指
　　　　的傳奇發展期、餘勢期大致在清順治九年（1652）至嘉慶二十五年（1820）
　　　　這個時間段內。

義等傳統道德的褒揚，亦通過對君主聖明的歌頌，有效地減輕了搬演敏感時事題材的可能具有的危險度。

　　《芙蓉峽》和《雙叩閽》是現知最早的兩部時事政治劇，以戲曲形式書寫發生在作家身邊的忠奸鬥爭實事，爲明清婦女劇作開拓了新的題材。兩部劇作均寫到了俠勇的女子伸張正義的不屈努力（《雙》中的馬妻、《芙》中的小濤），在一定程度上彰顯了女劇作家的女性意識。《芙蓉峽》以作者自身及親友入戲，抒寫作者在複雜世事中的感受和懷抱，是帶有私情色彩的時事政治劇；《雙叩閽》演述他人事迹，褒忠揚善，體現作者深切的世情關懷。

二、志士遭際的時代思索：《望洋歎》和《六月霜》

　　道光二十年（1840）鴉片戰爭爆發，此後的半個多世紀，中國社會發生劇烈動蕩，內憂外患，應接不暇。戲劇舞臺上，與千瘡百孔、風雨飄搖的晚清社會狀態相關合的各種歷史劇、時事劇甚囂塵上，風靡舞臺。或借歷史故事寓指現實，感慨時事；或直接描寫社會動亂和仁人志士的愛國精神、舉動，展現出封建末世戲曲作家深刻的社會關懷。

　　晚清的時事政治劇創作是戲曲史上又一輪時事劇創作的高潮。咸豐、同治間的太平天國運動、撚軍起義，光緒年間的中法戰爭、戊戌變法、庚子事變、拒俄運動、預備立憲和秋瑾殉難等重大歷史事件，在戲劇創作領域皆有集中的反映。〔註41〕其中，劉清韻和嬴宗季女（劉氏）兩位女劇作家，面對動蕩不安、國事日非的社會現實，亦大膽突破婦女文學的傳統創作題材，本著可貴的社會參與意識譜寫了具有強烈的現實精神的劇作。除在《黃碧籤》中插入清廷平撚事，讚頌家鄉忠臣之外，劉清韻的《望洋歎》以活躍於海沭一帶的近十位文人志士入戲，書寫他們在清末亂世的不幸遭際，對憂亂傷離的社會現實多有觸及；嬴宗季女在1907年秋瑾殉難後不足三月，就將其事迹譜寫成戲曲，深入到女俠秋瑾的內心，表現其崇高的愛國精神，並對黑暗勢力進行控訴。《望洋歎》和《六月霜》傳奇是現知明清婦女劇作中僅有的直接表現時代背景的劇作，作家對自己身邊眞人、時事的描寫帶有自覺記錄時代動亂、變故的企圖，亦在某種程度上對時代精神做出了一種傳述。

　　《望洋歎》是近年來始發現的劉清韻《小蓬萊傳奇十種》之外的戲曲作

〔註41〕田根勝著《近代戲劇的傳承與開拓》有表格說明辛亥革命前後時事政治劇創作的詳細情況，請參見。上海：上海三聯書店，2005年，第176～182頁。

品，寫與蘇北大儒王詡交善的浦中聯社諸君在咸豐、同治、光緒三朝四十餘年間報國無門、漂泊淪落、落寞失意的苦情。劇中所敘人物如王詡、周詒樸、周蓮亭、張溥齋、王菊龕、邱履平、劉殿勳、許牧生、吳蓮卿、劉子謙等皆實有其人，而作爲線索性人物的王詡是作者劉清韻和她的丈夫錢梅坡的老師，曾爲劉的《小蓬萊仙館詩鈔》作《敘》。劇中諸君或原籍海沭，或寓居海沭，在咸豐甲寅（1854）前後，因避太平軍亂，聚於周詒樸門下，晨夕過從，共訴報國之志和憂世之念。後漂泊四散，有的捧櫬異地闔家爲太平軍殘殺（周蓮亭），有的數奇不偶客死異鄉（邱履平），有的英雄失路蹈海而亡（張溥齋），不數年，十人僅餘三人，剩下退守鄉園的王詡獨自對景傷情，慨歎人世離索之悲，夢想在仙界重溫與諸友歡會的情景。《望洋歎》的創作時間，在光緒十七年（1891）至宣統元年（1909）之間，是劉清韻最晚出的作品，通過一群年少時躊躇滿志而結局淒慘寂寞的文人，訴說著才子飄零的憤懣與志士途窮的悲涼，帶有濃重的時代感傷情緒。關於劉清韻其人和她的戲曲作品，筆者將在第六章詳細論述。茲以晚清另一部時事劇——嬴宗季女的《六月霜》傳奇爲重點分析對象，將之與其他幾乎同時採擷「秋瑾之死」這一重大政治事件爲題的戲曲小說比較，彰顯晚清女劇作家時事書寫的特異之處。

　　1907 年 7 月，秋瑾因參與策劃反清革命而被清廷斬殺於紹興軒亭口〔註42〕，她的犧牲在當時激起了強烈的社會震動，文藝界很快掀起了譜寫其事迹的創作熱潮。黃伯耀的龍舟歌《秋女士泉臺訴恨》、蕭山湘靈子的傳奇《軒亭冤》、古越嬴宗季女的傳奇《六月霜》、長洲靈鶼的雜劇《軒亭秋》等均於秋瑾遇害當年問世，此後四五年間，仍有悲秋散人的傳奇《秋海棠》、靜觀子的小說《六月霜》等不下十部作品繼續演繹秋瑾故事，表現出文藝界對這位不凡女性的關注。就作品的內容及影響而論，《六月霜》傳奇、《軒亭冤》和後

〔註42〕秋瑾（1877～1907），字璿卿，又字競雄，自號鑒湖女俠，是中國近代一位十分不凡的女性。出身於仕宦之家，但頗不同於一般閨秀，自幼讀經史詩書，「尤好劍俠傳，慕朱家郭解爲人」（《墓表》），並曾練習騎馬和射箭，形成了慷慨磊落，頗具英風豪氣的性格特點。二十歲時由父母安排與湘潭富商之子王廷鈞成婚，育有一子一女。由於感受到家庭的壓迫和民族滅亡的危險，秋瑾在1904 年春變賣自己的釵環首飾隻身赴日本留學，尋求婦女解放和挽救民族危亡的良方。在日本，她先後加入光復會和同盟會，以反清救國爲志，並常在留學生的聚會中發表愛國演說以喚起同胞的救國熱忱。回國後集結了大批革命志士同謀武裝反清，與徐錫麟精心籌劃浙皖起義。徐錫麟在安慶發動起義失敗遇害，幾天後秋瑾被捕，於 7 月 15 日（陰曆六月初六）遇害。

來的小說《六月霜》是其時同類題材中的優秀之作，〔註 43〕然而學界對這三部作品的評價並不高：「作者處理同一題材的取捨和手法有所不同，但也有一個主要的共同之點，那就是塑造秋瑾的形象有所歪曲和不足。這些作品中寫秋瑾的思想行動停留在『男女平權，家庭革命』八個大字上，特別是秋瑾被捕與受審時所表現的軟弱退縮等，……揭露這些作者在思想認識水平上的限制，不可能捉摸到筆下女主人公內心深處的崇高境界。」〔註 44〕此論所言及的缺陷在《軒亭冤》和小說《六月霜》中的確存在，但筆者認爲這對嬴宗季女的《六月霜》傳奇卻是一種誤解。事實上，如果別除那些因爲特殊時代的政治原因不得不用的曲筆和掩飾之外，《六月霜》傳奇在相當程度上接近了秋瑾的真實內心，塑造出了具有崇高美的愛國女傑的秋瑾形象。

　　與今日高揚秋瑾爲「革命女傑」、「反清志士」不同的是，事發當時的社會輿論幾乎全都否認秋瑾參與種族革命、政治革命，認爲清廷以「革命罪」殺之是冤案〔註 45〕，作爲對這種社會輿論的回應（本身亦構成了此種輿論之一部分），爲秋瑾之死鳴冤是晚清幾乎所有表現秋瑾故事的文藝作品的共同傾向。但在怎樣爲秋瑾鳴冤時，不同作品寫法的不同卻透露出各位作者對秋瑾其人其行的理解差異。《軒亭冤》的作者蕭山湘靈子在《敘事》中稱讚秋瑾「抱不可一世之氣概，雄姿豪骨，視人間無復有艱難事，其氣足以薄風雲，其勇足以驚天地，其義足以格鬼神，其事業刺激於多數漢族之腦中。」〔註 46〕最後一句表明他能夠領會秋瑾從事的反清革命事業對漢族同胞的特殊意義，那麼，《軒亭冤》中對秋瑾的排滿言行的掩飾甚至是極力否認便是作者故意爲之的。全劇描繪的重點在秋瑾種種熱心愛國救國之舉動，她不僅僅是在男女平權的鬥爭中盡己之力，更有志挽救國家陸沉，這些都與真實人物秋瑾頗爲接近。然而，劇作爲渲染秋瑾之冤，一方面對她的革命主張進行曲解，將她這樣一位堅定的革命者改寫成君主立憲制擁護者，高呼「是國君要重民權，是

〔註 43〕本文所論之《軒亭冤》和《六月霜》傳奇見阿英編《晚清文學叢鈔》（傳奇雜劇卷）上冊，北京：中華書局，1962 年；小說《六月霜》見上海文化出版社，1958 年，所引作品原文不再一一出注。

〔註 44〕魏紹昌《秋瑾的藝術形象永垂不朽──從傳奇、文明戲到話劇和電影》，收入郭延禮編《秋瑾研究資料》，濟南：山東教育出版社，1987 年，第 523 頁。

〔註 45〕參見夏曉虹：《紛紜身後事──晚清人眼中的秋瑾之死》（《晚清女性與近代中國》，北京大學出版社，2004 年）。

〔註 46〕《軒亭冤》，阿英編《晚清文學叢鈔》（傳奇雜劇卷）卷上，北京：中華書局，1962 年，第 108 頁。本文所引《軒亭冤》原文皆出自該版本。

國民要重君權」；另一方面則刻意模仿關漢卿《竇娥冤》中的描寫，讓秋瑾在被捕時「一路哭介」，或者「伏地泣介」，或者「披髮揮淚」，自唱「心似麻，冤難叫，眞教我呼天搶地淚如珠掉。」她反覆痛罵官吏：「哎呀！你你你這糊塗東西，竟把儂認作革命黨了，兀的不痛煞人也！」「糊塗糊塗，你這糊塗狗官，竟把我認作革命黨了。」「你這糊塗狗官，聽信挾嫌誣告，竟把儂認作革命黨麼？」這些描寫雖有助於激起觀眾對野蠻官吏的憤恨和對秋瑾遇害的同情，但與秋瑾所具有的捨生取義、雖死未悔的革命獻身精神發生了較大偏差，造成了對秋瑾形象的歪曲。

　　嬴宗季女眞名不詳，只知姓劉，人稱「劉家小妹」，自言與秋瑾有「同鄉同志之感情」（《六月霜》自序）〔註47〕，在申江輿論界一致爲秋瑾之死呼冤時，她因「吾鄉士夫，顧噤若寒蟬」而「深以爲恥」，竭一星期之力，撰成十四折的《六月霜》傳奇。「六月霜」之劇名有取戰國時鄒衍的含冤下獄和關漢卿筆下竇娥的受屈被斬相比擬之意，表達秋瑾被害的沉重冤情和劇作者傷悼感憤的複雜心情。《瘐噬》、《張羅》兩出演繹當地官吏、鄉紳爲求陞官發財而誣陷秋瑾爲徐錫麟同黨的情節，再現了秋瑾蒙冤被殺之前因後果。但此劇並未像其他作品那樣一味渲染秋瑾之「冤」，讓她在面臨刑訊時屢屢哭訴和自辯，以任人宰割的弱女子形象示人，此劇超越其他同類題材之作的地方正在於嬴宗季女不止是從外部尋找秋瑾遇害的原因來對黑暗勢力進行控訴，更深入到秋瑾內心深處，確認殉國是她愛國救亡追求下極具自主性和主動性的選擇。秋瑾之死固然令作者痛惜不已：「今古寥寥天地窄，幾個才人，忍更相摧折！」卻又深爲女界中出此人物而自豪：「我輩不須長惻惻，藉甚香名，寰宇平生色。」（《前提》）她筆下的秋瑾始終無懼黑暗力量，抱持精衛塡海之志和女媧補天之願，立志挽國家民族於危亡之中，即使犧牲一己之生命亦在所不惜。

　　《六月霜》傳奇第一齣《蓉謫》中，作者爲秋瑾安排了仙界「芙蓉仙子」的身份，「且仙裝，手執白芙蓉一枝」上場，出淤泥而不染的白芙蓉象徵著秋瑾孤傲高潔、非同凡俗的氣質情操，「謝鉛華，冰肌玉骨；耐刀鋸，花貌雪膚」道出了她外柔內剛、頗具俠骨英風的性格特點。不同於一般仙人因犯下過錯受到處罰而被貶謫凡世的經歷，芙蓉仙子憂心眾生，懷抱著救世熱忱主動下

〔註47〕古越嬴宗季女《六月霜》傳奇，上海：改良小說會社，光緒三十三年（1907）。本文所引《六月霜》傳奇原文皆出自該版本。

凡：「方今五洲風緊，四海塵飛，小仙以是因緣，常滋感憤。生成傲骨，特標不二之法門；發願捨身，普渡大千世界。不辭下謫，欲挽中衰。」她吐露心曲時也聲明：「想小仙此行啊，纖纖素手，志扶半壁之河山；磊磊丹心，誓洗六朝之金粉。」將拯救祖國放在了光明女界之前，這與秋瑾自己的彈詞作品《精衛石》中的排序正同。更加難能可貴的是，她是在對一己力量之微小，黑暗勢力之強大有所預見的情況下做出下凡決定的：「渾不是無端辭紫府下清都，也明知曙後一星孤，遮莫仗區區一木也大廈不堪扶。終不願安坐享人間幸福，索扭轉乾坤氣數」，且無計個人成敗利鈍、生死禍福：「不但成敗利鈍非所逆知，抑亦禍福死生有所不計也。」這裏表達出來的堅定的自我意志、無懼困難和犧牲的氣魄，其實正是演化了秋瑾《寶劍歌》中「他年成敗利鈍不計較，但恃鐵血主義報祖國」的豪邁精神，是嬴宗季女對秋瑾崇高的精神世界的一種真實而感人的演繹。

　　《軒亭冤》中秋瑾對自由的嚮往和追求與其夫的家庭專制構成了激烈的矛盾，她由此立下光明女界之志；而在《六月霜》傳奇中，二人的矛盾卻是因秋瑾有愛國救國的熱忱而其夫惟有苟且偷生之念而生發。秋瑾時時以民族命運為念，不甘於在錦衣玉食中碌碌無為，渴望成就一番社會事業，但其夫「寄情只在聲色間」，且規勸她「家國的興衰，民族的消長，大抵皆天運使然，非人力所能強挽……你我且仍舊及時行樂便了」（《悔嫁》），他的庸碌無為更加反襯出秋瑾志向的崇高和遠大，這志向顯然不單在婦女解放和男女平權。蕭山湘靈子希望通過《軒亭冤》「激勵我二百兆柔弱女同胞」，而嬴宗季女則想借秋瑾的事迹針砭苟且偷生之國人尤其是男性：「問鬚眉男子羞顏否？」

　　《典釵》演述秋瑾資助維新黨人「寧河某老爺」一事，其事在吳芝瑛《秋女士遺事》和陶成章《秋瑾傳》中都有記載，此「某老爺」正是王照。秋瑾與王照素未謀面，而且她並不贊成王照等人的改良主張，只因佩服其為國熱忱，在自己亦「窘迫萬狀」之時仍慷慨解囊相贈，熟悉秋瑾生平的陶成章說：「瑾之天性義俠常如此。」〔註48〕但《六月霜》中的秋瑾對此表白：「儂此舉既非仗義，亦豈好名，不過聊盡我區區愛群之心而已。」嬴宗季女挖掘出了秋瑾這一俠義之舉背後蘊含的「愛群」內涵，表明她心目中的秋瑾始終將愛國愛同胞放置在第一位，正如芙蓉仙子下凡前所唱：

〔註48〕郭延禮編《秋瑾研究資料》，第83頁。

> 不是俺厭雌伏，羨雄圖；則是俺痛長夜，閔群愚。俺便騎鸞騎鳳下
> 寰區，端的是民吾胞，物吾與。

「民吾胞，物吾與」六字正是嬴宗季女筆下的秋瑾全部行動的內涵，《負笈》中秋瑾「單只爲救四海的熱心腸，不惜貶那直千金的貴身價」，與苦力等雜處三等船倉遠赴日本留學；《鳴劍》中學成歸國的秋瑾對著好友吳芝瑛拔刀起舞高唱《寶劍篇》，發願「直待的把媧天重補就，將氣奄奄餘一息的國勢維」……這所有的行動都是因「民吾胞，物吾與」六字而生發，嬴宗季女所理解的秋瑾以國爲家，以身許天下，具有泛愛一切之精神，而並非只是一個女權主義者。因此，認爲傳奇《六月霜》「寫秋瑾的思想行動停留在『男女平權、家庭革命』八個大字上」顯然與作品的實際內涵不符。

1905 年冬，秋瑾在致友人王時澤的信中爲女界未曾有人獻身革命甚覺羞愧：「男子之死於謀光復者，則自唐才常以後，若沈藎、史堅如、吳樾諸君子，不乏其人，而女子則無聞焉，亦吾女界之羞也。願與諸君交勉之。」且表示「吾自庚子以來，已置吾生命於不顧，即不獲成功而死，亦吾所不悔也。」〔註49〕當她與徐錫麟策劃的浙皖起義計劃完全失敗之時，她便決心犧牲自己的生命以殉革命事業，要用自己的熱血去喚起更多的革命志士繼續奮鬥，故而有致徐小淑「雖死猶生，犧牲盡我責任；即此永別，風潮取彼頭顱」的絕命辭。〔註50〕秋瑾就義時的豪邁氣概和將犧牲視爲自己之責任的崇高和悲壯在傳奇《六月霜》中亦得到了真實的展現。《對簿》出遭捕待審的秋瑾一上場便高唱：「蛾眉高自許，論風裁，端不愧男兒。今日事，元無預，便殺身，夫何懼！」此時她已抱定殉國之心：「俺秋競雄。雖屬女兒之身，夙堅殉國之志，今緣皖案，無辜被拘，人皆爭惜其蒙冤，己獨不祈其幸免。死生禍福，一聽當途便了。」秋瑾行刑之前的這段唱詞更表明了殉國是她自主的選擇：

> 千秋名不朽，長共河山壽。好男兒幾個能消受？何況嬋娟，人比黃
> 花瘦。者千巖競秀，萬壑爭流，合添個血痕紅繡。

「合添個血痕紅繡」表達出秋瑾要作女子中爲革命流血犧牲第一人的心願，這與秋瑾殉國前捨生取義的真實心境是相符的。不僅如此，即便是秋瑾「秋雨秋風愁煞人」七字供詞中流露出的犧牲前壯志未酬的悲涼感亦爲嬴宗季女

〔註49〕秋瑾《秋瑾集》，北京：中華書局，1960 年，第 47 頁。
〔註50〕秋瑾《秋瑾集》，北京：中華書局，1960 年，第 26 頁。

捕捉到了，用返回仙界的芙蓉仙子的這些唱詞娓娓道出：「便脫胎換骨，成佛生天，難解眉間皺。六宮粉黛鬚眉做，半壁河山巾幗羞，恢復事，亮難就。」「熱血判教洗神州，入人心坎真能否？」「願則願，中華政黨無新舊，日夜馨香禱祀求，俺一片癡心尚未休。」同胞之醉夢猶昏帶給秋瑾濃厚的悲痛感和和寂寞感，使她對革命前途生發出無盡憂思，這與她「民胞物與」的愛群深情，「犧牲盡我責任」的獻身勇氣一起構築成了《六月霜》傳奇中秋瑾形象豐富而感人的內心世界。

《六月霜》傳奇問世四年之後，靜觀子的同名小說亦由改良小說社出版。阿英先生認為「小說即據傳奇作成」〔註51〕，但他把傳奇《六月霜》視為「是在女子解放運動方面努力的著作」〔註52〕，而把同樣譜寫秋瑾殉難事迹的同名小說歸入「種族革命運動」小說一類。且不論這樣的劃分是否正確，即此便可看出題材並不完全決定作品的主旨，相同的題材可以用以表達不同的主旨和思想。小說有多處襲用了傳奇中的情節甚至是語句，但二者在主旨思想和人物形象方面的差異仍是十分突出的。《六月霜》傳奇並未表現秋瑾從事政治革命活動的具體事迹，出於對當時特殊的政治氛圍的顧忌，作者對她的革命言行採取了完全迴避的態度，僅從精神上傳達其愛國救國的熱忱。劇作最後一齣秋瑾好友吳芝瑛和梁愛菊悼念她時，有唱詞云：「昭君恨，荀灌魂，阿誰繼起掃胡塵？」飽含著贏宗季女對秋瑾排滿革命事業未竟的惋惜，彰顯了二人的同志情誼。

相比之下，靜觀子顯然並不欣賞秋瑾的革命言行，多次借小說中秋瑾身邊的親友之口批評她「性子太激烈，宗旨太新奇」〔註53〕，將她描繪成一位很有可能走上歧路的「危險分子」。靜觀子心目中理想的女性是越蘭石（即吳芝瑛的化身）這樣的穩健女性，說越蘭石是「存一條感化同胞的好心腸」和秋瑾結交的，「可以慢慢的勸導勸導她，或者能夠把她的宗旨引到純正的一途上邊去，也未可知。」「若聽她去言論自由、思想自由，漸漸的流入激烈改革一派，豈不可惜。」（第一回）所謂「激烈改革的一派」，自然是革命派；而「純正的一途」，從小說中不難看出是君主立憲的改良傾向。靜觀子正是站在改良主義的政治立場上對包括秋瑾在內的革命黨人頗有微詞，多次借秋瑾之

〔註51〕阿英《晚清小說史》，北京：東方出版社，1996年，第115頁。

〔註52〕阿英《晚清小說史》，第121頁。

〔註53〕靜觀子《六月霜》，上海：上海文化出版社重排本，1958年。本文所引《六月霜》小說原文皆出自該版本。

口批評當時的革命黨，說他們「胸中全無愛國的思想，動不動就侈言革命，他哪裏曉得什麼種族不種族，不過學著些些皮毛，就要高談闊論起來。逗了少年血性，不知輕重，只管同兒戲一般的胡鬧，待到闖出了禍來，逃的逃，殺的殺，此等頭顱，自從有了革命黨以來，不知糟蹋了多少，卻終是一錢不值的，白白送掉，還能換得一件半件好的政事出來麼？所以我的宗旨和他們是冰炭不相投的。」（第二回）小說對秋瑾革命排滿的一面避而不寫，甚至進行了歪曲，將她與革命黨人劃清界限，屢次強調她只是一個熱心辦學的女子。秋瑾之女王燦芝讀過這部小說後「泣下數行，惟觀是書與事實不相符合者甚多」，首要一點即是對作者歪曲了秋瑾的革命主張表示不滿。（《讀〈六月霜〉後之感想——關於先母秋瑾女士》）〔註54〕因此，將這部《六月霜》視爲「種族革命小說」是不正確、不妥當的，因爲作品中塑造的秋瑾只是一個女權主義者，而不是革命者，靜觀子對秋瑾的理解也是狹隘、片面的。在人物塑造方面，阿英認爲小說《六月霜》寫秋瑾的性格是「相當成功的」，「幾乎沒有一處不著力在一個『俠』字上用功夫，使她盡量具有男兒氣」，〔註55〕但在秋瑾被捕一段的描寫中，我們看到的是和《軒亭冤》中相似的將秋瑾視爲含冤受屈的弱女子的筆墨：

> 有幾個兵丁搜到了後面空屋子裏，卻見有一個女子蜷伏在那邊牆角裏，便都一擁上前，拉的拉，推的推，牽牽扯扯的，把那女子拖了出來，可憐那個女子不言不語，只有眼中流淚，隨了幾個兵丁來到前頭。（第五回）

小說對秋瑾的描寫在思想宗旨和精神氣度兩個方面都已大打折扣，與同名傳奇實際上是貌似而神離。

綜上，晚清的「秋瑾文學」中惟有《六月霜》傳奇深入到了秋瑾內心，展現其「奮援眾生苦」的志向、「民吾胞，物吾與」的懷抱和「便殺身，夫何懼」的殉國豪情。嬴宗季女不同於其他作家的是，她本著與秋瑾的同志情誼，以內在的、沉著的而不是外在的、浮略的筆觸來描寫秋瑾，故而能塑造出血肉豐滿的眞實的秋瑾形象。

如果說，劉清韻的《望洋歎》試圖爲家鄉一班不名於世的文人留下生存軌迹和生命價值的見證，那麼，嬴宗季女的《六月霜》傳奇通過記錄愛國女

〔註54〕郭延禮編《秋瑾研究資料》，第 165 頁。
〔註55〕阿英《晚清小說史》，第 117 頁。

俠秋瑾一生非凡的抱負和愛國憂民的行迹，同樣表達了對清末亂世有志之士精神狀態和命運遭際的關注。兩部劇作均通過「志士之死」的事件來觀照人生、時代或政治，但所呈現的時代背景和志士心態頗爲不同：《望洋歎》描繪了一幅太平軍、撚軍蹂躪下家園滿目瘡痍的歷史畫卷，面對「大江南北，黑漫漫似煙迷霧屯」（《望洋歎・探志》）〔註56〕的家國巨變，傳統文士對書窗生涯的光明出路已不抱幻想，有的想要棄文從武報效祖國，有的唯求一生淡泊平靜，但縱使「不免書生氣憤」，也「只索把英雄淚揾」（《探志》），在時代、人生無盡無息的風塵攘擾中，皆難以主宰自己的命運。《望洋歎》中王訒的友人相繼亡逝離散，但作者僅選取張溥齋蹈海自殺的場景作正面表現，「運用海洋、波濤、風潮等意象，引發讀者世事萬變、人生浮沉難以自主、『曲終如聽海漫漫』的愴然感受」〔註57〕，包含著社會大風暴到來之前劇作家對傳統文士命運、前途的憂慮、迷惘和對時代滄桑的感慨，表達了一種沉重迷離的時代感受。《六月霜》傳奇所敘「秋瑾之死」是當時最爲轟動、最具爭議的政治事件，秋瑾作爲中國近代史上婦女解放運動和資產階級民主革命運動的先驅，生前不僅以警醒女同胞擺脫封建枷鎖、走向新生活爲己任，更努力尋求救國之方，無愧於一位憂國憂時的女志士。贏宗季女在爲秋瑾殉難而呼冤的同時，摹繪出秋瑾的愛國愛民志向和堅忍不拔的鬥爭精神，對她身上所兼具的婦女運動的精神和民主革命的精神有較爲動人的敘寫，而這些，正是辛亥革命前十年中國政治社會的主流話語。《六月霜》傳奇對時代精神的傳述使之成爲一部政治性非常突出的戲曲作品。

劉清韻生活的年代較贏宗季女略早，〔註58〕她的家鄉所在的江蘇北部在咸豐年間深受太平軍、撚軍之擾，故她對戰亂及由此造成的社會動蕩記憶深刻。《望洋歎》是劉清韻中晚年的作品，濃重的歷史感傷情調與近代初期黃燮清《居官鑒》、朱紹頤《紅羊劫》等關涉太平軍事的劇作所表露的沉鬱之致相似，同時也融入了作者數十年的人生經歷中的滄桑感慨。自光緒二十八年

〔註56〕華瑋《明清婦女戲曲集》，臺北：中央研究院文哲研究所，2003年，第497頁。

〔註57〕華瑋《明清婦女之戲曲創作與批評》，臺北，中央研究院文哲研究所，2003年，第237頁。

〔註58〕劉清韻生於道光二十二年（1842），辛於民國三年（1915）；贏宗季女與秋瑾「幼同里，長同學」（見《神州日報》1907年11月11日所登《六月霜》傳奇廣告），年齡應與秋瑾（1877～1907）相仿。

（1902）梁啓超發表《劫灰夢》、《新羅馬》和《俠情記》三種傳奇，要求借戲曲創作「盡國民責任」，「把一國的人從睡夢中喚起來」（《劫灰夢・獨嘯》）發端，戲曲作爲啓蒙、救國工具的功用和意義開始廣受重視，晚清戲曲改良運動的大幕拉開。〔註 59〕嬴宗季女寓居的上海，是戲曲改良運動的重要陣地，她最先以戲曲這種文藝樣式譜寫秋瑾事迹，既是本著與秋瑾同鄉同志之情誼，更爲借秋瑾事迹喚起國人的危機意識與愛國精神，激勵同胞繼續秋瑾未竟之革命事業，《六月霜》傳奇對當代政治鬥爭和社會矛盾的表現，與晚清戲曲改良運動的影響不無關係。

　　從清初的林以寧、張藻，到晚清的劉清韻和嬴宗季女，大致可以勾勒出清代女劇作家政治時事劇創作關注重心的演進軌迹：前者對現實政治鬥爭的個案側重作道德意義上的針砭，而後者注意挖掘和表現志士悲劇遭際的時代原因，從一定程度上體現出晚清中國多變的政局、困苦的民生、新舊的交鋒以及由此引發的政治、思想、文化諸領域的巨大變革對女性生活和思想的衝擊和影響。

〔註 59〕戲曲改良運動，亦稱戲劇改良運動，是對辛亥革命前後戲劇改革的一種泛稱，包括傳統戲曲（傳奇和雜劇）的改革，京劇、地方戲的改革，和新劇（文明戲）的出現。它起於二十世紀初，一直延續到「五四」前後。所謂「改良」，主要不是政治意義上的「改良」，而是文學藝術上的「改革」、「革新」。倡導與參與戲曲改良運動的，以政治分野論，既有資産階級維新派（如梁啓超），但更多的是屬於資産階級革命派和具有民主思想的知識分子。參見郭延禮《中國近代文學發展史》第三卷，濟南：山東教育出版社，1993 年，第 2268 頁。

第四章　寄懷・娛人
——王筠的傳奇創作及其戲曲史意義

　　清朝乾嘉時期，崑曲日益衰落，女作家王筠以其對戲曲藝術的熱愛創作了現存明清婦女劇作中少見的兩部長篇，即二十五齣的《繁華夢》傳奇和二十八齣的《全福記》傳奇，另有《遊仙夢》二卷（一說爲《會仙記》）已佚。曲學大家吳梅稱讚《全福記》曲白工整，「詞頗不俗」〔註1〕；周貽白先生則認爲王筠在乾嘉曲壇創作《繁華夢》「能於一般作家中特樹一幟」〔註2〕，足見她在明清女劇作家中是頗受矚目的一位，她的戲曲創作實踐在清中葉曲壇也不容忽視。

第一節　王筠生平新考

　　王筠（約1849～1819）字松坪，號綠窗女史，長安縣（今屬陝西）人。其父王元常字南圃，又字餘園，乾隆十三年（1748）進士，曾官直隸武邑、永清等縣知縣。王筠自幼從父讀書，詩詞曲均頗出色，《咸寧長安兩縣續志》卷二十二「列女傳・才女」記：「元常工詩，雖作令劇邑，公餘不廢吟詠，筠隨侍承庭訓，詩能自成一家。長短句尤工，有詩二百餘首，與父元常、子百齡詩合刊一集。又傳奇二種，有臨川四夢風格。與徐杭氏溫其時有唱和。」〔註3〕《國朝閨秀正始續集》卷三著錄了王筠的詩集《槐慶堂集》，《續修陝

〔註1〕　王衛民編《吳梅戲曲論文集》，北京：中國戲劇出版社，1983年，第185頁。
〔註2〕　周貽白《中國戲劇史長編》，北京：人民文學出版社，1960年，第440頁。
〔註3〕　翁檉修，宋聯奎纂，民國25年（1936）鉛印本。

西通志稿》卷二二二則著錄了王筠的《西園瓣香集》一卷。這兩部詩集是瞭解王筠生平和思想最直接的材料，但目前學界對王筠研究用力最多、曾在《清代陝西女曲家王筠》〔註4〕、《中國古代戲曲家評傳》之《王筠》〔註5〕和《古本戲曲劇目提要》之「《繁華夢》」、「《全福記》」〔註6〕等文章中評介過王筠及其作品的王永寬，亦坦言「這兩種詩集筆者未見」〔註7〕。筆者曾於國家圖書館古籍部覓得刊於嘉慶己巳（1809年）秋的《西園瓣香集》，共有三卷，王元常、王筠和王筠之子王百齡各一卷。王筠共計有詩113題233首、詞23首，創作時間跨度頗大，從她出閣之前至晚年隨子赴任的經歷都有涉及，可以說是她幾十年人生經歷、心境的較完整的記錄，且其中絕大部分未被當時各類詩詞總集收錄。在王筠及其父、子留存的這些珍貴詩作中，以前一直語焉不詳的王筠生平尤其是她婚後的生活和思想狀況得以披露，我們對這位女劇作家及其戲曲創作的認識也得以更加全面深入。

　　王筠的卒年，王永寬據《咸寧長安兩縣續志》卷十五中王百齡的傳記推斷為1819年，〔註8〕是較有說服力的結論。而其生年，周妙中《清代戲曲史》記為1749年，〔註9〕但並未言明何據。王元常有《丁亥正月二十一日使塤兒迎女筠歸寧以四詩寄之》一題，涉及到王筠的大致生年，原詩如下：

　　　　風雨連朝靜掩門，蕭然兀坐近黃昏。

　　　　推敲舊句難工穩，期汝歸來仔細論。

　　　　嬌雛遙隔渭城西，雪擁長橋路欲迷。

　　　　幾度夢中聞笑語，覺來剩得數行啼。

　　　　膝下曾分舞彩歡，而今頓覺影形單。

　　　　謝家詠雪尋常事，好繼當年孟與桓。

　　　　廿年珠玉掌中擎，惜別牽衣涕淚橫。

〔註4〕　王永寬《清代陝西女曲家王筠》，《陝西師範大學學報》，1981年第1期，第109～112頁。
〔註5〕　胡世厚、鄧紹基主編《中國古代戲曲家評傳》，鄭州：中州古籍出版社，1992年，第652～658頁。
〔註6〕　李修生主編《古本戲曲劇目提要》，北京：文化藝術出版社，1997年，第567頁。
〔註7〕　《中國古代戲曲家評傳・王筠》，第656頁。
〔註8〕　王永寬《清代陝西女曲家王筠》，《陝西師範大學學報》，1981年第1期，第112頁。
〔註9〕　周妙中《清代戲曲史》，鄭州：中州古籍出版社，1987年，第290頁。

　　計日雙親翹首望，暮雲紅處雪初晴。〔註10〕

此詩顯然作於王筠出嫁不久，王元常因愛女初嫁而生發的悵然若失、牽腸掛肚的心情在詩中表現得淋漓盡致。乾隆丁亥是 1767 年，「廿年珠玉掌中擎」言明王筠此時年約二十，這與她生年為 1749 年之說是比較接近的。

　　王筠之夫名不詳，在張鳳孫、朱珪、王元常、王百齡等人為《繁華夢》、《全福記》所作的序跋中沒有透露關於他的任何情況。周妙中《清代戲曲史》和王永寬《王筠》皆言他是與王筠同鄉的一名窮書生，在成婚後不久即去世，王筠獨自撫養兒子王百齡成人。但是，從《西園瓣香集》中的一些詩作中，筆者發現事實並非如此。王百齡字介眉，一字芝田，生於乾隆三十五年（1770），自幼受書於母及外祖。他於乾隆五十七年（1792）鄉試中舉後，因家貧無資進京赴試，王筠勉之曰：「吾於汝家食貧作苦，所望者，為進士女，復為進士母爾。」王百齡「迫於母命，袛被公車六戰」（《繁華夢・跋》），始於嘉慶七年（1802）中進士，改翰林院庶吉士，散館選直隸新城縣知縣，後任過延慶知州、保定知府等職。王百齡在翰林院期間，有《家書頻問歸期而八月告假不果，因附四詩以慰二親懸望》詩，表達對家人的思念之情，其中兩首云：

　　一紙封題盥手開，雙親囑咐幾徘徊。

　　歸心鎮日常顛倒，轉眼炎消秋又來。

　　翰林聲價似登仙，無那窮愁總未捐。

　　羞澀行囊還似舊，為圖清俸緩歸鞭。

王家家境的貧窮從後一首詩中可見一斑，而「二親」、「雙親」之類的字眼清楚地表明在王百齡中進士後其父仍在人世。王百齡的另一首《送閭望卿第後榮歸》云：「同年同里復同門（余與望卿皆出那東蘭門下），促膝攀談酒滿樽。此去長安應計日，憑君寄語報椿萱。」亦表達了託同鄉友人告慰家鄉的父母之意。從丁亥年（1767）出嫁至兒子壬戌年（1802）中進士，王筠與丈夫至少共同生活了三十六年，二人除兒子王百齡之外，還育有一女名畹清，〔註11〕但她現存的兩百多首詩詞中，提到了許多親人和家事，卻沒有一首寫及自己

〔註10〕〔清〕王元常、王筠、王百齡《西園瓣香集》，嘉慶十四年（1809）紫泉官署刊本，國家圖書館藏。

〔註11〕王筠有《辛亥除夕哭長女畹清》詩，據其中「只在人間廿四年」之句可知王筠在成婚次年（1768）即育有一女，而此女於乾隆辛亥年（1791）離世。

的丈夫。可以想見這段婚姻生活帶給她的失望。王筠中年時所作的一首《秋夜讀龍女傳感成》，隱隱透露出她對自己婚姻狀況的不滿，如下：

> 西風長夜送秋聲，舊卷披吟百感生。
> 滄海自憐龍種貴，溝渠豈識夜珠明。
> 淚消紅粉迷鄉夢，血染雲箋寄遠情。
> 千載有人同此恨，羨君獨得破愁城。

遠嫁異地、被丈夫厭棄而被逼牧羊的洞庭龍女的故事令王筠百感交集，龍女的「明珠暗投」之恨在千載之後引起了她的共鳴，龍女能在柳毅的幫助下最終贏得幸福又加深了王筠自己深困愁城的傷感。王筠的宗侄王克允曾提到：「松坪伯母幼以掌珠隨南圃公曆任畿南，填詞說詩，有謝庭詠絮之樂。迨後食貧作苦幾三十餘年，詩窮益工，而吾弟芝田逐繼起而接近風雅」。〔註12〕從閨中的吟詠唱和之樂到婚後操勞生計的貧苦，王筠所感慨的「滄海自憐龍種貴，溝渠豈識夜珠明」未必只是對物質生活條件變化的抱怨，很大程度上是因為丈夫在精神上未能與多才能文的她進行交流和溝通，故而將自己的全部才學用於對兒子的培養上。四首《和家大人原韻》最能概括王筠在婚後複雜的心理感受：

> 才看梅謝又桃開，歲月無情似箭催。
> 卻恨窮愁催不去，紛然依舊逐春來。
> 呫呫臨池影伴予，繁華回首境全虛。
> 惟憐皓月憑公道，不惜清光照小除。
> 十八年來枉度春，悲歡榮辱假還真。
> 憑誰借得罡風力，魔劫重重盡化塵。
> 眼前辜負好風花，憔悴支離每日嗟。
> 惟望春雷平地震，上林早起桂蘭芽。

此詩為王筠年近四十時所作，她自言成婚後的十八年中一直為窮愁所折磨，憔悴支離，蹉跎歲月，唯一的期盼便是兒子能夠考中功名。第二首中，王筠用「繁華回首境全虛」來加強自己的今昔幻變之歎，對遠逝的閨中美好的生活充滿留戀。可以說，婚姻是王筠生命中的一個重大的轉折點，而《繁華夢》的創作，正是在這一轉折時期完成的。

〔註12〕《西圃辭香集》中卷序二。

第二節　王筠的戲曲創作

一、自抒胸臆的《繁華夢》

　　《繁華夢》現存乾隆四十三年（1778）槐慶堂原刊本，署「綠窗女史王筠編」，題「觀察張息圃先生鑒定」，分上、下兩本，計二十五齣。王元常《繁華夢‧後記》述其創作及刊刻始末云：

> 女筠，幼稟異質，書史過目即解。每以身列巾幗爲恨，因撰《繁華夢》一劇，以自抒其胸臆。草創就，即呈余勘正。其中有涉於繁冗者，爲細加刪潤，綴以評語，勒爲一編。因剞劂無力，藏諸篋中者已十年矣。戊戌三月，偶出以就正於觀察息圃張公，公即轉呈畢太夫人，共爲激賞，各賜序及詩，以弁冊首。觀察公仍獨立捐金，趨付梓人，俾閨中小言得以出而問世。吾女亦可欣然自慰，不復以巾幗爲恨矣。

以乾隆戊戌（1778）上推十年，該劇的完稿時間應爲乾隆三十三年（1768），其時王筠成婚後不久，而其創作宗旨，正是王筠自抒胸臆、自寫懷抱之需要。劇中主人公王夢麟心懷壯志，但因生非男子，無路揚名顯姓而終日悲歎。某一日王氏在夢中變爲男子，喜不自禁，遂辭別父母，外出遊歷。先在杭州遇見胡夢蓮，後於吳郡訪得黃夢蘭，皆一見鍾情，許納爲妾。王母在家中亦爲他聘定佳人謝夢鳳爲妻。不久，王生高中狀元，與一妻二妾和諧相處，後又買得賽紅、勝雪二美人答謝兄長，同享繁華。王生官至吏部侍郎，享富貴榮華達二十年，忽然一朝夢醒，爲麻姑點化，終於了悟塵緣如夢幻泡影。

　　《繁華夢》最受研究者關注的一直是其特殊的性別議題。王永寬認爲此劇表現了王筠「不甘忍受壓制、追求男女平等的思想」〔註13〕；華瑋則認爲「與其說『追求男女平等』或『抗爭』，還不如說此劇表達了作者對兩性不平等問題的一種切身的思索」。〔註14〕不可否認，性別思索是王筠創作《繁華夢》的重要主旨，正如其父王元常所言「每以身列巾幗爲恨，因撰《繁華夢》一劇，以自抒其胸臆」，但若認爲《繁華夢》表達了爲女性爭取與男子同等權利

〔註13〕胡世厚、鄧紹基主編《中國古代戲曲家評傳》，鄭州：中州古籍出版社，1992年，第655頁。

〔註14〕華瑋《明清婦女之戲曲創作與批評》，臺北：中央研究院中國文哲研究所，2003年，第112頁。

與地位的意圖，則不符合作品實際。因為劇中除王夢麟外，其他所有的女性均安於扮演自己傳統女性的角色，王筠在《繁華夢》和《全福記》兩部作品中均津津樂道於一夫多妻的文人風流韻事，賽紅、勝雪、柳春娟等女性都被用來當作物品一樣贈與以表達男性間的親情和友情。因此，《繁華夢》只是王筠個人之夢，而並非具代表意義的「女性之夢」；劇作表達了作者對於功名的豔羨，希望換形為男子謀得功名，但卻並不熱衷於獲取功名之後的政治權力，而希望與佳人結下美好情緣，與家人同享繁華樂境，在性別反思之外，顯然還有其他的思想情感內容。

為更好地理解王筠《繁華夢》所容納的情感內涵，不妨先解「繁華夢」之劇名。《西園瓣香集》中涉及「繁華」字眼的詩詞除上引的《和家大人原韻》外，尚有其他二篇：

癸亥仲春西園獨步感成

> 松竹荒涼草徑斜，蘭亭誰識舊**繁華**，
> 一春盡日無人迹，惟有微風嬲落花。
> 興衰何事不堪傷，只賴幽禽話短長。
> 記得當年林下況，茶煙棋韻逗春光。
> 偶撿青箱倍愴然，淋漓手迹遍瑤篇，
> 臨階頻灑思親淚，幾樹梨花變杜鵑。
> 十載調琴兩袖風，縹緗理合繼蘭叢，
> 九閽渺渺原難問，今古空教歎鄧公。（父南圃公歿後孫曾繼歿故云）

滿庭芳

元夜有感

> 月颺晴輝，燈搖素影，傷心又是元宵。小窗靜掩，聒耳厭笙簫。追憶閨中佳節，評歌舞、畫燭高燒。金罇倒，朱欄醉倚，春暖小梅梢。
>
> **繁華**，皆夢境，蘭亭金谷，雲散星飄。自歎時乖業重，度年光、貧病蕭蕭，惟望取，兒曹奮志，攜我上青霄。

綜合這些詩詞，非常明顯地可知王筠以親人相聚、友人相伴的閨中樂境為令她留戀的「繁華」之夢，而非玉堂金馬的富貴生活。《繁華夢》第十九齣《雙圓》中當王生如願得享一妻二妾之福時，作者以為「風流占斷人間好，問此福阿誰能效？奪盡了海內繁華第一標！」也以才子風流而非政治權力的獲得

爲人生之滿足。耐人尋味的是，《繁華夢》中王筠所描繪的繁華夢境，也帶有許多作者個人生平的印迹，參考王元常的批語和《西園瓣香集》中的一些詩作，可以發現劇中幾乎所有的人物，都有王筠熟悉和交往過的人物作爲原型。王夢麟之父「作宦半生，惟餘清風兩袖」，母親楊氏「淑德賢明，治家整肅」（《獨歎》），家中僅有兄妹二人，這些與王筠的家世均頗吻合。〔註15〕王筠常在詩作中提及高氏鵬九、觀海，楊氏靜山、巨川幾位表兄弟，與他們情同手足，〔註16〕所以在《求麗》一齣中爲他們也安排了角色。《誤訪》中的琵琶錢，據王元常眉批介紹是「余婢月娥之母也。既老且醜，吾女嘗揶揄之，故譜入戲文，以爲笑柄」。胡夢蓮、黃夢蘭以及王夢麟的僕人周瑤琴的原型都是作者交往過的女伴。胡氏是王父任永清知縣時「永清吏人之女，年稚貌佳，未二十而夭」（《投緣》），黃氏「亦實有其人」（《秋砧》），周瑤琴是「永清周氏女也，隨伊父母服役署中，黠而慧，吾女愛之，名之曰瑤琴。未幾以疾夭，故譜入曲中。蓋一切嬉笑之辭，皆斷腸之聲也」（《賞春》）。可知寫入劇中每一個人物，都曾牽動過王筠或悲或喜的情感。她的創作，無疑帶有一種紀念的意義，飽含著對過去閨閣中親人歡聚、友人相伴的生活的留戀。這就是爲何《繁華夢》的整體構思與湯顯祖的《南柯記》和《邯鄲記》相似，但《繁華夢》的處理方式多有不同：《南柯記》和《邯鄲記》用較多篇幅表現主人公夢中宦途的經歷和權力的糾葛，而《繁華夢》幾乎不涉及政治和權力方面的內容，側重於描繪王生與三位女子的情緣；《南柯記》中的淳于棼、《邯鄲記》中的盧生均在夢中經歷了人生榮落興衰的完整歷程，他們對功名利祿幾十年的追逐最終遭遇了失敗或滅亡的結局，而王夢麟在夢中並未遭受人生的失敗和挫折，她的美夢在與父母兄長、嬌妻美妾的歡聚中突然中斷。從王夢麟始出場時爲十八歲的年齡來看，王筠此劇大概在她成婚之前即已開始動筆，而完稿的時間則在出嫁之後，無論是夢境的具體內容，還是夢境結束的方式，都符合王筠婚姻初始時的特殊心境，《繁華夢》的創作很可能是王筠對自己婚前的一段人生做出的總結和思索，更隱含著她在這一重要的人生轉折階段中複雜而微妙的心理、情感變化。如果說，身在閨中的王筠以不能如男子般博

〔註15〕王筠曾以「十年宦業無他物，一榻清風滿架書」（《哭家大人》）之句形容其父之清廉，《哭母》詩中有「戚里均霑德惠全，遺風堪並淚碑賢」形容其母淑德賢明，並曾以「父拈詩賦景，兄促酒揮拳」（《中秋感成》）之句形容家庭歡聚之樂。
〔註16〕王筠有《秋懷六首寄觀海表兄時寓都下》、《暮秋五日哭高表兄鵬九》、《哭巨川楊二弟》、《戊午暮秋哭靜山大兄》等詩作，抒寫她與高氏、楊氏兄弟的友情。

取功名爲最大憾事，那麼，成婚之始的她對於閨中自由生活的深深留戀亦成爲《繁華夢》創作的重要動機。夢醒後的王生對夢境留戀不已，其唱白流露出從繁華跌入冷寂之後深深的孤獨情緒：

> （拍桌哭介）啊呀！夫人嗄！
> 〔叨叨令〕這姻緣魂招和那夢招，一靈兒赴天台乘風到。這莽紅塵誰識得舊藍橋？空望你驚飛鶴去三山杳。曾記那夢裏的情苗，伊是咱金蘭琴瑟的眞同調。今做了花殘和那露消，斷送得啼鵑頻向斜陽叫。兀的不痛殺人也麼哥！兀的不恨殺人也麼哥！悶得我形影蕭條，似這等悲悲切切的悼。
>
> 想起胡、黃二姬，甚因緣竟爲我妾？（悲唱）
> 〔脫布衫〕醒無緣月下吹簫，睡偏能金屋藏嬌！空和恁夢魂中紅依翠靠，只落得覺來時影形相弔。

王元常批語云「悲壯淋漓，不亞蔡姬曲」，其友人朱珪也指出《繁華夢》「全劇過於冷寂，使讀者悄然而悲，泫然以泣，此雍門之琴，易水之歌也。奏於華筵綺席，恐非所宜耳。」〔註17〕，認爲此劇乃以眞情實感打動讀者／觀眾的案頭之曲，並不適用於富貴之家喜慶節日的搬演。王筠聽取了朱珪的意見，兩年後創作出氣氛格調與《繁華夢》迥異的《全福記》傳奇，實現了戲曲創作由自我抒寫到注目舞臺的轉變。

二、注目舞臺的《全福記》

《全福記》現存乾隆四十四年（1779）槐慶堂原刊本，署「綠窗女史王筠編」，題「朱石君先生鑒定」，分上、下兩本，計二十八齣。劇敘武林人文彥字飛卿，禮部尚書文應祥子，已聘定翰林賈元虛之女玉翹。與友人車騎將軍之子李雲傑約定同赴京師，途遇窮漢竇榮，贈以路費，竇榮後投鎭海大王張用，張用死，竇自立寨主。經吳江，有女扮男裝的故河東太守之女沈蕙蘭鍾情於文彥，但知其已聘賈女，殊覺悵然；又，揚州寒門女柳春娟見文彥而生情，託其母，告以原備小星之意，文彥以白玉縧爲聘。文彥高中狀元，與賈玉翹完姻，沈蕙蘭與文彥同榜進士及第，知柳春娟事，以假書騙來京，佯言收她爲妾。文彥、雲傑前來賀喜，各贈以詞，文彥詞中透露出與柳女昔日

〔註17〕〔清〕朱珪《全福記序》，《全福記》卷首，乾隆四十四年（1779）槐慶堂原刊本。

隱情。後文彥奉命征剿竇榮及龍山寨主薛鳳華，李雲傑隨征效用。竇、薛先後接受招安，薛鳳華與李雲傑在交戰中暗生情愫。文彥奏凱班師，又值吐蕃稱叛，復提兵征討，大獲全勝。文彥、李雲傑、竇榮、薛鳳華皆受封爵。太后命文彥之母收薛鳳華爲義女，並賜婚李雲傑。賈玉翹說服沈蕙蘭恢復女裝同歸文彥，柳春娟則由文彥做主，嫁與李雲傑。文彥之父晉升宰相，恰逢五旬大壽，設宴慶賀，皇帝親賜「全福堂」匾額，全家同遊曲江。

　　不同於《繁華夢》以作者自我經歷爲藍本、以抒寫自我懷抱爲創作主旨的基本構思，《全福記》人物眾多、排場熱鬧，爲憑空結撰、專爲舞臺演出而作的「場上之曲」。作者自述作意云：「離合悲歡情種種，有樂無憂，演出千種懂。結撰憑空還似夢，當場一笑人哈鬮。」（第一齣《傳略》）希望借虛構的有樂無憂的故事以娛樂觀眾。《全福記》對於舞臺搬演的重視，主要體現在作者對人物塑造、故事結構、戲曲語言、演出排場等方面均能有精心的設計和安排。

　　首先，就人物角色的塑造來看，《全福記》呈示了多樣類型的人物，且有著對人物性格的細膩刻畫。男性角色方面，第二齣一同出場的文彥和李雲傑即是一組鮮明的對照，文彥早占秋魁，意氣風發，視功名爲唾手可得之物；李雲傑壯志未酬，雖有些許失意，但並未失去對前程的希望，故約定同赴京師以圖進身之路。文、李二人一爲文士，一爲將才，許多方面相對應、參照。同樣是輔佐文彥的將才，李雲傑的年少豐神與竇榮的滄桑老練亦構成了對照。女性人物中亦有一文一武兩位佳人，即女扮男裝輕鬆搏得功名的沈蕙蘭和驍勇善戰爲朝廷封爲安西侯的龍山寨主薛鳳華。薛鳳華後被太后賜給文彥父母爲女，十年弓馬生涯得以終結，作品寫她在拜過文父之後，唱道：「念十年鞍馬事刀弓，今日裏初窺繡閣多惶恐。」（《賜女》）對她重回繡閣時的微妙心理有細緻的刻畫，符合人物身份，體現了女性劇作家摹寫細膩的一面。

　　《繁華夢》中的女性形象，多爲被追逐的對象，而《全福記》則凸顯了女性情欲的自主性，如沈蕙蘭初見文彥暗生情愫，即主動於月下與之結交；薛鳳華與朝廷派來征討她的李雲傑激戰多個回合，休戰時即思「那少年將軍，人品武藝，可稱雙絕，但不知他名姓，曾否婚娶？若得託付終身，我願畢矣。」（《議降》）文彥許納柳春娟爲妾的情節與《繁華夢》中王夢麟收胡夢蓮的情節十分相似，都是男主人公完婚之前偶然的豔遇，但《繁華夢》中是胡母先相中王生，爲女兒謀劃而成，而《全福記》中柳春娟先有嫁與文彥

之意，後託母親爲之說明，方令因緣訂下，《全福記》對於女性情欲自主的演繹營造出迥異於《繁華夢》的戲劇效果，也部分地透露著王筠女性觀的變化。

其次，在故事結構方面，《繁華夢》以王夢麟夢中追逐嬌妻美妾的風流行迹爲線索，遵循「入夢──夢境──夢醒」的情節結構，劇作的主體部分──夢境採用的是一線到底的情節推行方式。《全福記》演書生文彥及其友人建功立業、贏得嬌妻美妾的故事，在才子風流之外，還涉及到政治、軍事的內容，多條線索交織演進，體現了敘事的複雜化。劇作遵守傳奇體例，自第 2 齣至第 7 齣，七個主要人物文彥、李雲傑、賈玉翹、沈蕙蘭、竇榮、柳春娟、薛鳳華依次登場，由此展開多條線索，但每條線索又因人物間特殊的關係而緊密聯繫。比如，沈蕙蘭曾寄居賈元虛家，與賈玉翹結成姐妹，所以後來賈玉翹撮合她與文彥便合情合理；竇榮與薛鳳華各自爲嘯聚山林的寨主，但竇榮失散的妻子趙氏正是薛鳳華帳下的得力之將，因此當竇榮因受文彥舊恩而受他招安之時，趙氏與竇榮的重逢也促成了薛鳳華的歸順朝廷；沈蕙蘭與柳春娟各自傾心於文彥，男裝的沈蕙蘭使計將已與文彥有舊約的柳春娟伴納爲妾，又爲文彥齊享妻妾之福平添了波折；薛鳳華後以文應祥義女身份嫁與李雲傑，李雲傑除了身爲文彥部下、好友之外，還多了一層姊夫的身份……《全福記》雖人物眾多，但人物關係緊密，結構線索雖複雜，但也十分明晰，充分體現出王筠較爲出色的駕馭故事的能力，在明清女劇作家中是十分突出的一例。

再次，戲曲語言方面，《全福記》的總體語言風格清新當行，唱白比例允當，但亦能依據具體的戲曲情境和人物性格，而展現出多樣的風格。比如劇中文彥的唱白，當他始出場時躊躇滿志，人物之豐神卓然可見：

〔步蟾宮〕蕭疏丰韻翩然有，伴歲月青藜爲友。文通彩筆夢中投，論功名可期唾手。(《訪友》)

而當他於塞外經歷艱苦的鬥爭，終於建立功勳，奉旨還朝時，其唱詞「詞採壯麗，鐃歌鼓吹之遺」(《還朝》批語)：

〔滿庭芳〕紫塞長驅，黃沙百戰，三年坐擁幢旄。妖氛掃淨，名姓震夷邊。功業巳酬宿志，幸封侯未老班超。奏凱處，喧喧笳鼓，爭認霍嫖姚。

因功勳卓著而被朝廷封爲御史中丞、京營兵馬大元帥的文彥回到家中，面對

由夫人撮合、好友說服，不得不納之為妾的與他同榜中進士的沈蕙蘭時，其稱呼、動作、曲白透露著他既無奈又無辜、但又倍感榮幸的心事，饒富趣味：

> （近介）年兄拜揖了。（小旦不睬介）（生）我和你非比他人，不必作兒女之態。前者辭婚幾次，並非小弟無情，只因已娶寒荊，唯恐有屈尊駕，年兄不要錯怪了小弟。
>
> 〔玉芙蓉〕只因違情事幾條，那裏是故意頻推調？況年兄呵，仙才玉質，凡福難消。年兄請擡起頭來，我們講話，怎麼反倒生分了？我和你呵，本是杏園昔日青雲侶，花燭今宵鸞鳳交。（扯小旦衣介）年兄怎麼不睬不睬，可不悶壞人了麼？

批語謂「此等稱呼用之於洞房中，真千古罕見。亦是戲中第一排場。」認為洞房內「年兄」之稱呼製造了新奇有趣的戲劇效果，其實在此之外，這樣的設計和安排也有助於展現人物性格的多樣面。吳梅稱讚《全福記》曲白工整，「詞頗不俗」〔註18〕，正指明其無論案頭閱讀還是場上觀賞皆可獲得不凡之反響。

最後，就演出排場來看，《全福記》既遵循了優秀傳奇冷熱場交替演進的慣例，亦不乏作者匠心獨具的安排，體現出王筠對戲曲搬演之道的熟悉和試圖追步傳奇鼎盛時期優秀劇作的努力。

《繁華夢》直敘王夢麟與三女的遇合情事，偏重於對家庭生活的描繪，並不涉及武戲；《全福記》將文彥及其友人姻緣的結成與功勳的建立交織演繹，文武戲交替，營造了較好的戲劇效果。比如，第13齣《訴情》寫賈玉翹戲問文彥與柳春娟情事，步步緊逼，機鋒頻現，將夫妻間問答寫得生動有趣，批語謂「一路問答，針鋒相對，曲肖閨中情事。」可知是好看的文戲。而此出末尾寫文彥接到聖旨，即將征討海寇寶榮和龍山女寇薛鳳華，接下來轉入對軍中戰事的描寫，文戲接武戲，場次安排冷熱交替，可謂充分考慮了舞臺搬演的需要。

一般傳奇皆以團圓封賞的熱鬧場面為結局，而王筠的兩部劇作皆脫傳奇團圓窠臼。《繁華夢》以麻姑點醒王氏收場，傳達著現實人生的無奈情緒，具有感動人心的效果。王筠在《全福記》中則認為曲終立即人散的觀演場面難免令人悵然，故最後一齣《餘音》別出心裁，於團圓封賞之後，令所有角色再次登場，並借副末之口交代道：

〔註18〕王衛民編《吳梅戲曲論文集》，北京：中國戲劇出版社，1983年，第185頁。

此一部傳奇，名曰《全福記》，扮演文狀元家門故事，已到封拜團圓
地位，似乎再無話說了。但作此記者，另有心事，以爲世上戲文，
每到場終，鑼鼓一響，滿堂寂然。坐客亦將告辭，光景甚屬無味，
因而於末尾又撰《遊春》一折。變冠帶爲巾服，異功名爲山水，將
前番腳色，重新出現。使列位看官，於煙銷火滅之後，復見熱鬧排
場，豈非從來戲場一大奇觀？……大家請換明燭，斟熱酒，細看則
個。

尾齣安排文彦及李雲傑攜家眷郊外遊春，觀賞曲江和大雁塔勝景，令劇場復
現熱鬧排場，曲終文彦更同雲傑定下次日同遊輞川之約，「再作一宕，文氣悠
然不止」。〔註19〕王筠從自身觀閱戲曲的經驗出發，試圖另闢蹊徑，新觀眾之
耳目，增強戲曲演出效果，難怪朱珪《全福記序》評云：「余展而讀之，見其
立義落想，處處出人意外，而且另闢蹊徑，都不剿襲前書。《繁華夢》如風雨
淒淒，《全福記》如春光融融，譬諸蘭桂異蕊而同芳，尹邢殊姿而並麗，眞閨
閣之俊才，而詞林之雙璧矣。」王筠以舞臺實踐的要求從事劇本寫作，透露
出她對戲曲文體特殊性的認識，不僅在女劇作家中十分難得，在整個崑曲日
漸衰落的乾嘉劇壇也顯得特樹一幟。

第三節　王筠的戲曲觀念及創作在戲曲史上的意義

一、王筠詠劇詩與戲曲觀念的形成

　　王筠是中國戲曲史上極爲少見的同時涉足了創作和批評兩個領域的女曲
家。《西園瓣香集》上卷和中卷有不少題詠戲曲的詩作，中卷尤多，透過這些
詠劇詩，可知王筠對戲曲作品有著廣泛的涉獵，她的戲曲批評也具有獨到的
眼光。

　　王筠《西園瓣香集》中的詠劇詩所品題的對象，除湯顯祖的「臨川四夢」、
孔尚任的《桃花扇》等戲曲史上的不朽之作之外，還有明代張鳳翼的《紅拂
記》、張琦的《鬱輪袍》、清代金兆燕的《旗亭記》以及當時劇壇上流行的一
些折子戲等，而此前人們所瞭解的她的戲曲評論的內容僅限《回春夢》的題
辭四首。明清女性戲曲批評所觸及的作品，多限於愛情主題劇和女性題材劇，

〔註19〕《全福記・餘因》批語。

〔註 20〕而王筠的詠劇之作涉及的對象以文人劇和歷史劇居多，男女風情劇較少；明清女性在進行戲曲批評時多展現女性自覺，表露出對女性同胞的特殊關懷，即有明顯的「女性觀（關）照」的特色，〔註 21〕這一點在王筠的戲曲批評中不甚明顯。試讀以下幾首作品：

> 瓊林花燭慶奇緣，畫壁風流萬古傳。
>
> 假使有才真有命，更無人喚奈何天。──《讀〈旗亭記〉感題》
>
> 新聲巧製鬱輪袍，貴主憐才具眼高。
>
> 自是文人聊作戲，風流豈足玷名豪。──《題〈鬱輪袍〉》
>
> 披卷舒懷羨古風，俠腸偏出女英雄。
>
> 而今多少庸脂粉，誰解塵埃識衛公。──《讀〈紅拂記〉有感》

從王筠的題詠中，不難發現她對歷史上那些才人、志士的人生遭際較為關注。唐代詩人王之渙因遭受誣構而長期經受著人生的沉淪，王筠對《旗亭記》的作者虛構出來的金榜題名、洞房花燭的美滿結局並不認可，而認為才與命的難以兼得才是最真實、最普遍的社會現象。她的批評包含了一種對自身才而不遇的牢騷，有借題發揮之意。在《紅拂記》裏的「風塵三俠」中，王筠特別讚賞紅拂，這並不僅僅是出於性別意識方面的認同，紅拂自身的才、膽、識固然不同凡響，然其更可貴之處是充當了很好的輔助者角色，能識李靖於未遇之時，並助其成就功名。王筠的批評並未受拘於自己的女性意識，而表現出一以貫之的對有志之士的命運遭際的關注的傾向。

自《桃花扇》問世以來，不少文人墨客如宋犖、田雯、金埴、舒位、孔傳志等都留下了題詠之作，但很少有女性對此劇發表過自己的觀感與體悟。王筠的這首《題〈桃花扇〉》即使置之男性文人的題詠之作中亦毫不遜色：

> 傳奇曲折重團圓，獨有《桃花扇》可憐。故國已同萍絮散，真心仍
>
> 是石金堅。香樓風雨悲情夢，霞嶺松筠結靜緣。惆悵秦淮歌舞地，
>
> 無情春色自年年。

此詩的每一聯都包含了一層對照：首聯認為侯李愛情的入道結局打破了一般傳奇賜宴封贈的大團圓的窠臼，這一突破性的創新之筆加強了全劇的感傷情

〔註 20〕 參見郭延禮：《明清女性文學的繁榮及其主要特徵》，《文學遺產》2002 年第六期。

〔註 21〕 華瑋《明清婦女之戲曲創作與批評》，臺北：中央研究院中國文哲研究所，2003 年，第 300 頁。

調；頷聯是侯李的離合之情與國家的興亡之感的對照，悲慨侯李歷盡艱辛愛愈深、情愈堅之時，面對的卻是一個破碎的國家和呻吟的民族；頸聯承接頷聯句意，將侯李在亂世中的悲苦和雙雙入道後的寧靜相對照；尾聯宕開一筆，寫秦淮昔日的風流、繁華俱已消散如煙雲，而自然界的榮盛興衰並不會因人事的變更而更改，抒發的是與《餘韻》中〔哀江南〕一曲相似的對於歷史興亡的哀婉與慨歎。對《桃花扇》的強烈的悲劇意識，當時的人們並非都能深切體會，連孔尚任的好友顧彩也不例外，他曾將《桃花扇》改編為《南桃花扇》，「令生旦當場團圓，以快觀者之目」〔註22〕大大削弱了原劇的悲劇氣氛。王筠的題詠在多重對照中對原劇的思想意蘊作了很好的闡發，表明她真正領會了這部偉大的劇作的悲劇內涵，她的《繁華夢》傳奇脫戲曲團圓窠臼，以令人唏噓的悲劇收場，亦是她對戲曲悲劇觀念的一種實踐。

乾嘉之際，折子戲的演出流行於劇壇，王筠的《詠戲雜出》記錄了她對當時活躍在舞臺上的一些戲目的觀感，如《昭君出塞》：「錦貂初改漢宮妝，馬上琵琶訴斷腸。忽現王龍呈醜態，悲題故作笑文章。」《驚醜》：「倒和新詩顯俊才，韓郎心醉認良媒。黃昏錯走東村路，引得旁觀笑口開。」《刺字》：「堂前刺字鬼神欽，報國精忠貫古今，恢復中原迎二帝，詞場真足快人心。」由於對這些戲的本事了然於胸，其題詠便側重於對舞臺演出效果的記錄和描述，因而也成為具有一定參考價值的戲曲史料。

在《西園瓣香集》上卷王元常的詩作中，也可看到他對於湯顯祖的「玉茗堂四夢」和沈采的《還帶記》的讚賞，不僅為劇作題辭，還仿擬劇中之曲以自娛。王筠《繁華夢》的批語中，亦時見王元常從戲曲演出角度提出的建議和批評，故而王筠對於讀劇、觀戲的熱愛很可能是受父親的薰陶和影響。王家在一段時期內甚至很可能蓄有家庭戲班，因為王元常的「懷人組詩」中，有一首專懷舊伶人朱成，對他當年「聲韻為梨園絕調」的出色技藝稱讚、感懷不已，朱成離開王家廿餘年之後，與王筠仍有音信往來，王筠對他早年唱曲時的音容意態仍然難以忘懷，寫下多首情真意切的詩詞作品以抒懷。〔註23〕

〔註22〕〔清〕孔尚任《桃花扇本末》，《桃花扇傳奇》卷首，人民文學出版社，1998年，第7頁。

〔註23〕王筠感懷朱成的詩作有《甲寅春得舊伶人朱成信感吟六韻》，詞作有〔南鄉子〕《伶人朱成聲韻為梨園絕調，先君素所稱賞，別經廿餘年矣，昨忽夢伊來為歌一曲，音態宛然，覺後不勝今昔之感，偶成一詞記之》，見《西園瓣香集》卷中。

王筠還有詩作《丁巳秋日別錢姬月娥》提及家中錢姓舊姬，其中「零落歌裙
罷舊恩，脂殘粉老去朱門，當年莫訝青衫濕，今日潸潸盡血痕」等句似表明
當年曾觀賞錢姬的演出。若非有著對戲曲藝術的尊重和癡愛，王氏父女不會
與家中舊伶結下如此眞摯的情誼，也正是在這樣的條件和環境之下，王筠可
以說成爲了明清女劇作家中最熟諳舞臺的一位，她的戲曲創作和批評對舞臺
搬演的重視也就不足爲奇了。

二、王筠戲曲創作的戲曲史意義

康熙五十八年至嘉慶二十五年（1719～1820），傳奇創作在總體上不可抑
止地走向了衰落，郭英德《明清傳奇史》將這一段時期劃作傳奇的餘勢期。
這一時期的傳奇創作在內容上，體現出較爲突出的道德化傾向，理學之風盛
行劇壇；在藝術上，則與舞臺實踐脫節而日益詩文化，「大多數作家都以創作
詩文的思維方式和表現手法創作傳奇」，「以文的布局結構取代了戲的排場關
目，以事件的來龍去脈壓倒了戲劇的動作、衝突和情境，以人物關係的設置
淹沒了人物性格的刻畫。」〔註24〕在劇本體制上，傳奇作品也逐漸縮長爲短，
八至十二齣的短篇傳奇大量湧現……種種傾向皆促進了傳奇走向衰落的歷史
趨勢。

王筠作於乾隆中期的兩部長篇傳奇《繁華夢》和《全福記》是傳奇餘勢
期較爲「特樹一幟」的作品。就劇作內容及創作主旨來看，這兩部傳奇分別
貫注著中國戲曲史上兩種重要的戲曲創作觀念，一是借戲曲創作融入自身經
歷，抒寫自我懷抱，吐胸中鬱氣，借夢境寫自己在現實中未能滿足的欲望並
對之進行反思；另外一種是爲娛樂觀眾而作，劇作與作者個人生活並無太大
關係，作者暫且放下自己的憂愁和懷抱，爲他人營造快樂足矣。前者在戲曲
史上較爲普遍，許多以「夢」爲題的劇作即屬此類，作者並不以舞臺搬演爲
重要旨歸，而專注於自我情志的抒發，故有時不免會淪爲案頭之作；後者以
清初李漁的「笠翁十種曲」影響最大，亦如李漁所指出的「塡詞之設，專爲
登場」〔註25〕，其戲曲創作會充分考慮舞臺和觀眾，儘管思想的深刻性和
曲文的文學性可能遜於一些經典之作，但卻會是富有舞臺生命力的「場上之
曲」。在王筠看來，戲曲是寫夢的，無論是如《繁華夢》寫有生活原型的夢，

〔註24〕郭英德《明清傳奇史》，南京：江蘇古籍出版社，2001 年，第 17 頁。
〔註25〕〔清〕李漁《閒情偶寄》，杭州：浙江古籍出版社，1995 年，第 60 頁。

還是如《全福記》「結撰憑空還似夢」（《傳略》），戲曲舞臺是表現夢境的舞臺，是對現實生活不足的彌補或超越，故而她的傳奇在內容上關注日常情感生活、關注有志之士的命運遭際，而無涉於理學和道德說教，與作者並不同於此期其他劇作家的戲曲觀念有關。作爲一位女性劇作家，王筠的劇作也有著明顯區別於「笠翁十種曲」或「臨川四夢」之處，即對於夢境的安排和對故事的經營鮮明地體現著一種生活化的特徵，較少有激烈的矛盾衝突，而津津樂道於人倫情感的描繪，即使如《全福記》寫到男主人公在軍事、政治上的建樹，但不可否認該劇最爲出色的筆墨仍在家庭／情感生活片斷方面。

　　與許多明清劇作家一樣，王筠同時也是一位詩人，她有二百餘首詩存世，詞作也十分不俗，清代名臣、著名書法家梁國治在盛讚王筠的兩部劇作：「《繁華》一種，既媲美於《桃花》；《全福》二編，復步塵於玉茗」之餘，對她的詩作也給予了很高的評價：「憑弔古今，悵歎於沙沈戟折；感懷骨肉，神傷乎地老天荒。……凡其偶爾之謳歌，具徵風雅之餘裕，洵稱奇女，不愧詩人。」〔註26〕深厚的詩詞功底使得王筠的劇作曲詞文雅清麗，融入劇中的一些詞作如《繁華夢・獨歎》之〔鷓鴣天〕「閨閣沉埋十數年」、《全福記・醉題》之〔菩薩蠻〕「仙郎瀟灑青蓮現」、〔滿庭芳〕「南國佳人」等皆能較好地傳達人物性格、心事，增添了人物說白的文學氣息。然而，作爲一位熟悉戲曲搬演、眞正尊重和熱愛戲曲藝術的劇作家，王筠對於戲曲文體的體認使她能夠眞正將詩文創作與傳奇創作區別開來，以舞臺演出的要求從事傳奇創作，而從《繁華夢》到《全福記》也可以看到王筠編劇技巧的不斷磨練和提高。在創作第一部劇作《繁華夢》時，王筠對劇中人物服飾、舞臺布局、音樂安排等有細心設計和交待，較爲不足的是情節結構上，僅依事件發生的前後順序演述故事，即採用「一線到底」的情節推進方式而較少有穿插，這樣的安排勢必會造成主要人物頻繁登場，難以得到休息，觀眾也易造成觀感疲勞。再者，在安排較多人物出場的複雜場面時，《繁華夢》的處理亦顯不足，如第22齣《賞春》寫王府安排酒宴，玩賞春光，出場人物近二十人，不少角色需改扮數次。以小旦爲例，先扮演新科探花、謝夢鳳之弟；後改扮謝夢鳳之母，最後又照前扮謝公子，這樣的安排未必符合演出實際，故王元常批語云：「所用腳色頗雜，若臨登場，必須多備生、旦數人」，即是從舞臺搬演角度提出的建議。兩年後問世的《全福記》因創作宗旨的變化而在適應舞臺演出方面有顯著的提

〔註26〕《西園辦香集》中卷序一。

高，既能較好地設置人物間的複雜關係，也注重人物性格的刻畫，可以說是明清婦女劇作中非常突出的適於搬演的劇作。

　　關於王筠兩部劇作的搬演情況，目前能夠掌握的資料非常有限，從張藻、朱珪爲《繁華夢》所作題辭來看，此劇很有可能曾在某種場合清唱、演出過：

　　秦臺仙子愛吹簫，鳳去臺空不可招。剩與芳閨傳慧業，清聲譜出叶雲韶。《燕子》《桃花》絕妙詞，南朝法曲少人知。天公翻樣輕才藻，不付男兒付女兒。

　　不爲海上騎鯨客，暫作花間化蝶人。是幻是眞都是夢，三生誰證本來身？凤世應知是彩鸞，日抄官韻忘朝餐。轉唉怪底諧宮徵，玉茗天池學步難。掃眉才罷襲冠簪，海水蓬萊淺復深。眞情麻姑抓背癢，聲聲擊節快人心。（東吳歸河間張藻）

　　花光蕉影映窗紗，知是多才道韞家。獨向書中尋旨趣，還從夢裏譜繁華。　　百年眷屬原同幻，三島追隨尚未遐。一曲繞梁爭擊節，燈紅酒綠月痕斜。

　　形軀變換古今難，夢裏何妨作是觀。巾幗居然登甲第，裙釵一任襲衣冠。　　行蹤不讓黃崇蝦，才藻眞同李易安。從此閨中傳法曲，《桃花》《燕子》好同看。（北平年愚叔朱珪題）

這些題辭表達了閱讀／觀演《繁華夢》獲得的感人肺腑的藝術效果。遺憾的是，另一部戲劇性更強的傳奇《全福記》現今卻尚未發現相關演出資料。儘管與男性劇作家相比，女劇作家的作品在搬演和傳播上呈現出困頓狀態，但如王筠這樣的劇作家以舞臺實踐的要求從事劇本寫作的努力傾向在崑曲日益案頭化的清中葉劇壇無疑是值得肯定和讚賞的。

　　王筠的劇作還可能對乾隆後期問世的顧森《回春夢》傳奇的創作產生過影響。顧森是王筠的姨丈，字廷培，又字錦柏，號雲庵，原籍江蘇常州，曾任直隸涿鹿縣尉，因事謫竄西安，與王筠之父王元常結識並成爲連襟姻親。《回春夢》今存道光庚戌（1850）刊本，前有署「雲庵老人自序」的作者《自序》，以及署「己亥清和上浣長安煙水小弟王元常頓首拜撰」的《回春夢序》，此「己亥」當爲乾隆己亥（四十四年，1779），劇當作於此年或稍前，而此時《繁華夢》已完稿十年以上。《回春夢》以年過花甲的顧參爲主角，寫他夢中換形爲翩翩少年，經歷了美好的姻緣，在政治上也有所建樹，官居極品，享九十高壽，後一朝夢醒的奇幻夢境。作者《自序》云：「《回春夢》何由而

作也，傷余生平之命蹇也。……今老矣，鬢毛如雪，齒牙搖落，心如槁木，無能爲矣。然悒鬱之氣猶耿胸次，因思天意既不可回，好夢或可得乎？夢者，意也，意之所及，即屬夢矣，夢之所成，即爲眞矣，此回春夢之所由作也。藉此一消胸中之塊壘，其工拙不及計也。」可知是據作者自身的經歷譜寫而成的劇作。在該劇道光庚戌刊本前，附有王筠題辭四首，詩云：

> 才調凌雲氣貫虹，顧家元歎冠江東，
> 拈毫試譜霓裳曲，玉茗才華未許同。
> 青雲事業已荒涼，蓮幕填詞遣晝長，
> 千種牢騷描不盡，筆花煥彩動星芒。
> 燕語呢喃偶一吟，閨中塗抹愧還深。
> 典型在望求繩削，敢傍詞壇說賞音。
> 塊壘塡胸鬱未平，故將寸管與天爭。
> 夢回悟得邯鄲趣，佛火禪燈了此生。

第三首後顧森自注云：「王小姐亦有《繁華夢》、《全福記》傳奇刊行於世，故云。」那麼他顯然已經看過王筠的作品。《回春夢》的創作主旨（抒「悒鬱之氣」）、情節構思（夢中換形以逐功名、娶美妾）與《繁華夢》皆頗爲相似，且問世時間接近，很可能是受到後者的影響，在明清戲曲史上爲兩性戲曲創作之交互影響增添了值得書寫的一例。

第五章　言情・歸正
——吳蘭徵對《紅樓夢》的戲曲改編

　　吳蘭徵是乾、嘉年間一位重要的女劇作家，原名蘭馨，字香倩，又字軼燕，號夢湘，新安婺源（原屬安徽，今屬江西）人，丈夫俞用濟（字遙帆）曾受業於吳錫光、顧東山等，後為姚鼐門人。她曾將《紅樓夢》改編成傳奇《絳蘅秋》，惜僅成二十餘齣，未終稿而卒，後俞用濟補作二齣一併刊刻，為阿英所編的《紅樓夢戲曲集》收錄。吳蘭徵是最早將《紅樓夢》改編成戲曲的作家之一，她的《絳蘅秋》奇切有致、細膩深峭，另一位紅樓戲作家萬榮恩曾以「才華則玉茗風流，妙倩則粲花月旦」〔註1〕稱譽之；同時，她又是清代眾多紅樓戲署名作者中唯一的一位女性，她的紅樓戲可視作早期閨閣紅學的重要組成部分。《紅樓夢》這樣一部「專寫柔情」、關注女性情感和悲劇命運、有著巨大文化意涵的偉大小說，在清代知識女性中曾引起過怎樣的反響？吳蘭徵作為《紅樓夢》的早期讀者和紅樓戲的早期作者，在將這部不朽巨著改編成戲曲時，又對之進行了怎樣的改動和發揮？本章擬結合吳蘭徵生平考察她對《紅樓夢》的閱讀和改編，試圖為回答這些問題提供重要的參考。

第一節　吳蘭徵生平新考

　　對於吳蘭徵的生平，至今學界瞭解甚少，諸書關於她的記述，基本上都

〔註1〕　〔清〕萬榮恩《吳香倩夫人〈絳蘅秋傳奇〉敘》，阿英編《紅樓夢戲曲集》，北京：中華書局，1978年，第350～351頁。本文所引萬榮恩評語皆出自該文，恕不再出注。

未能逸出《紅樓夢戲曲集》中附收的許兆桂、萬榮恩、俞用濟爲《絳蘅秋》所作序中的內容。據萬榮恩《絳蘅秋傳奇敘》透露，吳蘭徵的作品除《絳蘅秋》外，還有三十六齣的《三生石》傳奇、「集史鑒中凡涉閨閫足爲勸懲者爲一書」的《金閨鑒》二十卷和名爲《零香集》的詩詞雜著稿一部，但未見學界披露其中相關內容，故華瑋撰《明清婦女之戲曲創作與批評》時懷疑「似乎其所有作品除《絳蘅秋》外，皆已失傳」。〔註 2〕據胡文彬《紅樓夢敘錄》載，《絳蘅秋》今存嘉慶撫秋樓刻本，是傅惜華的藏書。筆者在中國藝術研究院圖書館查閱這一原刊本時，有幸讀到了與《絳蘅秋》一同付梓的吳蘭徵的《零香集》，其中除了她本人的詩詞雜著作品之外，亦附有大量親朋師友的評語和悼念文字，實屬吳蘭徵生平研究的重要資料。

筆者所見之《零香集》（附刻《絳蘅秋》）本共有六冊，第四冊原缺。第一冊扉頁題：「新安吳夢湘著《零香集》，撫秋樓藏板」，左側有小字云：「香倩每有所作不甚收拾，草稿多散渙，歿後四處搜集，得若干卷，意欲多之爲貴，集成爲書。特多方搜羅，必須時日，茲先以此授梓，俟陸續增刊，積爲卷軸，固仍係未成之書也。」可知此《零香集》爲俞用濟在吳蘭徵歿後不久搜集其遺稿刊刻而成。前三冊依次包括《撫秋樓詩稿》（共收詩 132 題 220 首）、《撫秋樓雜著稿》（收文 10 篇）、《撫秋樓詞稿》（收詞 16 首）。第五、六冊爲附刻的《絳蘅秋》傳奇，又名《撫秋樓曲稿》，僅見該劇第九齣《省親》至末尾《瑛弔》。許兆桂、萬榮恩、俞用濟爲《絳蘅秋》所作序及該劇前八齣當在所缺的第四冊中。

《撫秋樓詩稿》前有作於嘉慶丙寅（1806）年的序文三篇，分署「雲夢香岩許兆桂」、「桐城姚鼐」、「諶味堂配道」。其中姚鼐序云：

> 星源閨秀吳氏，字香倩，余門人俞遙帆之配。才而賢，幼以孝稱，長適遙帆，事舅姑克敦婦道，其助夫教子，有古賢媛風。性恬淡，意幽嫻，故其爲詩高超淡遠，一洗香奩之態，其見賞於宗工哲匠者非伊朝夕。惜才豐命嗇，薄於壽，年三十而夭，識者咸悲痛之。其詩集曰《零香集》，遙帆授剞劂以傳之，問弁於余。余久欽其閨範矣，詩固其緒餘也，後人讀其詩以想見其爲人，香倩自有其不死者，遙帆其亦可少慰已。復題一絕以悼之：詩家秀句每傷心，先兆珠亡毀

〔註 2〕 華瑋《明清婦女之戲曲創作與批評》，臺北：中央研究院中國文哲研究所，2003年，第 77 頁。

玉琴。蕙質有靈堪說懺，一編都作海潮音。〔註3〕

序文之後有車廷舉、鄒嶙源、阮厚、項士淵、萬榮恩、焦雨堂、王雨化、朱大成、管大年、岳樹仁、陳公綬、王樊等人所作挽詞，標明「隨到隨刻不敘次第」。而在吳的詩詞雜著中，間插有袁枚、諶配道、陳公綬、吳錫光、萬榮恩、顧槐三等人的評語，之後是眾人所作的傳記、誄辭和祭文等。俞用濟本人更撰寫了長逾五千字的《室人吳躑寶香倩傳》（以下簡稱「《香倩傳》」）追憶亡妻生平細節。綜合這些材料，我們對吳蘭徵生平及其創作情況的瞭解可以更加深入。

吳蘭徵的卒年，據許兆桂《〈絳蘅秋〉序》知是嘉慶丙寅（1806）年。〔註4〕而其生年，在莊一拂《古典戲曲存目彙考》、郭英德《明清傳奇綜錄》和么書儀、王永寬、高鳴鸞主編《戲劇通典》等書中皆言不詳，作於嘉慶丙寅年的《香倩傳》中明確有記：「（香倩）生於乾隆丙申二月三日，歿於嘉慶丙寅二月六日，卒年三十有一。」乾隆丙申為 1776 年，吳蘭徵的生卒年當記為 1776～1806。

吳蘭徵父名吳春岩，原籍新安，僑寓龍江。母周氏，曾夢於湘江拾芳蘭一枝，故為之取名蘭徵，小名躑寶，初字香倩。幼年時她與諸昆弟一起從李方彥學，讀女訓及毛詩，而往往能夠自出一解。又善讀史，而尤喜《資治通鑒》，俞用濟說她「自幼見《通鑒》而悅之也，迄今歷十餘年翻閱，浸熟於古人事迹。能見大意，善會心，凡平時一舉一動皆證以史事」（《香倩傳》），可見她對史書史事的癡迷程度。吳蘭徵曾編撰《金閨鑒》一書，「凡史鑒中有涉於閨閫事者，逐手摘錄之，其義關名教者為一類，得十卷；其風流佳話者為一類，得十卷，共二十卷，統名之曰《金閨鑒》。」（《弔義姊王素娟歌》小序）對這些特意摘錄下來的史事，她以詩作一一評論之，「議論橫生，褒貶各當，皆克發前人所未發」（《香倩傳》）。儘管此著現已佚失，但從《零香集》中《狂女子碧歌》、《讀皇甫規妻傳》、《詠西施》、《謝道韞》等詩作中仍可領略到吳蘭徵對那些留名青史的奇女子的事迹的獨到評價。〔註5〕值得注意的是，吳蘭

〔註3〕　〔清〕吳蘭徵《零香集》，嘉慶十一年（1806）撫秋樓刊本。本文所引吳蘭徵詩作及親朋師友的評語及悼念文字除注明者外，皆出自該書，恕不一一出注。
〔註4〕　《紅樓夢戲曲集》，第 349 頁。
〔註5〕　如其《詠西施》之二云：「狠天自庾拂忠謀，不是賢王賦好逑。願得來生嫁才子，故蘇臺上莫春遊。」為西施所託非人、成為自己所愛之人實現復國大業的工具鳴不平，頗有張揚女性主體性之意；《謝道韞》尾聯云：「自是聰明招

徵的《金閨鑒》從「名教」和「風流」兩個方面表現出了她對史鑒中記載的女性事迹的興趣，但其落腳點仍在前者，力求實現風人之旨，故閱覽過該書的袁枚評云：「是大有功於名教也。斯書一出，閨閣當奉爲金針傳書無疑也。」（《香倩傳》）

吳蘭徵與丈夫俞用濟完婚於乾隆甲寅年（1794）〔註6〕，《零香集》中有《月夜追憶舊事成十首，分題詠之》詩題，其中《志幸》一首云：「三生石上舊姻緣，問自蓬萊路幾千，花月相逢無限意，至今風景十三年。」詩後附吳蘭徵原作大段文字自述與丈夫成婚的經過，其過程頗具戲劇性。吳、俞二人初識於一次龍江廟會，當時俞生與同窗友偕行，其友皆富家子弟，舉止多輕薄，惟有他注目祠壁上古真迹及名人詩賦，旁無斜視，爲香倩大姊所留意，歸與母親言，欲爲香倩擇配。但吳父因俞家家寒，不許。其時又有新安巨富某公聞香倩賢而慧，託人向吳家提親，而她早在廟會上已心許俞生，不得已將心事向吳母和盤托出，無奈吳父仍不改初衷，香倩因此大病一場，「輾轉床席，形銷骨立，奄奄一息，殆復難支」（《香倩傳》），最終令父親「鑒其誠，感其癡」而同意與俞家締結姻親。此事不僅在蘭徵的閨中知己中傳爲美談，甚至有好事者述之詩歌（《香倩傳》），萬榮恩曾稱讚吳蘭徵「能目識名流，辭富安貧，願得賢如伯鸞者從之」，正是就此事而言的。因爲有著這種執著於情的精神和體驗，吳蘭徵被「大旨談情」的《紅樓夢》小說所深深打動並非偶然，她在《絳蘅秋》中的林黛玉身上融入了大量個人的生命體驗，才能將她的心理情感描繪得細膩動人。

吳、俞婚後育有一子一女，生活幸福美滿，如《志幸》詩後所言：「從今也月下花前，兩情和暢，分題拈韻，畫閣春生。雖一片青衫，秋風失意，而薄有田園，粗堪自給。上侍舅姑，下撫子女，縱非佳偶，亦係奇緣。事以人傳，人以詩著，亦見三生片石猶在人間」。在創作《絳蘅秋》之前，吳蘭徵先有三十六齣的《三生石》傳奇問世，俞用濟稱《三生石》「極盡緣會之奇、書生之厄、女子之俠、世情之反覆，其《種情》、《守志》、《回春》諸折蓋自寫當年之景況也。」（《香倩傳》）雖然此劇現已佚失，然據此可知吳蘭徵於其中

物忌，休嗟天壤有王郎」，既對這位女子才命相憎的遭遇發出欷歔，也對她未能斂才、以矜才爲鑒微露諷意；《狂女子碧歌》和《讀皇甫規妻傳》側重表達對女子的忠勇和節義的讚頌。

〔註6〕標明「乙卯」年作的吳蘭徵《中秋玩月憶外閨中作》詩中，有「中秋第一度君家（余去秋來歸）」句，據此可推知二人成婚於乾隆甲寅年秋。

融入了自己婚戀的經歷和感受，該劇與《絳蘅秋》一樣，是作者的一部「寄情斠恨」（俞用濟《絳蘅秋序》）之作。

　　在親朋師友眼中，吳蘭徵是一位溫切賢雅、德才兼備的淑女。成婚之前，她以「延父嗣（按：指勸父置妾以保全宗嗣一事）、守母喪（按：指爲母守喪三年，除服後始與俞用濟完婚之事）、撫弱弟」（萬榮恩《吳香倩夫人〈絳蘅秋傳奇〉敘》）的孝行稱譽鄉里；于歸之後，孝養舅姑、教子勗夫、睦族周貧，十餘年間無閒言。更爲諸師友所稱道的是，她文才出眾而不向矜誇，生平「以矜才爲鑒」，「守禮綦嚴，詩以言志而無近名之心」（諶配道《撫秋樓詩稿敘》）。這一點，從她拒絕獻詩給當時名貫江南的詩壇大家袁枚以刊入其女弟子詩集一事中，有很好的體現。乾嘉時期，袁枚大力宣傳性靈說詩論，積極倡導和鼓勵女子作詩，吸引了吳越地區的大批女才子投之門下，「（隨園先生）所到處，（女子能詩者）皆斂衽扱地以弟子禮見。」〔註7〕據考知，袁枚收入門下的女弟子超過五十人〔註8〕，而他與吳蘭徵的一段師生之誼在學界卻鮮有人提及。據《香倩傳》透露，袁枚與俞、吳兩家的長輩都有交誼〔註9〕，因此，儘管吳蘭徵十分欽敬袁枚，但「以分之所在，未能與先生以師生稱」。吳蘭徵常常請丈夫將她的作品轉致袁枚以求得到他的指教，而袁枚對她的作品也非常讚賞，評價其詩作「論古有識，立意極高，更具一種雄渾博大之氣磅礴其間。至言情之作亦復剛健婀娜，幽嫻靜穆，置之詞壇，直高樹一幟，閨閣得之，蓋吾見亦罕矣。」（《撫秋樓詩稿》「袁簡齋先生原評」）又評價其文賦：「尤妙在無一點香奩氣，直是平澹中見絢爛，古拙中呈斌媚，才之雄，才之大，才之清且幽，不謂閨閣中俱如許一副本領也。」（《撫秋樓雜著稿》「袁簡齋先生評」）吳蘭徵的《金閨鑒》一書也曾呈致袁枚，並由袁枚命名，故二人雖無師生之名而有師生之誼。然而在嘉慶元年（1796）袁枚彙刻其女弟

〔註7〕　〔清〕汪穀《隨園女弟子詩選序》，王英志校點《袁枚全集》（第七冊），南京：
　　　　江蘇古籍出版社，1993年。

〔註8〕　王英志《關於隨園女弟子的成員、生成與創作》，《井岡山師範學院學報》，2002
　　　　年第1期。

〔註9〕　俞用濟在《香倩傳》中提及：「先生（按：指袁枚）與余先大父有金蘭盟，又
　　　　春岩公嘗執贄先生門下」，袁枚爲《撫秋樓詩稿》所作評語中亦提到：「余與
　　　　婺源俞曉園公交最久，曉園公性樂善，余集中《俞氏義冢碑記》等篇爲曉園
　　　　作也。其孫遙帆少年雋才也，嘗從余論詩文。」按：《俞氏義冢碑記》在袁枚
　　　　《小倉山房文集》卷十三，該文透露出俞用濟祖父俞曉園長年在江寧經商。
　　　　袁枚早年曾任江寧知縣，二人或許結交於其時。吳蘭徵之父吳春岩執贄袁枚
　　　　門下之事則待考。

子詩集，向吳蘭徵索稿時，卻遭到了她的拒絕。《香倩傳》中敘及此事：

> （香倩）生平嘗以矜才爲鑒，每有所作，嘗倩余轉致先生。先生命余及女弟子邀之，則婉辭焉，群再四詢其故，則曰：以先生夏侯篤老，固無瓜李嫌，特隨園賓客一時稱盛，以分題逐韻、酒酣詩興之餘，保無有紛至沓來而稍傷雅致者乎？卒不往。先生恒怪之。丙辰夏，先生集女弟子詩付梓，時先生在蘇有箚至，索香倩詩稿。余將集而寄之，香倩執不可，極力辭。叩之，不答。窺其心，未嘗不感先生之高誼，似或以先生廣收博採，固先生盛德，然安知夫登斯選者，果不悉其文品之兼優，所以稱名乎？又安知夫操斯選者，必不寬其才德之未眞，所以循名乎？於此徵香倩之有所忍、有所待矣。

不願參與隨園女弟子的聚會體現了吳蘭徵深受傳統禮法觀念影響的一面，是她「守禮綦嚴」的性格特點的反映。而她拒絕將自己的詩作輯入隨園女弟子集並非完全是因爲她「無近名之心」，相反，她將入選視爲一種莫大的榮譽，認爲只有那些文才與品德兼優的女詩人才無愧於她將獲得的榮譽。吳蘭徵「極力辭」的態度既是對自己之才、德的謙虛，與她不尚矜誇的個性相符，另一方面，也透露出她對女作家應當才德並重、「名副其實」的較高期望。這一要求，也支配著她在《絳蘅秋》中對林黛玉、薛寶釵等女性形象的評價和重塑。

嘉慶乙丑（1805）年多，吳蘭徵心胃痛舊症復發，加上胞姊亡故，哀切過痛，愈加不支。俞生「於無可奈何之中，欲以詩草代鹿銜而生之」（許兆桂《撫秋樓詩稿序》），開始鈔梓其作。《香倩傳》中記：香倩性耽吟詠，「每覓句輒倚欄宵分不寐，語不驚人輒焚去，其可留者錄之，自題其稿曰：《緩焚集》，後更爲《湘靈草》，以外號夢湘也。」乙丑（1805）多俞用濟意欲授梓的正是這部《湘靈草》，但事未成。次年吳蘭徵歿後，俞用濟多方搜集〔註10〕，使《湘靈草》得到了陸續的增刊，並附上了評語和多篇悼念文字，更名爲《零香集》面世。萬榮恩說吳蘭徵「所著有《湘靈集》詩詞雜著稿十卷」，其實《零香集》已包括了其中的內容。吳蘭徵的作品在平時散佚嚴重，歿後得以刊載的僅爲「篋中留藏一二」，俞生自言「幽窗卒讀，不勝零煙斷墨之悲」，這大概就是他將亡妻的遺著命名爲《零香集》的原因。

〔註10〕據俞用濟《撫秋樓詩稿》後記，至咸萬榮恩、顧槐三常向他索讀香倩草稿，故香倩稿尤多存於兩兄處。俞生受業吳錫光、顧東山時，同窗友見香倩作必爭相鈔錄，又遞相傳觀，因此，香倩也有一些詩詞文稿散漫於其同窗友間。

第二節　吳蘭徵對《紅樓夢》的評論與戲曲改編

　　乾隆十九年（1754），《紅樓夢》前八十回已有脂硯齋重評本（甲戌本）流傳，但至乾隆五十六（1791）年百二十回的程高本《紅樓夢》面世之後，《紅樓夢》僅以鈔本流傳的時代得以結束，這部巨著的社會影響面亦由此大大拓展。「比清乾隆中，《紅樓夢》盛行，遂奪《三國》之席，而尤見稱於文人。」〔註11〕「程本百二十回偽『全書』一經印出，立即在東南半壁──特別是浙江北部，在文人們中間引起極強烈的反響。」〔註12〕一方面，題詠紅樓的詩作逐漸增多；另一方面，由文人編撰、創作的各類紅樓續書、紅樓戲紛紛面世。文人對這部巨著的熱愛滲入到閨閣之中，士紳家庭中的女子，多成爲《紅樓夢》的積極閱讀者，癡迷者甚至以《紅樓》爲性命。〔註13〕吳蘭徵在《紅樓夢》眾多的女性讀者中是十分特殊的一位，她不僅是最早將《紅樓夢》改編成戲曲的作家之一，而且還以詩歌形式留下了對這部巨著的品題與評析文字，爲我們瞭解早期閨閣紅學提供了重要的參考。

一、新發現的吳蘭徵十二首詠紅詩

　　吳蘭徵的《零香集》中，有十二首題詠《紅樓夢》的詩作，未見於收羅清代讀者評紅資料甚豐的一粟《古典文學研究資料彙編‧紅樓夢卷》、周汝昌《紅樓夢新證》以及其他相關著述中，非常可貴地記錄下了吳蘭徵對這部偉大小說的理解和閱讀感受，既可視作早期閨閣紅學的重要組成部分，也有助於我們對《絳蘅秋》的理解和評價，故先對之進行介紹。

　　《零香集》卷一、卷二爲「撫秋樓詩稿」，十二首詠紅詩收入卷一中，依次爲《閱紅樓夢說部》七律四首、《詠林黛玉》七律四首、《詠薛寶釵》二首和《詠賈寶玉》二首，中間並未插入其他詩作。先錄其《閱紅樓夢說部》七

〔註11〕魯迅《中國小說史略》，濟南：齊魯書社，1997年，第216頁。
〔註12〕周汝昌《紅樓夢新證》，北京：人民文學出版社，1976年，第1082頁。
〔註13〕如〔清〕樂鈞《耳食錄》二編卷八《癡女子》篇中記載一癡女子讀《紅樓夢》有感於心以至於死（濟南：齊魯書社，1991年，第285頁）；一粟《古典文學資料彙編‧紅樓夢卷》收錄留下評紅文字的清代閨閣讀者數十家，從中可見清代知識女性閱讀《紅樓夢》的熱情（北京：中華書局，1964年）。關於清代女性讀者評紅文字的價值，可參見周汝昌《「買匵還珠可勝慨！」──女詩人的題紅篇》（《紅樓夢新證》下冊，人民文學出版社，1976年）和詹頌《論清代女性的〈紅樓〉評論》（《紅樓夢學刊》2006年第6期）。

律四首如下：

> 閒評稗史看《紅樓》，半晌怡懷半晌憂。知己無人虛度夢，風流有話
> 盡多愁。寧榮枉自空回首，金玉依然不到頭。謾說傷心兒女事，英
> 才作賦也悲秋。

> 明識稗官爲閒儂，關情不禁涕沾胸。故園才說生花筆（賈府中姊妹親
> 戚垂髫者俱能詩），冷月旋殘鏡裏容（不數年花亡蝶嫁，名園一空）。縱使空
> 門全玉璧，如何秋雨斷芙蓉（賈公子從入釋教，有道人引之去，曰：非此則
> 難活。姊妹中惟林黛玉最妍，然癡而最早夭）。勸他都化衡陽雁，世世重來
> 十二峰。

> 一把花枝觸緒長，蛾眉隊裏倍神傷（指寶玉言）。淡紅香白春初晚，冷
> 月清霜夢也涼（指黛玉言）。今世只教學釵玉，人間何處不瀟湘。多情
> 共說癡兒女，不道情多枉斷腸。

> 若許相思擬素縑，疑眞疑幻暗投簽。芳魂不解紅心草（傷黛玉也），冷
> 月仍空烏角簷（傷寶玉也）。贏得情多成境幻（指黛玉言），便教緣薄也
> 香添（指寶玉言）。明知世上樓都夢，夢好成時醒亦甜（括全部而言之）。

> （筆者注：括號內小字爲吳蘭徵原附文字）

上引第二首詩提到了寶玉的遁入空門和黛玉的早夭，可知作者題詠的是百二
十回本的《紅樓夢》。《零香集》卷一內共附有兩段標明「袁簡齋先生原評」
的評語，第一段在吳蘭徵的多首古體詩後，第二段在卷一末尾，評云：「遍閱
諸作，骨重神清，……尤不可攀者，其一種渾厚古鬱之氣磅礴其間，性情極
微，光焰極大。良以氣厚格高，意切思遠，遂使洗盡脂粉，雖識者幾莫辨爲
璿閨製此，值得眾香國上乘法也，接武金箱，揚芬玉臺。余雖衰老，猶能爲
香倩評之。」表明卷一所收諸詩均曾經袁枚評閱〔註14〕，而袁枚卒年在嘉慶
二年十一月（1798），十二首詠紅詩的創作時間當在此之前，早於嘉慶十年冬
（1805）《絳蘅秋》的創作。〔註15〕至嘉慶二年，百二十回的程高本《紅樓夢》

〔註14〕吳蘭徵的不少作品都曾通過丈夫轉致袁枚請他評閱，如她「集史鑒中凡涉閨
　　　　閫足爲勸懲者爲一書」的《金閨鑒》就由袁枚所命名，《零香集》卷三「撫秋
　　　　樓雜著稿」所收十篇賦後也有袁枚評語；但《零香集》卷二的「古今體詩」
　　　　後僅見吳錫光原評及萬錫廷、顧秋碧、俞用濟諸人的評語，從側面表明卷一
　　　　所收的詩作經袁枚評閱過，卷二之詩的創作時間則可能較遲。
〔註15〕據《零香集》中作於嘉慶十一年（1806）的俞用濟《室人吳躍寶香倩傳》一
　　　　文記：「近多有以說部《紅樓夢》作傳奇者，（香倩）閱之，或未盡愜意，爰

問世不過六、七年時間，吳蘭徵的詠紅詩在清代女性的題紅詩詞中寫作時間較早〔註16〕，其價值亦不容小覷。俞用濟的友人諶配道謂「知己無人虛度夢，風流有話盡多愁」一聯「淒人心骨，已足括《紅樓》全部矣」，這一評語雖未必盡意，但前二首詩的確涉及到了吳蘭徵對曹雪芹的創作意旨和《紅樓夢》的悲劇內涵的體認，即《紅樓夢》是家族的悲劇、婚戀的悲劇和女兒的悲劇，而最能觸動她心弦的，是充溢於作品中那種美好易逝、情緣難遂的深深缺憾。吳蘭徵的這一體悟，確已觸及到了《紅樓夢》的悲劇意涵，比之那些單純悲悼黛玉身世遭際的評紅詩詞來說，顯然要深刻得多。

　　此題後二首詩集中悲歡寶、黛的情癡緣空，值得細加探討的是吳蘭徵對「情」的認識和態度，這一點需聯繫她的另外幾首題詠紅樓人物的詩作來體會：

詠林黛玉

生來何事掩重門，只爲靈犀漬淚痕。問菊已傳半遮影，葬花先斷未銷魂。湘江竹點斑猶濕，錦帕文回氣未溫（生平善哭，住瀟湘館，寶玉贈錦帕一幅，黛玉題詩瀧淚）。儂欲相招人在否，梨花一樹月黃昏。

偏生冷雨打幽窗，知是情魔不肯降。一自添香驚細細（每薰香而獨坐），幾回臨木泣雙雙（每臨池而涕橫）。簷前惆悵迷鴛瓦，花裏徘徊隔獸幢（觸目傷心事不勝枚舉）。欲覓玉鞋曾蹋處，風流一段壓南邦（黛玉生長揚州）。

時時掩面褪殘妝，獨步蒼苔不怯涼。人世何須問桃柳，幽居不枉號瀟湘。幾回袖濕誰知冷，一樣花開爲底忙。從此雲裳歸去也，教儂同悵少年場。

小謫蓬萊十五年，芳心遠到別離天。家鄉惹得三更淚（早失雙親，故鄉千里），才調輕飄一縷煙。談論每驚多徹悟（恒與寶玉談道，幻悟非常，

於去冬填詞，成二十五齣，未畢。」可知吳蘭徵創作《絳蘅秋》的時間在嘉慶十年（1805）冬。

〔註16〕據周汝昌《「買匵還珠可勝慨！」——女詩人的題紅篇》一文，現今發現的女作家題紅詩詞，當以宋鳴瓊爲最早，其刊於乾隆五十六年（1791）的《味雪堂詩草》中有《題紅樓夢》四絕句；再一家較早的爲熊璉，其刊於嘉慶二年（1797）的《澹仙詞鈔》中有《題十二金釵圖〈滿庭芳〉》一首。宋詩對寶黛愛情略致悲慨，周先生認爲「詩作得不算怎麼好」；熊詞是一首題畫詞，「沒有一點意義價值可言」，見《紅樓夢新證》，第1102～1103頁。

因緣何事又牽連？知卿不信飛瓊話，一脈情癡我見憐。

詠薛寶釵

幽懷雅度擬男兒，若許相思未上眉。豔質竟忘春去盡，詩魂不瘦月明時（寶釵氣度雍容，性情溫厚，吟詠得春夏之氣，言談有丈夫之風）。洗完脂粉含英氣，開到牡丹絕豔資。桃柳冰霜人共仰，女中蘇李信如之。

幽閨無語對春曦，不問因緣不著迷。一副柔腸消世態，五車花史足仙姿（經典極其博奧，詩歌極其超脫，林黛玉外第一人也）。從知愛靜全因悟，也自多情卻未癡。寄語世間兒女子，前生已定漫相思（後與賈公子成姻）。

詠賈寶玉

鍾情公子本天然，只問因緣不問天。愛月何曾教獨步（玉每遇花朝月夕，必偕眾姊妹共遊燕，須臾離不樂也），拈花猶自要齊肩。秋聲未到心先碎，春色頻過夢亦遷。粉黛叢中拋不得，生生欲費買花錢。

生平時學鳳凰琴，姊妹同心酒漫斟。閒倚梨花羞白玉（玉生有靈玉而雅愛林顰，寶釵、湘雲有金物，道人因有「得玉為配」之說，而寶玉弗顧也），淡將素魄失黃金（指寶釵、湘雲）。多情便是成仙骨（後玉入山不返），愛好全憑作壯心。紈褲兒郎知悉否，如君千載是知音。

這八首詩對所詠人物個性氣質的把握總體來說比較成功。清代讀者的題紅詩詞多就寶黛愛情的悲劇或紅樓女兒的不幸命運發抒感慨，專詠寶玉的並不多，有一定思想見地的更是少之又少。或以佻薄之筆將寶玉對眾女兒的仁愛淫濫化、低俗化，如周春「夢裏香衾窺也字，尊前寶襪隔巫山」（《題紅樓夢》）〔註17〕、姜祺「意稠語密態溫存，攝盡名姝百種魂，二十一年情賺足，忽懷一捆入空門」（《悼紅十二樓·賈寶玉》）〔註18〕；或僅著眼於寶玉嗜紅、多情的特點批評他「補天不入媧皇選，墮落終無夢覺時」（周澍《紅樓新詠·笑寶玉》）〔註19〕、「一生閒恨為多情，到底情多無著處」（朱瓣香《讀紅樓夢詩·

〔註17〕一粟《古典文學研究資料彙編·紅樓夢卷》，北京：中華書局1964年，第428頁。

〔註18〕一粟《古典文學研究資料彙編·紅樓夢卷》，北京：中華書局1964年，第488頁。

〔註19〕一粟《古典文學研究資料彙編·紅樓夢卷》，北京：中華書局1964年，第492頁。

怡紅公子》）〔註20〕。吳蘭徵的《詠賈寶玉》無疑切近了曹雪芹筆下寶玉這一
人物的精神內涵，她認同警幻仙子對寶玉「如爾則天分中生成一段癡情」的
評價，認為寶玉的多情是從天性中帶來的，並未沾染上任何世俗的欲念（以
此區別於「紈絝兒郎」），無論是對眾女兒的尊重和關愛，還是對黛玉的情有
獨鍾，均出於一種「愛好」的天然本心。儘管吳蘭徵尚未能領悟到寶玉的天
然本心與外在規範的激烈對抗所具有的全部意涵（我們也不應這樣苛求這位
《紅樓夢》的早期閨閣讀者），但她能夠體味出寶玉與黛玉的知己情誼對世俗
觀念和宿命安排（「金玉之說」）的反叛意味，已經是較為可貴的認識了。諶
配道評語謂：「『鍾情本天然』，五字寫盡千古寶玉」，不可謂過譽。

　　《詠林黛玉》四首著重描繪黛玉癡情、善哭的個性特點，傾注了作者對
黛玉孤苦身世的同情。詩寫得悲涼淡遠，本無多少高明之處，但其第四首寫
到作者對黛玉超脫塵世的心理期待的落空，更加彰顯黛玉對現實生活和生命
的熱愛之情，也可謂抓住了黛玉形象之神髓。對薛寶釵，吳蘭徵並未如一些
論者那樣將她簡單化、臉譜化，視她為蓄意奪婿的陰謀家、破壞者〔註21〕，
而是從作品實際出發，認為她是一位「也自多情卻未癡」的賢雅少女。吳蘭
徵不僅為寶釵「金玉依然不到頭」的婚姻悲劇深致歎惋，更將她視作才德兼
備的典範，深為其氣度、性情、才華和學識所折服。黛、釵同為多才妍麗的
少女，「今世只教學釵玉」表明吳蘭徵對二人有著同樣的認同和喜愛，她將自
己的紅樓戲命名為「絳蘅秋」，正含悲金悼玉之意。所不同的是，黛玉不壓制
自己的情感，任孤寂與悲傷化作淚珠潸潸拋灑；而寶釵不肯流露自己的感情，
時時注意讓自己的行動符合禮節。在黛玉的任性天然和寶釵的理性自律之
間，吳蘭徵流露出一種複雜矛盾的態度：她欣賞黛玉執著於情的性格，稱她
「一脈情癡我見憐」，認為人世間處處有著和黛玉一樣深情的少女（「人間何
處不瀟湘」），但是黛玉「癡而早夭」的不幸結局令她痛惜不已（「多情共說癡
兒女，不道情多枉斷腸」、「贏得情多成境幻」），於無可奈何中生發出一種相

〔註20〕一粟《古典文學研究資料彙編‧紅樓夢卷》，北京：中華書局1964年，第537
　　　　頁。

〔註21〕如姜雲裳的詠紅四絕中有「冊定三生薄命司，笑他奪婿暗爭持。絳珠一死神
　　　　瑛去，雪冷空閨悔已遲」句，諷刺寶釵費盡心機奪婿，只落得個獨守空閨的
　　　　下場。見一粟《紅樓夢卷》，第524頁。姜祺的《紅樓夢詩》「薛寶釵」詩注
　　　　也認為她「奸險性生，不讓乃母。鳳之辣，人所易見；釵之譎，人所不覺，
　　　　一露一藏也」，對寶釵形象的理解過於簡單化和表面化。

思無用、姻緣天定的消極的宿命論思想：「寄語世間兒女子，前生已定漫相思。」表露出對寶釵式的以禮制情的認同。吳蘭徵對於「情」的這種矛盾複雜的態度在《絳蘅秋》中也有明顯的表現，對《絳蘅秋》改編原著情節、重塑人物起到了重要的支配作用。

二、寫情寄恨：《絳蘅秋》創作之旨

乾隆末年程高本《紅樓夢》的出現，隨即引發了「紅樓戲」創作的熱潮。在嘉慶初的八年（1796～1803）之間，就有孔昭虔《葬花》、劉熙堂《遊仙夢》、仲振奎《紅樓夢傳奇》和萬榮恩《醒石緣》等多部紅樓戲刊（抄）面世。〔註 22〕「近多有以說部《紅樓夢》作傳奇者，閱之，或未盡愜意，爰於去冬填詞，成二十五齣，未畢。」〔註 23〕因對他人的已有之作不甚滿意、同時也爲自抒情懷，吳蘭徵於嘉慶十年（1805）冬創作了《絳蘅秋》傳奇。

《紅樓夢》情節複雜，人物眾多，內涵深厚廣博，清代紅樓戲作家將之改編成戲曲時受演出時間和舞臺空間的限制，大都以寶玉、黛玉、寶釵的愛情婚姻悲劇爲主要線索安排故事，而刪去了許多旁出的情節，吳蘭徵的《絳蘅秋》也將重點放在了寶、黛、釵三人情感糾葛的表現上。但在如何理解和表現《紅樓夢》中所描寫的寶黛之情時，各部紅樓戲的處理頗有不同，透露出不同的改編者對《紅樓夢》思想接受傾向的差異。

仲振奎受湯顯祖「至情」觀念的影響，認爲情具有超越生死之力量，因此他的《紅樓夢傳奇》修改原小說的悲劇結局，採錄《紅樓夢》續書（逍遙子《後紅樓夢》）中的情節，令黛玉復活後與寶玉喜結良緣。仲著的創作意旨「不過傳寶玉、黛玉、晴雯之情而已」，〔註 24〕最終讓寶玉二美並收，「一家眷屬昇天去，小婦芙蓉婦絳珠」，〔註 25〕《紅樓夢》中所寫寶玉對黛玉始終專一的愛情和寶玉對晴雯的眞心友愛之情在此演繹成了一椿左擁右抱的風流韻

〔註 22〕 這四部紅樓戲的刊（抄）時間依次爲 1796 年、1798 年、1799 年和 1803 年。據吳曉鈴《〈紅樓夢〉戲曲》和《〈紅樓夢〉戲曲補說》所考，這四部作品的定稿時間更早，均在嘉慶初的五年（1796～1800）之間，見《吳曉鈴集》（第五冊），石家莊：河北教育出版社，2005 年。

〔註 23〕 見《零香集》中俞用濟《室人吳躍寶香倩傳》，該文作於嘉慶十一年（1806），吳蘭徵創作《絳蘅秋》的「去冬」即爲嘉慶十年（1805）。

〔註 24〕 〔清〕仲振奎《紅樓夢傳奇·凡例》，嘉慶四年（1799）刻本。

〔註 25〕 〔清〕詹肇堂《紅樓夢傳奇·題辭》，見《紅樓夢傳奇》，嘉慶四年（1799）刻本。

事，仲氏的文學識見和審美趣味在這能夠體現「合歡」之義的大團圓結局中可見一斑。萬榮恩對原著的思想性和悲劇性有較深的認識，曾明言：「《紅樓夢》一書，言情也，記恨也。千古傷心，首推釵、黛，愛之憐之，悼之惜之」，但他的《醒石緣》津津樂道於「補恨」的幻想，令黛玉還魂，寶玉還俗，有情人終成眷屬，爲《紅樓夢》這部震撼人心的悲劇增添了大團圓的喜劇結尾。這兩部紅樓戲與曹雪芹的主旨背道而馳，削弱了原著的悲劇性和思想價值，吳蘭徵之所以不滿意這些在當時流行的「紅樓戲」，或許正包含了這一方面的原因。《三釵夢北曲》的作者許鴻磐深受原著「色空」觀念的影響，認爲欲海即苦海，人生如夢幻泡影，將絳珠報恩還淚的傳說改爲寶玉、黛玉、晴雯、寶釵的前身因在仙界情欲萌動而惹怒媧皇，貶至塵世，歷經一番劫難之後寶、黛、晴回頭歸正，而寶釵經警幻仙子點醒亦終於悟道，全劇集中體現了姻緣前定、人生如夢的主題，明顯流露出許氏對情、對人生的否定態度。

　　俞用濟在《絳蘅秋序》中轉述吳蘭徵對《紅樓夢》的理解是：「作者眞有一種抑鬱不獲已之意，若隱若躍，以道佳公子淑女之幽懷，復出以貞靜幽嫻，而不失其情之正。即寫人情世態，以及瑣碎諸事，均能刻劃摹擬，以爲司家政者之炯戒。雖消遣之作，而無傷名教，小說中矗然可觀者。」肯定《紅樓夢》是一部借寫情以訴作者「抑鬱不獲已之意」的言情記恨之作。而作爲一位傳統女性，吳蘭徵特別強調了《紅樓夢》所寫之情與名教相諧的一面，並將自己的理解體現於《絳蘅秋》中：第一齣《情原》中演警幻仙子爲黛玉、寶玉的前身講述二人之因緣，作者借警幻之口，發表了這樣一段關於情的議論：

> 眼前之春月秋花，須臾一瞬；世上之恩山義海，關係三生。俺想情之爲義，忠孝廉節，百折不回，寂寞虛無，一覽而盡。情裁以義，聖哲所以爲儒；情化於忘，空幻斯之謂佛。我仙人調停中立，毋過量，毋不及量。……

這段獨白透露出吳蘭徵對情的認識帶有更多理性色彩，她所理想的情，並不是湯顯祖筆下那種不可遏制的、可以超越生死的情，而是一種「適量」（「毋過量，毋不及量」）的、與儒家之理相融的雅正之情。這種試圖在情與理之間尋求某種折衷和融通的努力傾向，與曹雪芹所描寫的建立在共同志趣、愛好基礎之上、超出了家族利益規範和封建倫理規範、具有叛逆色彩的情相比，其進步性顯然不及，體現著吳蘭徵深受傳統觀念影響的一面。但從吳蘭徵的

詠紅詩中可知《紅樓夢》最能觸動她心弦的是寶黛枉自嗟呀、空勞牽掛的愛情悲劇，《情原》中負有調停中立之職、倡揚以理節情思想的警幻仙子在傾聽了寶玉、黛玉執著於情的心事之後，歎道：

> 二人心事，已兆悲識。（背介）他那知金玉姻緣，前生已定。但這一對兒紅豆秋思，已足千古。珠兒、玉兒，此中豈有汝緣分耶？……（眾行。旦）
>
> 〔尾聲〕只說道仙人宮裏勾了相思，卻不道珠和玉恁的蹊蹺。（合唱）
>
> 從今後將一座警幻宮，定要倩你個雙雙淚花洗。

木石前盟之被金玉姻緣替代，是《絳蘅秋》第一齣中已預示的悲劇結局，「但這一對兒紅豆秋思，已足千古」，可以因情眞而不朽，足見吳蘭徵對至眞之情的頌揚。現代西方史學家曼素恩（Susan Mann）在總結十八世紀及其前後中國江南閨秀的寫作特點時說：「在一個父權文化中，她們（指江南閨秀作家）創造了婦女自己的話語，這種話語一方面惟禮是從，一方面卻又使得隱隱然將欲沖潰禮教堤防的心潮和情思聲聞於外。」〔註26〕吳蘭徵對紅樓故事的改寫正是這樣，她一再強調情與理、禮的和諧，但在各種理性話語的背後，她將大量自身的情感體驗融入劇中，以「慷慨淋漓、聲淚交迸」〔註27〕之筆來抒寫至眞之情，使《絳蘅秋》眞正成爲一部寫情寄恨之作。

林黛玉的不幸身世和悲劇性的心靈體驗是紅樓戲作家們共同關注的內容，而在《絳蘅秋》中，吳蘭徵結合個人的生平經歷和情感體驗，對黛玉的心理情感多作進一步挖掘的細膩描寫。《絳蘅秋》中黛玉上場的第一齣戲《哭祠》演述黛玉在書房翻閱經籍詩篇，由四子書之「首稱孝弟」想到「我女孩家無母可訓，無母可依，眞個傷感人呵」，便到母親靈前哭泣拜奠，後因哀痛過度而暈倒在母親靈前。這段情節顯然爲戲曲所增設，突出了黛玉信守孝道的性格。將稟性清標、詩魂清奇的黛玉重塑爲一位熟讀經書、遵守孝道的賢德女性，固然體現著吳蘭徵對女子之才、德並重的特殊重視，「重要處更在於將黛玉的孤獨描繪得淋漓盡致」〔註28〕。熟悉蘭徵生平的萬榮恩曾指出：「《哭祠》一折，纏綿蘊藉，得三百篇《蓼莪》之遺，知其所感觸者微也。」《詩經‧小雅》中的《蓼莪》抒發失去父母的孤苦和未能終養父母的遺憾，

〔註26〕〔美〕曼素恩著，定宜莊、顏宜葳譯《綴珍錄——十八世紀及其前後的中國婦女》，南京：江蘇人民出版社，2005年，第104頁。

〔註27〕〔清〕萬榮恩《吳香倩夫人〈絳蘅秋傳奇〉敘》。

〔註28〕華瑋《明清婦女之戲曲創作與批評》，臺北：中央研究院中國文哲研究所，2003年，第77頁。

沉痛悲愴，淒惻動人，清人方玉潤稱爲「千古孝思絕作」〔註29〕。吳蘭徵
甫訂婚約時母親病逝，其時長姊已出嫁、父妾所生幼弟尙在襁褓之中，她因
哀父憐弟而推遲自己的婚期，堅持爲母守喪滿三年，孝行聞名鄉里。她曾作
「哭母」組詩傾訴喪母之痛，字字血淚，至第十三首「悲咽不能成字，慟倒
者屢矣」（《哭母詩》小序），《哭祠》中黛玉哭母的那些曲文不能不說是吳蘭
徵借黛玉之口淋漓抒發自己垂髫失母的孤苦和傷痛之感，是「藉他人酒杯，
澆自己塊壘者」（俞用濟《絳蘅秋序》）。這段情節詳盡細膩地刻畫了黛玉孤
獨自傷的內心世界，爲後面描寫她進入賈府後對愛缺乏安全感的心事和對姻
事的焦慮做了情感鋪墊。

　　改編自《紅樓夢》第 34 回的《濕帕》，演述寶玉挨打，黛玉探傷，隨後
寶玉命晴雯送了兩條家常舊帕給黛玉，黛玉體味出寶玉深情，在舊帕上題詩
三首等情節。「贈帕」表明寶黛愛情發展到了一個新的深度，是二人心意相通
的表徵，黛玉的題帕詩對讀者瞭解她的情感內心有著重要的作用。在處理這
一情節時，早期三部大型紅樓戲表現出了較大的差異。仲振奎的《紅樓夢傳
奇》用《索優》一出來表現寶玉與賈政激烈的矛盾衝突，寶玉贈帕之事則在
回末幾筆帶過，黛玉收到帕子之後的情感波動也並未正面描寫，只以一句「奴
家初意不解，既而想出他的意思，倒教奴家喜一回，悲一回。當下在鮫帕之
上，題了三絕」簡單地帶過，三首詩一句也沒出現，也沒有用一支抒情的曲
子去演唱。仲著重戲劇衝突、輕心理刻畫的特點在這一情節的處理中表現得
非常明顯。萬榮恩的《醒石緣》完全省去了寶玉挨打、黛玉探傷等情節，對
「贈帕」事發生的具體情境未作交待，《盟心》一開始即寫「昨晚寶玉命晴雯
送來羅帕二方」，且遺漏了手帕是「舊的」這一重要細節，因此接下來黛玉的
對帕抒情略顯突兀，讓人有摸不著頭腦之感；黛玉將三首題帕詩一氣吟完更
令觀眾和讀者難以領會其中蘊含的豐富感情。萬著雖涉及到了原著中不少的
經典片斷，對《絳蘅秋》齣目的安排有明顯影響〔註30〕，但眞正展開細述的
非常之少，無論敘事還是抒情，其節奏均顯急促，無怪乎吳蘭徵閱後有「未

〔註29〕《詩經原始》卷十一，中華書局 1986 年，第 418 頁。
〔註30〕徐扶明先生有簡表說明清代十部紅樓戲對原著重要情節的選取情況，見《紅樓
　　　　夢戲曲與比較研究》，上海古籍出版社 1984 年，第 239 頁。其中，萬榮恩的《醒
　　　　石緣》和吳蘭徵的《絳蘅秋》相同出目最多，且回目近似，如「奇緣」與「巧
　　　　緣」、「歸省」與「省親」、「警曲」與「詞警」、「撰誄」與「花誄」等等。考慮
　　　　到萬著早出，且萬氏與俞家過從甚密，《絳蘅秋》的創作顯然參考了萬著。

盡愜意」之感。《絳蘅秋》用了整整一出來寫寶玉贈帕、黛玉題帕之事，先借黛玉之口簡述寶玉挨打的緣由，從側面帶出寶玉與蔣玉菡交往得罪了忠順王府、寶玉與金釧兒調笑惹怒王夫人，帶累金釧兒投井自盡等事，流露出黛玉因寶玉「愛博」而沒有安全感的焦慮心事。正當無法排遣之時，晴雯奉寶玉之命將兩條舊帕送到，黛玉領會到這是寶玉讓她將心放寬的憑證，不覺神魂馳蕩，百感交集：

（貼內唱）猛然間尺幅憑空寄，此情大可思。

……奴想寶玉這番意思，不覺魄動魂搖，知他那番苦心。目下能領會我，我則可喜。想我這番苦意，將來怎發付他，我又可悲。看著兩塊舊帕兒，又令我笑。而私相傳遞，平時淚零，又令我懼且愧。（貼看帕介）噯！這帕子是舊的兒，又是兩條兒，喲喲！奴猜著他了！

〔浣溪樂〕他是個啞謎兒將人比，分明是舊姻緣不換新知。他淚痕兒應有千行累，抵得向奴邊親拭淚。（用帕拭淚介）更條條換替，灑遍天涯。

噯！這帕兒真包得人生無限情也。

〔北收江南〕這不是佳人上襦夢來宜，這不是秦郎細布貼私室。這不是鄭家衫子舊參差，這是委霧凝霜，鮫人蟬翼。知否淒其風雨同綢繆。豈彩緋繫垂？豈彩緋繫垂？轉做了紅綃寄淚訴輕離。帕兒呵，輸你個針線相因，一段親親密密。

則這纏綿餘意，左右無聊，不免題詩誌感者。（寫介）眼空蓄淚淚空垂，暗灑閒拋卻為誰？尺幅鮫綃勞惠贈，叫人焉得不傷悲。……

私相傳遞表情之物於寶、黛來說無疑是越禮之舉，但吳蘭徵卻將這一情節敷演為《絳蘅秋》中最動人的片斷，詩與曲詞、道白渾然相融，淋漓盡致地宣泄了寶黛相知相愛卻感覺不到希望的苦情。在黛玉題每首詩之前，均安排有唱詞（依次為《北收江南》、《香遍滿》、《江兒撥棹》）細寫她的情感意緒，「可謂充分發揮了戲曲抒情的長處，並且展現出女性對女性之情欲書寫的關注，以及女性書寫女性情欲時的特殊細膩性。」〔註31〕聯繫吳蘭徵生平，她與俞用濟邂逅於一次龍江社會，「目成於春社，發乎情、止乎禮義，後通媒妁」（許兆桂《撫秋樓詩稿序》），吳父因嫌俞生家貧而反對二人姻事，蘭徵眼見成婚

〔註31〕華瑋《明清婦女之戲曲創作與批評》，第81頁。

無望而病至形銷骨立、奄奄一息，最終令父親「鑒其誠，感其癡」而同意與俞家締結姻親。吳蘭徵在婚戀經歷中表現出的追求幸福的巨大勇氣和執著精神是她認同並喜愛黛玉形象，將之視爲自己情感寄託的重要原因。她的《月夜追憶舊事成十首，分題詠之》中有《訴懷》詩三首，其中「深閨無語何人見，月夜酸心只自知」、「有時無語向孤燈，一影徘徊扴斷魂」等句，寫盡了自己在深閨之中爲情傷愁的孤凄。正因爲有著這些與黛玉相似的情感體驗，她才能在《哭祠》、《濕帕》、《埋香》、《寄吟》等齣中將黛玉的心理情感描繪得細膩動人。

《絳蘅秋》原擬作 48 回，有回目傳世，茲全錄於下：

卷上楔子目錄　情因

情原、望姻、護玉、哭祠、珠聯、幻現、巧緣、設局、省親、嬌箴、悲識、詞警、醉俠、濕帕、魔魔*、埋香、情妒、金盡、秋社、村遊*、蘭音、醋屈、呆調、釵淑*

卷下楔子目錄　情轉

試玉、慰鞏*、情冷*、花誄、誤狼*、塾警*、夢癡*、演恒、林殉、寄吟、玩珠*、僕投*、失玉*、釵歸*、珠沉、瑛弔、藉府*、祈天*、蘅度*、湘憐*、餘悲*、緣悟*、府慶*、天圓*（注：標*號的齣目，其具體內容未見於撫秋樓藏板《絳蘅秋》中）〔註32〕

填至演述寶釵寄書，引發黛玉身世之慨的《寄吟》一齣，吳蘭徵因病輟筆，未盡而終。俞用濟在讚歎《絳蘅秋》是一部「可歌、可詠、可驚、可喜之佳

〔註32〕 此回目據胡文彬《紅樓夢敘錄》移錄，見該書第 310～311 頁，吉林人民出版社 1980 年。亦見於吳泰昌《關於〈紅樓夢戲曲集〉》一文（《紅樓夢學刊》，1980 年第 2 期）。二書均據撫秋樓藏板《零香集》附刻的《絳蘅秋》所錄。筆者所見之《零香集》原缺第四冊，未見《絳蘅秋》前八齣和諸人所作《序》，此回目當刻於《絳蘅秋》卷首，也是第四冊中的內容。吳蘭徵所填成的齣目，俞用濟《絳蘅秋序》和《香倩傳》中都記爲 25 齣，在她歿後，俞「不忍是編之斷鳧續鶴，意欲照其目以成之，僅得《珠沉》、《瑛弔》數折，哽咽不能成字，遂擱筆。」最後付梓時實際上有 28 齣。另許兆桂《絳蘅秋序》中又有「三十關」之說，而萬榮恩和俞用濟序中分別提到有《魔魔》、《村遊》二齣，並未見於原刊本，大概俞在將此劇付梓時有所刪節，25 齣之說是否包含著刪去的齣目不得而知，今存刊本中除《珠沉》、《瑛弔》之外，是否還有俞用濟的手筆，也很難考知。因原刊本僅在《珠沉》、《瑛弔》二齣題目旁明確標明了「遙帆補作」四字，將前 26 齣歸爲吳蘭徵原作當無大謬。

製」的同時，因此劇未能完成而備感痛惜：「痛乎青翰猶濕，紅粉已消，不使之卒成此編，以寄其恨，而寫其情。噫！天之遇香倩其何如哉？」〔註33〕也肯定了這是一部吳蘭徵的寫情寄恨之作。《絳蘅秋》是崑曲傳奇，但吳蘭徵原擬回目中，上、下卷之前分別有題爲「情因」、「情轉」的「楔子」，這一結構形式安排極爲特異。〔註34〕「楔子」的具體內容雖不見於原刊本，但以「情」作爲全劇的表達宗旨的安排、用意已十分明顯，「情」的抒寫在《絳蘅秋》對原著的改編中無疑佔據著核心地位。

三、注目閨閣：《絳蘅秋》的改編特色

《紅樓夢》是寫情的書，也是寫女性的書，曹雪芹對女性的理解、同情和悲憫之情，字裏行間處處可見。吳蘭徵作爲《紅樓夢》的女性讀者和紅樓戲的女性作者，對原著中女性情感體驗和悲劇命運有著特殊的關注，《絳蘅秋》對原著的改編呈現出鮮明的注目閨閣的特色。

清代紅樓戲多據百二十回本《紅樓夢》改編，改編者對前八十回和後四十回沒有明顯區分，將之作爲一個整體來把握，吳蘭徵亦如此。但是，如果細加考察諸作對小說原著情節內容的採選情況的不同，頗可見出不同的改編者其改編原旨和審美趣味的差異。現就三部最早出現的大型紅樓戲作一比較：

〔註33〕《絳蘅秋序》，《紅樓夢戲曲集》，第352頁。

〔註34〕筆者認爲，《絳蘅秋》的這一結構安排是受到了蔣士銓《香祖樓》傳奇的影響。蔣士銓是乾隆間戲曲大家，吳蘭徵十分喜愛他的劇作，尤其是《香祖樓》傳奇和《四弦秋》雜劇。《零香集》中有吳的一首《題蔣心餘太史〈香祖樓〉傳奇》，詩云：「悲歡離合轉情關，死別生離淚眼漕。千里雲山全白璧，三生盟誓破連環。郎非薄幸傷無計，妾是癡魂痛不還。讀罷柔腸容易斷，蘭摧玉折惜紅顏。」表明她深爲劇中千迴百折的情緣離恨所觸動。《香祖樓》共三十二齣，在上卷第一齣和下卷第十七齣之前，有標明爲「楔子」的「情綱」、「情紀」各一齣，旨在介紹劇情或點明情由，從首齣「轉情」至末齣「情轉」，以仙界爲起訖，前後照應。從吳蘭徵爲《絳蘅秋》所擬回目以及《絳蘅秋》已經填成的齣目來看，該劇採用的也是這樣一種結構安排。婚戀題材劇《香祖樓》和《空谷香》傳奇，是蔣氏不滿於「言情」一派的佻達，也不滿於「談理」一派的迂腐，而力圖以己之長，補二者之短而譜寫的一曲封建家庭倫理的「性情」正聲。吳蘭徵在改編紅樓故事尤其是寶黛之情時，注意強調其與禮教相諧的一面，與「崇雅歸正」的蔣氏戲曲對於「正情」的褒揚應該也不無關係。

表一

作　　品	總齣目	改編自前八十回的齣目	改編自後四十回的齣目
仲振奎《紅樓夢傳奇》	32齣	《誄花》以前，共19齣	《失玉》以下，共13齣
萬榮恩《瀟湘怨》	36齣	《撰誄》以前，共18齣	《琴夢》以下，共18齣
吳蘭徵《絳蘅秋》	48齣（今存28齣）	《誤狼》以前，加上《演恆》、《林殉》，共31齣，今存25齣	《塾警》以下，除去《演恆》、《林殉》，共17齣，今存3齣。

表二

作品	齣　　目										
仲著	聚美	前夢	合鎖		私計		葬花		試情	搜園	誄花
萬著	探親	神遊	奇緣	歸省		警曲	埋香	結社	試玉	檢園	撰誄
吳著	珠聯	幻現	巧緣	省親	嬌箴	詞警	埋香	秋社	試玉		花誄

　　三劇雖對小說原著情節有不少增刪、調整、發揮，但大體依著原著的情節進度，此表以此為據進行劃分。從表一中不難看出，仲著、萬著對後四十回的內容較為側重，尤其是萬著，竟有一半齣目改編自高鶚續作，而吳著對曹雪芹原作的內容多有擷選。《紅樓夢》的後四十回作為小說來讀，遠不如曹著富有韻味，但其情節發展有刻意追求奇巧驚愕和大起大落的痕迹，更加符合戲曲傳「奇」的特點，放到戲劇舞臺上去，能產生較好的效果，這正是仲著、萬著偏愛後四十回情節內容的原因，鳳姐使掉包記、寶黛訣別、黛釵於同日同時一死一嫁這些極富戲劇性情節也被多部紅樓戲處理為主要關目和高潮戲。在改編自前八十回的齣目中，三著有不少相同的情節，如夢遊太虛、寶黛初會、黛玉葬花、紫鵑試玉、寶玉撰誄等等（具體見表二）。除此之外，仲著對晴雯著筆較多，《撕扇》、《補裘》各有一齣，襲人作為反面角色也有《私計》、《讒構》二齣以她為主角。大觀園內眾女兒賞花、聯吟的情節，以及元春、平兒、鴛鴦、香菱等人物，此劇概行刪去。作者明言「此書不過傳寶玉、黛玉、晴雯之情而已」，〔註35〕故以此三人為全劇重點。《絳蘅秋》與萬著相同的齣目較多，但萬著和仲著一樣，在對女性人物形象的精神氣質、性格心理的刻畫方面多有疏慢，遠不如吳著著心著力。

〔註35〕〔清〕仲振奎《紅樓夢傳奇・凡例》，嘉慶四年（1799）刻本。

　　《絳蘅秋》注目閨閣的改編特色，不僅體現在對黛玉之情的細膩描寫上，還通過對寶釵的著意刻畫體現出來。寶釵的形象，在早期的幾部紅樓戲中並未受到重視：孔昭虔的《葬花》和劉熙堂的《遊仙夢》分別以黛玉、寶玉為主角，對寶釵未予表現；萬榮恩的《瀟湘怨》至第七齣始出寶釵，只是令她在「奇緣識金鎖」的情節中出現，透露著金玉良緣的消息，另外則很少對她的性格和情感狀態作描寫；《紅樓夢傳奇》的作者仲振奎在該劇《自序》中言及他讀《紅樓夢》的感受是：「哀寶玉之癡心，傷黛玉、晴雯之薄命，惡寶釵、襲人之陰險」，〔註36〕流露出明顯的揚黛抑釵的傾向，在戲中對此也有一些形象化的描寫。而在《絳蘅秋》中，吳蘭徵把自己的理想同時寄託於釵、黛二人身上，用情深婉，寄意纏綿，所以才能「寫怡紅、瀟湘之怨、之愁、之言情，及蘅蕪之嫵媚澹遠，直奪其魄，而追其魂。」〔註37〕吳蘭徵在《詠薛寶釵》二首中即透露出她對寶釵的喜愛、讚賞、理解和同情，稱她為「林黛玉外第一人也」。為突出寶釵的形象，她修改小說原著，將寶釵進府安排在黛玉進府之前，在第二齣《望姻》中借薛姨媽和薛蟠之口以女相如、蘇小妹比擬寶釵，定下了寶釵聰慧賢雅的形象。之後在演繹「薛寶釵羞籠紅麝串」的《情妒》中，吳蘭徵又借寶玉之口稱讚寶釵「最宜人萬種溫柔」、「聰明絕世，寬厚存心，有耽待，有盡讓」，最後竟表示「除卻了瀟湘夜月，怎拋得蘅蕪雲秋？」為後面描寫黛玉之妒打下鋪墊。除在《巧緣》、《情妒》等表現金玉姻緣與木石前盟的衝突的齣目中對寶釵進行刻畫、強調她是寶黛愛情的有力競爭者之外，《絳蘅秋》還有《蘭音》、《寄吟》等齣較為集中地描寫黛、釵的性格和情感。《蘭音》融合「蘅蕪君蘭言解疑癖」和「金蘭契互剖金蘭語」的內容，寫黛玉在行酒令時引用了《西廂記》、《牡丹亭》句典，寶釵暗地對她進行一番善意規勸，黛玉既歎服又感激，二人消除了彼此間的誤會、疑慮和隔閡；《寄吟》改編自「感秋深撫琴悲往事」，寫寶釵因家中屢遭變故而寄書黛玉，向她傾訴憂悶，引起了黛玉自身的身世之感。這兩個片段均無激烈的戲劇衝突，單寫黛、釵交心，是閨中女性情感交流的內容，早期四部紅樓戲也都未將之擷選入戲。吳蘭徵出於對女性角色心理、情感、命運的特殊關注而加以著意表現，使她的紅樓戲相較於其它男性作家作品更具特異之處。另一方面，《蘭音》突出了寶釵恪守傳統禮法、斂才自制的性格，《寄吟》傳達出寶釵憂心家

〔註36〕《紅樓夢戲曲集》，第 113 頁。

〔註37〕〔清〕俞用濟《絳蘅秋序》，《紅樓夢戲曲集》，第 351 頁。

事的悲切心聲，及她與黛玉「境遇不同、傷心則一」（《寄吟》中黛玉語）的惺惺相惜之意，比之其它紅樓戲對寶釵簡單化、臉譜化的描寫，《絳蘅秋》中的這一人物顯然更爲眞實、豐滿，也更加接近原著中的形象。在吳蘭徵爲《絳蘅秋》原擬回目中，還有《釵淑》、《釵歸》、《蘅度》等以寶釵爲主角的齣目，惜未完成，否則我們可以領略更多塑造寶釵形象、刻畫其內心情感的筆墨。

在寶黛釵的愛情糾葛之外，《絳蘅秋》還穿插了一些極少爲其它紅樓戲所關注的情節如《省親》、《金盡》、《醋屈》、《演恒》、《林殉》等，分別以元春、金釧兒、平兒、林四娘爲主角，抒寫她們悲劇性的生命情境和情感體驗，表達作者對不幸女性的命運的關注，寄託了作者的同情之淚。原著中「姽嫿將軍」林四娘爲報恒王之恩而與流寇血戰的故事，在《絳蘅秋》裏以戲中戲（黛玉生日，戲班到賈府演出）的形式插演了整整兩齣。〔註38〕在側重抒情的《花誄》和《寄吟》二齣中間插入這段故事，不排除作者有以之調劑戲場冷熱的考慮，但經過吳蘭徵修改後的林四娘的故事，已具有與原著不同的思想涵義。原著中無論是賈政對故事的敘述還是寶玉的《姽嫿詞》，皆在對四娘之「勇」加以點染的同時，更大大渲染了四娘對恒王之「忠」：四娘因武藝超群而獲得恒王器重，後恒王剿賊失敗，四娘深入敵營爲主復仇，最終因勢單力薄而被殺，「作成了這林四娘的一片忠義之志」〔註39〕。小說中的林四娘，統帥諸姬日習武事以滿足恒王好色、好武之嗜，不過充當了恒王的玩物，唯一一次流露出自我意志是在立志爲主復仇時，成就了她忠義的形象。而《絳蘅秋》不僅改變了四娘與恒王的關係，增飾一段四娘與恒王戰前在帳中歡宴的情節以渲染二人之「情」，而且對她的識見多有刻畫：當賊氛突起時，恒王尙因「倘教金鼓連天，干戈滿地，錦繁華怎生捨得」而倍感猶豫，四娘果斷諫之云：「大王說哪裏話？休惜，這溫柔鄉內浮皮，怎報得青州寸尺？須也顯一段英雄，好教人撫今追昔！」（《演恒》）在她的激勵之下，恒

〔註38〕《絳蘅秋》以戲中戲的方式穿插演繹《紅樓夢》中林四娘的故事，很有可能也是受到蔣士銓戲曲戲中串戲的藝術獨創的影響和啓發。蔣士銓對戲中串戲、戲中融戲的藝術手法極爲熱衷，有研究者統計，蔣士銓現存的十六種曲中，運用了戲中戲的手法的達八種十一處之多（見徐國華《蔣士銓研究》，華東師範大學博士學位論文）。他爲增添舞臺上的熱烈氣氛而常在作品中穿插一些歌舞或小戲表演，而實際上穿插的內容對原有故事並不能產生任何推動情節發展的影響力。

〔註39〕〔清〕曹雪芹、高鶚《紅樓夢》第七十八回，北京：人民文學出版社，1982年，第1101頁。

王方出戰剿賊。後恒王戰死，四娘興師復仇，在寡不敵眾時，賊首有請她做壓寨夫人之念，她高唱：「貞心難滅，任歌臺舞榭，金妝玉結。問三生石頭怎設？笑千載琵琶怎說？只知泉下人親切！」（《林殉》）不屈自刎而死。這一改動較之原著兵敗被殺的結局，更加突出了四娘的自主意志，而原著所強調的她對恒王之忠義，在此演變爲對情的忠貞，她的死更具有殉情殉節的意味。這段故事看似游離於主線之外，其實經過吳蘭徵改動之後，不僅符合《絳蘅秋》寫情寄恨之旨，而且頗能體現吳蘭徵對《紅樓夢》的改編中關注和重視女性情感，讚頌女性美好質量的特點。

　　《絳蘅秋》對女性角色的刻畫，除融入作者自身的生命體驗細緻摹寫女性心理之外，也十分注重採錄或化用曹雪芹原著中的詩詞來加以表現，如《演恒》、《林殉》對林四娘之風流雋逸、忠貞慷慨的生動再現，即對寶玉的《姽嫿詞》多有化用。除此之外，《幻現》和《悲讖》分別以判詞、燈謎預示眾女兒的不幸結局；《秋社》在眾女兒的聯吟中突出黛玉、寶釵傑出的詩才；《埋香》借黛玉《葬花吟》抒發如花少女惜花傷春的幽怨；《詞警》、《濕帕》以《西廂》、《牡丹》之曲詞及黛玉的題帕詩傳達出黛玉對知己之情的渴望。曹雪芹的《紅樓夢》是一部詩化了的小說傑作，「雪芹撰此書中，亦爲傳詩之意」，〔註40〕吳蘭徵性耽吟詠，與俞用濟閨中唱和詩盈箱累篋，詩詞曲賦均有不俗之筆，受到當時的詩壇大家袁枚的讚賞。正是自身豐厚的文學素養令她能夠領會曹著詩筆的芬芳，而《絳蘅秋》對曹著中大量詩意篇章的採錄和化用，也加強了《絳蘅秋》的詩劇氣質。

　　相較於全劇對女性角色的精心塑造，《絳蘅秋》中寶玉的形象稍顯不足。在《詠賈寶玉》二首中，吳蘭徵以「鍾情本天然」來界定寶玉的多情，以此區別於才子佳人小說、色情小說中常出現的風流才子、皮膚濫淫之輩，可以說切近了曹雪芹筆下這一人物的精神內涵。《絳蘅秋》在具體描寫寶玉的多情時，儘管也寫出了寶黛之間純眞、美好的心靈之愛、知己之愛（《詞警》、《埋香》），但在處理寶玉與襲人、寶釵、金釧兒、蔣玉菡等人的關係時，卻很難表現出其中純潔、高尚的成分（《護玉》、《情妒》、《金盡》），似乎寶玉性格乖張、反叛傳統的一面，僅體現於他的風流多情中。這一缺陷，令《絳蘅秋》在對原著內涵的詮釋上趨於膚淺，影響了全劇的格調和思想價值，不能不說

〔註40〕脂硯齋甲戌本第一回「未卜三生願」詩前夾批，見《脂硯齋甲戌抄閱再評石頭記》，上海：上海古籍出版社，1985年，第15頁。

是一大遺憾。

四、餘論：關於《絳蘅秋》之評價

吳蘭徵的多數作品（包括詩、詞、文、賦及《金閨鑒》），於她生前即在親友間獲得較多讚譽，甚至受到袁枚、姚鼐等大家的推獎。而《絳蘅秋》作為她生前最後一部作品，一部未完成的傳奇遺著，我們今天所能見到同時人的評價，僅限於該劇所附三篇序言：

> 《情緣》、《幻現》之奇，《護玉》、《珠聯》之切，兼之《巧緣》、《詞警》，間有情矣，亂以《埋香》、《試玉》，不亦悲乎？觀其寓意寫生，筆力之所到，直有牢籠百態之度，卓越一世之規。雖遊戲之作，亦必有一種幽嫻澹遠之致，溢乎行間，不少留脂粉香奩氣。東嘉之畫工，實甫之化工，茲以一掃眉之筆，直取其魄，返其魂，而兼而存之。覺彼《鴛鴦夢》、《相思硯》諸傳奇，洵不足喻其幽深而環麗也。
> ——許兆桂《〈絳蘅秋〉序》

> 其中警幻示夢，寧榮追歡，玉鏡含愁，銀瓶寫怨，情之一往而深，皆文之相引於無盡。《哭祠》一折，纏綿蘊藉，得三百篇蓼莪之遺，知其所感觸者微也。他如《醉俠》、《呆調》，世情曲盡；《村遊》、《魔魘》，神采飛揚。才華則玉茗風流，妙倩則粲花月旦。——萬榮恩《吳香倩夫人〈絳蘅秋傳奇〉敘》

> 《哭祠》、《濕帕》、《埋香》及《護玉》、《珠聯》、《詞警》諸折，寫怡紅瀟湘之怨、之愁、之言情，及蘅蕪之嫵媚澹遠，直奪其魄，而追其魂。其大聲發於水上也，則有若《演恒》、《林殉》；其嬌囀起於花間也，則有若《醋屈》、《嬌箴》；其激烈於金石而反覆於波瀾也，則有若《金盡》、《醉俠》，《設局》、《村遊》，光怪陸離，婀娜剛健。覺若士有其幽而無其峭，笠翁有其趣而無其深，《鴛鴦夢》、《瑤池宴》有其致而無其纏綿。即科白亦不稍懈，曲白相生，雅俗各致，依其目而不少為束縛，得以自抒其洋洋灑灑之文，洵可歌、可詠、可驚、可喜之佳製矣乎？——俞用濟《序》

「三序」的作者認為《絳蘅秋》之佳處承襲了王實甫、高明、湯顯祖、吳炳、李漁等優秀劇作家作品之豐神，對情的抒寫較之女作家葉小紈的《鴛鴦夢》

雜劇（許氏誤記爲傳奇）、梁孟昭的《相思硯》傳奇以及宋凌雲的《瑤池宴》更爲深幽纏綿。〔註41〕《絳蘅秋》這樣一部未完成之作，在人物塑造、結構剪裁、腳色定位等方面仍存在著明顯的不足（下文將論及這一問題），難以與中國戲曲史上的一流作品相媲美，「三序」所言不無溢美之處，而與當時流行的婦女劇作相比，《絳蘅秋》之情致深切纏綿值得稱道。葉小紈的《鴛鴦夢》以四折雜劇寫姊妹情誼，雖亦哀婉動人，但因篇幅所限，抒情寫意未能盡意，筆力稍顯孱弱；梁孟昭的《相思硯》雖已佚失，但據《曲海總目提要》所錄劇情梗概可知它是一部憑空結撰的婚戀劇，〔註42〕與晚明阮大鋮、吳炳及清初李漁等劇作家的風情劇頗爲相似的是，該劇多以巧合、錯誤、破壞等藝術手段製造戲劇性以推動劇情發展，對由豐富的戲劇性而帶來的「趣」十分偏重而相對疏於對「情」的表現；宋凌雲因傷悼亡夫而作《瑤池宴》，以丈夫前身繫瑤天洞主的夢兆來沖淡他客死異鄉的不幸遭際帶給她的深悲巨痛，〔註43〕這一創作初衷決定了劇作必定採用「補恨」的情節模式，在一定程度上削減劇作的悲劇性。《絳蘅秋》融入作者自身的情感經歷，以「慷慨淋漓，聲淚交迸」之筆抒寫至眞之情，且表現出對女性角色情感和命運的特殊關注，蘊含著作者深切的女性關懷，無疑應視作明清婦女劇作中一部具有獨特價值的作品。

《絳蘅秋》問世之後，迄今未見有在舞臺上演出的記錄，「三序」中的評價，也基本上是針對劇本寫作而非舞臺搬演而生發。清代紅樓戲中有不少是案頭本，並未奏之場上，如許鴻磐《三釵夢》、朱鳳森《十二釵》、周宜《紅樓佳話》等，就劇本的文學性而言，都是不錯的作品。但《絳蘅秋》與這幾部作品集中筆墨描寫幾個人物，「有如散金碎玉」的「摘錦」式的寫法不同，是有完整的結構和故事情節的大型全本戲。關於《絳蘅秋》之結構，徐扶明曾提出這樣的批評：

> 有的（紅樓戲）是全劇穿插，比較蕪雜、鬆散，不能與主要線索形

〔註41〕 《相思硯》是明末的作品，《瑤池宴》作於乾隆中後期，兩劇今已不可見，但據許序、俞序可知，這兩部劇作在乾嘉之際聞名於文人間並有作品流傳。

〔註42〕 《曲海總目提要》，北京：人民文學出版社，1959年，第1192頁。

〔註43〕 〔清〕仁和朱雲翔《蝶夢詞》中有〔木蘭花慢〕《題閨秀宋逸仙遺詩並〈瑤池宴〉樂府》，自序云：「逸仙，宋南園先生女，適崑山李某。李應撫幕聘，賓主不洽，卒於僧舍。逸仙悲恨，得夢兆，前身繫瑤天洞主。叩乩亦云爾。乃填《瑤池宴》樂府，未終稿，遽卒。」轉引自尤振中、尤以丁編著《清詞紀事會評》，合肥：黃山書社，1995年，第497頁。

成有機的結合。正所謂「頭緒繁多，傳奇之大病」（《閒情偶寄》）。「凡傳奇，最忌支離」（墨憨齋定本《風流夢總評》）。如《絳蘅秋》，穿插了《設局》、《醉俠》、《醋屈》、《呆調》、《演恒》、《林殉》諸齣。
〔註44〕
徐扶明認為《絳蘅秋》在寶黛愛情主線之外作了太多穿插，顯得枝蔓繁多。除《醋屈》、《金盡》、《演恒》、《林殉》等演述次要女性角色的悲劇遭際，關涉作者的女性關懷之外，《設局》寫鳳姐如何作弄賈瑞並將他治死，《醉俠》寫倪二仗義借金，《呆調》寫薛蟠調情遭柳湘蓮苦打，確實與全劇「寫情記恨」之旨關涉不大，不利於結構之緊湊，犯了傳奇「頭緒繁多」之忌。但是，這些穿插的齣目恰恰因為對人情世態的出色摹擬、刻畫而受到「三序」作者的稱賞，在吳蘭徵原擬回目中，還有諸如《魘魔》（演「魘魔法姊弟逢五鬼」事）、《村遊》（演「劉姥姥二入大觀園」事）、《塾警》（演「奉嚴詞兩番入家塾，老學究講義警頑心」事）、《玩珠》（據「玩母珠賈政參聚散」改編）、《僕投》（演「甄家僕投靠賈家門」事）、《祈天》（改編自「賈太君禱天消禍患」）等多出敷演人情世態、興衰榮枯的齣目，〔註45〕表明吳蘭徵對《紅樓夢》的接受並未僅僅停留於對「情天孽海」的感慨，還有對封建家族「興衰榮枯」的思索。這些齣目若全部填成，會構成寶黛釵婚戀糾葛主線之外的另一條重要的輔線，這在清代其他紅樓戲中是十分少見的。

乾嘉時期，文人戲曲創作案頭化傾向嚴重，「由於文人傳奇作品在內容上與時代精神脫節而日益理學化，在形式上與舞臺實踐脫節而日益詩文化的內在原因，這一時期（按：指康熙五十八年至嘉慶二十五年，1719～1820，傳奇餘勢期）的傳奇創作在總體上不可抑止地走向了衰落。」〔註46〕《絳蘅秋》融入作者自身的生平經歷和情感體驗，借紅樓故事抒寫主體情感和表達女性關照，較之其他頭巾氣息頗重、「精心地以戲劇藝術的蜜糖包裹理學觀念和教化思想」〔註47〕的傳奇餘勢期劇作家的作品顯然更具感動人心的內在力量。而在形式上，吳蘭徵寫此劇，並非專一隻為案頭閱讀，其實充分考慮了舞臺

〔註44〕《〈紅樓夢〉與〈紅樓〉戲》，收入《紅樓夢與戲曲與比較研究》，上海：上海古籍出版社，1984年，第238頁。
〔註45〕萬榮恩和俞用濟為《絳蘅秋》所作序中，提到了《魘魔》、《村遊》，表明這兩齣吳蘭徵本已填成，但不見於原刊本，估計是俞用濟對之進行了刪節。
〔註46〕郭英德《明清傳奇史》，南京：江蘇古籍出版社，2001年，第491頁。
〔註47〕郭英德《明清傳奇史》，第522頁。

搬演的效果，《絳蘅秋》的語言，就是符合人物性格特點的個性化的語言，遵守戲曲語言「代此一人立言」的寫作原則，「曲白相生，雅俗各致」〔註48〕。摹寫黛玉的少女情懷時深情綿邈，刻畫賈瑞、薛蟠、賈璉的風流本性各儘其態，故贏得「寫才女黛玉之時辭采清麗婉約，寫浪子紈絝之時本色活潑，在紅樓戲中亦屬佳作」〔註49〕之讚譽。有論者曾就清代紅樓戲對原著第五回的改編情況進行比較，認為吳蘭徵從演出的角度，將金陵十二釵圖作了具象化：

（場上設桌，桌上垛椅二張。旦正坐，生座旁介）

〔南步步嬌〕曠舉頭極目好登高，致教五色雲光繞。（小旦扮美人跑上，雜扮惡狼追撲上，繞場下。生旦合）中山狼子哮，為甚兒態恁猖狂，心性暴。（場設假山石，寫冰山二字。雜扮鳳凰舞上，立在假山邊舞一回，下。生旦合）看著這五彩靈芭，怎不向那丹山，卻一晌冰山靠。

（雜扮二人上）這風箏吹落海也。（旦扮一女子持篙掩面介）苦也！苦也！（繞場分下。生旦合唱）

〔北桂枝令〕清明涕泣江邊鬧，白滾滾海水波濤，千里東風，紙鳶飄渺。（場上左設一桌，右設一張椅，椅上掛一圖，上寫古廟。二旦暗分上，一在桌上，持白汗巾，作縊狀，一在椅上看經，持木魚敲，念阿彌陀佛。生）神仙姐姐，待俺去救他則個。（旦隨下。生指左介）這邊是三尺鮫綃，馬嵬古道。（指右介）這邊是清燈古佛人初老，繡戶侯門路正遙。（二旦分下。生）呀！怎麼不見了。（旦）癡兒隨我來。（《幻現》）

這般演繹金陵十二釵圖，確是「以立體、動態的表演取代了平面、靜態的圖畫，充分利用了戲劇獨有的特點。」〔註50〕若以演出的實際要求來看，多位演員的輪番上場也許不是難題，但在有限的時間之內要實現特殊布景的頻繁撤換卻很難做到。吳蘭徵的戲曲作品雖有意為搬演而作，但她畢竟對演出之道還比較隔膜，這大約也是《絳蘅秋》劇本未能搬演於舞臺的一個內在原因。不過較之其他將戲曲創作完全等同於詩文寫作的傳奇作家，吳蘭徵以舞臺實踐的要求從事劇本寫作的努力傾向仍是值得肯定的。

〔註48〕〔清〕俞用濟《〈絳蘅秋〉序》。
〔註49〕徐文凱《論〈紅樓夢〉的戲曲改編》，《紅樓夢學刊》2006年第2期。
〔註50〕徐文凱《論〈紅樓夢〉的戲曲改編》，《紅樓夢學刊》2006年第2期。

第六章　傳承‧新變
──劉清韻戲曲的思想價值與藝術特徵

第一節　劉清韻生平、交遊及創作述略

一、生　平

　　劉清韻是中國戲曲史上最多產的女作家，也是晚清時期一位傑出的女劇作家。清韻字古香，小字觀音，江蘇海州（今連雲港市）人，生於道光二十二年（1842），卒於民國三年（1915）。〔註1〕父劉蘊堂為二品封鹺商，長期業

〔註1〕　關於劉清韻的生卒年，此前有多種不同說法，如胡文楷編《歷代婦女著作考‧卷十八》載：「清韻……生於清道光二十一年（1841），卒年約在光緒二十六年（1900）以後」。關德棟、車錫倫合編《聊齋誌異戲曲集》（1983年上海古籍出版社出版）作家及作品簡介中載：「劉清韻（1841～1900年後）」；江蘇宿遷市文化局的李志宏查閱到1934年承印的《沭陽縣錢氏族譜》，其中「第九世」有記：「德奎、字梅坡……配劉氏……名清韻……著有《小蓬萊傳奇》行世，道光壬寅年九月十九日戌時生，民國乙卯年三月初十日丑時卒。」道光壬寅為1842年，民國乙卯為1915年。此族譜為錢氏族人於1932年修撰，1934年付印，距劉氏去世僅十餘年，又，修譜人是到入譜的各個族人家中依據供祖的牌位抄錄第一手資料的，族譜記載的年、月、日、時皆十分詳細，可視作關於劉清韻生卒年的可靠記載。詳見李志宏《劉古香傳奇劇作探析及生平考證》，收入《清末藝壇二傑──現代軍樂創始人李映庚與中國劇壇第一才女劉清韻研究》，澳門文星出版社，2003年，第142頁。又據華瑋補充，錢梅坡生年在道光辛丑年（1841），卒於宣統己酉年（1909），《明清婦女之戲曲創作與批評》，臺北：中央研究院中國文哲研究所，2003年，第157頁。

鹽於東海中正鹽場，母王氏。劉蘊堂早年無子，五十以後始得清韻。她自幼聰慧過人，六歲時便從師受學，受到良好的家庭和社會教育，使她才情顯露，「子史百家，靡不淹貫，尤工詩詞，兼擅書畫」，[註2]由此邐邐聞名。十八歲時，嫁給比她年長一歲的沭陽秀才錢德奎。錢氏乃沭陽望族，錢德奎，字梅坡，號香岩，是當地有名的才子，周丹原說他「獨癖耽風雅，具鄭虔三絕之才，然視古香則自愧不若」，[註3]故夫妻相敬如賓，同享酬唱之樂，在所築位置清幽、陳設古雅的「小蓬萊仙館」中「終日閉門焚香瀹茗，吟成則畫，畫就又互為題識，有劉綱夫婦之風，不止可匹徐淑秦嘉也。」[註4]在劉清韻存世的每部劇作之前，都有「東海劉清韻古香塡詞，古僮錢梅坡香岩較訂」的字樣，可以想見夫妻二人也曾就戲曲創作進行過討論。

因為多病不能生育，劉清韻不到三十歲時便收養了姒娌耿逸卿之女敏才（小香），後在四十七歲時以自己的嫁妝為丈夫納了一妾，此妾相繼生下二子錦標、錦雲，於清韻而言「生平缺陷，皆又人代補，是又不幸中之幸」，[註5]她在此後益加專心於詞曲的創作。最為難得的是錢梅坡一直對她「以筆墨相憐重」[註6]，將她常隨手丟棄的文字鈔彙成編，並代之向當地名士王詡、周丹原等師友推薦，促成這些作品的刊刻。

劉清韻雖出身富商，但自成婚之後經濟狀況逐漸轉壞，她在貧困中，以頑強的毅力和驚人的精神從事戲曲和詩詞書畫的創作。光緒二十三年（1897），錢、劉夫婦就食杭州，「一則沭陽錢姓據傳是杭州錢越王的後代，此行有返鄉尋根之意；二則杭州乃文人薈萃之地，此行可以為多年辛勞所著的書稿尋找出版之處；三則當時蘇北大水，此行可避水患。」[註7]是年秋，蘇北水災嚴重，沖沒了劉清韻沭陽故居，家產和所留文稿皆埋於泥淖之中，其夫婦生計頓然拮据。劉清韻晚景之貧苦窘迫，從這支〔南仙呂〕套曲中可見一斑：

<hr>

〔註2〕〔清〕周丹原《小蓬萊仙館詩鈔·傳》，天虛我生（陳蝶仙）編《著作林》，第五期。

〔註3〕〔清〕周丹原《小蓬萊仙館詩鈔·傳》，天虛我生（陳蝶仙）編《著作林》，第五期。

〔註4〕〔清〕周丹原《小蓬萊仙館詩鈔·傳》，天虛我生（陳蝶仙）編《著作林》，第五期。

〔註5〕《小蓬萊仙館詩鈔·自敘》，《著作林》，第五期。

〔註6〕《小蓬萊仙館詩鈔·自敘》，《著作林》，第五期。

〔註7〕李志宏《劉古香傳奇劇作探析及生平考證》，《清末藝壇二傑——現代軍樂創始人李映庚與中國劇壇第一才女劉清韻研究》，第148頁。

昔韓昌黎有送窮文，張平子作遣愁詠。皆於坎坷之境，抒厄塞之辭，余窮既不殊，愁尤相類，借彼短調，寫我長懷。

〔步步嬌〕秋夜沉沉秋夜悄，耿耿秋燈照。秋蟲恁絮叨，使我心頭百緒紛來攪。排悶託湘毫，拂花箋打一幅窮愁稿！

〔醉扶歸〕想當初，掌上同珍寶。到而今，倚竹暮連朝。盡人誇，續史業能齊。又誰知，煮字肌難療。呼庚祝癸總徒勞，望梅畫餅乾成笑。

〔皂羅袍〕不獨米無柴少，更屋攲牆倒，沒計營巢。秋風昨夜卷衡茅，杜陵廣廈同縹緲。瓶漿涸竭，炊煙寂寥，雛兒稚女，啼糜索糕，小狸奴也待哺將人繞。

〔浣溪沙〕正橫擔十分急焦，再平添萬千煩惱。新逋陳負，紛紛把戶敲，齊來討，香奩典盡難登度，也只得吞聲任聒嘈。

〔香柳娘〕記吾師有言，記吾師有言（龍太夫人），且舒懷抱，謀生自可丹青靠。展冰綃試寫，展冰綃試寫。花卉與翎毛，枉把精神耗。究何曾得濟？算開門七件，依然無著。這景況，看將來怎好！

〔尾聲〕由來否極還生泰，或有時逢泰運交，幸莫把此日艱辛忘卻了。〔註8〕

宣統元年（1909 年）錢梅坡去世之後，劉清韻的生活更加窘迫，惟賴弟立齋之子、外侄劉沛和養女小香供給。民國四年（1915）三月春荒來臨，劉清韻趨至劉沛家度荒，終因年老多病而逝，卒年七十四。沭陽湯韻略（建修）女士在劉清韻死後以《劉古香女史挽詩》十一首回顧清韻一生事迹，關於清韻之死，湯建修記道：「剛逢七峽覽揆辰，滿撒天香證淨因。終是平生風雅報，反將後事泥周親。（女史卒於外家。內侄劉君具衣衾備至，而其繼女亦以遠道馳送衣棺於其家。）」〔註9〕一代才女晚景之淒涼清苦令人感歎。

二、交　遊

劉清韻一生所遇知音甚多，對她影響最大的當屬蘇北大儒王詡。王詡字

〔註8〕　《小蓬萊仙館曲稿》，《著作林》，第七期。

〔註9〕　湯韻略《劉古香女史挽詩》，原見於沭陽縣詩詞協會 1990 年編印《劉古香遺著》後，今據華瑋《明清婦女戲曲集‧望洋歎》劇後轉引，臺北：中央研究院中國文哲研究所，2003 年，第 538 頁。

子揚，歷署山陽、沛縣、鹽城教諭，及海門廳訓導，晚年主瀋陽懷文書院講席。清韻婚後隨同丈夫入懷文書院聽講，得以拜丈夫的老師王詡爲師，受益頗多。〔註10〕劉清韻後期的傳奇作品《望洋歎》即是以王詡《建陵山房詩鈔》中的思想情事爲據，代老師發抒對浦中聯社諸友的懷想之情及友人於亂世中漂泊零散的感慨，所敘皆眞人眞事。若非懷有對老師的眞心敬愛之情和知己之意，劉氏不可能留下這樣一部情感誠摯動人、思緒沉重異常的劇作。

　　王詡的另一位弟子周丹原對清韻文學創作的影響亦不可小視。周丹原先於清韻師事王詡，後游學揚州，才名益彰，他和劉清韻是令王詡最爲得意的弟子。〔註11〕光緒十五年（1889）周丹原幫劉清韻點定了她的詞集，劉感激不盡，改以師禮事周，並將自己的詞集定名爲《瓣香詞集》以謝師。〔註12〕劉清韻有《月底修簫譜・謝丹原師爲作小傳》詞云：

> 拂塵氛，添麝炷，照眼墨花舞。大手文章，何止說燕許？想是玉局
> 重鋪，青蓮再吐，與時作騷壇盟主。　　稱心處，絳幃容贄金釵，
> 韶華奈遲暮。縱惜分陰，已恨十年誤。終慚虛度駕針，未工學步，
> 負瑤冊相期千古。

詞中雖不無自謙自悔之辭，但從中仍可讀出周丹原的知遇之恩帶給劉清韻文學創作的激勵，令她更加堅定自己的創作決心。

　　又，瀋陽縣令龍研仙之母龍太夫人與劉清韻亦結下了一段忘年友情。龍太夫人聞清韻才名，特命兒子將她請入內衙相見。〔註13〕龍母擅丹青，長於

〔註10〕劉清韻有《冬晚邀子楊師不至》詩，寫夫婦二人與王詡的交往：「重坐春風喜不支，襪才珍重得良師。臨池敢慕仙妹韻，浣雪慚非謝女祠。杖若肯吹然細細，屨如可進約遲遲。壁中絲竹遺音在，要乞先生口授之。」從中可見師生關係之融洽。見《小蓬萊仙館詩鈔》，《著作林》，第七期。

〔註11〕見周丹原《小蓬萊仙館詩鈔・傳》：「古香初師老人，與余爲先後同門，老人南北設教垂三十年，弟子以千百計，其中掇高科膺仕者蓋不乏人，至洵及燈傳，則必以古香、丹原對。」

〔註12〕周丹原與劉清韻的師友之誼，據周所述爲：「曾邑紳徐公之女死烈，一時文士哀誄甚多。主人屬余品定，余獨取古香《金縷曲》一闋爲壓卷，雖名宿如姚卿太史、李嘯大令，亦無以過。古香喜余賞音且齊名也，欲請見余，先以《貂裘換酒》一詞道意，余因事未果。越三載，余弔張輯卿省元母喪，梅坡掩余於座，始以同門禮見。及余稍點定其集，古香又自謂不若轉以師禮事余，更名其集曰：《瓣香閣》，以實前詞『爇心香久爲南豐禱』之句。」見《小蓬萊仙館詩鈔・傳》。

〔註13〕湯韻略《劉古香女史挽詩》有記：「三五阿婆記得清，劉家三妹最聰明。豈知受盡方家賞，更有魚軒作送迎。（龍研仙明府攝縣篆時，以太夫人命，迎女史

刺繡，劉清韻先拜龍母爲師，向她學習丹青，繼而又被龍母收爲義女。當龍研仙離任時，清韻作《送龍太夫人之江陰》組詩四首贈別，以「殷勤王母勞搜訪，萼綠華應是舊人」之句形容龍母的愛才之心及她二人的遇合之緣，並以「記取心香燒一瓣，他生還要拜門牆」的期望抒寫二人的深厚情誼。對龍研仙的禮遇之恩，清韻也以詩句表達謝意：「爲體老人愛才心，搜羅竟到閨中韻。藍輿小接向衙中，款待殷殷錫予隆。」〔註14〕

　　光緒二十三年（1897），因有任職浙江的海州人張西渠的引薦，錢、劉夫婦攜傳奇十種至杭州，得以當面謁見著名學者、樸學大師俞樾。俞樾先是讀到了劉清韻的詩詞，爲之作序，後聽聞劉還有傳奇二十四種，特地向她索觀。對清韻攜來的傳奇十種俞樾十分賞識，從作品的內容到表現手法都給予了充分的肯定。俞樾以八十高齡再次爲劉清韻的作品作序，還爲其出版出力。因爲家鄉是年的洪災，劉清韻留於家鄉的另外十四種傳奇稿本沉埋於泥淖中，不復可見，俞樾在爲之深深惋惜之餘，更以爲這幸存的十種傳播刊印爲己任。〔註15〕經俞樾的推薦和吳季英、楊葆光等人的幫助，劉清韻的傳奇十種於光緒二十六年（1900）在上海以石印本出版，名爲《小蓬萊傳奇》。〔註16〕楊葆光（字古醞），時任婁縣知縣，卻親自爲此集擔任校對工作，俞樾評價他的努力云：「簿書旁午，丹鉛不輟，亦可知其遊刃之有餘」。〔註17〕又賴楊葆光之力，劉清韻的詩詞、散曲作品數年後得以在《著作林》上連載發表，而楊對劉清韻作品的刊印也一直務求其確，直到八十三歲高齡還親自爲漏印的劉清

　　入署。太夫人亦能詩，唱和成帙。)」華瑋《明清婦女戲曲集・望洋歎》劇後所附，第 539 頁。

〔註14〕　《題前邑侯子才袁公手種藤即效其體美龍研仙明府兼以送行》，《小蓬萊仙館詩鈔》，《著作林》，第八期。

〔註15〕　〔清〕俞樾：「此外十四種既不可見，則此十種之幸存者，可不爲之傳播乎？……女史胸中如有記事珠，能將湮沒之十四種重寫清本，以成全璧，尤余與吳（季英）、楊（古醞）兩君所欣望也。」見《小蓬萊傳奇序》，《小蓬萊傳奇》上海藻文石印社石印本，1900 年。本文所引《小蓬萊傳奇》原文皆出自該版本。

〔註16〕　關於劉清韻戲曲合集的名稱，汪鳴鑾署檢作《小蓬萊閣》，章鈺題封面書籤則云《小蓬萊仙館》，但書中均作《小蓬萊》，故知應以「小蓬萊」三字爲準，「『閣』與『仙館』，實係汪、章輩之擅增也。」見嚴敦易《〈小蓬萊〉傳奇十種》，收入梁淑安編《中國近代文學論文集・戲劇卷》（1919～1949），北京：中國社會科學出版社，1988 年，第 446 頁。亦見於《元明清戲曲論集》，鄭州：中州書畫社，1982 年。

〔註17〕　〔清〕俞樾《小蓬萊傳奇序》。

韻二十首詞作後跋，爲其補刊於《著作林》第十六期，對清韻的知遇之恩深
重如此。

三、創　作

　　劉清韻多才多藝，且是一個視文學創作爲畢生事業的女作家，故一生著
述甚豐，在詩、詞、散曲和戲曲方面均取得了不俗的成績。

　　早在光緒十五年（1889），劉清韻便開始整理自己歷年舊作，擬結集刊
印，在此年秋仲她所作《自敘》中，述結集緣起云：「……雖不無歌離弔夢、
遣懷寄興之作，以云怨悱，亦幾微矣。初無名心，故不自收拾。近得丹原先
生契賞，謂不可聽其湮沒，始於書畫餘閒稍稍裒集。自今以往，倘譴限未滿，
勢必如春蠶吐絲，更有纏綿而不盡者。後果前因，豈或昧哉！」〔註 18〕可
知其作品集的成書實有賴於周丹原的鼓勵，並堅定了清韻的寫作決心，視寫
作爲自己畢生從事之事業。1906 年，劉清韻的詩詞曲集相繼在天虛我生陳
栩主編的《著作林》〔註 19〕上連載發表：《小蓬萊仙館詩鈔》，刊於第五、
六、七、八期；《瓣香閣詞》刊於第七、八、九、十、十一期，《瓣香閣詞補
遺》刊於第十六期；《小蓬萊仙館曲稿》刊於第六、七期，皆署「東海古香
劉清韻」。在《詩鈔》之前，有周丹原撰《傳》、王詡《敘》、劉清韻《自敘》
及龍研仙、陸費潔華題詞，蘇盦（即楊葆光）爲題名，楊葆光還兩次爲刊印
在《著作林》上的《詩詞鈔》作後跋。〔註 20〕劉清韻的詩詞曲清新飄逸，
揮灑有致，又往往透出一股豪俠之氣，自成一格，故王詡《敘》云：「長淮
南北巾幗中，罕有以詩鳴者。有之，自古香始。……古香於倚聲一道，不假
師授，抗蘇（東坡）辛（棄疾）而揖秦（觀）柳（永）」；周丹原《傳》云：
「（劉清韻）詩筆清妙，不名一家，詞則逼近蘇辛，迥非漱玉斷腸之比」，又

〔註 18〕　《著作林》，第五期。

〔註 19〕　《著作林》，1906 年底創辦於杭州，主編爲陳栩（天虛我生），主要刊登舊體
　　　　　詩詞曲，尤其以舊體詩爲多。月出一期，每期一冊，由著作林月報社編輯發
　　　　　行。1908 年 8 月報社遷至上海，同年《國聞日報》創刊，《著作林》併入該報，
　　　　　從創辦到停刊一共出了二十一期。

〔註 20〕　上海圖書館藏有《小蓬萊仙館詩詞鈔》手抄本一部，包括《小蓬萊仙館詩鈔》、
　　　　　《瓣香閣詞》及曲五套，前有周丹原《傳》、王詡《敘》、作者《自序》及龍
　　　　　研仙《題詞》，抄本末尾有楊葆光《後跋》、《瓣香閣詞補遺後跋》，同於《著
　　　　　作林》所刊，應是據《著作林》抄輯而成。《詩鈔》第一首之前有「閨秀古香
　　　　　之章」與「劉清韻印」二枚紅色印記，及「東海古香劉清韻」之書名。《瓣香
　　　　　閣詞》正文前有「古香氏」印記一枚，署名與《詩鈔》相同。

云「其人散朗有林下風，故筆墨亦瀟灑無脂粉氣，近代閨媛罕見」，道明了劉清韻作品的特質，並給予了很高的評價。

劉清韻一生所作戲曲不下二十四種，掀開了「女性戲曲史上最光輝的一頁」〔註21〕。現存明清婦女劇作全本三十二種中，有十二種爲劉清韻所作，不能不視她爲女性戲曲史上獨領風騷的人物。1900 年由上海藻文石印社刊行的《小蓬萊傳奇》十種今天在國內許多圖書館有藏。按照原書編排次序，依次爲：《黃碧簽》（12 齣）、《丹青副》（12 齣）、《炎涼劵》（8 齣）、《鴛鴦夢》（12 齣）、《鼠盦釧》（10 齣）、《英雄配》（12 齣）、《天風引》（10 齣）、《飛虹嘯》（10 齣）、《鏡中圓》（5 齣）、《千秋淚》（4 齣），均題「東海劉清韻古香塡詞，古僮錢梅坡香岩校訂。」蠅頭小楷，繕工精細閱目。1990 年，江蘇淮陰市文化局的李志宏在沆陽 83 歲老人謝方同處發現其所藏劉清韻《小蓬萊傳奇》之外的戲曲兩種：《望洋歎》（6 齣）和《拈花悟》（4 齣）抄本，〔註22〕《望》劇後附沆陽張潤珍瑟農氏《敘》。兩劇先由沆陽縣詩詞協會謄印，後在 2003 年經臺灣中央研究院華瑋點校，收入她所編的《明清婦女戲曲集》面世。〔註23〕

第二節　劉清韻戲曲中的傳統觀念與時代精神

劉清韻現存的十二部劇作，李志宏依據題材來源的不同將之劃分爲三種類型，「第一類是以歷史故事中的人和事入戲」，如《鏡中圓》、《鼠盦釧》、《英雄配》、《鴛鴦夢》、《千秋淚》等五種；「第二類是《聊齋》故事中的人和事入戲」，如《丹青副》、《天風引》、《飛虹嘯》等三種；「第三類是以作者身邊發生的人和事以及作者本人入戲，此類戲當稱爲那個時期的『現代戲』」，如《黃碧簽》、《炎涼劵》、《拈花悟》、《望洋歎》等四種。〔註24〕華瑋認爲《小蓬萊傳奇》十種自成一書，與新近發現的《拈花悟》、《望洋歎》「無論在內容或形

〔註21〕譚正璧《中國女性文學史話》，天津：百花文藝出版社，1984 年，第363 頁。

〔註22〕關於這兩部劇作的發現經過，詳見苗懷明據李志宏提供的資料寫成的《記晚清女曲家劉清韻兩部曾佚失的戲曲作品》一文，《古典文學知識》，2002 年第4 期。

〔註23〕華瑋編校的《明清婦女戲曲集》除《拈花悟》和《望洋歎》之外，還將劉清韻《小蓬萊傳奇》十種中的三種點校出版，即《鴛鴦夢》、《英雄配》和《鏡中圓》。臺北：中央研究院中國文哲研究所，2003 年。

〔註24〕《戲曲女作家劉清韻生平、著作考述》，《藝術百家》，1997 年第2 期。

式上皆有所不同」，〔註25〕故將之分開討論，而《小蓬萊傳奇》十種依思想內容之不同，可分為「以愛情婚姻為主題的才子佳人戲」和「以傳統道德為主題的仁人志士劇」兩大類。〔註26〕兩位學者從不同角度對劉清韻劇作的思想內容作了較好的闡發，而本文既將劉清韻的十二部劇作視為一個整體，以探討蘊於其中一以貫之的傳統觀念和時代精神，同時也試圖從其前後期作品所呈現的差異中，探尋劉清韻思想及書寫特徵的流變軌迹。

劉清韻的十二部劇作，無論所敘係據前人筆記小說或史傳記載改編的舊人舊事，還是取材於自己身邊或親身聞見的時人時事，均融入了作者本人對於社會、道德、性別、家庭等許多方面問題的感受和思索。有的偏重對傳統觀念的維護和表現，有的傳達著新的時代信息，總之，以一種傳統的戲曲形式，將傳統觀念與時代精神並蓄其中，昭示著這位處於社會劇烈變革時期的女作家思想方面新舊摻雜的狀況。

一、傳統觀念

1、對忠孝節義等傳統道德的強調和關注

《小蓬萊傳奇》十種之第一種《黃碧籤》據作者家鄉的傳說編寫，敘咸豐、同治年間朐北雲臺地方孝子仇二梅、忠臣石龍章的故事。該劇將作者自己影寫在內，以玉虛仙子自寓，借仙子之師曠闊道人表明玉虛「仙子著書自娛，雖是遊戲文章，恰寓褒誅懲勸，與世道人心實有裨益。」（《仙宴》）直接指明作者寫作的勸懲意圖。玉虛在仙界獲得上帝賦予的特殊權力，執掌忠孝善惡判罰之權威，對生前曾帶領手下數百名兵卒死守鳳凰城，因不敵賊寇力竭身亡的忠臣石龍章，以及因深感母恩未能報答而追隨亡母至陰陽界的孝子仇二梅，均判其重生以補恨。而對為惡之人，則這樣加以懲戒：

> （旦展冊介）這一起不忠不孝的，可付雷部，令先伏天誅，後受冥刑，罪滿之日，發往畜生道中去。這一起負義忘恩，陰謀詭計，明為君子，暗作小人，作何發落？（末〔曠闊道人〕）應付無間獄，罪滿之日，發往鰥寡娼優道中，分別填還孽報。（旦）這一起嫉賢妒能，抑人揚己，以白作黑，將無作有，作何發落？（生〔守真子〕）應付黑暗獄，罪滿之日，令作瘖啞，發往乞丐道中，以示顯報。（《代勘》）

〔註25〕華瑋《明清婦女之戲曲創作與批評》，第163頁。
〔註26〕華瑋《明清婦女之戲曲創作與批評》，第170頁。

作者以倫理道德作爲善惡標準，愛憎分明。關於這一段情節的舞臺說明云：「場上掛虛靈殿扁設公案，架插小旗，分書忠、孝、義、烈等字」。也透露著作者宣揚傳統道德的用意。孝子仇二梅投胎轉世爲懷抱濟世安民抱負的賢宦朱培因，不僅收攬英才平定水患造福百姓，且在雪天憂念貧民，慷慨賑濟，於國於民盡心盡力；忠臣石龍章化身生有神力、輕財尚義、扶弱抑強的俠士元彪，「一不圖皇家官祿，二不要士民稱頌」（《遇俠》）因識得水患係蛟龍作祟，便願挺身救民，幸獲朱培因賞識，終使濟世安民之抱負得以施展。全劇在朱培因全家拔宅飛升，元彪證果仙山的濃重宗教氛圍中結束，其下場詩云：

> 海山終古鬱蒼蒼，幻出魚蝦爲底忙。盡有忠臣和孝子，是誰遺臭與流芳。精誠已見天旌下，齷齪空知世網張。垂戒一編花雨散，幾人把酒看登場。

尾聯對全劇垂戒的主旨和教化的功能作了直接披露。劉清韻生活的蘇北地區，在清末時期水患頻繁，作者親身經歷災害帶來的痛苦，故安排忠臣孝子轉世後聯手在平定水患、安定民生方面做出成績，可謂寄託著作者對喚起仁人志士協力濟世安民的期許。劉清韻對於國家、民生之需求有深切體認，故對社會風俗教化體現出一種強烈的責任感，並扮演著積極能動的角色，試圖通過自己的創作於世道人心可有小補，這一思想傾向，同樣體現在她其他的社會題材劇中。

據《聊齋誌異‧田七郎》改編的《丹青副》是一部歌頌義士之作，劇作基本按照小說原著的故事情節鋪敘，寫田野獵人田七郎與富家子弟武承修交往，並爲他報仇捨命的故事。在將小說改編成戲曲的過程中，劉清韻以許多增設的細節充分突出人物「義」的品質，濃墨重彩地描繪了田、武彼此在危難之時的義舉及待人之眞摯情意，更著重突出田七郎可貴的道德人格和義勇行爲。首先，當田七郎因圍獵猛虎而與當地一位惡霸結下恩仇，受誣入獄將被斬首時，蒲松齡原著僅僅用了「大驚」「慘然」等數個詞彙簡略描繪武承休的反應，但在《丹青副》中卻用了《驚耗》、《探監》整整兩出來細緻摹寫，「全劇十二齣，武承休急友難的鋪寫幾近於全劇的六分之一，其重要性遠遠超過原作中與之相應的段落。」〔註27〕尤其是《探監》對武承休連夜趕路，遇大雪依然不歇宿，至獄中與田七郎相會時情眞語切地表達自己感受，與七郎「如

〔註27〕華瑋《明清婦女之戲曲創作與批評》，第217頁。

胞款款情」的情景的描寫，〔註28〕極爲動人。正因爲武承休有如此這般的義舉，才有了後來在他患難時田七郎披肝瀝膽，鍾情仗義的義勇行爲。武承休與叔父因逆奴林兒之故，受到鄉紳及縣官威逼欺壓，武的叔父被縣官當堂責打，杖下身亡。此時武生以往的契好皆避之惟恐不及，惟田七郎將老母幼子託付友人，立下捨生取義以替他復仇之決心。《赴義》一齣中，田七郎佩刀急上，唱：

> 〔集賢賓〕走關山溫風兼冒雨，俺爲甚恁奔趨？只因武家哥哥，平遭禍橫，激得俺怒哼哼誓把奸除。待酬他義重情深，怎顧得俺母老兒孤。猛然間撫躬獨自語，呵呀！俺若將那貪官殺了，那搭兒安放雄軀？
>
> 罷，罷！只願此去刀頭能取辦，不爭俺便死也兩眉舒！

此齣係將原著虛寫的內容充分展開，細寫田七郎赴義之前的心理活動。他與武生以「義」、「情」相酬，即使捨棄生命亦在所不惜，這種舍生赴義的行爲舉動與其他門客的膽小怕事形成了鮮明對照。當武生傾力從牢獄中救出七郎之時，七郎之母曾云：「受人知者分人憂，受人恩者急人難。汝髮膚受之武公子，非我所得愛惜，但願公子終身平善，即汝之福。」（《赴義》）因此後來七郎抛母棄子爲武公子解難的行爲便非不忠之舉，反而更加高揚了「受人知者分人憂，受人恩者急人難」的「義」的精神和品質。嚴敦易指出：「劇名《丹青副》，意或謂田七郎之義，可圖丹青，以垂不朽。」〔註29〕劉清韻也在《丹青副》在下場詩中深情褒揚「義士」的俠骨剛腸：「雄風既已揚難泯，俠骨應知朽更香。儂亦有懷追國士，幾行墨瀋當椒漿」，並在劇末爲田七郎增添了一個死後在長白山成神的完滿結局。劉清韻曾作套曲〔南仙呂〕《題王翼臣茂才泰山墮淚圖》，對風義道德的呼喚和對知恩圖報的褒獎之意與此劇可以參看。序云：「王，胸人，童時遭撚寇掠至山東，寇敗被獲，同難十七人皆死，獨王以泰安廣文艾先生救，得免。圖報無由，繪圖誌感。余不多艾君之施，而多王君之不忘。爲譜此調，亦足以風。」〔註30〕劉清韻藉此曲所要表彰的「王君」對「艾先生」救命之恩的銘記不忘，與《丹青副》中田七郎對武承休的

〔註28〕武生趕往獄中得見田七郎時，對他說道：「賢弟，你縱把黃金軀自看輕，你也應念高堂當暮景。咳！賢弟，雖是你干人不屑硜硜性，須知俺視你如胞款款情。」（《探監》）義重情深，語極誠摯。

〔註29〕嚴敦易《〈小蓬萊〉傳奇十種》，《中國近代文學論文集・戲劇卷》（1919～1949），第 449 頁。

〔註30〕《小蓬萊仙館曲稿》，《著作林》第七期。

捨身相報，其宗旨是一致的，如這套〔南仙呂〕的「尾聲」所唱：「寸珠尺璧寧堪寶，只有風義能為萬世的標，試看那海上群峰青不了。」透露了作者以風義道德匡正世道人心的深切期許。

劉清韻另一部反映世態人情的劇作《炎涼券》亦通過主人公、淮安寒士任貴從落拓到顯達的過程，表達了作者對世人的勸誡之意。任貴貧寒之時受到貴公子、富大爺的輕視和奚落，後又因富、貴二人出爾反爾致使他無船赴試意欲投江，在此危難之時，幸遇米行主人陳仁美等為籌盤費，終得赴試及第。劇作在對陳仁美等急人友難的舉動大加讚賞的同時，亦借用陰間判官的身份、口吻對陽世的美醜善惡作了一番評判，說明人世善惡皆有上天賞罰的道理（《彰善》）。《彰善》一齣在全劇中實具提綱挈領、畫龍點睛的作用，而作者的寫作意圖，則如此齣尾曲所唱：「惟願三千大千世界諸惡莫作，眾善奉行，豈止不墮泥犁，便是登雲借與梯」。

劉清韻一生大部分時間是在貧困中度過的，對世態炎涼與道德淪落的社會現狀有深刻的認識，她在劇中表現出對封建倫理道德的強調和關注，愛憎分明，奉行以戲曲勸善懲惡之旨，既是本於自己對現實生活的深切感受，同時也對戲曲文學發展史上「風義」的書寫傳統做出了一種回應。

二、對家庭和諧圓滿、穩定平安的追求

《小蓬萊傳奇》十種大都源自己有的短篇小說或逸聞隨筆，是具有一定本事來源的改編劇。劉清韻對原有題材的改寫和處理，常常表現出對人物家庭和諧圓滿、穩定平安的追求，流露出改編者非常濃厚的家庭觀念。尤其在她的三部「聊齋戲」中，這一思想傾向更為突出。

《天風引》改編自《聊齋誌異‧羅剎海市》，寫書生馬俊（小說中為馬驥）棄儒從商，出海遇險，被天風吹到羅剎國後的一系列奇遇。劇作基本承襲蒲松齡小說原著的情節，通過對羅剎國以醜為美的習俗及馬俊帶假面獲得官職等情節的敘寫「諷刺了假面欺世的不良風氣」〔註31〕。馬俊後來不願以假面逢迎，欲棄官歸里，偶遊海市遇龍王東陽君之子，受到東陽君接見，東陽君欣賞他的《海市賦》，遂招他為駙馬。馬生在龍宮雖備極榮寵且與龍女兩情歡洽，但對家鄉、雙親的思念之情日益濃厚，不免流露出歸鄉之思。

〔註31〕姚克夫《劉清韻及其〈小蓬萊仙館傳奇〉——介紹江蘇近代一位女作家》，《徐州師範學院學報》，1981 年第 1 期。

此後的情節發展，戲曲對小說原著有較大改動。小說中當馬生向龍女提出
「容暫歸省、當圖復聚」的願望和要求時，龍女以「仙塵路隔」爲由拒絕與
丈夫一同前往，並以之爲「此勢之不能兩全者也」而果斷地告之：「情緣盡
矣」。〔註32〕但此後蒲松齡以大量筆墨描繪了龍女與馬生離別之後難以泯滅
之情緣，如她與馬俊相約三年後在南海，還他體嗣；臨別之際，不但贈以大
量珠寶，而且還親送至海濱；三年後將一對雙生兒女置於海面讓馬俊領回；
馬俊女兒因爲女身，不能入宮探母，時常哭泣，龍女專門來到人間勸慰女兒，
並留下了豐厚昂貴的珠寶首飾爲嫁妝方才離去。這些情節安排，在一定程度
上令人對人世情緣缺憾的歎嗟更顯深重。而劉清韻在改編成戲曲時則省卻了
這些夫妻分離的文字，先增設《慈祭》一齣寫馬母悼祭兒子、深切渴盼親人
團聚的心聲，後以龍女爲勸慰馬俊思念恩慈之苦，遣人到其故鄉接雙親回
來，全家於龍宮中快樂團圓的情節爲結，既「符合傳奇創作生旦團圓的慣例」
〔註33〕，亦表現出劉清韻對家庭完整的渴望和追求。

　　另一部「聊齋戲」《丹青副》的結尾較之小說原著，也體現出劉清韻對家
庭的重視：在田七郎決心捨身報恩之時，戲曲增設了小說中未見的田七郎念
母戀兒的情節，令英雄有血有肉，突顯家庭對於義士之重要意義；小說結尾
寫田七郎爲義赴難後，「其子流寓於登，……以功致同知將軍歸遼」，其子雖
已長大成人，但仍未擺脫家庭殘破的淒涼感，而戲曲中田七郎最後在長白山
成仙，但常常現身於朋友親人的夢境中，可謂在冥冥之中與親人相會，其子
田豹長大成人，被授爲靖逆大將軍，而且娶妻成家，老母也安康在世，全家
人團圓和睦，盡享天倫之樂。《丹青副》對原著結局的改動，凸顯了劉清韻津
津於彌補人生缺憾、使理想人物獲得家庭圓滿的追求。在以諷刺世情爲主旨
的《天風引》和頌贊俠義的《丹青副》中，尚且可見劉清韻本著濃厚的家庭
觀念對原著進行改編；那麼，她另外表現婚姻離合的《飛虹嘯》和《英雄配》
等劇作，更可見作者對家庭完整、夫妻相守、穩定平安的渴望。《飛虹嘯》據
《聊齋誌異・庚娘》改編，演述弱女子庚娘勇報夫仇事，較原著最大的改動
是加重了對庚娘和金大用的夫妻之情的描寫，第六齣《追悼》和第九齣《凝
盼》分別從夫妻二人的角度抒寫各自對對方的懷念和追悼，情意極爲感人，

〔註32〕　《聊齋誌異》卷四《羅刹海市》，見張友鶴輯校會校會注會評本，上海：上海
　　　　　古籍出版社，1962 年，第 461 頁。
〔註33〕　姚克夫《劉清韻及其〈小蓬萊仙館傳奇〉──介紹江蘇近代一位女作家》，《徐
　　　　　州師範學院學報》，1981 年第 1 期。

試讀《追悼》開頭的一段：

> （場上列燭臺，小生緩步上）
>
> 〔繞池遊〕藐茲身世，泛泛如萍寄。慘磕磕雙親喪矣，又傳來惡耗，絕代佳人逝，念貞魂紅絲忍再繫！
>
> （坐介）避亂離家客，飄然何處身？相隨惟有影，一顧一傷神。小生金大用，蒙尹翁十分看待，高誼厚情，真是糜身莫報。爭奈親亡妻喪，四海無家，究竟此身，不知作何歸著？尹翁又訪友去了，空齋默坐，好生傷慘人呵！（內作風雨聲介）聽那窗外雨聲越發大了。（起身徘徊介）
>
> 〔五更轉〕寂寞宵，孤燈對，秋霖淅瀝吹。聽簷溜將人滴得、滴得心兒碎，百緒千端，交縈五內。痛亡親、悼亡室、雙垂淚。妻呵，怎生得你、得你魂兒會，共話酸辛，永懷不寐。

接下來一連用了七支曲子由金大用回憶與庚娘過去生活的點點滴滴，並訴喪妻之恨「綿綿恨長無盡時」，「算雖生，仍是不如死」。金大用此時蒙恩公尹仁相助，已過上穩定的生活，尹公又好意將善良賢惠的唐柔娘嫁給他，但於他而言，與庚娘的結髮情誼是無論如何難以割捨，也無法替代的（「莫說唐氏不過一姣好女子，縱然能、貌美勝西施，也難消、俺的痛心事」），那種喪失親人的悲痛也是平靜的生活無法掩蓋和抹去的。《聊齋誌異・庚娘》旨在歌頌奇女子庚娘臨危不懼、堅貞剛烈、智勇雙全的鬥爭反抗精神，而劉清韻通過對金大用與庚娘夫妻之情的敘寫，加深了亂世中夫妻艱難遇合的感慨，她另一部演奇女子杜憲英、周孝悲歡離合的《英雄配》亦是如此，體現了劉清韻對筆下人物家庭完整的特殊重視。

劉清韻在劇作中流露出濃厚的家庭觀念，與她自小接受的正統儒家思想教育以及個人的生活經歷均密切相關。在她的詩、詞、散曲作品中，多有記述家庭歡樂、表達思親之情的篇章，將她對父母、丈夫、兄弟、姊妹、叔姒、侄兒等親人的情意時時傾注於筆端。自身不育的生理缺陷雖已在「七出」之列，但並未引發丈夫錢梅坡的嫌棄，使她更加珍視家庭完整的重要意義，並以此作為對她心目中善人的一種獎賞。劉清韻所生活的江蘇北部在咸豐年間深受太平軍、捻軍之擾，故她對戰亂及由此造成的社會動蕩記憶深刻，劇作中對家庭完整的追求，亦包含著對生活穩定平安的期許，這正代表著生活於動蕩不安的晚清社會的民眾的心聲。

二、時代精神

劉清韻的十二部劇作，除最為晚出的《望洋歎》寫真人時事、直接表現時代背景之外，其他的作品並未特別突出時代的因素，故有論者認為：「在女性戲曲史上，前與吳藻相比，後與古越贏宗季女相比，清韻戲曲的特點和貢獻主要也在於數量之多和涉獵內容之廣。至其思想性和近代性，則明顯不及。吳藻和古越贏宗季女作品的思想性和近代性，一則來自作者超前的精神世界，一則得風氣之助。從清韻及同時多數作家（黃燮清、楊恩壽等）的劇作來看，戲曲的表現內容和美學風格還沒有明顯的近代化迹象。」〔註34〕吳藻和贏宗季女分別以各自的劇作《喬影》和《六月霜》關注近世婦女的精神狀態，發出個性解放、婦女解放的時代呼聲，在戲曲史和女性文學史上的反響可謂振聾發聵。劉清韻涉筆戲曲創作的時間介於吳藻和贏宗季女之間，她的劇作內容豐富而駁雜，但同樣蘊含著作者對於近代社會現實的體會和思索，只不過以另一種不甚顯明的方式呈現。比如，在對仁人志士淪落不偶、才命相憎的歎嗟中，潛伏著中國近代社會才誌之士英雄失路的悲劇現實；在對隸屬不同階層的人跨越等級界限的友誼的頌贊中，與晚清維新時期所倡「平等」之時代精神取得了一致。下面對劉清韻戲曲中的時代信息與精神詳析之。

1、對仁人志士淪落不偶、才命相憎的歎嗟

劉清韻筆下，幾乎每一部戲中都有疏狂放曠、淪落不偶之士，組成龐大而獨特的失意志士群體。無論是據歷史傳聞、筆記小說演述其事迹的人物，還是作者自身虛構的人物，劉清韻皆注意展現其才華卓絕卻不得施展的精神苦悶。這一點，在《小蓬萊傳奇》十種中已有清晰表現。

《黃碧簽》中忠臣石龍章投胎轉世的俠士元彪，是作者虛構的理想人物。他生有神力、輕財尚義、扶弱抑強，足迹踏遍天下，一上場即自訴知音難覓的寂寞：「莫說知己難逢，就是尋常坦坦蕩蕩的漢子，在俺元彪眼中也未見著半個，好不慪氣人也」（《遇俠》），接下來往酒家買醉消愁，唱道：

〔折桂令〕猛見那酒旆迎風，俺待做吸海長鯨飲澗長虹。把壘塊平澆，閒愁盡掃，打破也那虛空。也不去尊周服孔，也不去射虎屠龍，靦著個醉眼朦朧，博得個心志沖融。玉山頹，美酣酣，展腳舒腰，逞甚麼的那英雄！

〔註34〕薛海燕《近代女性文學研究》，北京：中國社會科學出版社，2004年，第167頁。

元彪本有濟世安民之心，他識得水患係孽蛟作祟，便挺身面見監河人員，希望得到朝廷協助以保他的擒蛟之舉萬無一失，不料卻被管工威脅若再倡造流言便要嚴拿究辦。元彪自薦擒蛟並無任何功利目的（「俺一不要皇家官祿，二不要士民稱頌」）只因此事「上關國計、下切民生」便挺身而出，豈料官吏不能收攬英才，令英雄有報國無門之恨。

　　《鴛鴦夢》中的張靈和《千秋淚》中的沈嵊也都是空有滿腹才學，才華不得施展的文士，每天飲酒唱和，佯狂處世以消解心中的煩憂與憤懣。主考官宋兆和因賞識沈嵊之才與他結交，卻由此遭參革職，全家生活驟無著落，只得攜妻子兒女在天台山下結廬隱居。此劇結尾雖敘宋兆和力勸隨他隱居的沈嵊勿要埋沒才華，應當出仕以博功名之事，但宋兆和本人經歷了宦途的榮落升沉，看透了官場的險惡黑暗、奸詐虛偽，比他更加疏狂不羈的沈嵊其前途尤未可測，恐怕絕難如意。《千秋淚》透露出仕與不仕於文人而言，其前景皆會越來越黯淡的悲涼現實。

　　《英雄配》改編自黃鈞宰的《金壺遯墨‧奇女子》，寫清咸豐、同治間奇女子杜憲英事。杜女的父親杜希牧，在原著中是一位文武皆擅的才士：「父為名諸生，藏書數千卷，幼從少林學拳法，技擊絕精。及生女，愛若掌珠，盡以藏書及拳擊進退諸法授之。」〔註35〕然而劉清韻將他改塑為一位因科舉失意而棄文習武、抱負難展、落拓終身的潦倒文人，他初登場時自云：

　　　休言筆掃三千士，枉說胸藏十萬兵。贏得茫茫身世感，仰天搔首不
　　　勝情。卑人杜希牧，表字又之。幼讀儒書，長嫺將略。騰蛟起鳳，
　　　何輸倚馬才高；橫槊彎弧，不羨穿楊技巧。（歎介）有心為皇家碩輔，
　　　無奈只做個盛世畸人。（第一齣《慘訣》）

儘管善解人意的女兒努力地為父親解頤，杜父胸中塊壘仍難以消平：

　　　（末）想為父

　　　〔駐馬聽〕黽勉三餘，讀到那挂腹撐腸富五車。拿定了蟾宮穩步，
　　　蕊榜連登，直上雲衢。豈知有才無命莫何如！又難甘雌伏把雄心負。

　　　比及文戰屢北，故爾決意屏棄詩書。（起介）大丈夫，等閒肯被那毛錐誤？

杜父不願雌伏而棄文從武，仍未能去「開疆展土鞏皇都」，僅可困於鄉間，保一方平安（「一身作障把鄉間護」）。在臨終之時，他慨歎自己這一生「枉具雄

〔註35〕〔清〕黃鈞宰《金壺遯墨》卷三，見《金壺七墨全集》，收入沈雲龍主編《中國近代史料叢刊》，第428冊。臺北：文海出版社有限公司影印本，第211頁。

才，空懷大志，一籌莫展，半世虛生。」訴盡了有才無命的牢騷。劉清韻對這一人物的改造，其思想和感情基礎正是她對近代社會志士群體悲涼命運的深切體認。

作為對《小蓬萊傳奇》十種中失意志士群體形象的延續和深化，劉清韻最為晚出的《望洋歎》寫與作者的老師王詡交善的浦中聯社諸君在清末亂世的不幸遭際，可謂奏響了文人志士的末路悲歌。《望洋歎》全劇共六齣：《軔遊》和《探志》兩齣寫建陵才子王詡（字子揚）游學朐浦，與張溥齋、劉殿塤、邱履平、王菊龕等青年士子結交，同聚於周詒樸門下，日夕吟詠唱和。面對危頹之國勢、混亂之時局，諸友慨惋唏噓，表達了各自不同的抱負和志向，後飄泊四散。《訓子》和《海延》集中寫其中一位士子張溥齋的亂世遭際。有黑水洋龍君年老，行雨職務將由兒子代守，故欲延師教訓兒子，經細心訪查，覓得高才飽學、「原有根器，以微過暫謫」的張溥齋。張溥齋時任京官，因家計蕭條，又被京債催逼，由津沽搭輪船南下向舊友求助，卻於行船途中被洪濤搶走——為黑水龍君派遣的水卒接往龍宮去教授龍子。第五齣《樓祭》寫退守鄉園、已是兩鬢如霜的王詡展閱《建陵山房詩鈔》，懷想他所結交的浦中聯社諸君當年的風姿意氣，且為他們而今「盡壑塡」的淒慘遭際悲傷歎息。王詡特作祭文，望空憑弔諸友。尾齣《夢訪》敘王詡為已身列仙班的友人相邀，至蓬萊仙境與他們重逢，並赴龍宮探望安居水府的溥齋，暢訴離別之情。在諸友所設送別宴上，王詡表達了自此滌清塵心俗念的志願。

據筆者考知，《望洋歎》中王詡及其友人，皆為現實中的真實人物；所敘事件，大都可從其中一些人物的詩詞中獲得印證。〔註 36〕王詡及其友人或原籍海洑，或流寓海洑，他們於咸豐甲寅（1854）前後聚於周詒樸門下，結下深厚友情。不同於其他女劇作家極少在劇作中表現時代背景的寫法，劉清韻的《望洋歎》一開始，便借王詡游學朐浦緣由的介紹，勾勒了劇作發生的時代背景，並對他在亂世背景下志向、抱負難以實現的憂慮和苦悶作了詳細敘寫：

> （作看花介）呀！你看小白長紅，臨風欲笑。昔人言：名花如美女，誠非虛語也。
> 〔朱奴插芙蓉〕何來這璇閨麗姝？倚畫檻含情無語。（忽淒然失聲長歎介）我想這金陵、維揚，自經髮匪蹂躪，也不知有多少綠慘紅愁泣

〔註 36〕詳見拙文《劉清韻〈望洋歎〉傳奇考論》，《華南師範大學學報》，2010 年第 2 期。

歧路，有誰把金鈴遮護？渾無主，任風欺雨妒，（淚介）斷送得香魂
豔魄委溝渠。

（徘徊拭淚，忽怒容拍案介）呀！

〔傾杯賞芙蓉〕猛可的怒氣凌雲貫斗墟，髮看衝冠豎。恨不得立請長
纓，一旅親提，把那些豺狼梟獍，一例殲除。（歎介）咳！奈茫茫宦海
無梁渡，（仰面搔首踟躕介）只落得仰視蒼蒼一歎噓。哎！罷！哎！罷！經
邦平國，廟堂自有其人，想俺王翃，伏處草茅，雖具一腔忠憤，也只好付於無何有
之鄉罷了。焦思何爲？毫無補，又何須自苦！（微哂介）笑煞我、憂天更
比杞人愚。（《靭遊》）

面對太平天國軍蹂躪下家鄉「綠慘紅愁泣歧路」的景況，王翃雖有經邦平國
的志願，卻也只能發抒報國無門的感慨。現實中的王翃在爲友人胡盍朋《汨
羅沙傳奇》所作《序》中提到他咸豐初游學朐浦的時局背景時說：「……予前
後館朐浦者三：咸豐甲乙丙之交，其始也。維時紅羊運厄，礪大不合之際。
避風鷁鷗，與都人士文采互映。」〔註37〕這也正是《望洋歎‧探志》的時代
背景。《探志》是劇中唯一一齣記錄浦中聯社諸君當年友情的齣目，在王翃今
存《建陵山房詩鈔》以及王菊龕的《覺華龕詩存》中有不少詩作記錄了他們
當年的親密過從及吟詠之樂，但劉清韻對他們當時「文采互映」的相知之樂
未作表現，而特別突出各人在內憂外患的時代背景下對於前途的迷惘。如：
王菊龕自述「小生素有經世之心，……爭奈日下江河，狂瀾難挽，因此一腔
熱血，化爲滿腹寒冰，倒白白地做了數載背井離鄉之客。」他已知狂瀾難挽
而絕意歸隱，「從此決意回去，再不作南柯夢了。」周蓮亭背負父親的期望欲
博取功名，但對功名前程這一傳統士子唯一的出路並不熱衷：「縱使秋試、春
闈聯捷上去，新進小臣無所建白，與其去拜起隨班逐後塵，倒不如躬耕田畝，
做個識字太平氓。」在本該躊躇滿志的青年時代就深深感受到風雨飄搖的社
會帶來的壓抑和無奈。張溥齋十年作客，四海爲家，「竟不知此身將何歸著」，
對前程充滿迷惘，惟願從此放情詩酒，「超世網、謝塵氛」，消磨歲月。邱履
平的文章「眞堪縱橫一世」，但他對功名前程亦不抱期望，自此摒棄詩書，投
筆從戎，願爲國家之安定盡己之力（「銀河倒挽洗乾坤」）。

　　與劉清韻其他劇作不同的是，《望洋歎》將作者對仁人志士命運的歎嗟與

〔註37〕蔡毅《中國古典戲曲序跋彙編》（四），濟南：齊魯書社，1989 年，第 2365～
　　　　2366 頁。

時代滄桑的感慨緊密相聯。《探志》在敘寫諸志士聚會時，借周詒樸之口將王菊儂所作〔北雙調〕《題許牧生虹橋春柳圖》套曲全文吟出，並將此曲與孔尚任〔哀江南〕相提並論。孔尚任《桃花扇》末齣《餘韻》中的〔哀江南〕套曲，在殘軍舊壘、瘦馬空壕、孤村夕照的淒涼景象中，寄託著作者深深的興亡感歎；劉清韻將王菊儂此套全文引入自己的劇作，含有「哀歎晚清經太平天國事變，人民生命財產損傷，徒令人追思往日之安定繁華」〔註38〕之意。可與此相參照的是，劉清韻光緒丁酉（1897）南下杭州之際，親身目覩家國動盪的悲涼及傷慘景況，以詞作記錄下自己的感受：

〔念奴嬌〕

> 丁酉殘臘十二日，偕外子江天一覽，感時事之紛紜，悵鄉園之暌隔，拈此題《北寺浮圖》，亦以見紅閨人遭此飄泊也。

憑欄遙望，盡山川城郭。迂迴盤折，屈指幾多興廢事，都付煙雲明滅。未缺金甌，屢傾銅柱（臺灣既割與日本，膠州又為德據）。此恨心空切。西征慷慨，何時重見豪傑（指左文襄）。　　回首海上哀鴻，飛來無際，到耳聲淒咽（流民數萬，爭欲渡江）。觸起茫茫身世感，也歎關山難涉。故國波濤，異鄉風雨，厄我無分別（連陰數日不止）。登高題壁，簫聲吳市吹澈。

> 吳門返棹，暫寓京口之小九華，即事書懷

懵騰意緒，對荒寒客邸，遣愁無計。米價如珠薪似桂，那更哀鴻遊至。雪虐風饕，霜行露宿。沿路推排斃。仁人盡有，流民爭不重繪。　　我亦囊筆隨夫，天涯糊口，輾轉辭鄉里。歷盡長途辛苦味，依舊案螢枯死，人隔堂前，身羈江畔，兩地情牽掣。行裝稍壯，春江買棹歸矣。〔註39〕

《望洋歎》將志士抱負、志向難以實現的牢騷置於晚清時代動亂的背景下傳達，並融入作者自身對於家國興衰的感歎，故而令這種失意情緒成為晚清時期文人志士一種較為普遍的精神特徵。從旨在勸善懲惡的《黃碧籤》到以真人時事入戲的《望洋歎》，可以看到劉清韻戲曲對社會現實的關注越來越密切，淒厲緊煞的悲劇氣氛越來越濃厚，劇作整體的基調，也愈來愈趨向蒼涼與憂傷。與這種變化所對應著的，正是中國近代社會日趨沒落的悲劇現實。

〔註38〕華瑋《明清婦女之戲曲創作與批評》，第 241 頁。
〔註39〕劉清韻《辮香閣詞》，《著作林》，第十一期。

2、對跨越等級界限的友誼的頌贊

中國古代封建社會等級森嚴，至清朝更以相對完善的制度規定人與人之間社會地位、法制地位的不平等。〔註40〕劉清韻的戲曲在注重等級的社會背景下，卻大力倡揚跨越等級界限的真摯友情，展示了一種與新思潮相呼應的理想的平等的人際關係。

《小蓬萊傳奇》十種中有多部寫到不同等級間真誠的男性友誼。如《丹青副》中「襟懷豁達」、「輕財好士」的富貴公子武承休與貧賤村夫田七郎互以「情」、「義」相酬，結成生死之交；《黃碧籤》中的朱培因慧眼識英雄，欽慕俠士元彪的豪情俠氣，與之結成手足，二人協力平定水患，造福百姓；《炎涼券》中的任賁為富貴公子欺騙，落入危難境地之時，幸得身份低微之米客、行主相助，此後步入顯宦的他念念不忘這些微時故友，傾力照顧故人之子；《天風引》裏做了龍王駙馬的馬俊，對羅剎國的賤民也依然真心平等對待；《千秋淚》裏的縣令宋兆和因為賞識書生沈嶸之才，將他延為西席並終日以詩酒酬唱，流連光景，後來竟緣此辭官不做，與沈嶸飄然遠隱。《小蓬萊傳奇》十種一再展示縉紳與凡人，甚至賤民的平等交往關係，包含著作者對下層貧苦落魄人士的關愛和同情，由此對傳統的等級尊卑制度提出質疑。

劉清韻生長在鹽商之家，中年以後多有貧而多病的生活體驗，個人深刻的窮愁人生感受使她對商人和生活在下層的小人物抱持同情態度，渴望並呼籲社會的平等、人與人之間的真情與尊重。《炎涼券》中，在一片世態炎涼之中，表現出急人危難的「風義」來的，恰恰是被視為「四民」之末、「唯利是圖」的商人，任賁所感慨的「不料憐才竟出此輩」（《失舟》）由對商人慷慨相助的感激而生發對傳統貴賤尊卑制度的質疑。《望洋歎》中張溥齋的老僕感慨：「人生萬般好，為僕多苦辛。臺下靜勿嘩，聽我一具陳。同是父母養，尊卑何以分？只因家太貧，仰面去投身。區區一碗飯，從此不如人。主人寬厚者，或加顏色溫。驅使有疼意，督責無惡言。主人刻薄者，只見鞭撻頻。饑飽寒暖事，顧問寂不聞。寬厚百無一，刻薄何紛紛……」（《海延》），道盡這些小人物的悲戚與無奈，直訴對於貴賤尊卑的抗議。等級尊卑不合理的批判在劉清韻的許多劇作中都有涉及，有論者認為「這位女作家能衝破封

〔註40〕經君健《清代社會的賤民等級》對清代社會等級制度有詳細敘述。杭州：浙江人民出版社，1993 年，第 3～49 頁。

建社會加在婦女身上的束縛，積極考慮社會問題，對封建社會中的某些弊病，有所認識。」〔註41〕可謂的評。

如果說，《小蓬萊傳奇》十種側重通過他人的故事頌贊不同等級間眞誠的男性友誼；那麼，新發現的劉清韻《小蓬萊傳奇》十種之外的《拈花悟》一劇，則通過作者自身與婢女主僕情誼的抒寫，更爲直接地表達了作者跨越階級階層的平等觀念。《拈花悟》共四齣，寫少女劉三妹因心愛的婢女芒兒去世而感傷、思念不已，忽做下一夢，夢見爲惜紅仙史相邀，至仙境參加群芳大會。原來芒兒死後回歸仙班作了「惜紅女史」，而劉三妹前身繫仙界玉盧仙子，因替酒醉踐踏王母瓊花而受貶的惜紅女史講情也一同遭貶，二人轉生爲主僕，結下人間七年相伴之緣。劉三妹夢醒之後，有感於美人如落花之飄零，特意往園中葬花，以示對芒兒的祭奠。劉清韻行三，人以「孝緯三妹」比之，〔註42〕劇中劉三妹即是作者自謂，在她的《瓣香閣詞》中，有一首傷悼婢女芒姐的詞作，云：

〔念奴嬌〕

> 舊婢芒姐，張姓，頤指氣使，罔不隨意。予南行，欲與之偕，其母不從。比歸，已出嫁，爲小姑所虐而死。花晨月夕，未能忘懷，拈此懺之。

> 茫茫昧昧，猛一陣罡風，紅芳卸了。七載追隨妝閣底，宛似依人嬌鳥。繡學窗前，茶煎月下，慧簧鶯偷巧。寒簧桂府，爭知人世煩惱。
>
> 良辰已詠河洲，方欣魚水，白首期相保。姣婢簧言工播弄，誤煞芙蓉毒膏。果種三生，緣慳一面，孽海無邊浩，魂兮祝汝，誕登彼岸須早。〔註43〕

此劇可視作劉清韻的「私情」書寫劇，詞中提及芒兒之死是在劉清韻光緒二十三年（1897）南行拜謁俞樾之後，故此劇顯然並非她所作二十四種之內的作品，寫作時間在劉清韻自杭州返回之後。第一齣《悼婢》以兩支〔朝元令〕情致眞切地回念與芒兒七載朝夕相伴之情：「他便形隨影隨，伴我芸窗裏。雲

〔註41〕關德棟、車錫倫編《聊齋誌異戲曲集》，上海：上海古籍出版社，1983年，第13頁。

〔註42〕〔清〕周丹原爲《小蓬萊仙館詩鈔》所作《傳》云：「東海女史劉古香，……行三，人以孝緯三妹比之。」見《著作林》，第五期；〔清〕湯韻略《劉古香女史挽詩》中亦有「三五阿婆記得清，劉家三妹最聰明」之句，見華瑋《明清婦女戲曲集》，第539頁。

〔註43〕《瓣香閣詞》，《著作林》，第十一期。

移月移，導我迷藏戲。逗兒家百樣憨嬉，博堂上幾番歡喜，朝朝暮暮不曾離。」又聲淚交迸地訴寫對芒兒之死的憂傷和歡息：「咳！指望你繡戶重回，（淚介）怎知你竟綠殘紅碎，只落得堂梨一樹小墳隈。慘迷離煙草亂斜暉，深宵杜宇啼。你俏魂兒何處覊棲？願你早皈依向白蓮龕侍，白蓮龕侍。」正因懷著對芒兒眞摯深切的追思之情，作者將她想像爲仙界的惜紅女史，並與之有了一次難得的聚會，以令自己的哀思之情獲得些許安慰。謫仙身份的想像及夢中相聚、共話宿因的「仙聚」情節在明清婦女劇作中並不少見，葉小紈《鴛鴦夢》雜劇、何佩珠《梨花夢》雜劇、宋凌雲《瑤池宴》傳奇以及嬴宗季女《六月霜》傳奇都有與此類似的情節設置，其目的或是寄託對分離的親友的哀思，或是吐納作者內心的不平。不同的是，劉清韻通過此劇所寄託的哀思並非因自己至親的親友而生發（或如《鴛鴦夢》、《梨花夢》中的同胞姊妹，或如《瑤池宴》中的親密愛人），而來自一名曾隨侍自己的婢女，可見作家的平等觀念實是跨越了階級階層的。可以說，《拈花悟》以作者眞實的人生經驗和感受，延續和深化了《小蓬萊傳奇》中對生命價值的肯定和對社會上弱勢者之普遍同情的思想傾向。

　　劉清韻戲曲中所流露出的平等觀念及對社會平等、人與人之間眞情與尊重的渴望，凝聚著她後半生艱辛生活的切身感受，曲折地反映了中國傳統固有的等級觀念在近代的轉變，同樣可視作一種時代精神的傳達。她的戲曲突破了之前女作家寫閨門哀怨，抒個體情懷、富陰柔之氣的寫作特色，劇作關注的重心不是女性個人閨閣感情的抒寫，而是對社會各種身份的普通人之升沉榮辱的展現，傳達出劇作家高度的社會責任感和高尚情操。劉清韻從自身所蟄處的動蕩環境體認複雜的社會現實，從自身所遭遇的悲慘命運思考深奧的人生哲理，對於文人失路的牢騷與吳藻相通，對現實、時事的關懷與嬴宗季女相似，在中國近世女性戲曲史上，扮演了承上啓下的重要角色。

第三節　劉清韻戲曲的藝術特徵——兼與其他明清婦女劇作比較

　　關於劉清韻戲曲的評價，《小蓬萊傳奇》十種最早的讀者、同時也是積極促成此集刊刻的樸學大師俞樾說道：

　　　　余就此十種觀之，雖傳述舊事，而時出新意，關目節拍，皆極靈動；

> 至其詞，則不以塗澤爲工，而以自然爲美，頗得元人三昧，視《李
> 笠翁十種曲》，才氣不及，而雅潔轉似過之。〔註44〕

俞樾從構思之新穎、結構之靈巧及語詞之自然三方面對劉清韻戲曲的藝術性給以很高的評價，並以之與雅俗共賞、本色當行的李漁《笠翁十種曲》相比，指明其「雅潔」的整體風格。上世紀八十年代有論者評述劉清韻的三部「聊齋戲」（《丹青副》、《飛虹嘯》和《天風引》）並不適合場上搬演：「劇本的戲劇結構，多爲平鋪直敘的過場，缺乏戲劇衝突，因此僅可供案頭觀賞，難以在舞臺扮演」。〔註45〕之後又有研究者全面肯定劉清韻戲曲的藝術價值：「主題新穎別致，人物鮮明生動，情節集中簡練，結構緊湊完整，語言雅潔自然」，「達到相當完美的藝術境界」。〔註46〕對同一位作家的作品的評述存在著較大的差異。

就戲曲創作的外部環境來看，劉清韻戲曲誕生的晚清時期，傳奇、雜劇的創作日趨衰頹，整體水平明顯下降，如李漁般熟諳舞臺搬演之道的作家及《笠翁十種曲》般藝術性極高的作品已不復再見，評價劉清韻戲曲的藝術價值顯然應將之置於近代戲曲發展的整體環境中考察，方不至於過於貶低或拔高；就劉清韻自身的創作實踐來看，從她最早的作品《黃碧簽》到最爲晚出的《望洋歎》，亦可看出作者對戲曲樣式的熟悉程度逐漸遞增，藝術技巧的運用日趨純熟的發展過程，若對之一概而論難免容易得出相互矛盾的結論。綜合這兩方面因素，筆者擬從文本與音樂體制、情節結構及語言風格等方面對劉清韻戲曲的藝術特徵作初步探討和評價，兼及明清戲曲史上其他婦女劇作藝術性的討論。

一、文本與音樂體制

明清婦女劇作所採用的劇本體制，其形態豐富多樣。以雜劇而論，既有承繼金元雜劇傳統、包括四折一楔子的北雜劇如葉小紈《鴛鴦夢》，也有依照崑山腔的格律和排場創作、演唱，少只一折、多至數折的南雜劇如吳藻《喬影》、何佩珠《梨花夢》；就傳奇來看，既不乏長逾 30 齣、分上下兩本的長篇傳奇如姜玉潔《鑒中天》（36 齣）、桂仙《遇合奇緣記》（50 齣），也有少於 10

〔註44〕《小蓬萊傳奇·序》，上海：上海藻文石印本，光緒二十六年（1900）。
〔註45〕關德棟、車錫倫編校《聊齋誌異戲曲集·序言》，上海：上海古籍出版社，1983年。
〔註46〕單芳《論劉清韻及其〈小蓬萊仙館傳奇〉》，《西北師大學報》，2004 年第 6 期。

齣，自題「傳奇」且以小本傳奇之形式演之的短篇傳奇如顧太清《桃園記》、
《梅花引》。雜劇和傳奇作為我國傳統戲曲最重要的兩大樣式，自明末至晚清
分別經歷了漫長的演變過程，一方面，南曲進入北雜劇的藝術體制，南北合
套或專用南曲的南雜劇越來越盛行；另一方面，劇本篇幅逐漸縮長為短，8 至
12 齣的傳奇劇本體制形態逐漸成為規範。縱覽現存全部明清婦女劇作，亦可
清晰看到這一戲曲文體發展變化的演進軌跡，至劉清韻從事戲曲創作的晚清
時期，「傳奇與雜劇的界限已趨於彌合」，〔註47〕女劇作家也不再創作超過 12
齣的戲曲作品，音樂上也有南北融合的傾向。

　　劉清韻存世的十二種戲曲，劇本篇幅均不超過 12 齣，其中 4 齣的二種（《千
秋淚》、《拈花悟》），5 齣、6 齣、8 齣的各一種（依次是《鏡中圓》、《望洋歎》
和《炎涼券》），10 齣的三種（《天風引》、《飛虹嘯》、《氤氳釧》），12 齣的四
種（《丹青副》、《英雄配》、《鴛鴦夢》和《黃碧籤》）。「時至傳奇蛻變期（按：
指道光元年 1821～宣統三年 1911），創作十二齣以下的傳奇作品，既是風行一
時的劇壇風氣，也是作家創作的自覺追求。」〔註 48〕可知劉清韻戲曲短篇傳
奇的體制是時代氛圍下的文體選擇。十二種劇作從總體上來說，劇本體制較
為規範。每種例不分卷，以「齣」標示，全用兩字目。開場的第一齣前，均
有「提綱」，由末角上場念誦詞一首，如〔滿江紅〕、〔踏莎行〕等，也都是習
見的詞牌，用以簡述劇情大要，偶爾指明創作緣起。結尾例附七言律詩一首，
抒發作者對人物與劇情的感想。

　　十二種劇作也有不遵守戲曲慣例之處，如：第一，每齣末尾不作下場詩。
俞樾為《小蓬萊傳奇》十種所作《跋》中已指出這一點：「傳奇例有下場詩，
茲則缺焉。古醽欲為補之，而余有趙孟視陰之意，意在速成，援清容居士九
種曲例，謂可不作，乃止。」他以乾隆時期戲曲大家蔣士銓的《藏園九種曲》
作為參照，認為《小蓬萊傳奇》十種這一體制上的變例乃風氣使然，不足為
意。清代中葉以後的婦女劇作，除桂仙《遇合奇緣記》之外，其他的如乾嘉
年間王筠的《繁華夢》、《全福記》，吳蘭徵的《絳蘅秋》，顧太清《梅花引》
及劉清韻之後的嬴宗季女的《六月霜》、陳小翠《焚琴記》等傳奇，包括劉清
韻後出的《拈花悟》、《望洋歎》兩種，也皆不設下場詩。可見女劇作家受時
代風氣的影響，在選擇以戲曲這一文體寄懷寫意時已不完全為其體例所束

〔註47〕康保成《中國近代戲劇形式論》，桂林：灕江出版社，1991 年，第 93 頁。
〔註48〕郭英德《明清傳奇史》，第 622 頁。

縛,而能採取最適合自己的方式寫作。第二,有時安排旦角先於生角出場。如《英雄配》中的杜憲英(第一齣出場)在周孝(第二齣出場)之前出場;《黃碧簽》中的玉虛仙子先於丈夫守眞子登場。杜憲英是作者理想的女性角色,玉虛仙子是作者自己的化身,二人在劇中均佔有重要地位,是貫穿或推動劇情發展的重要人物,劉清韻此舉暗含著一定的女性意識,有爲女性張目之意,在明清婦女劇作中也並非獨創。乾隆間王筠作《繁華夢》,作者自寓的少女王夢麟也最先登場,「以女人王氏登場,生於二齣始出,亦變例也。」〔註49〕

音樂構成上,劉清韻戲曲十二種多用南曲,北曲較少,有時也用南北合套。如《鏡中圓》第一、二、五齣用南曲,第三齣用北曲,第四齣用南北合套。南北合套是一種藝術感染力很強的音樂結構,「南北曲在調式相近情況下的自由組合促成了音樂結構的變化多端,便於抒發複雜的情愫。」〔註50〕《鏡中圓》第四齣《感畫》寫南楚材派人往家中去取雙蓮玉佩作爲聘禮,欲娶趙太守之女,不料卻等來其妻薛媛自繪的小像一幅,南楚材感悟妻子深情,當即決定辭別趙太守,返鄉與妻子團圓。本齣中的五支曲子南楚材(小生)與趙太守(外)對唱,一邊是髮妻的深情,一邊是趙太守款款相待的深恩和殷殷期盼的衷心,南楚材兩方都不忍辜負但又都令他抱愧,在南北曲交替相間的強烈對比中,人物的複雜情愫得到了較好的展現。

劉清韻每部戲曲作品各齣所用之曲子數目具體情形如下:

齣數 劇名	一	二	三	四	五	六	七	八	九	十	十一	十二	總數	平均數
《黃碧簽》	3	9	9	3	4	3	4	5	5	5	4	9	63	5.3
《丹青副》	7	4	10	7	3	4	4	8	3	5	5	10	70	5.8
《炎涼券》	6	9	9	5	7	4	6	7					53	6.6
《鴛鴦夢》	7	6	3	7	9		7		3	8	5	9	74	6.2
《氤氳釧》	5	6	4	6	5	5	5	6	6	7			54	5.4
《英雄配》	8	2	11	1	8			2	5	9		10	74	6.2
《天風引》	7	3	5	4	11	11	13			9			68	6.8
《飛虹嘯》	5	6	4	6	8	8	3	3	11	19			73	7.3

〔註49〕〔清〕焦循《劇說》,《中國古典戲曲論著集成》(八),北京:中國戲劇出版社,1959年,第196頁。
〔註50〕杜桂萍《清初雜劇研究》,北京:人民文學出版社,2005年,第53頁。

《鏡中圓》	7	5	11	5	7							34	6.8
《千秋淚》	5	5	6	6								22	5.5
《拈花悟》	7	4	7	10								28	7.0
《望洋歎》	4	9	2	2	7	13						37	6.2

　　據此可見，十二部戲每齣所用曲子數目從 1 到 19 支不等。全部 105 齣中，用 1 支曲子的只有 1 次，用 2 支的有 5 次，用 3 支的 13 次，用 4 支的 13 次，用 5 支的 17 次，用 6 支的 11 次，用 7 支的 16 次，用 8 支的 7 次，用 9 支的 10 次，用 10 支的 4 次，用 11 支的 5 次，用 12 支的 0 次，用 13 支的 2 次，另有用 19 支的 1 次。總體上以 3 到 9 支爲主，大體符合傳奇體例。華瑋以爲儘管「戲曲作者固然在每齣因處理的具體戲劇情境不同，而有運用曲數多寡的考量」，但劉清韻不常在一齣內編寫多支曲子，可見「她不刻意揮灑才情，文風較爲簡潔。」〔註51〕劉清韻的戲曲不同於吳藻《喬影》那樣以抒情爲主、類似於抒情詩的劇曲，它大都敷演較爲新奇的故事，有著敘事的需要。「若敘事，非賓白不能醒目」，〔註52〕考慮到敘事的要求，曲辭在一齣中所佔的比重必然下降。劉清韻戲曲中也明顯呈現出加重說白分量、突出說白功能的傾向，對明清傳奇以曲爲主，曲多白少的創作慣例有所突破，不僅一齣中所用曲數不算多，也偏愛字數少的短小曲文。華瑋謂劉清韻不常在一齣中編寫多支曲子以揮灑才情，確實符合劉清韻戲曲的大致情況。左鵬軍先生從另一個角度指出劉清韻在樂曲使用上有「炫才」之嫌，也不無道理：

> 劉清韻《小蓬萊仙館傳奇》十種多處使用集曲，如《黃碧簽》第十一齣《斬蛟》、第十二齣《同升》主體部分全部是集曲構成。特別值得注意的是，劉清韻傳奇十種中使用的多爲字數不多的短小曲牌，但是她仍然非常積極熱情地使用集曲。這更加充分地表明，她如此常用集曲，主要不是爲了更好地表情達意，而是爲出新出奇、展示才學。〔註53〕

關於集曲，吳梅有言：「惟文人好作狡獪，老於音律者，往往別出心裁，爭奇

〔註51〕華瑋《明清婦女之戲曲創作與批評》，第 165 頁。
〔註52〕〔清〕楊恩壽《詞餘叢話》，《中國古典戲曲論著集成》（九），北京：中國戲劇出版社，1959 年，第 256 頁。
〔註53〕左鵬軍《近代傳奇雜劇的文體變革及其文學史意義》，《華南師範大學學報》，2004 年第 2 期。

好勝，於是北曲有借宮之法，南曲有集曲之法。……所謂集曲者，其法亦相似，取一宮中數牌，各截數句而別立一新名是也。……余謂但求詞工，不在牌名之新舊，惟既有此格，則亦不可不一言之。總之，借宮集曲，統名犯調，若用別宮別調，總須用管色相同者。」〔註 54〕可知集曲的產生是出於逐新求奇、好勝鬥巧的需要，創作難度較大。劉清韻的十二部戲大半出現過集曲，從第一種《黃碧簽》，經《鴛鴦夢》、《氤氳釧》、《英雄淚》、《千秋淚》到最晚出的《望洋歎》皆如此，且常常安排在尾齣。最爲複雜的一次集六個曲牌於一支曲子之中，見於《黃碧簽》最後一齣《同升》：

> 〔六奏清音〕〔梁州序〕遙天清曠，素暉溶漾。丹桂香浮綠釀，說甚方壺圓嶠？人間自有仙鄉。〔桂枝香〕嘹亮歌喉囀，蹁躚舞袖揚。〔排歌〕歡無極，樂未央，恰逢月滿更花芳。〔八聲甘州〕花前玩月情愈暢，月下看花興倍長。〔皀羅袍〕月和花氣，花爭月光，仙乎宛在瑤臺上。〔黃鶯兒〕願高堂東王拜眖同享壽無疆。

此曲爲朱培因之妻中秋之夜娛親之曲，所表達的情事和營造的情境在全劇中並無重要意義，劉清韻從如此多的曲牌中各截數句組成一曲，確實有求新求奇、炫示才學之意圖。儘管集曲在近代傳奇中出現了經常化、普遍化的傾向，即連對集曲做法多有保留的吳梅，也在他自己的《風洞山傳奇》中使用集曲很多，但在現存明清婦女劇作中，卻未見除劉清韻十二種之外的作品採用這種做法。這更加彰顯出劉清韻作爲一位戲曲作品數量最多且擅長散曲創作的女曲家，在曲學知識方面的熟稔程度和強烈自信。

二、情節結構

關目、排場的安排是戲劇文學特有的技巧。清初李漁就是以他高超的編劇技巧展示出過人才氣的，《笠翁十種曲》在關目布設、排場安排方面的成就歷來爲戲曲史家所稱道。與戲曲史上優秀的男性劇作家相比，明清女劇作家大都不擅於經營劇作的情節結構，明代雖不乏出色的劇作如《燕子箋》，但此劇是由阮麗珍與父親阮大鋮合作完成，且現今名歸阮大鋮名下。至清代，尤其是中葉以後，戲曲作家在情節結構安排和「戲劇性」經營方面的疏淡越來越成爲一種普遍的傾向，如吳梅所言：「乾隆以上有戲有曲；嘉道之際，有曲

〔註 54〕吳梅《顧曲麈談》，王衛民編《吳梅戲曲論文集》，北京：中國戲劇出版社，1983 年，第 17 頁。

無戲；咸同以後實無戲無曲矣。」〔註55〕此種時代氛圍下的婦女戲曲創作實踐，雖不乏試圖追步傳奇鼎盛時期的優秀劇作者，如王筠《全福記》，但整體上仍未能突破戲劇情節明顯削弱，戲劇衝突有所淡化的創作氛圍。比較極端的表現是，有的專一抒情，既無故事，也不講穿插、結構，如吳藻《喬影》；有的專一記事，按照生活本來的面貌安排劇情，如桂仙《遇合奇緣記》，兩者均完全放棄了「戲劇性」的追求。劉清韻的十二部戲在情節結構安排方面既有失敗的實踐，也不乏精彩的表現，下面詳析之。

《小蓬萊傳奇》十種之第一種《黃碧籤》即為結構鬆散，情節安排不當之典型例證。全劇共十二齣，前三齣為引子：第一齣《掃殿》寫八壜廟土地神奉玉虛仙子之命掃殿排筵；第二、三齣《仙宴》、《代堪》依次寫玉虛仙子宴請師長曠闊道人吉丹，並奉上帝之命，代勘忠臣石龍章與孝子仇二梅欲重生以補恨的公案。第四齣寫仇二梅至陰陽界見母後分別，雙雙投胎轉世，此為過場。此齣以下，劇情本當迅速轉入仇二梅投胎重生之後人生經歷的敘述，但劇中由仇轉世的重要人物朱培因直至第八齣《聯捷》方才正式出場，其間插入的第五齣《求子》、第六齣《濟鴻》和第七齣《補緣》依次敘朱培因的祖父朱瑤因無子嗣，向天竺大士求子，後於雪天賑濟貧民；朱瑤之子朱昌年成年後與朱瑤友人陳翰之女陳瓊英完婚，陳氏於中秋之夜產下一子，是為朱培因，這三齣似仍為過場。其中第六齣和第七齣的轉折十分突兀，前齣朱瑤剛求得子嗣，其子朱昌年尚在襁褓中，後齣未作任何鋪敘，開場便進入到朱昌年與身懷六甲的妻子陳瓊英園中漫步的場景，時間跨度過大，缺乏線索聯絡。第八、九齣《聯捷》和《歸娶》是兩個短場，寫朱培因高中狀元，歸娶陳氏，全家歡喜。全劇具有分量的主場、正場直至第十齣《遇俠》、第十一齣《斬蛟》方才開始，敘朱培因與石龍章投胎轉世的俠士元彪與因憂心水患而結交成兄弟，二人協力斬蛟平定水患，但這兩齣作者也並未充分展開，分別僅僅只安排了 5 支、4 支曲子的唱詞，遠遠少於各用 9 支曲子，敘玉虛仙子宴請師尊、判定賞罰的第二、三齣。作為全劇收場的尾齣《同升》，寫朱培因乞養辭官，返回家園恪盡孝道，後因居官清正居家敦厚而受到天帝嘉獎，全家拔宅飛升。此齣頗能體現全劇褒獎忠義之旨，故而受到劉清韻的重視，總共用了 9 支曲子給予細緻摹寫。〔註56〕總體上看，《黃碧籤》過場及短場較多，人物匆忙地

〔註55〕吳梅《中國戲曲概論》，王衛民編《吳梅戲曲論文集》，第185頁。
〔註56〕從上列關於十二部戲每齣用曲數量統計的表格中，不難發現劉清韻十分重視

上場或下場，排場的轉移顯得急促零亂。李漁曾指出：「本傳中有名腳色，不宜出之太遲。……雖不定在一齣二齣，然不得出四五折之後。太遲則先有他腳色上場，觀者反認爲主，及見後來人，勢必反認爲客矣。」〔註57〕但此劇主要人物在劇情進行了三分之二時方才出場，其安排顯然不當，且之前插敘的內容令重點關目不甚突出，造成了情節的瑣碎紛雜、繁簡失當。無怪乎嚴敦易評此劇：「所述甚無條理，寫陳氏祖孫三代，似關合仇二梅之本事，但不詳盡，頗有漫無頭緒之感。」〔註58〕

　　《小蓬萊傳奇》十種中的其他劇作，雖仍存在著過場較多，主體構架難以凸顯的毛病，但其情節結構安排較之《黃碧簽》均更爲合理。即如因缺乏戲劇衝突而爲有的論者批評爲「僅可供案頭觀賞，難以在舞臺扮演」〔註59〕的三部「聊齋戲」：《丹青副》、《天風引》和《飛虹嘯》，若演之臺上，也可獲得好的效果。以《天風引》爲例，劇演《聊齋誌異・羅刹海市》故事，共十齣。在寫棄文經商的馬俊爲颶風引到羅刹國的第三齣之前，作者先安排了一齣《容炫》，生動地描述羅刹國貧民觀看狀元遊街的情景。「戴紅、黑、白奇形面具」，如同鬼魅一般的狀元，一再被人們稱讚爲「好相貌、好標誌」，這便透露了羅刹國以醜爲美的古怪習氣；貧民由此情此景所生對貧富貴賤和等級尊卑的感慨和議論又交待了此地以相貌之美醜決定尊卑貧富的不公現實。那麼，後面馬俊在此地不得不以假面逢迎的情節，也就並不顯得突兀了。自第六齣開始，劇情轉入從羅刹國辭官後的馬俊在海市龍宮的生活際遇。與在羅刹國的失意境遇相比，馬俊的龍宮生活十分得意，寫他以駙馬身份巡遊海市的《榮騁》一齣掀起了全劇的一個高潮，面對種種奇珍異寶，馬俊一一將之與歷史傳說相聯繫，懷古諷今，感慨淋漓，展現出劉清韻異常豐富的想像力和深沉的歷史感慨，故周妙中評《天風引》云：「在傳奇中尚未見有這類題

全本收場的一齣（即李漁所謂「大收煞」者），多以之作爲全劇抒情的高潮。李漁以爲「收場一齣，即勾魂攝魄之具，使人看過數日，而猶覺聲音在耳，情形在目者，全虧此齣撒嬌，作『臨去秋波那一轉』也。」（《閑情偶寄・詞曲部》「格局第六・大收煞」）劉清韻戲曲多於尾齣留有餘情，是爲成功的實踐，可視作一項突出特徵。

〔註57〕 〔清〕李漁《閑情偶寄・詞曲部》卷二「格局第六・齣腳色」，杭州：浙江古籍出版社，1985年，第57頁。

〔註58〕 嚴敦易《〈小蓬萊〉傳奇十種》，《中國近代文學論文集・戲劇卷》（1919～1949），第449頁。

〔註59〕 關德棟、車錫倫編校《聊齋誌異戲曲集・前言》，上海：上海古籍出版社，1983年。

材，曲白文字也很可觀，若有機會演出，必會收到良好效果。」〔註60〕之後，原小說中有大段筆墨敘述馬俊因思親而返鄉，與龍女雖夫妻分離，但情緣難滅的情事。而劉清韻省卻了這段夫妻分離的文字，以馬俊接養父母於龍宮，一家團圓爲終，既符合傳奇創作生旦團圓的慣例，也是出於「減頭緒」的考慮，將主要戲劇情境限定在羅刹國和龍宮海市之中，避免了情節結構安排上的紛亂冗雜之感。

　　劉清韻晚出的《拈花悟》和《望洋歎》二劇，雖爲短製，但結構緊湊完整、疏朗分明。值得注意的是，爲保證情節能夠相對集中地展開，二劇在腳色設置方面均出現了變例，即《拈花悟》不設生角，所有腳色均爲女性，而《望洋歎》自始至終出現的是一群男性文人，其中旦角由浦中聯社諸君中最年輕的周蓮亭扮演，完全失卻了這一腳色的本來意義。在《小蓬萊傳奇・千秋淚》中也已出現過缺乏女性角色的情況，這樣一種傳奇變例的出現既受時代風氣的影響（近代傳奇雜劇在腳色安排上已較爲隨意）〔註61〕，也是作家出於實際創作的考慮，爲突出主題而不願意另生駢拇旁枝。《望洋歎》以六齣的篇幅寫王詡及其友人在清末亂世時間跨度近四十年的榮落人生和飄零身世，情節簡潔集中，場次主次分明，僅用兩個重要場景（即第二齣《探志》和第五齣《樓祭》的內容）就成功地抒寫了各人不同的志向抱負和遭際，且蘊含作者對於時代人生的深深感慨，作者在抒情及敘事調度方面的本領已不容小覷。

三、語言風格

　　關於劉清韻作品的整體風格，與她亦師亦友的周丹原曾云：「詩筆清妙，不名一家，詞則逼近蘇辛，迴非漱玉斷腸之比，畫筆秀韻天成，書法尤風骨遒上。蓋古香嘗以謝道韞自命，其人散朗有林下風，故筆墨亦瀟灑無脂粉氣，近代閨媛，罕見其匹。」〔註62〕此雖是就其詩詞書畫而言，但因其人生性疏朗，戲曲的語言亦一掃傳統婦女文學的纖柔婉弱之風，既含清妙秀雅之詩筆，也有勁直豪逸之詞情。作爲中國戲曲史上最爲多產且現存劇作最多的女作家，劉清韻戲曲在題材內容、人物類型、語言風格等方面之豐富多樣皆非其

〔註60〕周妙中《清代戲曲史》，鄭州：中州古籍出版社，1987年，第349頁。
〔註61〕左鵬軍《近代傳奇雜劇的文體變革及其文學史意義》，《華南師範大學學報》，2004年第2期。
〔註62〕《小蓬萊仙館詩鈔・傳》，《著作林》，第五期。

他僅有一二部作品存世的女劇作家可比，無論繾綣纏綿如《鏡中圓》、淒婉靈動如《鴛鴦夢》，還是豪逸秀拔如《千秋淚》，蒼涼悲慨如《望洋歎》，皆大體能夠做到自然生動，趨向於本色當行。

散朗的林下風致和瀟灑無脂粉氣的筆墨文字，在明清女劇作家作品中並不鮮見。葉小紈《鴛鴦夢》、王筠《繁華夢》、吳藻《喬影》、吳蘭徵《零香集》等皆曾贏得與此類似之評價。劉清韻也曾表示過對意氣勃發、慷慨豪放的吳藻詞曲（包括《喬影》）的喜愛之情：

〔滿江紅〕《讀花簾詞鈔弔吳蘋香》

> 虎臥龍跳，淋漓筆，風馳電駛。渾不是，俳紅儷碧，徒誇靡綺。惻惻
> 芬芳繞俠氣，驚才絕豔誰能媲。想飛仙，偶現女兒身，閒遊戲。
>
> 圖畫裏，幽懷寄；若個解，青袍意？歎美人名士，傷心同例。恰恨阿
> 儂生也晚，絳紗未得春風侍。向蘭窗，薇盟誦千回，名香祀。〔註63〕

劉清韻的詞作亦瀟灑豪逸，「無柳永的纏綿綺靡婉約之風，而似蘇軾的詞作，需大漢持銅板而歌之。」〔註64〕在一定程度上是受到了吳藻豪放詞風的薰染。她的劇作也少有「怨而不怒」的哀怨纏綿，或筆力豪健（如《丹青副》），或運筆老成（如《炎涼夯》），或蒼涼悲慨（如《望洋歎》），往往將一種牢騷之語直白流露，具極強的感染力。如《丹青副》中田七郎剛出場時的唱詞，一派豪放鬱結：

> 〔錦纏道〕茶踏著亂巘巘蒼岩翠峰，遙見那絕壑走虬龍，是長松紛
> 孥旋舞西風。又見那黃滾滾白漫漫滃然滿空，是青山弄蹊蹺吐氣如
> 虹。哎，想俺田七郎草野裏論英雄，豈輸他武二郎都頭勇。既爲人在
> 宇宙中，縱不得奇才大用，也休教七尺負吾躬。

又如，《千秋淚》中才子沈嶸同樣有著志不獲展的苦悶，他的唱詞直白豪逸，表現出人物灑落不羈的精神風貌：

> 〔傾杯序〕超超是詩狂、是酒豪，怎免那庸流笑？想乾坤偌大，英
> 才何少？古今雖異，精爽非遙，只索向長空叫。滿頭紛插菊，只手
> 緊持螯，我待把青蓮玉局一齊邀。

至最爲晚出的《望洋歎》，劉清韻已能相當出色地結合細緻的動作提示傳達人

〔註63〕《辯香閣詞》，《著作林》，第八期。

〔註64〕李志宏《劉古香傳奇劇作探析及生平考證》，《清末藝壇二傑——劉清韻、李
映庚研究》，澳門文星出版社，2003年，第129頁。

物起伏跌宕之情感，在抒情的場景中營造饒有趣味的戲劇情境。試讀第五齣《樓祭》中王翃的一段唱白：

> 〔山坡羊〕送餘炎殘蟬聲咽，遞新涼輕風微扇。漾長空幾縷飛雲，浸銀塘倒影渾如練。（俯視介）那曲欄邊，一叢叢，幽花靜可憐。喜門無車馬塵囂遠，（負手徘徊介）散朗真同碧落仙。（看童烹茶介）清泉，試蘭芽活火添。（攤書坐介）陳編，取蟲魚細釋箋。
>
> （掩書介）讀舊書如訪故友。屈指半生故友，大半凋零，何不將《建陵山房詩鈔》取來展閱一過，也如面晤故人一般了。（取書細看，忽拍案起介）妙呵！
>
> 〔前腔〕這幾首清超超倚天長劍，這幾首混茫茫奔雷掣電。（坐看介）這幾首峭棱棱怪石嵯峨，這幾首整嚴嚴大冶工錘鍊。（點頭擊節介）若論詩，雖是那李杜合居前，可知道王維不讓先。（微歎指書介）似這思深事博神通廣，（大笑指須介）縱有那勁旅，也難攻我壁壘堅。真可上下五千年，縱橫一萬里。有才如此，足可自雄矣！（復看介）這是與海上諸友投贈之作。（喜介）聯翩，悅諸君坐比肩。（忽掩卷長歎介）淹煎，愴諸君盡蟄填。

這兩支〔山坡羊〕曲，一支恬淡如田園詩，一支豪宕如豪放詞，其間兩種情緒的轉折又有人物道白及動作將之自然、合理地連接，若演之場上，必能收到極好的演出效果。

　　同樣是在劇作中抒寫人物的一種牢騷憤懣之情，葉小紈、王筠、吳藻的劇作皆帶有自傳性質，其牢騷憤懣因作者為性別身份所限、抱負難展的生存境遇而生發，劇中人物的語言是作者個人內心情感的外泄；劉清韻是一位涉世很深的作家，她的劇作關注多變之社會、時代、人生，涉獵廣泛的題材內容，有著對自我乃至女性經歷和感受的隱匿與迴避。與此相應的是，她有著更為明確的文體意識，能夠遵循戲曲藝術代人立言的規律，嚴敦易謂《小蓬萊傳奇》十種「單就其風格、情調、氣魄等處來看，有幾處彷彿也不大象女性筆墨。」〔註65〕並以此懷疑劉清韻之於《小蓬萊傳奇》十種的著作權，其實是並不合理的。嚴先生此語恰恰道明了劉清韻戲曲對傳統閨秀文學題材內容的突破意義，以及她隱匿自我，成功代人立言的戲曲創作藝術成就。明清婦女劇作中並不多見的歎世哀時的悲憫情懷，令劉清韻戲曲中時而湧現的牢騷抑鬱之情更顯沉鬱深厚、蒼涼悲慨之致，《望洋歎》中王翃、邱履平、張溥齋等失意志士的唱詞皆如是。

〔註65〕《中國近代文學論文集・戲劇卷》（1919～1949），第448頁。

　　劉清韻戲曲在失意志士群體之外的另一類重要人物——閨秀，其語言也多從容之態，少纖弱之病，且因生活境遇之變化而有所不同。如《英雄配》中的奇女子杜憲英，在《籌形》一齣初出場時的唱詞清新淡雅，符合她覺得佳婿、享新婚之樂時安詳閒逸的心態：

> 〔臨江仙〕宿雨新晴春意驟，繁花開遍枝頭。曉妝初罷一凝眸，更有那依依金線柳，披拂小紅樓。

接下來，她與夫婿周又侯訓練鄉兵，言語間便不同於一般閨秀，巾幗英雄之本色頓顯：

> 〔普天樂〕喜鄉兵堪搏控，懍營規隨操縱。(指介) 你看一個個糾糾的，糾糾的似虎如龍，諒妖魔早避前鋒。(眾合) 呀！仗神機妙用，烽銷指顧中。從此戶逸家寧全靠，全靠巾幗英雄。

不料後來周郎失陷賊營，苦志尋夫的杜憲英唱詞中也多了些失意淒切的落寞之感：

> 〔金絡索〕才欣快婿納，又悼良緣註。哎，周郎，可知奴家為你刻刻時時，牽繫無朝夜？眉淡不曾描，背窗紗，輾轉柔腸只自嗟。春來怕見樓頭柳，曉起愁看屋角花。空占卦，吉凶生死兩胡拿。所以才拋棄家園，拼得個效前人貫月乘槎，把一葉輕舟駕。(《夢因》)

這些唱詞極少用典，簡淡疏潔，明白如話，卻情文並至，確如俞樾所云：「不以塗澤為工，而以自然為美」，是本色當行的語言。

　　士子與閨秀是明清女劇作家作品重點描寫的兩類人物，除此之外，她們較少刻畫社會其他階層的人物。據《紅樓夢》改編的吳蘭徵《絳蘅秋》和演清末時事的嬴宗季女《六月霜》在這一方面均有所突破，而以劉清韻戲曲之人物畫廊最為壯闊。對商人、平民、僕人、侍婢、獵戶等不同身份的人物，劉清韻注意選取通俗化、口語化的唱白揭示其身份性格，亦不失幽默詼諧以諷世。如她在《英雄配》中塑造了這樣一對商人：

> (丑、雜藍衫雀頂，乘船上)
>
> 〔青哥兒〕斯文調裝來肖，頂兒銀衫藍靴包，心兒癢癢興兒高。財豐運旺拚幾兩，再買個舉人名號。
>
> (雜) 老三！(丑頓足介) 咳！(雜) 硯弟！(丑) 硯兄，有何見教？(雜) 一來天氣炎熱，二來實在拘窘得極，可好脫了外衣涼涼？(丑搖手介) 脫也脫不得。(雜) 怎麼脫不得？昨兒晚上同下科的靠在一處，那船上倒有十幾個秀才，沒一個穿長衣

　　服的，還有幾個光著身子，連小褂子通脫了哩！（丑指雜，笑介）我今日才曉得你

　　是個道地糊塗貨。他們秀才在肚裏，脫衣何礙？我們秀才是在身上的，如何脫得？

　　（雜作不懂呆想，忽向醜拱介）佩服佩服！承教承教！（《簽應》）

這二人為偷漏關稅而冒充士子赴考，本來文墨不通卻裝模作樣地以「硯兄」、
「硯弟」互稱，本已十分滑稽，後來遭遇的窘境更為可笑。劉清韻戲曲科諢、
對白之淺顯、機趣，與李漁《笠翁十種曲》較為相似，但後者純以娛樂為目
的，而劉清韻的戲曲多了一種諷世的牢騷，兩位作家對現實人生的關切程度
之不同是十分顯見的。

　　在傳統戲曲作品和戲曲觀念中，以曲為主，以白為賓是一種創作慣例，
但這種情形至近代傳奇雜劇中發生了明顯的變化，曲文減少、說白增加成為
戲曲創作中一種新的發展傾向。〔註66〕劉清韻的十二種戲也明顯呈現出加重
說白分量、突出說白功能的傾向，而這些特別增加的說白，很多是劉清韻用
以塑造不同階層人物、諷刺不公和黑暗的社會現象的，儘管加重了劇作案頭
化的傾向，但亦留下了作者關切社會、現實及人生之表徵。

〔註66〕參見郭英德《明清傳奇史》第二十二章《傳奇文體的消解》之「曲白比重的
　　　傾斜」以及左鵬軍《近代傳奇雜劇的文體變革及其文學史意義》中的相關論
　　　述。前文見南京：江蘇古籍出版社，2001年，第629～631頁。後文刊於《華
　　　南師範大學學報》2004年第2期。

結　語

　　中國戲曲史在很長一段時期內，是男性創作戲曲的歷史。女性之於戲曲，一直是被描摹的無聲的對象，是作品中的角色而非抒情言志的主體。然而至明中葉之後，富有戲曲創作才華的女性逐漸浮出歷史地表，通過她們可貴的戲曲創作實踐在戲曲史上發出了自己的聲音。從晚明萬曆年間的秦淮名妓馬守眞到清末民初上海的閨秀才女陳小翠，明清兩代不下於二十九位女劇作家存在的事實和她們流傳下來的作品，將改變過去關於明清劇壇僅有男性作家獨領風騷局面的認識。

　　中國戲曲史上女劇作家的出現，是明清時期繁盛的才女文化和戲曲文化交彙融通的結果，個人多方面的知識儲備、家庭濃厚的曲學氛圍的影響以及地域文化的薰陶，爲女劇作家的成長和戲曲創作實踐提供了良好的基礎。通過本文對現存全部婦女劇作的分析，可知女劇作家涉筆戲曲的具體動因，主要有四種情況：一爲悼亡傷別，以戲劇形式表達對逝去的親友的傷悼或是分離的友人的懷想，將作家的一段私人情感經歷存世爲照；二是對一些關於男女婚戀的已有之作不甚滿意，力圖自出機杼、表達自己的婚戀理想而對舊作進行重構者，在對舊事的改編中融入作者自己的情感經歷，表達自身對情的思索；三是書寫女子的才華、願望和要求；四是將歷史、小說中事或發生在作家身邊的實事搬上戲曲舞臺，藉以表達女劇作家對社會政治、道德以及仁人志士的生存境遇的思索或憂慮。明清女劇作家所創作的戲曲作品題材多樣，內涵豐富，既對男性劇作家所創造的戲曲傳統多有承繼，又開闢了新的領地，呈現婦女戲曲創作自身的特異性。無論劇作的題材內容是私情表達、愛情故事改編，還是性別思索、社會及時事關懷，女劇作家們均在戲曲創作

實踐中完成了一次可貴的自我呈現的過程。

女性在戲曲創作中的自我呈現，與她們在男劇作家筆下被呈現時存在著顯見的差異。在男作家筆下，女性角色是他們藉以表達自己對社會和人生思考的載體，而女劇作家對於個人私情和女性願望、要求的書寫，袒露出女性生命情感之心曲，再現了女性真實的生命狀態，具有不可替代的價值和意義。男作家寫「情」，大都肯定女性對於情的大膽熱烈的追求，側重描寫她們大膽追求婚姻幸福的外在行為，但有時以之作為男性的風流韻事而津津樂道，並不能充分尊重女性；而女劇作家多利用戲曲長於抒情的特點，對筆下女性角色的情感經歷作細膩、深入地挖掘和刻畫，但是，她們並不將「情」作為人生全部意義之所在，而更強調個人生命的尊嚴，故顯得矜持委婉。男作家對於女性才華的宣揚，大都寄託著他們渴望在社會政治、軍事等重要領域施展抱負、經世濟民的理想，但女劇作家無興趣描寫女子的經世大業，較少顛覆女性傳統的性別角色定位，而以獨立自主之精神及掌握自己命運的能力作為新型女性的生命價值理想。總之，明清女劇作家創作的戲曲作品，帶有女性獨特的思想和體驗的印迹，有著迥異於男作家的視角和表現方式。

在現知全部二十九位明清女劇作家中，本文選擇王筠、吳蘭徵和劉清韻作為個體研究的對象，有著特殊的意義。王筠創作了明清婦女劇作中少見的兩部長篇，且是中國戲曲史上極為少見的同時涉足了創作和批評兩個領域的女曲家，她以舞臺實踐的要求從事劇本寫作，透露出對戲曲文體特殊性的認識，不僅在女劇作家中十分難得，在整個崑曲日漸衰落的乾嘉劇壇也顯得特樹一幟。清中葉問世的不朽名著《紅樓夢》，其寫情、寫女性在封建社會末期猶如空穀足音，吳蘭徵作為《紅樓夢》的早期閨閣讀者和「紅樓戲」的早期作者，她對此著的評論和戲曲改編，對我們瞭解《紅樓夢》在清代知識女性中所引起的反響有重要的參考價值。《絳蘅秋》長於抒情，亦重視關目及排場，充分考慮到舞臺演出的要求，在現存婦女劇作中不失為一部具有典範意義的戲曲作品。劉清韻現存的十二部劇作，涵蓋了「私情」書寫、「情」之重寫、性別思索和社會關懷四項內容，這在明清女劇作家中是僅見的一例。她的劇作不僅數量可觀，作者的創作態度也迥異於傳統閨秀作家「自娛」和「閒吟」的書寫風貌，而真正將戲曲創作當作關懷社會和人生的載體，以之擔負起一項「社會性」的事業。劉清韻的戲曲將傳統觀念和時代精神並蓄其中，昭示了社會劇烈變革時期女作家思想方面新舊摻雜的狀況，同時，以作者對戲曲

文類的嫻熟駕馭，標誌著明清婦女戲曲創作在晚清時期的成熟。

　　總而言之，中國戲曲史上女性劇作家的戲曲創作，豐富了戲曲文學的風格和色彩，並以女性的獨特體驗，建構了戲曲文學的完整空間，可以作爲我們研究前現代中國女性書寫與心態史、瞭解明清文學與文化的窗口。

附錄　明清女劇作家生平及作品輯考

　　明清戲曲史上女性劇作家的生平及作品情況，自二十世紀三十年代譚正璧《中國女性的文學生活》最早予以介紹之後，經胡文楷、傅惜華、周妙中、徐扶明、王永寬、葉長海、鄧長風、華瑋等專家學者的不斷補充和推進，已取得較大進展，並使她們的作品日漸開始爲學界所關注。本世紀初華瑋撰寫《明清婦女之戲曲創作與批評》時，考知女劇作家的人數是二十五位，親見女劇作家的劇作十九種（另殘本二種）。〔註1〕這一數目就筆者所知尚不完全，前輩學者的相關研究中對明清女劇作家的生平及創作情況的敘述也不無訛誤之處。筆者經過多方訪查，考知明清兩代參與了戲曲創作的女性不少於二十九位，創作的戲曲作品在六十八種以上（今存全本三十三種、殘本三種）。具體情況如下：

一、明代作家作品

（一）馬守真《三生傳》

1、關於作者

　　明胡文煥編《群音類選》內選錄了該劇的兩個片段：《玉簪贈別》和《學習歌舞》，題作「《三生傳玉簪記》」，注明「此事繫馬湘蘭編王魁故事，與潘必正《玉簪》不同」。〔註2〕沈自晉編《南詞新譜》卷六載〔大石調・少年遊〕一支，題爲「《三生傳》，馬姬湘蘭作」。可知《三生傳》作者爲金陵名妓馬守

〔註1〕　臺北：中央研究院中國文哲研究所，2003 年，第 32 頁。
〔註2〕　《群音類選》第 2 冊，北京：中華書局 1980 年，第 929～930 頁。

眞。

馬守眞（1548～1604），〔註3〕字月嬌，小字玄兒，以善畫蘭號湘蘭子，有同母姊妹四人，排行第四，故呼四娘，是萬曆間秦淮名妓。明呂天成《曲品・補遺》中載有「馬湘蘭（金陵妓）所著傳奇一本《三生記》，評之爲「中下品」，呂氏云：「馬姬未必能塡詞，乃所私代筆者」，〔註4〕對馬守眞戲曲創作的能力提出質疑。實際上，馬守眞其人多才多藝，通音律，擅歌舞，所調教的家班能夠演出全本《北西廂》，足見她精熟於戲曲之道；她亦有一定的文學功底，所著詩集《湘蘭子集》刻於萬曆辛卯（1591年），有吳中名士、戲曲家王稚登爲之作序，並爲如皋名士冒愈昌所賞，輯入《秦淮四姬詩》；明末清初王端淑編《名媛詩緯》，在《雅集》中收入了馬守眞的套曲〔錦纏道・閨思〕一套，評云：「明喉雪齒，張一娘、李藥師彷彿一時並見」，對其才華風流極爲推崇。馬守眞其人相貌一般，在當時以「藝」而非「色」著稱，「無論宮掖戚畹、王公貴人、邊城戍士、販夫廝養卒，雖烏丸屠各番貊君長之屬，無不知馬湘蘭者」，〔註5〕清初曹寅《楝亭詩鈔》卷七有《題馬湘蘭畫蘭長卷》、《再疊前韻》詩感慨馬湘蘭生平及故事，〔註6〕即至清末，其文采風流仍令人懷想不已：「六朝金粉之遺，只剩秦淮一灣水。逮明季馬湘蘭、李香君輩出，風情色藝傾動才流。迄今讀板橋之記，畫舫之錄，紙墨間猶留馨逸」。〔註7〕故後人將之列爲「秦淮八豔」之首。

2、關於劇作

《三生傳》全本今已佚失，但有殘曲散見於胡文煥《群音類選》和淩虛子《玉露音》中。呂天成《曲品・補遺》評述該劇梗概云：「始則王魁負桂英，次則蘇卿負馮魁，三而陳魁、彭妓各以義節自守，卒相配合，情債始償。但以三世轉折，不及《焚香》之暢發耳。」可知這是一部通過三生轉世來寫書生與青樓女子之間的情債的作品。《群音類選》所收《三生傳》片段的第一段

〔註3〕 馬守眞的生卒年，據王稚登《馬湘蘭傳》可以推知：萬曆甲辰（1604年）秋，馬湘蘭帶領她所調教的家班至蘇州爲王祝壽，時「姬年五十七矣」，歸後不久即病逝。此傳於次年（1605）寫成，收入秦淮寓客編《綠窗女史》第12卷，明刻本。

〔註4〕 吳書蔭校注《曲品校注》，北京：中華書局，1990年，第390頁。

〔註5〕 〔明〕王稚登《馬湘蘭傳》。

〔註6〕 〔清〕曹寅著，胡紹棠箋注《楝亭集箋注》，北京：北京圖書館出版社，2007年，第315～317頁。

〔註7〕 孫靜庵《棲霞閣野乘》，重慶：重慶出版社，1998年，第99頁。

見本書第二章第二節《「情」之重寫》，第二段《學習歌舞》曲文如下：

〔北收江南〕呀，須索再把霓裳整，儼是個洞府許飛瓊，似文鸞對鏡展雙翎，紫燕穿簾羽不停。看絕倫轉身，轉身在掌上，翩躚尤勝楚腰輕。〔南園林好〕……頭上應纏紅錦，迷客目，動人情。〔北沽美酒〕性玲瓏，貌娉婷，聲清雅，體輕盈，便是那神女仙姬難廝並。……到如今吹成彈成歌成舞成，呀！看門前車闐馬競。〔清江引〕尋芳車馬應盈徑，盡是豪家俊。堂前嚷嚷喧，門外紛紛盛，端只爲這佳人相牽引。

第二段描述歌妓習樂學舞的訓練過程，劇中人對歌舞技藝有著認眞自覺的追求，希望以出色的技藝獲得「豪家俊」的青睞，流露出青樓女子對自己才藝的自豪和滿足感。這段曲文和第一段《玉簪贈別》，展示了青樓女子的眞實心態，謂出自萬曆名妓馬守眞之手，應無可置疑。

《群音類選》是明代萬曆年間的戲曲作品選集，收錄的多是些當時舞臺上流行劇作的散出，這兩段曲文語言平實，不同於文人劇作的堆砌之風，很可能曾付之舞臺上演出。

無名氏《傳奇彙考標目》、姚燮《今樂考證》、王國維《曲錄》並見著錄，列入明傳奇。

（二）梁孟昭《相思硯》

1、關於作者

梁孟昭（約 1560～約 1640），字夷素，錢塘（今屬浙江）人。其夫茅九仍（名鼎）係侍郎茅瓚孫，茅坤曾孫。工詩善畫，據《宮閨氏籍‧藝文考略》載，她的作品除傳奇《相思硯》外，另有《墨繡軒集》、《山水吟》、《山水憶》等。〔註8〕

《杭郡詩續輯》記其生平云：「夷素爲諸生次辰姊，次辰有文名，夷素聰

〔註8〕 見胡文楷《歷代婦女著作考》，上海：商務印書館，1957 年，第 130 頁。《相思硯》和《山水憶》已佚，《墨繡軒集》和《山水吟》傳本極罕，胡文楷舊藏明崇禎八年（1635）刻本，今下落不明。《山水吟》又名《金陵遊草》，後附八篇散曲，胡文楷於 1950 年手錄之（與清王端淑編《名媛詩緯‧雅集》收梁孟昭小令一首、散曲六套字句多有不同），與清代女劇作家林以寧《墨莊詩餘》後所附十一套散曲合輯爲《明清閨秀曲二種》，今藏於國家圖書館。王秀琴（胡文楷妻）編《歷代名媛文苑簡編》據《墨秀軒集》收錄了《與徐夫人》、《又寄弟》、《答萬小夫人》、《與趙夫人》、《與王夫人求畫》等九篇文箋，見上海：商務印書館，1947 年，第 45～48 頁。

穎絕倫，口授輒成誦。又，貞靜寡言笑，工詩文，善書畫，適錢塘茂九仍，九仍侍郎瓚孫也。姑陳氏疾，割臂肉和羹以愈之。嘗偕九仍遊金陵，歷姑蘇出京口，溯金焦大江而上，詩亦滿篋，樂其山水風土。寓經年，忽感寒疾，臨終猶起坐焚香，鼓琴一曲而逝。」〔註9〕

王端淑《名媛詩緯・雅集》卷上記：「夷素一代作手，為女士中之表表者。其長短詩歌，皆清新幽異；大小墨妙，遠過前人。所著《相思研》詞劇，情深而正，意切而韻，雖梁伯龍、沈青門輩復出，亦當讓一頭地。」又曰：「詩才易，曲學難，苦心吳歈，皓首難精，夷素才敏英慧，女中元白，每拈一劇，必有卓識……傳神寫照，雄視騷壇，能不為之擊節於雲欐之上。」〔註10〕徐樹敏、錢岳《眾香詞・樂集》在論及「蕉園詩社」之盛時也提及梁孟昭：「一時閨中才子錢雲儀、林亞清、顧仲楣、馮又令，連車接席，筆墨倡和。說者謂自張夫人瓊如、顧夫人若璞、梁夫人孟昭而後，香奩盛事，於今再見。」〔註11〕梁孟昭在錢塘閨秀文化圈之活躍及所獲得的聲名可以想見。

晚明名士葛徵奇曾為梁孟昭的《山水吟》作序，序內稱梁為「內姊」；而葛徵奇所娶晚明名妓李因《竹笑軒吟草》中有《同梁姨夷素夫人西溪看梅二首》、《和梁姨夷素夫人新帳》等詩，〔註12〕可知梁孟昭與李因有較好交情，那麼，明末清初閨秀才女與名妓之交往又可添一例。

2、關於劇作

劇作已佚，《曲海總目提要》有其情節梗概：

> 《相思硯》，錢塘女史梁孟昭撰。按：梁孟昭，字夸素，浙江錢塘人。……劇謂南極老人與牽牛彈棋，遺二子，化為寶硯，一曰相硯，一曰思硯。牽牛、織女與月中仙子俱謫人間，以硯作合。牛、女後身尤星、衛蘭森為夫婦，故名。其事迹荒唐無據。……劇云：牽牛、織女兩星，非七夕不得相近，兩星私泛雲津，為天帝所覺。牽牛與南極老人彈棋，拂落二子，老人謂三百六十子，皆補天石為之，應三百六十度星宿，今失二子，他日必有徵應。會織女赴月宮助采，與月中仙子皆以孤獨動凡想，於是帝謫牛女，託生人間尤、衛二家。

〔註9〕 施淑儀《清代閨閣詩人徵略》卷一，上海：上海書店，1987年影印本。
〔註10〕 清康熙間清音堂刻本。
〔註11〕 清康熙二十九年刻本，上海：大東書局影印本，1933年。
〔註12〕 〔明〕李因撰，周書田校點《竹笑軒吟草》，瀋陽：遼寧教育出版社，2003年，第13、16頁。

月中仙子亦降凡，備歷艱苦，特不投胎耳。南極宮中耗星，亦乘間軼入塵世牛家爲子。杭州戎政尚書衛觀，乞假居鄉，妻鄒氏，無子，有女名蘭森，姿容絕世，雅嗜詩書，其家常產五色靈芝。芝上復有紫氣，乃發芝根，得寶石一塊。上有蝌蚪文，不可識。鄒氏幼時曾患瘤疾，有道姑來救得活，不知其姓名，呼爲異人姊，至是率一女來訪，其女采豔非常，託鄒撫爲義女，名曰蘭生，異人見石曰：此爲思硯，乃女媧氏補天石所化，尚有相硯，又識其銘曰：惟此寶硯，彼相此思，欲諧鳳卜，得相始施。旁又有蘭森名，於是互相歡異。以爲後有求婚者，必得相硯爲聘，方許之。浙西柱史之子尤星，字瑞生，其父母夢河鼓降室而生，弱冠登賢書，未聘，與同年生田畏揚遊西湖，會衛夫人二女亦來湖上探梅，星與蘭森相望一水間，目交心許，繼而訪之爲衛氏女，遂投之於觀門，觀館之於後園，而所謂異人之女蘭生者，即月中仙也，方爲兩人作合。假蘭森名題於葉上，星見之，益相憶，乘間問計於婢孤鴻，鴻告以必得相硯爲聘，且使星易女裝，直入蘭森室，得見思硯，而卒無從覓所謂相硯也。乃祈夢於于忠肅祠，果夢神告以硯在天台雁宕山，但恐硯歸人去耳。醒而託其友田渭洋爲媒，而己則竟往天台求硯，時有牛公子名晶者，欲得蘭森爲室，而田畏揚又怒星之外己，方祈夢時，適與星會。叩星所祈，星以其詳直告之，兩人乃相與謀，依式僞造玉硯一方，上鐫蘭生名，以誤聽森爲生也。伺星既去，竟往衛室行聘。值觀內召，瀕行，語夫人云：有尤公子託田舉人求婚，我已許之。俟其得硯來聘，當即以女嫁之。及牛、田聘至，其家皆以牛爲尤，田畏揚爲田渭洋，刻期許嫁。後夫人聞其人醜惡，又硯字不符，欲以蘭生代森，生亦請行。合卺之夕，上帝遣孫悟空以瞌睡蟲著牛晶鼻，使不得近。鄒夫人母女，則以觀有書，促入都，即日就道，星至天合，果得相硯，其名曰：天降靈寶，曰思曰相，於飛之兆，得思始昌。及歸杭而知牛事，得疾發狂，幾死。其友田渭洋，俠客也。前爲星求婚後，即他往，至是聞之，憤甚，以術召風神，使吹牛晶、田畏揚於絕域，而挈星赴京會試，星亦漸愈。觀奉命鎮邊有功，爲權貴所忌，誣劾其欲據西涼，朝命一面遣官詳訪，一面取其妻女入宮，蘭森奉母至宮，得公主歡，因薦蘭生才，奏之，太后召爲女學士，與星相遇於

途，星尚以生爲淼也，求一見不得，授詩寓意，始知爲蘭生，蘭生
見太后，爲淼白冤，且以淼姻事始末詳奏，太后聞於朝，晉淼爵，
放鄒母女還，時星殿試擢狀元，與蘭淼成婚，而相、思兩硯始合，
蘭生忽不見。〔註13〕

清王士祿《然脂集例》（《昭代叢書》二集，原書未刻，僅存一例）著錄此劇，
云：「閨秀擅此技（按：指戲曲創作）者亦少，……向讀《畢湖目集》，見其
有讀梁夷素女史《相思硯》傳奇詩，此劇恨未之見。茲先列其目，俟續訪增
入。」畢湖目其人其書待考。

清笠閣漁翁《笠閣批評舊戲目》著錄「《相思研》：婦梁夷素作」，評爲「下
下」。

清姚燮《今樂考證》「國朝院本」有「梁氏夷素一種：《相思硯》」。

清焦循《曲考》「國朝傳奇」有「《相思硯》，錢塘女史梁誇素作」。

王國維《曲錄》卷五將此劇列入清傳奇。

（三）梁小玉《合元記》

1、關於作者

梁小玉，字玉姬，小名玉兒，號琅嬛女史，吳興妓。其作品包括《千家
記事珠》三百卷、《詠史錄》十卷、《諸史》百卷、《山海群國志》、《草木鳥獸
經》、《古今女史》、《古詩集句》、《樂府驪龍珠》和《合元記》傳奇（《然脂集》
著錄）。

《宮閨氏籍·藝文考略》云：「小玉，字玉姬，號琅嬛女史，吳興妓。七
歲依韻賦《落花詩》，長而遊獵群書，作《兩都賦》半載而就。……小玉著書，
從來鉛黛中無埒富者，僅從集中諸序，見其目耳。《兩都賦》經營半載，當爲
極意之作，亦不見集中，故不能無子虛亡是之疑矣。記諸文纏纏有氣，而絕
少女郎苕秀之色。《遊燕子磯》一記差勝。詩數百篇，竟無從索一俊語，則有
何也。至其目九家之文，袁以酸，陳以甘，李以辛，屠以鹹，虞以苦，華亭
以瘦，雲杜以肥，臨川以長，宣城以短，雖復昭容操衡，殆無以過，亦奇女
子矣。中郎以跳蕩自命，而目之以酸，此語尤索解人不得。」〔註14〕

《列朝詩集》評價梁小玉詩作云：「小玉詩近於粗豪，不免俚俗，至其語

〔註13〕《曲海總目提要》，北京：人民文學出版社，1959年，第1192頁。

〔註14〕胡文楷《歷代婦女著作考》，上海：上海古籍出版社，1957年，第127～129
頁，該書並錄其《古今詠史錄》自序、《古今女史》自序。

風懷，陳秘戲，流丹吐齊，備極淫靡。高仲武所云，既雌亦蕩，不如是之甚也。」

清陳文述《西泠閨詠》卷九有《花壇三秀祠懷梁小玉》，小序云：「小玉字玉姬，號琅嬛女史，武林人。七歲賦《落花詩》，八歲摹大令帖，長而遊獵群書，作兩都賦，半載而就，著《琅嬛集》二卷。其《和泠香韻詩》云：……，皆麗句。嘗商略古今名娃，奉薛濤爲盟主，以蘇小小、關盼盼配享曰：花壇三秀之祠。」詩云：「應是嬋娟弟子行，花壇三秀奉明璫。只緣骨冷神俱冷，始信心香體亦香。煙篆嫋云云篆合，井華酹月月華涼，玉臺新詠琅嬛集，翠袖簪豪倚晚妝。」〔註 15〕

2、關於劇作

明祁彪佳《遠山堂曲品》著錄「梁玉兒《合元記》」，云：「此即文長《女狀元》劇所演者。閨閣作曲，終有脂粉氣，然其豔香殊彩，時奪人目。紅兒、雪兒、玉娘以一人兼之矣。」又《凡例》云：「才人名妓，詞壇之所豔稱，作者每竊其名以覆短。如盧次楩之《想當然》、韋長賓之《箜篌》、馬湘蘭之《三生》，梁玉兒之《合元》，考其眞姓名而不可得，未能闕疑，故以從俗。」

清王士祿《然脂集例》云：「梁小玉《合元記》中多穢語，且韻腳多訛，僅摘錄一二齣，以備一種。」《然脂集》原書未刻，僅存一例。

（四）阮麗珍《夢虎緣》、《鸞帕血》、《燕子箋》

1、關於作者

柴萼著《梵天廬叢錄》卷十六「阮大鋮女」條記：

> 阮圓海之《燕子箋》，即鄙薄其人如吳應箕、侯朝宗輩，僉許爲才人之筆，不知實其女所作，圓海特潤色之。女名麗珍，字楊龍友之幼子名作霖者。美容色，工詞曲，所撰尚有《夢虎緣》（梁紅玉事）、《鸞帕血》等曲，今皆不傳。阮降清，女爲某親王所得，甚寵愛之，後爲福晉所嫉，酖死。陽湖張上主備記其事。〔註 16〕

《燕子箋》向來被認爲是晚明戲曲家阮大鋮的代表作，柴萼提出此劇實爲阮大鋮與其女阮麗珍合作的結晶，而最早記載這一公案的陽湖張上主其人其書尚不可知，有待深考，柴氏之言姑且存疑。

〔註 15〕道光七年（1827）漢皋青鸞閣原鐫，光緒十三年（1887）西泠翠螺閣重梓本。
〔註 16〕民國十五年（1925）中華書局影刊本。

阮麗珍的生年，據顧起元為阮大鋮繼父阮以鼎所作《中大夫河南等處承宣布政使司右參政兼按察司僉事盛唐阮公墓誌銘》可以大略考知，原文稱：「公姓阮氏，諱以鼎，……公元配周氏，贈安人，繼金氏。子一即大鋮，舉應天癸卯鄉試，蓋公弟之子也。娶參政吳公岳秀孫女。女一，適進士倪公應眷，字與善。孫女一，許聘太僕少卿方公大美孫某。」（《懶眞草堂集》卷二十二）此文作於萬曆三十七年己酉（1609）阮以鼎去世不久，其時阮大鋮二十三歲，其女已許聘方某，那麼麗珍生年應在此年以前。關於阮麗珍的婚姻情況，中國藝術研究院的鄭雷據道光庚寅（1830）阮易路重修《阮氏宗譜》查知，麗珍嫁給了阮大鋮文友曹履吉之子曹臺望，所生第三子曹樨後立為阮大鋮嗣孫，改名阮樨。柴萼所記阮麗珍在阮大鋮降清後為某親王所得事很難成立，因阮大鋮降清在順治三年（1646），其時阮麗珍已年近四十，且育有數子。〔註17〕

綜上，阮麗珍的生平小傳姑且記為：（1609 以前～？），字不詳，懷寧籍桐城（今屬安徽）人，阮大鋮女，曹臺望妻，阮樨母。著有《夢虎緣》、《鸞帕血》，並草創《燕子箋》傳奇，後由父親潤色而成。

2、關於劇作

《夢虎緣》、《鸞帕血》：已佚，光大中《安徽才媛紀略初稿》著錄。

《燕子箋》傳奇，二卷，敘唐代士子霍都梁和名妓華行雲、尚書之女酈飛雲之間因誤會而造成的愛情故事。收入《石巢傳奇四種》，明崇禎吳門毛恒刻本，1955 年《古本戲曲叢刊二集》據毛刻本影印。又有 1986 年上海古籍出版社《古代戲曲叢書》本（劉一禾著，張安全校）；1988 年中華書局《明清傳奇選刊》本（蔡毅點校）；1993 年黃山書社《阮大鋮戲曲四種》本（徐凌雲、胡金望點校）。

（五）葉小紈《鴛鴦夢》

1、關於作者

葉小紈（1613～1657），字蕙綢，江蘇吳江人，葉紹袁與沈宛君次女，諸

〔註17〕《阮大鋮叢考》（下），《華僑大學學報》2006 年第 4 期。又據鄭雷考知，阮樨字延公（或岩公），康熙十七年舉人，曾任丹徒縣教諭。與孔尚任相善，孔尚任《湖海集》卷七《過阮岩公宅》詩即是為阮所作，詩云：「每憶高居到始知，風光雖好異當時。零星列架先人稿，疏密遮簷舊樹枝。一第未成書屋破，諸男皆大配婚遲。逢君喜極還生感，難忝艱留詎忍辭。」其中「零星列架先人稿」之句隱約透露著阮家先人著述事。

生沈永楨妻，戲曲家沈璟孫媳。有雜劇《鴛鴦夢》和詩集《存餘草》（是其弟葉燮爲刻遺詩，「存餘」之名，即燮所命）。

小紈自幼與兄弟姊妹一同受到良好的詩賦教育，葉紹袁《亡室沈安人傳》記沈宛君對諸子女的教育云：「（兒女）四五歲時，君即口授《毛詩》、《楚辭》、《長恨歌》、《琵琶行》」〔註18〕，故小紈一家皆能文。葉紹袁《天寮自撰年譜》崇禎三年庚午條記：「次女蕙綢，初歌蕡寔」，表明小紈與沈永楨成婚在此年。次年與丈夫一同遷居江干，貧不可言。崇禎九年（1636）之間完成《鴛鴦夢》雜劇。《存餘草》由葉燮於康熙二十五年丙寅（1686）重修，收入《午夢堂集》。共存詩 86 首，詞 15 首。《吳江沈氏詩錄集》卷十一收詩十八首，小傳云：「字蕙綢，諸生冀生公永楨配，南榮公（沈自鋐）次媳。工部仲韶公女也。碩人少與姊昭齊、妹瓊章以詩詞相倡和，迨姊妹相繼夭殁，碩人痛傷之，乃作《鴛鴦夢》雜劇寄意，舅氏漁陽公以貫酸齋、喬夢符比焉。詩極多，晚歲自汰之，僅留二十之一，名曰《存餘草》，己畦先生碩人幼弟也，嘗稱碩人詩情辭黯淡，過於姊妹二人。」〔註19〕

2、關於劇作

清黃文暘原編《重訂曲海總目》「國朝雜劇」收「葉小紈（吳江女史）：《鴛鴦夢》」。

焦循《曲考》「國朝雜劇」有「《鴛鴦夢》：吳江女史葉小紈作」。

姚燮《今樂考證》列入「國朝雜劇」，並記：「小紈名蕙綢，吳江人，沈詞隱先生孫婦。其劇刻《午夢堂集》中。《曲考》、《曲目》均署『葉小鸞作』，誤。」

譚正璧《中國女性文學史話》指出：「小紈字蕙綢，適沈永楨，獨精於曲律，著《鴛鴦夢》雜劇。今人吳梅《中國戲曲概論》對於《鴛鴦夢》的批評道：『葉小紈《鴛鴦夢》，寄情棣萼，詞亦楚楚。惟筆力略屝弱，一望而知爲女子翰墨，第頗工雅。』蔣瑞藻評爲『殊清警拔俗。惟於北詞格調，不甚相合』。鄭振鐸評爲『此劇除了開場體例殊異外，餘皆嚴守北劇的規則』。蔣、鄭二氏的批評幾乎完全相反。」〔註20〕

據傅惜華《清代雜劇全目》，《鴛鴦夢》的流傳版本計有：

〔註18〕〔明〕葉紹袁《午夢堂集》，北京：中華書局，1998 年，第 227 頁。
〔註19〕〔清〕沈祖禹、沈彤輯校《吳江沈氏詩錄集》，乾隆五年（1740）刊本。
〔註20〕天津：百花文藝出版社，1984 年，第 331 頁。

1、明崇禎間原刻《午夢堂集》所收本。前有崇禎丙子（1636）沈自徵序。劇名簡稱為《鴛鴦夢》，署「吳江葉氏小紈蕙綢撰。」題目正名為「三仙子吟賞鳳凰臺，呂眞人點破鴛鴦夢」，有眉評，傅惜華藏。

2、清乾隆間補刻重印《午夢堂集》所收本。

3、清鈔本。序文、劇名簡稱、署題、題目正名，均同前本。北京圖書館藏。

4、清姚燮編《今樂府選》稿本所收，第二十九冊。

5、清咸豐六年（1856）刻《硯緣集錄》第四冊所收本。有崇禎丙子年（1636）沈君庸序。劇名簡稱《鴛鴦夢》，署「吳江葉氏小紈蕙綢塡詞，大興王壽邁佛雲甫重校。」題目正名同《午夢堂集》本。

此外，清初倘湖小築亦有刻本，今不見。吳梅《古今名劇選》原收有此劇，但未見刊行。〔註21〕

二、清代作家作品

（一）姜玉潔《鑒中天》

1、關於作者

〔清〕黃文暘原編《重訂曲海總目》「國朝傳奇」有「姜玉潔（女道士）：《鑒中天》」〔註22〕；焦循《曲考》「國朝傳奇」有「《鑒中天》：女道士姜玉潔作」；姚燮《今樂考證》「國朝院本」有「女道士姜玉潔一種：《鑒中天》」〔註23〕。據此可知《鑒中天》作者係女道士姜玉潔。姜氏生平、字裏皆不詳。

2、關於劇作

《鑒中天》傳本極少，其具體內容未見近代各類戲曲目錄著作所提及，一度被認為是已佚失的劇作。此劇有殘本今存於首都圖書館，為吳曉鈴先生舊藏，筆者親見，惜僅存下冊。

筆者所見《鑒中天》殘本為下冊第 19 至 36 齣，以「折」標示，首尾殘破，無序跋。第 20 至 36 齣的齣目依次為《歸林》、《內煉》、《外煉》、《花仙》、《驚尚》、《迷陣》、《謁眞》、《點金》、《護戰》、《詮眞》、《葆眞》、《鑄劍》、《傳

〔註21〕傅惜華《清代雜劇全目》卷一，北京：人民文學出版社，1981 年，第 36 頁。

〔註22〕《中國古典戲曲論著集成》（七），中國戲劇出版社，1959 年，第 358 頁。

〔註23〕《中國古典戲曲論著集成》（十），第 300 頁。

眞》、《試金》《藏錦》、《演神》和《大證》。劇情梗概爲：楊瑩（字石韜）因國家太平無事，在二子兆龍、兆鳳雙中會魁後退隱山林，與夫人顏如玉一意眞修。楊瑩之妹菲華與妹夫石剛中道行皆極深，對楊瑩夫婦多有點撥。兆龍、兆鳳兄弟同時爲皇上招爲駙馬，分別與瑞雲、瑞霞公主成姻，並獲得朝廷重用。時有猺兵作亂，兆龍、兆鳳在石剛中的幫助下征猺成功，不久後，亦雙雙告假歸鄉，加入眞修的隊伍，楊氏全家得石剛中夫婦的指引拔宅飛升。劇本以戲曲形式記敘楊氏一家修仙煉道的經歷，不少齣目如《內煉》、《外煉》等集中討論修煉的要訣，內容比較枯燥。劇末當楊瑩求石剛中指一靈山挈家深隱時，石指所懷之鑒云：「即我心鑒之中，便是大眾證眞的實際處也。」並唱道：「鑒中任逍遙，鑒中無塵繞……」正點明了全劇大旨。

劇本正文穿插有一些批語，多對煉道要訣做出補充、詮釋，很可能出自作者道友之手。有些批語透露出批者係女性，亦可從側面證實該劇作者的女性身份。如《詮眞》一齣中，楊菲華從玉眞觀一婆子處學得北曲一套，唱與顏如玉，闡明眞宗正旨，希望廣度世間薄命紅顏，批語云：「再三申辯傳書邪說，不惟全我輩女流眞眞，亦全男子眞眞也，非其義也。一介不以取諸人，肯爲狐魅伎倆，以求正果，亦甚弗思矣。我輩女流守身爲大，愼莫自誤潔身，爲人所賺也。」又同一齣中，顏如玉將石剛中所授《心鑒眞詮》詮解一番以傳兩媳婦，批語云：「道書大半流入旁門，可憐薄命紅顏，多有克爲鼎器者，何天地不仁至此，竟以女流爲芻狗也，悲夫！」性別立場甚明。

胡文楷《歷代婦女著作考》將姜玉潔記爲明代作家〔註24〕，華瑋《明清婦女之戲曲創作與批評》沿用此說〔註25〕，但二書均未著錄關於該劇更詳細的情況。《鑒中天》在《重訂曲海總目》、《今樂考證》、《曲錄》中均被列爲清代傳奇，而筆者所見刻本有明顯的避康熙帝玄燁諱的細節特徵，故推測該劇的創作時間應在康熙年間或稍後。據作品問世年代，姜玉潔應歸入清代作家之列。

（二）林以寧《芙蓉峽》（與錢肇修合著）

1、關於作者

清焦循《劇說》卷五記：「錢御史石城《芙蓉峽》傳奇，亦其夫人林亞清

〔註24〕商務印書館（上海），1957年，第625頁。
〔註25〕中央研究院中國文哲研究所（臺北），2003年，第31頁。

作。婦人塡曲，前代未有，林名以寧，有集，詩極工。」〔註26〕其《曲考》「國
朝傳奇」亦云：「《芙蓉峽》：錢夫人林亞青作」。姚燮《今樂考證》著錄「錢
石臣一種：《芙蓉峽》」，並注云：「《曲考》署錢夫人林亞青作，不知何據？」
林以寧《墨莊詩抄》後附有一套曲子爲〔南仙呂八聲甘州〕《題《芙蓉峽》傳
奇》，其中「金針繡帖今且拋，緗帙芸編伴此宵，燃膏，把丹黃評定推敲」之
句，表明她參與了《芙蓉峽》的創作；以寧好友徐德音爲她的《墨莊集》作
序時稱：「……（亞清）詠懷古迹則調比少陵，時而奮袖低昂，似舞公孫劍器；
時而鳴絃急切，……偶塡小令，抹將淮海微雲；間譜新聲，號作臨川玉茗。
入華林之苑，總是奇葩。」明示林以寧曾從事戲曲創作，這部傳奇當爲夫妻
二人合作的產物。〔註27〕

　　林以寧（1655～1730以後），〔註28〕字亞清，浙江錢塘人，進士林綸女，
監察御史錢肇修（1752～？，字石臣，洪昇表弟）室。清初蜚聲於西子湖濱
的女子詩社「蕉園五子」的成員之一，「蕉園七子」的發起人。好友李淑昭
《復林亞清》云：「賢妹有四絕：曰詩、曰文、曰楷書、曰畫，皆逸倫超群，
膾炙人口。頃雲翰下頒。復見行草妙甚，豈慧心人眼匡多窄，必欲盡世間韻
事，萃於一身，不肯讓人耶？」〔註29〕清吳顥《杭郡詩輯》云：「亞青能詩，
能畫梅竹，且善爲駢四儷六之文。自序言：『少從母氏受書，取古賢女行事，
諄諄提命。而尤注意經學，且願爲大儒，不願爲班左』，自命卓卓，絕不似
閨閣中語。從宦河陽，退食蕭閒，焚香相對，鸞酬鳳唱，傳播藝林以爲佳話。」

〔註26〕《劇說》卷五，第159頁。

〔註27〕陸萼庭先生據林以寧的〔南仙呂八聲甘州·題芙蓉峽傳奇〕套曲，分析認爲
　　　《芙蓉峽》應爲錢肇修獨撰，見《清代戲曲作家作品的著錄問題》（《戲劇藝
　　　術》1992年第3期）筆者認爲在沒有更爲有力的證據出現之前，不應輕易否
　　　認錢、林夫婦任何一方在劇本成書過程中的努力。

〔註28〕《杭城坊巷志》引《郭西小志》云：「稗畦表弟錢杏山與婦林亞清亦中表結婚
　　　者也。錢長林三歲，俱五月十一日生，至康熙甲戌（1694），稗畦夫婦五十，
　　　亞清亦四旬……。」據此可知林以寧的生年在1755年。又，雍正八年（1730）
　　　林以寧以七十六歲高齡，爲另一位錢塘才女梁瑛（號梅君）的著作《字字香》
　　　作序，序中感歎說：「憶予從顧太君臥月軒時，六十年間，猶昨日事耳！微音
　　　遙嗣，乃在梅君。」序後落款有「雍正八年春三月望，七十六老嫗錢林以寧
　　　題於墨莊」的字樣，據此也可以推算出她的生年來，亦知林以寧少女時期曾
　　　拜錢塘知名女作家、女族長、被推爲「武林閨秀之冠」的顧若璞（1592～約
　　　1681）爲師，遲至雍正八年以寧尚健在。

〔註29〕〔清〕李淑昭《寫心集》，引自王秀琴編集、胡文楷選訂《歷代名媛書簡》，
　　　長沙：商務印書館，1941年。

〔註30〕著有《鳳簫樓集》、《墨莊詩鈔》二卷（並附《詞餘》一卷，《文鈔》一卷。今存康熙三十六年丁丑（1697）刊本）。《正始集》、《擷芳集》、《兩浙輶軒錄》、《名媛詩話》等皆有其小傳。

林以寧曾爲吳吳山三婦評點的《牡丹亭》刊本（《吳吳山三婦合評牡丹亭還魂記》）題序。序中說：「治世之道，莫大於禮樂，禮樂之用，莫切於傳奇。愚夫愚婦每觀一劇，便謂昔人眞有此事，爲之快意，爲之不平，於是從而效法之。……君之爲政，誠欲移風易俗，則必自刪正傳奇始矣。」這段話強調戲曲的社會作用，表現出林以寧對戲曲這一文學形式的重視。

2、關於劇作

《曲考》、《曲錄》、《曲海目》並見著錄。全劇共 33 齣，本事無考，情節係作者虛構。全本已佚，姚燮《復莊今樂府選》（浙江圖書館古籍部藏鈔本）第 112 冊收錄此劇，僅有《締盟》（第 17 齣）、《定計》（第 20 齣）、《飛劍》（第 24 齣）、《露機》（第 26 齣）、《鬧婚》（第 28 齣）、《設餞》（第 31 齣）、《雙隱》（第 33 齣），共 7 齣。

（三）李懷《雙魚譜》（與曹重合著）

1、關於作者

李懷字玉燕，江蘇華亭人，清初在世。瑞金知縣李灝女，曹重（爾垓）室，曹鑒冰母。關於李懷與曹重合著傳奇的記載見於《嘉善縣志》（光緒壬辰重修本）卷二十九《列女・才媛》：「李玉燕，瑞金知縣灝女，考選社師曹重室。能詩，夫婦合撰《雙魚譜》傳奇。」又，《眾香詞》樂集記：「李懷，字玉燕，華亭人，瑞金縣令李灝女，文學曹爾垓室。垓爲顧菴學士從弟，字十經，高風眞隱，詩畫亦時所珍，構茅黃歇浦，所謂『剛被世人尋討著，又攜茆屋到深居也。』四方顯者訪之，每具濁醪山蔬，縱談千古。玉燕如德耀飲食，恭敬櫛沐以外，亦點染雲林，花花草草無不合法宋元，教女葦堅繼其神采，集有《問花吟》並《繫聯環》樂府。」《雙魚譜》與《繫聯環》樂府是否爲一種，尚待考。

乾隆間修《金山縣志》卷十三《隱逸傳》記：「曹重，字十經，干巷人。博學能詩，善繪事，而尤長於詞。念父諸生焜攖亂就義，乃絕意進取，惟以

筆墨自娛，著《濯錦詞》十卷。母吳氏名朏，號冰蟾子，妻李氏，女鑒冰，並能詩善畫，合編集曰：《三秀》。番禺屈大均題其臨溪書屋云：「有美茸城客，新多嬌女篇。惠芳詩總好，織素畫俱妍。白蕩三湖水，青峰九疊煙。室人同命管，紈扇世爭傳。」〔註31〕可知，李懷與曹重一家皆能詩善畫，父女雙吟，祖孫三秀，是清初聲名遠播的一個文人家庭。

2、關於劇作

《雙魚譜》傳奇劇本已佚，內容不詳。

（四）曹鑒冰《瑤臺宴》

1、關於作者

曹鑒冰，字葦堅，號月娥，生活於清順治、康熙間〔註32〕，江蘇金山人，婁縣張殷六妻。有《清閨吟》、《繡餘試硯草》、《瑤臺宴》傳奇。與祖母吳朏、母李玉燕合編詩稿，曰《三秀集》。

《眾香詞》樂集記：「曹鑒冰，字葦堅，十經先生女，蓼懷學士從妹。適華亭張孝廉壽孫之孫張殷六。與祖母吳朏、母李懷，有一門唱和之樂，四方名流無不重其筆墨。所著有《繡餘試硯稿》並《瑤臺宴》傳奇。」惲珠《正始集》中有曹鑒冰小傳：「字月娥，號葦堅，江蘇金山人，諸生張曰瑚室。著有《清閨吟》。葦堅為女史吳朏女孫，家貧甚，夫婦偕隱。葦堅以授經為女師，書畫精妙，造請者咸稱葦堅先生。」曹鑒冰的《清閨吟》二卷並見《金山縣志》、《撷芳集》著錄，傳本極罕，胡文楷《歷代婦女著作考》記吳縣吳慰祖先生藏有此書藍格抄本，凡詩97首，詞一首，又詩餘96首，又題花卉詩凡167首，詞41首，皆題畫之作。〔註33〕鄧長風《明清戲曲家考略》謂此書今為曹鑒冰的七世孫曹秉章獲得，總計詩276首，詩餘132首，是曹重一家四人遺存至今唯一的一部作品。〔註34〕

2、關於劇作

《瑤臺宴》傳奇劇本已佚，內容不詳。

〔註31〕民國十八年據乾隆十六年（1751）本石印。
〔註32〕鄧長風推測曹鑒冰約生於順治年間，歿於康熙中後期（約1700年）前後，《明清戲曲家考略》，第75頁。
〔註33〕胡文楷《歷代婦女著作考》，上海：商務印書館，1957年，第411頁。
〔註34〕《曹重和曹鑒冰》，《明清戲曲家考略》，第75～80頁。鄧先生對這本《清閨吟》及曹重一家生平狀況有詳細考述，可參考。

（五）張藜《雙叩閽》

1、關於劇作

張藜的《雙叩閽》未見著錄，1933 年杜穎陶在《記玉霜簃所藏鈔本戲曲》
〔註35〕中最早介紹這部劇作，全文如下：

> 《雙叩閽》，二卷，一冊，清張藜撰。藜字采于，別號衡棲老人。
>
> 卷首有作者自序一篇及「王宮女傳」、「張藜」、「采于」等印記，則
> 此本當係原作者之稿本無疑。
>
> 序云：「憶余丙戌秋應徵北上，設帳於王府，館課之暇，奉內主命草
> 撰雜劇幾種，悉授家優演習，竊念素不解音律，恐終未能合腔叶調
> 耳。今春有姻親授余以馮氏伉儷叩閽情節，大聳耳目，屬余爲劇以
> 誌之，然當事者則欲述其眞實，以顯厥志；操管者或稍避嫌於涉世，
> 故易其朝代更其姓氏而隱括焉。其中或前後開闔處，較眞事稍有舛
> 錯，一則顧辭理之浹洽，一則祈觀場之悅目，且習演者限於腳色必
> 花派均勻，庶能各儘其長。噫嘻！戲者戲而已矣，閱斯劇者，當會
> 斯意，或不罪作者之妄臆也。辛卯端午月題於錦帆涇書館。」
>
> 其第一折云：「馬氏知州，成都兵備，千金建院賑民。閨中孝婦，割
> 股療嚴親。堪恨奸臣索詐，侵國帑，掯勒工程；捐家產反遭誣報，
> 縲紲受非刑。重監私逸出，金山面聖，天語諄諄；困囹圄絕食，幾
> 喪殘生。俠女血疏呈奏，蒙神祐，哭叩天閽；旌褒額，一門忠孝，
> 千古著芳名。
>
> 積陰德的廉信官捐金建院，行孝心的賢命婦割骨療親。
>
> 資險惡的貪總河終遭天譴，彰褒貶的明聖主恩賜扁旌。

「玉霜簃」是著名京劇表演藝術家程硯秋先生的書齋名，《雙叩閽》係程硯秋
舊藏戲曲抄本中之一種，是非常罕見的珍本。杜穎陶先生據從程硯秋後代手
中徵得的《玉霜簃戲曲鈔本》撰寫了介紹文章，並在以筆名「綠依」發表的
《秋葉隨筆》一文寫到了寧府及張藜。〔註36〕1983 年，周妙中撰《明清劇壇
的女作家》一文時曾親見此劇並對劇情作了簡述，認爲張藜是「清代有作品
留傳的第一位女作家」。〔註37〕1997 年郭英德撰《明清傳奇綜錄》、2003 年華

〔註35〕見《劇學月刊》第二卷第 3、4 期。
〔註36〕見《劇學月刊》1933 年 2 卷 9 期「寧府‧張藜‧曹文瀾」一節。
〔註37〕中山大學學報編《古代文學論叢》第一輯。亦見於周妙中《清代戲曲史》，鄭

瑋撰《明清婦女之戲曲創作與批評》時皆表示此書「惜未獲見」。2005 年秋，《玉霜簃戲曲鈔本》進入著名的拍賣行，在這批共計 1500 多冊種的珍貴抄本中，就包括了張藻的《雙叩閽》。〔註38〕這批抄本最後爲北京大學圖書館購得，目前尚未完成整理和函裝的工作，故筆者未能獲見。

2、關於作者

依據杜文引錄的序文，張藻曾於丙戌秋北上設館授課於王府，任王宮女傅，創作雜劇數種供家優演習。這裏的「丙戌」，周妙中認爲是乾隆三十一年（1766），鄧長風推測張藻生年在康熙四十年（1701）前後，〔註39〕均有誤。張藻字采于，別署衡棲老人，長洲（今江蘇蘇州）人，吳士安妻，張循齋妹。詩文詞曲無不擅長，有《衡棲集》。《衡棲集》今雖不可見，〔註40〕但《眾香詞》和《晚晴簃詩彙》中收錄了張藻的部分詩詞作品，其中數篇寫到了尤侗（1618～1704）對她的知遇之恩。如這首〔燭影搖紅〕《尤悔庵太史索新詞刻《燃脂集》中辭謝》：

> 檢點奚囊，牢騷半是窮途恨。漫勞收劍惜隋珠，白璧尤藏蘊。未必青緗能領，敢齊驅、班紈竇錦。採藥龐門，操春臯廡，已拼淪隱。
>
> 步障清談，料應不似當年韻，只將刀尺作生涯，硯匣塵盈寸，搔首青天難問。借宮商、聊抒幽憤，更何須向，繡閣香盒，爭奇矜勝。（《眾香詞》）

《燃脂集》是尤侗的友人王士祿（1626～1673）編撰的一部婦女文學選集，尤侗向王士祿推薦張藻的詞作，足見他對張藻的推舉。又如這首《錄詩呈尤悔庵並謝惠新詞》：

> 下里深勞白雪賡，鸞箋忽迓賜瑤瓊。貧來止慣親刀尺，愁絕何心問筆耕。豈有迴文蘇氏慧，愧無飛絮謝公稱。絳紗有意栽桃李，俚句還祈班管評。

詩中可見尤侗和張藻就詞的寫作有過一些交流，相傳張藻曾被尤侗收爲女弟

州：中州古籍出版社，1987 年，第 273～274 頁。

〔註38〕吳書蔭《清代崑曲演出本亟待搶救、保護和整理》，《古籍整理出版情況簡報》2006 年第 12 期。

〔註39〕《明清戲曲家考略續編》，上海：上海古籍出版社，1997 年，第 213 頁。

〔註40〕胡文楷《歷代婦女著作考》收錄了岑灝《衡棲集》跋，云：「朗潤清華，觸處拈來，纖埃點絕。眞如玉女凌波，仙韻天然，自不得以五銖之閶風，擬六幅之湘水也。選詩云：『清如玉壺冰，燦若春林葩。』斯二語堪爲斯集作頌。」見上海：商務印書館，1957 年，第 406 頁。

子，不爲無據。尤侗卒年在康熙四十三年（1704），那麼，張藻生年不可能在1701前後。上引詩作提到了張藻家境的貧窮，這正是她設帳王府的一個重要原因，她北上的「丙戌」年當爲康熙四十五年（1706），創作《雙叩閽》的「辛卯」年是康熙五十年（1711）。

張藻的詩詞爲不少名流所重，周銘《林下詞選》云：「張藻，字采于，長洲人，天一妹。諸生吳士安室，有《衡棲詞》，其詞品似吳淑姬一流，當與《陽春白雪》並傳。」〔註41〕認爲她的詞作可與宋代女詞人吳淑姬的《陽春白雪》相媲美。《欽定國朝詩別裁集》卷三十一收錄張藻的《戲爲外子撥悶》一詩，沈德潛評曰：「『奴愛才如蕭穎士，婢知書似鄭康成』，向推劍南佳句，得其意而翻用之，以高隱重，不以才藻鳴也。家風敦樸，於此可見。」《晚晴簃詩彙》詩話云：「采于詩溫柔敦厚，得風人之旨。歸愚賞其『兒頑應笑同王霸，婢鈍何須學鄭玄』一聯，謂可見家風敦樸。余尤愛其《初夏》一首，至性天然。采于子岳，通經術，亦工詩，受母教也。」〔註42〕

又，張藻別號爲衡棲老人，她在寧府所撰雜劇數種惜並名目均佚，而《笠閣批評舊戲目》著錄了衡棲老婦有《才星現》與《醒蒲團》二劇；姚燮《今樂考證》著錄了衡棲老人的《才星現》一種及衡棲老婦《醒蒲團》一種，這兩部劇作很有可能也是張藻的作品，惜今已不可見。

（六）張令儀《乾坤圈》、《夢覺關》

1、關於作者

張令儀，字柔嘉，自號蠹窗主人，安徽桐城人。著有劇作《乾坤圈》、《夢覺關》，皆已佚，另有《蠹窗詩集》十五卷（又名《蠹窗詩文集》）、《蠹窗二集》六卷和《錦囊冰鑑》若干卷。張令儀的生卒年據王永寬考證爲1669～1747，〔註43〕而鄧長風持1668～1746之說，〔註44〕此二種說法皆不確。

張令儀爲大學士張英第三女、大學士張廷玉姊。張廷玉（1672～1755）爲她的《蠹窗詩集》、《蠹窗二集》、《錦囊冰鑑》皆作有序文（《錦囊冰鑑》已佚，但張廷玉《澄懷園文存》中收錄了這篇序文），據其序可知張令儀自幼天分穎敏、夙耽書籍，深得張英寵愛，與同里姚湘門成婚之後夫妻常常歌詠唱

〔註41〕《清代閨閣詩人徵略》卷二，第101頁。
〔註42〕徐世昌輯，聞石點校《晚晴簃詩彙》，北京：中華書局，1990年，第8189頁。
〔註43〕《明清女戲曲作家生平資料補證》，《戲曲研究》第三十四輯，第203頁。
〔註44〕《明清戲曲家考略三編》，上海：上海古籍出版社，1999年，第148頁。

和。王永寬和鄧長風對張令儀生年的考證主要依據藏於上海澄碧樓的原刊本《蠹窗詩文集》，鄧先生從卷十四署「甲午孟夏蠹窗主人記」的《春暉亭記》一文中「予年雖四十有七……」句，上推她生於康熙戊申（1668）年，已較具說服力。而張的卒年，二位先生所依據的均爲王貞儀《德風亭文集》中的《姚母張太夫人傳》一文，原文末尾云：

> 按：太夫人生康熙某年月日，終於乾隆某年月日，享年七十有九，丈夫子二，長某、次某、女三，皆適宦族，孫某某，皆業儒。昔儀大先伯父從湘門先生遊，以是知太夫人事甚悉。今於太夫人之歿也，乃條節其生平梗概爲之傳。〔註45〕

王貞儀表示其伯父與張令儀的丈夫有過交遊，「以是知太夫人事甚悉」，故該傳中對姚太夫人張令儀的淵博學識和賢淑德行的表彰有較大的可信度，但其對張令儀生卒年及子女情況的瞭解又帶有較大的模糊性，僅此一條材料並不能作爲對令儀卒年的可靠的記載。

張令儀之夫姚士封，字玉笥，號湘門，縣學生，爲康熙丁未（1667）進士、陝西階州知州姚文熊第三子。姚文熊與張英同年中進士，姚家亦是當地望族，令儀長姊、二弟廷玉均與當地姚姓子女成婚。查看民國十年姚聯奎修、姚國禎纂《桐城麻溪姚氏宗譜》，卷九有記：

> （姚）士封：階州公第三子，字玉笥，號湘門，治易邑庠生。以子孔鑾貴，贈承德郎，湖廣沅州府通判。以子鉉貴，誥贈朝議大夫，長蘆鹽運史，司青州分司運同。康熙庚戌二月十七日生，康熙庚子四月十四日卒，葬十五里坊笥箕四。娶康熙丁未進士文華殿大學士晉贈太傅諡文端張英女，封安人，晉封恭人，著有《蠹窗詩集》、《錦囊冰鑒》行世。康熙戊申十一月十一日生，乾隆壬申九月八日卒，葬七里圖三墩溝。生二子：孔鑾、鉉，一女，適監生張若楷。

康熙戊申爲 1668 年，乾隆壬申爲 1752 年，張令儀的生卒年應記作 1668～1752，享年八十有五。姚士封的生卒年爲 1670～1720。

黃秩模編《國朝閨秀詩柳絮集》卷二十、蔡殿齊編《國朝閨閣詩鈔》卷二記張令儀爲「惠潮道孔鉥母」，沈善寶《名媛詩話》卷二亦記她爲「觀察孔鉥母」，均爲誤記。據《桐城麻溪姚氏宗譜》知，姚孔鉥字象山，號鐵崖，

〔註45〕《德風亭文集》，嘉慶初刊本，國家圖書館藏。

是令儀大姊的長子，其父名姚士霽，字東膠，號鶴山。令儀的兩個兒子長名姚孔鑾（字道南，號雷崖），次名姚鋐（字兼南，號葆閒，別號南園，王先生誤記爲姚孔鋐）。姚鋐於雍正元年（1723）十一月入贅其二舅、大學士張廷玉家，娶張廷玉次女，這在張廷玉的《澄懷主人自訂年譜》和《桐城麻溪姚氏宗譜》中都有記載。張廷玉自幼與三姊令儀感情頗篤，後雖一個長年作宦京師，一個持守家鄉，但常有書信往來、詩作酬答，且結爲了兒女親家。《澄懷主人自訂年譜》記載下限爲乾隆十三年（1748），其中涉及不少家事，但並未提及三姊的逝世，似亦可作爲張令儀享年非止七十有九的一個旁證。

　　雍正二年（1724），張令儀所著《蠹窗詩集》刊行，卷首有其父張英生前所寫《蠹窗學詩題辭》、姚士封姊夫方正玉、令儀二弟張廷玉的序文及一篇《自敘》。此集包括詩作十二卷（計 1025 首）、詩餘一卷（計 89 首）、古文雜述一卷，其作品數量之豐在清代女作家中頗爲突出。「存詩之多，有清一代閨秀詩人之中，已無出其右者。」〔註 46〕據《販書偶記》卷十八和胡文楷《歷代婦女著作考》載，張令儀在乾隆年間又續補刊了《蠹窗二集》六卷，王先生表示未曾見到此書。該書現存於國家圖書館古籍部，筆者親見。共六卷，卷首有二弟廷玉作於「乾隆八年歲次癸亥仲夏月」和三弟廷璐作於「乾隆壬戌孟冬月」的序文，廷玉序言：「甲辰之歲，曾裒其前後所作都爲一集，名曰：《蠹窗詩集》，一時思親念弟流連光景之詞皆在焉，余爲序而授之梓。……今年春，姊氏頤養里門，子侄請讀其全集，因發其未刻之作數千餘篇，屬方君貞觀及親串中善詩者嚴加別擇，得若干首，釐爲六卷。」廷璐序亦言：「叔姊既刻其二十年前之詩爲《蠹窗一集》，已行於世矣……頃復彙其二十年以來之詩，共若干首爲《蠹窗詩集》，而授之梓。」據此可知《蠹窗二集》的刊刻時間至早應在廷玉作序的乾隆八年（1743），而胡文楷《歷代婦女著作考》記《蠹窗二集》有「乾隆二年丁巳（1739）刊本」〔註 47〕，當爲誤記，且乾隆二年應是 1737 而非 1739。

　　《蠹窗二集》所收均爲張令儀晚年所作的詩歌，共計四百餘首，《國朝閨秀正始集》、《國朝閨閣詩鈔》、《柳絮集》、《擷芳集》、《晚晴簃詩彙》等書在擷選張令儀的詩作時均未涉及到此《二集》中的內容。《二集》以編年爲序，

〔註 46〕中國科學院圖書館整理《續修四庫全書總目提要》，冊 36，濟南：齊魯書社，1990 年，第 689 頁。
〔註 47〕《歷代婦女著作考》，上海：商務印書館，1957 年，第 388 頁。

比較細緻地記錄了作者晚年的生活和心情，其中很多詩作透露出她在丈夫去世、愛子宦遊、家計蕭條的境況中的淒清心緒。

雍正六年（1728），次子姚鈜授通州州判，張令儀「以舐犢之愛頗切懷思，頓忘衰老，束裝北上」（《北征草》小引），自里門前往任所，途經京師。這是她自康熙壬戌（1682）年隨父請假歸里之後的四十七年後重到京城，寫下了《抵都門》一詩以寄慨：「幼侍雙親作宦遊，風光歷歷記皇州，餘生有子沾微祿，今日重來雪滿頭。雙鬟初綰出青門，旅舍應無故老存。四十七年重到此，雁行歡聚感君恩。」「雁行歡聚」指的是她在京師得以與闊別將近二十年的二弟廷玉相聚一事，白頭姊弟相見甚歡，張廷玉在《澄懷主人自訂年譜》中也記下了這一件喜事。令儀在二弟的澄懷園中寓居數日，寫下了《寓居澄懷園記》一文，後來作爲單獨的一卷補刻進《蠹窗詩集》。

在《蠹窗二集》的後三卷中，雖然不時會讀到張令儀因親人的逝去、家境的窘迫而生發的對人生的歎嗟之詞，但其中更爲明顯的趨向是，年齒日高的她在心境上愈來愈澄靜通脫。此後她多次拒絕了二子迎養她於官署的請求，在貧苦的生活中享受著寧靜自由的樂趣。

2、關於劇作

張令儀中年以後所作《乾坤圈》、《夢覺關》二劇劇本已佚，但《蠹窗詩集》中收錄了作者的自題辭。《乾坤圈》自題辭云：

> 造物忌才，由來久矣！自古才人淪落不偶者，可勝言哉！至若閨閣塗鴉，雕蟲小伎，又何足道？必致窮困以老，甚而越軹失意，顛沛流離，豈非造物之不仁之甚與？故東坡詩云：但願我兒愚且魯，無災無難到公卿：蓋深於閱世者之言也。蠹窗主人偶於長夏翻閱唐詩，因感黃崇嘏之事。崇嘏以一弱女子，以詩謁蜀相周庠，甚稱美，薦攝府掾，政事明敏，吏胥畏服。庠愛其才，欲妻以女，乃獻詩云云。庠得詩大驚，始知爲黃使君之女，原未從人，與老嫗同居。因感崇嘏具如此聰明才智，終未竟其業，卒返初服。寧複調朱弄粉，重執巾櫛，向人乞憐乎？故託以神仙作雲間高鳥，不受乾坤之拘縛，乃演成一劇，名曰：《乾坤圈》，使雅俗共賞，亦足爲蛾眉生色，豈不快哉？時丁酉仲秋，蠹窗主人書於嚴陵官署。

《夢覺關》自題辭云：

> 乾坤一大夢場也。自混沌初分，至於今日，篡殺爭奪，恩仇不爽，

無往而非夢。試問漢寢誰存，秦灰安在？豈必鹿藏蕉葉，飯熟黃
梁，而始謂之夢哉？蓋夢生於情，人孰無情，豈能無夢。惟老萊
子、嚴子陵輩，如醒客之對醉人；如醫家之處病者。雖不能拯其
沉溺，猶能脫略自如。雖在夢中，不爲夢所苦耳。其間顛顛倒倒，
困殺多少英雄，空陷百世之迷途，誰識三生之覺路，良可悲夫！
予偶聞稗官家所謂《歸蓮夢》者，見其癡情幻境，宛轉纏綿，幾
欲隨紫玉成煙，白花飛蝶。忽而明鏡塵空，澄潭心徹，借老僧之
棒喝，挽倩女之離魂，得證無上菩提，登彼覺岸。於是芟其蕪穢，
編爲劇本，名曰：《夢覺關》，吾願世之讀者，要當知夢幻泡影，
水月空花，本來無著。佛經有云：無我相，無眾生相，受者相，
四大本空，情生何處？編是劇者，亦本我佛慈悲之意云爾。

《乾坤圈》演黃崇嘏女扮男裝高中狀元事，但作者不滿於徐渭《女狀元辭凰
得鳳》中黃出嫁宰相之子的結局，「寧複調朱弄粉，重執巾櫛，向人乞憐乎？」
而安排她出世逍遙自在，作了神仙，「故託以神仙，作雲閒高鳥，不受乾坤之
拘縛」，表達了作者追求自由、超凡脫俗之思。《夢覺關》據無名氏的小說《歸
蓮夢》改編，作者藉此劇宣揚佛法、表達皈依佛門之念的意圖十分明顯。參
讀張令儀晚年詩作，不難發現《乾坤圈》、《夢覺關》二劇中所表達的思想傾
向，成爲了她晚年詩歌的兩大主題。

（七）李靜芳《丹晶串》

1、關於作者

李靜芳，字又淑，一字絇蘭，江蘇長州（今蘇州）人，李圳女，蔣深室。
《傳奇彙考標目》別本著錄《丹晶串》一劇，署「絇蘭女史」，當係李靜芳所
作。

民國《吳縣志》卷七四下《列女十一》中有李靜芳小傳：「李靜芳字又淑，
號絇蘭，長洲諸生某女，歸朔州牧蔣深爲室，得母孫氏之傳，工翰墨，點染
花卉與折枝果品。深亦工蘭竹，去官後優遊林下，逸興揮毫，更倡疊和，人
爭豔羨，寸縑尺素，得者珍如拱璧，卒年八十一。（《婁關蔣氏本支錄》）」鄧
長風據在美國國會圖書館讀到的道光丙午（1846）《婁關蔣氏本支錄》，考證
李靜芳的生卒年爲 1668～1748；其夫蔣深（1668～1737）字樹存，號繡谷，
一號蘇齋，晚號西疇居士，太學生，曾任思州府知府、山西大同府朔州知州
等職，著有《紀恩詩》、《繡谷詩》、《鴻泥軒詩》、《黔南竹枝詞》、《雁門餘草》

等。蔣深與李靜芳育有二子，長蔣建標（1695～1716），次蔣仙根（1698～1762）。〔註48〕

2、關於劇作

《丹晶串》，僅見《傳奇彙考標目》別本著錄，其他戲曲書簿未見記載，本事未詳，佚。

（八）宋淩雲《瑤池宴》

1、關於作者

宋淩雲，約生於 1691 前後，〔註49〕字逸仙，江蘇吳縣人。進士宋聚業女，崑山諸生李博室。著有《軒渠初集》和《瑤池宴》傳奇。其女李赤虹，亦耽吟詠。

據《江蘇藝文志‧蘇州卷》著錄，《軒渠初集》有乾隆十七年壬申（1752）精刊本，前有沈德潛序，後有薛雪跋，凡詩一卷，詞一卷。沈德潛選其詩入《國朝詩別裁集》，該書卷三一記：「宋淩雲，字逸仙，江南長洲人，李博室。昔銓部宋南園先生嘗向余言孫女弱齡即喜誦吾子詩，妝臺側時手一編也，今將四十年，其言如昨，而逸仙已歸泉壤矣，俯仰三世可勝慨然。」〔註50〕可知宋淩雲之父與沈氏交善。《國朝詩別裁集》最早刊於乾隆二十六年（1761），此時宋已離世，那麼宋淩雲的卒年在乾隆十七年至二十六年即（1752～1761）之間。

民國《吳縣志》著錄宋淩雲的《軒渠集（附詞）》，下注云：「聚業女，崑山諸生李博室，字逸仙，吳縣人。」同治《蘇州府志》卷 139 著錄宋淩雲的《軒渠集》，注：「聚業女，諸生李博室，字逸仙。父宋聚業，字嘉升，號南園，康熙三十六年進士，官吏部文選司郎中。沈德潛曰：『南園以剛直忤年制軍（羹堯）身亡家破，其人足重可知矣。』有《念昔齋詩集》（一作《南園詩稿》）。」

宋淩雲女李赤虹亦能文，《國朝閨秀詩柳絮集》卷三十六記：「李赤虹，字玉文，號夢蕉，江蘇崑山人，知縣徐楫室，著有《夢蕉詩鈔》。」〔註51〕《擷

〔註48〕《明清戲曲家考略續編》，第 204～206 頁。
〔註49〕此為鄧長風先生據宋淩雲之父宋聚業的科第及兄弟的大致生年推測的結果，見《明清戲曲家考略續編》，第 209 頁。
〔註50〕清乾隆二十六年（1761）刻本，國家圖書館藏。
〔註51〕清咸豐三年（1853）刻本。

芳集》錄徐栩所作《亡妻小傳》，云：「亡妻姓李，名赤虹，字玉文，先母侄女行也。先母去世後會余遭元配胡氏喪，先父欲得母族爲重姻因締婚焉。亡妻少時侍先外舅先外姑側，聰明敏達，最得父母歡心，先外姑工於詩，有《軒渠集》行世，嘗口授《毛詩》、《孝經》、《大戴記》諸書，亡妻於學習女工外即含毫染翰，詩盈几席間。于歸時值余家落……亡妻好讀書，善楷法，愛寫生，性故寬厚能持大體。…………迄今去亡妻歿已數載，余懼遺稿散佚，因編輯付梓而爲之序其大略：亡妻生於雍正八年十月初八日，卒於乾隆四十五年七月十二日，得年五十一歲。考約村公諱博，妣宋太孺人諱凌雲。」〔註52〕可知李赤虹生卒年爲1730～1780，她的詩集在她逝後由徐輯編輯付梓。

2、關於劇作

此戲未見著錄，仁和朱雲翔《蝶夢詞》中有〔木蘭花慢〕《題閨秀宋逸仙遺詩並《瑤池宴》樂府》，自序：「逸仙，宋南園先生女，適崑山李某。李應撫幕聘，賓主不洽，卒於僧舍。逸仙悲恨，得夢兆，前身繫瑤天洞主。叩乩亦云爾。乃塡《瑤池宴》樂府，未終稿，遽卒。」詞云：

> 印釵痕緗卷，應還是、步虛聲。念韻冷琴絲，香銷蘭篆，早斷閒情。
>
> 徘徊故鄉帶水，但臨風詩思白雲橫。題遍枕邊屛紙，付他子夜風箏。
>
> 葳蕤香夢怯寒輕。昔昔見前身。歎塵劫茫茫，儂寧是我，幻影三生。
>
> 層城玉樓何處，碧沉沉涼月掛秋冥。舊日雲英應在，瑤臺同證前盟。

〔註53〕

按：朱雲翔字遂佺，江蘇元和人，諸生。據此詞知宋凌雲的《瑤池宴》傳奇因悼念亡夫而作，是一部未完成的遺稿。又，嘉慶十一年（1806）俞用濟爲其妻吳蘭徵的《絳蘅秋》所作序中將《絳蘅秋》與其他劇作比較，稱：「……覺若士有其幽而無其峭，笠翁有其趣而無其深，《鴛鴦夢》、《瑤池宴》有其致而無其纏綿。」〔註54〕這裏的《鴛鴦夢》和《瑤池宴》應爲女劇作家的作品，分別爲葉小紈和宋凌雲所作。《瑤池宴》劇本今已佚失，但據此序知該劇在乾嘉之際聞名於文人間並有作品流傳。

焦循《曲考》「國朝傳奇」中著錄「《瑤池宴》」，爲「詞曲佳而姓名不可

〔註52〕《擷芳集》，清乾隆間飛鴻堂刻本，國家圖書館縮微膠片。

〔註53〕轉引自尤振中、尤以丁編著《清詩紀事會評》，合肥：黃山書社，1995年，第497頁。

〔註54〕阿英編《紅樓夢戲曲集》（上），北京：中華書局，1978年，第352頁。

考者」。

（九）程瓊《風月亭》

1、關於作者

《傳奇彙考標目》著錄「瓊飛仙侶」《風月亭》一本。別本補注稱：「瓊飛仙侶」即程瓊。〔註55〕鄧長風據《西青散記》對程瓊的記載，認爲此說可從。〔註56〕

程瓊，字飛仙，號安定君，亦稱轉華夫人，安徽休寧率溪人，生活於康、雍年間，生平、家世皆不詳。其丈夫吳震生（1695～1769）字長公，號中湖、可堂、五封，別號玉勾詞客、祚榮、鰥叟、又翁、弱翁，安徽歙縣人，乾隆丁巳（1737）進士，有《太平樂府》（又稱《玉勾詞客十三種》）、《笠閣叢書》等。吳震生好友史震林所著《西青散記》記程、吳夫婦事較詳，敘程瓊生平及創作情況云：

> 轉華夫人，即安定君，歙西豐溪吳比部之內子程恭人也。名瓊，字飛仙，同郡休寧率溪人。幼見董華亭《書畫眼》一編，遂能捷悟。及長，書畫算奕，無不精敏；論事評理，微妙獨絕。其神解所徹，文字象數皆塵秕也。玉勾詞客（吳震生）嘗恨情多，夫人則謂：自古以來，有有法之天下，有有情之天下，……。歎世人批書，非囈，即隔搔。即貫華知耐庵未至。錢塘三婦知開闢數千年，始有《牡丹亭》，顧其所批，略於《左繡》。試味玉茗「通仙鐵笛海雲孤」一絕，應思寓言既多，暗意不少，須教節節靈通。自批一本，出文長、季重、眉公知解之外，題曰：《繡牡丹》。〔註57〕

據此可知，程瓊對《牡丹亭》下過相當深刻的研究功夫，且對徐渭、王季重、陳繼儒各家之評有所不滿，故立意「自批一本」。吳震生以程瓊評注《牡丹亭》的《繡牡丹》手稿爲藍本，加上自己的批註和附錄後合編爲《才子牡丹亭》（又名《箋注牡丹亭》）一書問世，此書規模之巨、內容之宏富、見解之

〔註55〕《中國古典戲曲論著集成》（七），北京：中國戲劇出版社，1959年，第287頁。

〔註56〕鄧長風《〈笠閣批評舊戲目〉的文獻價值及其作者吳震生》，《明清戲曲家考略》，第435～437頁。

〔註57〕《西青散記》卷四，張靜廬點校，上海雜誌公司據原貝葉山房本排印本，1935年，第176～177頁。

奇堪爲《牡丹亭》評點史上的一部「奇書」。〔註58〕

　　程瓊的作品，除《風月亭》、《繡牡丹》之外，還有作爲兒子啓蒙教材的《雜流必讀》，此書僅存一序稿於《西青散記》中，自序稱：「搜諸子集曾寓目者，斷章取義，分條合璧，因而各附史事，成一篇以課之。……名曰《雜流必讀》，意後之人或不能競經義，從正途，則蒙師必須且令讀此。又欲仕由雜流者，亦得竭才以事君，搏民而上合，非僅一切以就功名之謂也。」〔註59〕程瓊之子早殤，她因悲痛過度，不久後亦離世。〔註60〕

　　汪啓淑《擷芳集》、徐世昌《晚晴簃詩彙》錄程瓊詩數首，生平小傳皆本於《西青散記》所載。曹學詩的《跋吳長公告安定君文後》一文（乾隆刻本《香雪文鈔》卷八），對程瓊的文心慧筆、禮佛悟道，以及吳、程夫婦的遠世避塵、流連於文字之間，也有極爲沉痛的回憶。

2、關於劇作

　　《風月亭》劇本已佚。莊一拂《古典戲曲存目彙考》云：「（《風月亭》）《曲錄》著錄，《曲錄》據《傳奇彙考標目》著錄之，未提作者，別本題爲『瓊飛仙侶』，其他戲曲書簿未見記載。宋、元戲文有《風月亭》，敘卓文君會司馬相如事，即《風月瑞仙亭》簡稱。明湯式有雜劇同目。」〔註61〕

（十）孔繼瑛《鴛鴦佩》

1、關於作者

　　孔繼瑛（1717 前～1786），〔註62〕字瑤圃，浙江桐鄉人，進士孔傳志長

〔註58〕臺灣學者華瑋近年來對《才子牡丹亭》有較爲全面、深入的研究，所取得的成果包括與復旦大學江巨榮合作點校《才子牡丹亭》（臺北：臺灣學生書局，2004 年）；對《才子牡丹亭》作者生平的考訂、及女性意識、情色論述及文化意涵的分析（見《明清婦女之戲曲創作與批評》，臺北：中央研究院中國文哲研究所，2003 年）請參見。

〔註59〕《西青散記》，第 39 頁，王秀琴編《歷代名媛文苑簡編》卷下收錄此序。

〔註60〕鄧長風據程瓊康熙壬寅（1722）爲吳震生《地行仙》作序，而吳震生雍正末至乾隆元年赴京任職刑部時程瓊已逝，推測程瓊的卒年在雍正元年至十年間（1723～1732），壽或未及四十。《〈笠閣批評舊戲目〉的文獻價值及其作者吳震生》，《明清戲曲家考略》，第 439 頁。

〔註61〕上海：上海古籍出版社，1982 年，第 1103～1104 頁。莊一拂將此書列入明代作品，恐誤。

〔註62〕孔繼瑛的卒年，鄧長風據光緒《桐鄉縣志》卷十五《宦績》中沈啓震的小傳考知爲乾隆丙午（1786），生年據乾嘉間著名文人戴璐《吳興詩話》中提及的爲孔繼瑛祝壽事，推測在康熙五十年（1711）前後，《明清戲曲家考略三編》，

女，諸生沈廷光室，巡道啓震母。光緒《桐鄉縣志》卷十九《藝文志》載：
「沈廷光妻孔繼瑛，廷光遠館吳門，氏課子嚴而有法，家貧不能購書，令長
子啓震借書抄讀，時復代爲手繕。嘗有句云：『手寫兒書供夜讀，身兼婢職
佐晨餐。』及啓震之官淮上，貽書戒之曰：『毋慮不足而多取一錢，毋恃有
餘而多用一錢。』大學士稽璜韙其言手書『慎一齋』額以寄。著有《南樓吟
草》及《詩餘》一卷，《鴛鴦佩》傳奇一本。」〔註63〕孔繼瑛的作品，《柳
絮集》著錄有《瑤圃集》，《擷芳集》著錄《慎一齋詩集》。

　　《擷芳集》在孔繼瑛小傳之外，還轉錄了繼瑛之子沈啓震所撰行略，於
繼瑛生平事多有交待，此文較少爲學界所注意，茲錄之如下：

　　沈觀察啓震《孔太恭人行略》：太恭人姓孔氏名繼瑛，字瑤圃，外祖
　　景修公諱傳志，邑庠生。外祖母施太孺人，生六人，吾母居其長。
　　甲寅先大夫補弟子員，丙辰始就婚於外伯祖之家。丁巳，太恭人有
　　身，先曾祖妣張太安人卒，先大夫乃偕太恭人攜一婢歸於家。甫入
　　門即操井臼，衣布茹蔬，安之若素。先大夫遠客在外，每日黎明必
　　促震起，令入學，晚歸輒問一日中所習業。夜率小婢，終夜紡織，
　　而令震坐於側，是以寄先大夫家信中有云：「窗下看兒談魯論，燈前
　　教婢揀吳棉」，又云：「夜枕先愁明日米，朝寒又點過冬衣」，皆當時
　　實事也。不孝年十五隨先大夫之蘇州，壬申，太恭人哭外祖母於嘉
　　興時，堂舅理如公相繼而卒，因有「愛女因憐婿，思親更哭兄」之
　　句。不孝先在嘉興舅氏家課諸表任，復至竹林高姨母家課兩表弟，
　　太恭人因與姨母詩筒往來，離別之感見於楮墨。時外祖姑馮太夫人
　　就養入都，太恭人賦詩寄訊和詩云：「人憐瓊樹雙枝秀，詩到梧桐一
　　葉飛」，蓋風雅之盈於一門者如此。乙酉，震應召試蒙恩賜綺，震爲
　　先大夫暨太恭人製衣各一，太恭人有詩云：「賜錦初披新樣紫，遺氈
　　莫忘舊時青」。癸巳太恭人病，先大夫寒疾陡作，易簀時太恭人一慟
　　幾絕，哭詩云：「甘回蔗境亦何曾，卅八年來感廢興。七品頭銜添白
　　髮，一編手澤共青燈。醫從隔歲求無益，命入殘冬續未能。風雨南
　　窗追往事，偷生此際獨沾膺。」「去年我病君還病，今日君亡我未亡。
　　半世窮愁全不減，一生離別此尤長。貧依八口留京邸，夢逐孤兒返

　　　　第213～215頁。關於她的生年，筆者在下文有補充考證。
　〔註63〕〔清〕嚴辰纂修《桐鄉縣志》，光緒間刻本，國家圖書館藏。

故鄉，最恨同來不同往，潞河煙柳劇淒涼。」痛哉，斯篇不忍終讀也。……又手示不孝以《寄南中諸女伴或以故物或隨往他所，其現處故鄉而爲吾極關念者，惟族嬸楊孺人、徐姊、夏妹及勞氏嫂、朱氏弟婦而已，因寄詩各一章》，繫以短序其略云：「余自庚寅歲就養入都，甫四歷寒暑，旋抱未亡之痛。近復以孤兒負米僑寓北平，地是盧龍，人同旅雁。記兒時與諸姊妹讀《長城》、《塞下》諸篇輒感慨係之，不謂頹齡竟來茲土，重以素衣欲別，丹旐將歸，愁緒萬端，夢魂千里。每以他鄉之淚，誰憐失路之人，感昔悲今，得詩五首。」嗚呼！太恭人濡筆之時動關至性，震讀之至今不敢忘也。一夕謂震曰：「憶昔庚寅歲出門時，吾二人與汝兄弟夫婦皆無恙聚首甚歡，今六人之中已去其三，能保其更無他故乎，因口占以示云：『六親存已半，三偶變爲奇。到此不歸去，寧無及我時？』」嗚呼，太恭人觀察幾先已若逆料今日之事……〔註64〕

據此可知，孔繼瑛與丈夫沈廷光成婚於乾隆元年丙辰（1736），〔註65〕二人共同生活了三十八年，直至乾隆癸巳（1773）丈夫病逝。子啓震生於乾隆丁巳、戊午間，受母教頗多，孔繼瑛甘守貧窮，教子有方，故晚年獲得如大學士無錫嵇璜、乾嘉間名士戴璐等人的尊敬。

2、關於劇作

此劇未見著錄，內容不詳，劇本已佚。

（十一）許燕珍《保貞簑》、《紅綃詠》

1、關於作者

許燕珍字儼瓊，一字靜含，安徽合肥人，龍溪縣令許其卓三女，無爲州諸生汪鎭妻。光緒《續修盧州府志》卷六零有許燕珍的小傳，傳云其「合肥許齊卓之女，幼隨父龍溪縣任」，鄧長風由許齊卓的龍溪知縣職任，推知「許燕珍或生於乾隆初」。〔註66〕筆者查到清顧浩修、吳元慶等纂，現存嘉慶八年（1803）刻本的《嘉慶無爲州志》，卷二十五《人物志·國朝節孝》有記：

〔註64〕　《擷芳集》，清乾隆間飛鴻堂刻本，國家圖書館縮微膠片。

〔註65〕　鄧長風推測孔繼瑛生年在康熙五十年（1711）左右，筆者以爲應遲於康熙五十年，在康熙五十六（1717）年之前。孔繼瑛年約二十六歲時初婚似與常理不符，而戴璐《吳興詩話》明確提及爲孔祝七十壽事，故孔之生年當在康熙五十六年之前，至乾隆丙午（1786）去世時方逾七十。

〔註66〕　《明清戲曲家考略續編》，第302頁。

> 許氏，庠生汪鎮妻。合肥人，龍溪縣尹齊卓女，幼讀書能文，母病
> 祈以身代。歸汪事姑孝，家中落，罄奩千金，佐小姑妝。奉姑甘旨
> 不缺，姑及夫歿，力營喪葬。工吟詠，著《嘯餘小草》及《保貞蓑》、
> 《紅綃詠》傳奇行世，現年六十七。

按：此書卷首署「嘉慶壬戌季秋」所作的顧浩的序文記此次纂修州志「閱半
載繕稿付梓」，嘉慶壬戌是 1802 年，據「現年六十七」句可上推許燕珍生於
乾隆元年，即 1736 年，正印證了鄧長風的考證。

　　《擷芳集》卷四十三有許燕珍之夫汪鎮為她的《嘯餘小草》所作之序，
述及許燕珍的婚後生活，茲錄之如下：

> 予性魯鈍，不勤事書史，先大人常曰：學殖荒落，獨不慚爾新婦乎？
> 蓋未結褵，即知燕珍之工吟詠云。丁丑（按即乾隆二十二年，1757）
> 春，偕予歸濡江，溫清之暇，間一作五七字輒清俊可喜，然不樂存
> 稿，隨手散去，予常彙而錄之，編次成帙。珍笑曰：「是作可傳耶？
> 何必作石灰布袋隨處留迹也？」常歎古才人淪落不傳者，往往悱惻
> 唏噓。久之，竊窺其意，亦可見矣。予所居曰「松窗」，修竹數竿，
> 名花羅列，不塗不斷，圖史具在。每當清風拂幾，淡月透簾，賭茶
> 雅謔，不出戶牖而所樂存焉。昔張敞云：「房帷之私，有勝於畫眉者
> 哉？」然而輕綃捧硯，小玉看題，紅豆記歌，烏絲綴句，一洗脂粉
> 之習，亦未肯少遜京兆也。將付剞劂，氏非予阿好以閨閣無師之學，
> 不妨就正士林諸君子，敢望方諸班、謝？讀之者以此知非人間蠢夫
> 婦足矣。

據此序可知，許燕珍之才名在她婚前即已遠播，婚後夫婦志趣相投，其詩集
由丈夫收集整理刊刻。關於許燕珍作《保貞蓑》、《紅綃詠》兩劇之事，屢見
於地方志的記載，如《光緒廬州府志》卷六十《列女傳・才媛》記：「無為庠
生汪鎮妻許氏，名燕珍，字儷瓊。合肥許齊卓之女，幼隨父龍溪縣任，喜讀
書，工吟詠，閩中佳山水悉入奚囊，以才女稱。適汪氏，夫亦能詩，每當溫
清之暇，紅豆記歌，烏絲綴句，閨房韻事，媲美鷗波。佳句多採入《隨園詩
話》中，而《元夜竹枝》尤傳人口。著有《嘯餘小草》，詞曲尤精，有《保貞
蓑》、《紅綃詠》樂府行世。」又，《安徽通志》記：「許氏無為人，生員汪鎮
妻，幼讀書，能文，著有《嘯餘小草》及《保貞蓑》、《紅綃詠》傳奇行世。」
　　許燕珍的作品除詩集《嘯餘小草》、傳奇《保貞蓑》、《紅綃詠》之外，還

有《鶴語軒集》(《擷芳集》著錄)、《松窗詞草》(《續修廬州府志》著錄)。她的詩詞作品，爲當時許多詩詞總集及評論集(如《正始集》、《清代閨秀詩鈔》、《名媛詩話》等)選錄，也獲得不少男性文人的讚賞，如彭兆蓀《小謨觴館詩集》卷四有《題嶜餘小草爲許儼瓊女史作三首》，依次爲：

> 朱鳥窗前憶左芬，縹緗尤帶硯漪雲，藥花橋已三臺寫，紗幔香應一瓣焚。眼底纖兒空弄筆，近來娘子總能軍。紅閨勞我薑芽手，鈔向螢幨教細君。
>
> 人世華胥夢偶然，班姬悲憤感中年。到來塵海原多事，便落罡風豈礙仙。香茗地傳千首賦，飛瓊天締一家緣。何須更問青絲帳，靜與霜娥鬥月圓。
>
> 玉釵鐫字擺琅玕，手盥薔薇展夜闌，卷裏秋心驚瘦削，竹邊人影想高寒。才堪造福卿能壽，世可逃名我未拌，多少文章悲覆瓿，然脂振觸幾回看。〔註67〕

此詩除極力推崇許燕珍之才之外，對她中年以後的人生境遇(鄧長風推測此時她已經歷喪夫之痛)也流露出悲憫之情。凌廷堪《校禮堂詩集》卷一三有《題許節婦嶜餘草(名燕珍)二首》：

> 新篇讀罷漏遲遲，想見青燈白髮時。喚作嶜餘應有意，深閨知不僅吟詩。　　選韻修辭識苦甘，才名久徧大江南。前人可作誰堪擬，流水樓鴉紀阿南。〔註68〕

此詩作於嘉慶癸亥(1803)，其時許燕珍尚在世，已年近古稀，凌氏認爲她在當時的才名之盛堪與清初著名女詩人紀映准(字阿男)比肩。又，袁枚《隨園詩話》卷十三「五八」也選錄了燕珍詩兩首：

> 合肥才女許燕珍《元夜竹枝》云：「鰲山煙火照樓臺，都把臨街格子開。椒眼竹籃呼賣藕，金錢拋出繡簾來。」題余三妹素文遺稿云：「采鳳隨鴉已自慚，終風且暴更何堪，不須更道參軍好，得嫁王郎死亦甘。」嗚呼！班氏《人物表》，原有九等，王凝之不過庸才中下之資，若妹所適高某者，眞下下也。燕珍此詩，可謂實獲我心。〔註69〕

筆者在查閱王貞儀(1769~1797)《德風亭集》時發現，王貞儀有《桃源憶·

〔註67〕　〔清〕彭兆蓀《小謨觴館詩集》，清嘉慶十一年(1806)刻本，國家圖書館藏。

〔註68〕　〔清〕凌廷堪《校禮堂詩集》，清道光六年(1826)刻本，國家圖書館藏。

〔註69〕　〔清〕袁枚《隨園詩話》，北京：人民文學出版社，1982年，第456頁。

故人再入都中留別汜上許燕珍夫人》、《題幽篁矮屋圖爲許夫人燕珍作》等詩，故知許燕珍與這位才女也有交往。

2、關於劇作

《保貞蕶》、《紅綃詠》今已佚。〔註70〕

（十二）王筠《繁華夢》、《全福記》、《遊仙夢》（一說爲《會仙記》）

1、關於作者

王筠（約 1849～1819）字松坪，號綠窗女史，長安縣（今屬陝西）人。其父王元常字南圃，又字餘園，乾隆十三年（1748）進士，曾官直隸武邑、永清等縣知縣。王筠存詩二百餘首，與父元常、子百齡詩合刊爲《西園瓣香集》。

2、關於劇作

《繁華夢》現存乾隆四十三年（1778）槐慶堂原刊本，署「綠窗女史王筠編」，題「觀察張息圃先生鑒定」，分上、下兩本，計二十五齣。

《全福記》現存乾隆四十四年（1779）槐慶堂原刊本，署「綠窗女史王筠編」，題「朱石君先生鑒定」，分上、下兩本，計二十八齣。

（十三）姚素珪

《正始續集》補遺、陳芸《小黛軒論詩詩》卷下均記姚素珪字靜儀，常熟（今屬江蘇）人，諸生王宮桂室，著有《伴雲小詠》。

關於姚素珪創作傳奇的記載，見於清代常熟人單學傅（字師白）的《海虞詩話》以及《民國常昭合志》。《海虞詩話》云：

> 姚女士素珪，字靜儀，邑諸生王外雲宮桂配，閒似樂昌孫氏，有《代夫詠燭》之篇，以外雲不習韻語故也。尤熟五代十國史事，撰傳奇三種，蘭閨人皆嗜同膾炙。詩名《伴雲小詠》，予爲之序。《感懷》

〔註70〕又據《廬州府志藝文志》載，無爲徐幹妻吳氏亦有《紅綃詠》傳奇。吳氏生平情況在《嘉慶合肥縣志》中記載較詳，查清左輔纂修、嘉慶九年（1804）刊《嘉慶合肥縣志》，卷二十六《列女傳》有記：「吳氏，太學生徐幹妻，會稽人，博識工詞翰，著有《閨訓十則》，夫亡不食，七日死，年二十五。遺絕命辭數章，中有『魂依蜀岫雲，夢斷鵝湖月』之句，康熙年旌。」（民國九年王氏今傳是樓影印本）據此知吳氏在世時間短暫，她的生活年代較許燕珍早數十年。這裏未提到吳氏作《紅綃詠》事，不知是否《廬州府志》記載有誤，姑存之待考。

云：「忽驚臘盡又春來，料得陽和應早梅。悵惘試裘開畫篋，低回擲翠傍妝臺。剩憐青鬢隨年減，豈有朱顏逐歲回。對鏡不堪虛後影，無端烏兔更相催。」此自傷無子之作，凄婉欲絕。《對牡丹有感》云：「曾無鄰綠三杯醑，易為鞓紅兩黛顰」，《水仙花》云：「玉盤金盞承朝露，秀色幽香領早春」，皆雅飭。中年而寡，壽八十餘。〔註71〕

《海虞詩話》收清初至道光時常熟作者五百餘人，前有道光三年（1823）作者自序，但據同邑後學邵松年作於咸豐乙卯（1855）的《序》知，此書為作者未完成的遺著（「惜屬稿未竟而先生遽歿」）。單學傳的生卒年據朱德慈考證為1778～1835〔註72〕，他曾為姚素珪的詩集作序，當熟悉其生平，他提及姚素珪以八十餘歲壽終事，那麼，可上推姚素珪生於乾隆初期。又，《民國常昭合志》一八記「姚素珪字靜儀，有《伴雲小詠》、傳奇二種，譜五代十國史事。」〔註73〕

　　單學傳云姚素珪所作傳奇曾贏得閨中讀者的喜愛，但這三部傳奇現在連同名字一同佚失了。查譚正璧、譚尋《評彈通考》，〔註74〕成書於清初的三部大規模的彈詞作品：《安邦志》、《定國志》、《鳳凰山》有一個貫通的舊抄本，十冊，不分回，名《七夢緣》（全名《安邦志七夢緣》），前有署名「虞山閨秀姚女素珪」的「引敘」。敘中說：「余每女紅之暇，燈燭之前，取覽彈詞雅調不下百餘，或粗或俗，非情理不明，即情事無趣。凡彈詞中有幾大詞，第一推《北史遺文》，《北史》指情有出，事真於《安邦志》。然余玩之，不如鏡花多彩，水月清華，又何必徹底搜求，細考真假，所謂悅目散煩耳……《安邦志七夢緣》指情靈巧，借意先賢……四十餘集，詞分三部……《安邦志》中只有六夢，第七夢餘波後史《定國》詞中。」鮑震培據此推測《七夢緣》之名即為姚素珪所擬，她有可能就是此種抄本的執筆者。〔註75〕《安邦志》（副題是「晚唐遺文」）、《定國志》、《鳳凰山》寫的是趙匡胤一家經歷唐末五代的興衰故事。《海虞詩話》和《民國常昭合志》透露姚素珪所作傳奇有關五代十

〔註71〕《海虞詩話》，民國4年（1915）鉛印本。

〔註72〕朱德慈《〈清人別集總目〉訂補》，《西北師大學報》2005年第1期。

〔註73〕轉引自趙景深、張增元《方志著錄元明清曲家傳略》，北京：中華書局，1987年，第378頁。

〔註74〕譚正璧、譚尋《評彈通考》，北京：中國曲藝出版社，1985年。

〔註75〕鮑震培《清代女作家彈詞小說論稿》，天津：天津社會科學院出版社，2002年，第72頁。

國史事，而她正好又為三部有關唐末五代興衰事的女性彈詞貢獻了一個頗為流行的抄本，故筆者揣測單學傅和方志修撰者是否有將此傳奇與彼彈詞相混淆的可能，因尚無有力證據，姑且存疑。

（十四）吳蘭徵《絳蘅秋》、《三生石》

1、關於作者

吳蘭徵（1776～1806）原名蘭馨，字香倩，又字軼燕，號夢湘，新安婺源（原屬安徽，今屬江西）人，丈夫俞用濟（字遙帆）曾受業於吳錫光、顧東山等，後為姚鼐門人。據萬榮恩《絳蘅秋傳奇敍》透露，吳蘭徵的作品除《絳蘅秋》外，還有三十六齣的《三生石》傳奇、「集史鑑中凡涉閨闈足為勸懲者為一書」的《金閨鑑》二十卷和名為《零香集》的詩詞雜著稿一部。

2、關於劇作

吳蘭徵曾將《紅樓夢》改編成傳奇《絳蘅秋》，惜僅成二十餘齣，未終稿而卒，後俞用濟補作二齣一併刊刻，為阿英所編的《紅樓夢戲曲集》收錄。《絳蘅秋》今存嘉慶撫秋樓刻本，是傅惜華的藏書。有許兆桂、萬榮恩、俞用濟所作序。

在創作《絳蘅秋》之前，吳蘭徵先有三十六齣的《三生石》傳奇問世，俞用濟稱《三生石》「極盡緣會之奇、書生之厄、女子之俠、世情之反覆，其《種情》、《守志》、《回春》諸折蓋自寫當年之景況也。」（《香倩傳》）雖然此劇現已佚失，然據此可知吳蘭徵於此劇中融入了自己婚戀的經歷和感受，該劇與《絳蘅秋》一樣，是作者的一部「寄情斟恨」（俞用濟《絳蘅秋序》）之作。

（十五）桂仙《遇合奇緣記》

此劇未見著錄，係筆者新發現的一部清代婦女劇作。現存清嘉慶二十五年（1802）精抄本，四冊，半葉八行，曲牌名用朱筆標明，附匿名所作批語數條，中國藝術研究院圖書館藏（傅惜華先生舊藏）。原題《新編遇合奇緣記》，署「長白女史桂仙氏填詞」。全劇分上、下卷，共五十齣。卷首有佚名作《遇合奇緣記序》，述該劇創作緣起云：

> 有桂仙夫人者，以詠絮之鴻才，填金縷之豔曲。編年紀事，運史筆為香奩；彙古鎔今，記幽情於優孟。悲歡離合，譜入聲歌；禮樂衣冠，登諸場上。實人實事，直筆直書。蓋以忘身取義，何妨一道並

行：舍己從人，矢諸二天必報。眞名士自取其風流，假道學甘從其
指摘。五就湯，五就傑，誰曰不然？爾爲爾，我爲我，又焉能免？
況乃繡窗筆墨，只圖知己陶情；金屋聲容，非爲他人悅目。既不災
乎梨棗，又不譜於氍毹，作記者即記中之旦，觀戲者即戲內之生，
空谷生香，孤芳自賞，此則我桂仙夫人填此《遇合奇緣》之本志
也。……

序文之後，有《凡例》十六條，下署「嘉慶戊寅季春上浣韞齋筆記」，並刻「韞
齋」方章。茲擇錄其《凡例》數條，以介紹該劇的創作特徵：

　　一、凡作傳奇，必有幾齣武戲，參錯其間，一則爲生旦稍歇，二則
　　　　爲熱鬧場面，此記惟傳實事，故不敢附會武事也。

　　一、此記惟述兒女私恩，凡有關係國家政事者，無論得失不敢附入。

　　一、此記皆係生旦實錄，故必生旦同場，始入記傳，其餘生家私事、
　　　　旦家私事，概從刪減。

　　一、《寇警》一齣，欲敷衍武事，抑又何難？然因其有關國政，故
　　　　僅就驚劇之壯點染。

　　一、本記皆按年編錄實事，故無所謂埋伏照應，虛張聲勢之處。

　　一、《作記》一齣之後，生旦皆在中年，應續之事正多，以俟後之
　　　　才人，另成續編，閨中筆墨，正不妨悠然而止也。

　　一、聲調皆用蘇白崑曲，雖有北新水令、北點絳唇等幾折，均非弋
　　　　腔。

《序》與《凡例》作者一再強調此劇「皆生旦實錄」、「皆按年編錄實事」、「作
記者即記中之旦，觀戲者即戲內之生」，並云其「惟述兒女私恩」，可知此劇
爲作者桂仙以編年形式記錄個人之兒女幽情的傳奇。作者不僅不願將這部戲
搬上舞臺或刊行於世，甚至連傳抄、流播也心存顧慮，其預想的讀者僅有戲
內之生的原型一人。這種特殊的創作目的和寫作方式，與劇中所敘生旦戀情
係違禮、不倫之私情有關。

　　《遇合奇緣記》之目錄如下：

　　《天宴》、《繫足》、《議罰》、《降凡》、《奇遇》、《訂盟》、《面試》、《閨
　　思》、《館憶》、《強婚》、《入調》、《話舊》、《賞春》、《琴調》、《學詩》、
　　《鶯遷》、《祝壽》、《見蕙》、《譜奕》、《習學》、《賞荷》、《紙鳶》、《誕

雛》、《獵錢》、《醫病》（此爲上卷，計二十五齣）

《代報》、《坐懷》、《嫗合》、《詢香》、《調豔》、《寄外》、《中秋》、《叕合》、《觀妝》、《囑繪》、《機泄》、《措捐》、《私諫》、《贈囊》、《篡左》、《滌瘍》、《阻觴》、《茶敍》、《再慶》、《冠警》、《奉還》、《上元》、《蓮宴》、《浴蘭》、《作記》（此爲下卷，計二十五齣）

劇敍玉帝賜宴諸天眾聖，有金童玉女趁月老醉臥之際，偷得紅繩繫足，爲玉帝謫下人間，使結夫婦之緣，但「黜其琴瑟之名」。金童降生的檜珍（生扮）與玉女降生的桂仙（旦扮）幼年相逢，一見傾心，在佛前焚香設誓，表面結成兄妹之盟，而實有締結婚姻之願。數年後，在一次親友宴會上，桂仙之父面試檜珍之才，有招他爲婿之意，不料桂仙姑母強作媒妁，將桂仙嫁給藩府世子（末扮）。桂仙婚後對丈夫的身體缺陷有所不滿，愈發思念檜珍。檜珍聞得桂仙婚訊，十分失落，但因與世子有同譜同窗之誼，得常借進謁之機與桂仙會面，世子見他二人以兄妹相稱，並不在意。桂仙拜檜珍爲師，請他教習詩歌、書法，二人常借世子外出公幹之機於藩府中彈琴、下棋、賞荷、吟詠、放風箏，令相思之情稍慰。不久，桂仙誕下一女，因產後失調而患上急症，恰逢世子奉命隨天子圍獵，將遠行兩月，世子臨行前囑託檜珍勤加看視。檜珍爲桂仙醫好病症，桂仙心感之，掙脫禮法約束以身相報，此後二人頻頻幽會。檜珍因失察假印獲罪革職，嗜酒狎優以度日，桂仙不僅代籌銀兩助其捐復，且規諫他遠離花酒，自重自愛，檜珍允諾。天理教亂起，世子入宮數日不歸，檜珍探得消息，前往藩府向桂仙說明形勢並安慰之。後檜珍捐復原職，桂仙將先母所賜之瓜蝶、連環相贈，以爲終身信守之物。檜珍與桂仙同浴蘭湯，檜珍請她將二人之遇合奇緣作成傳記，各收一本，「以爲異日展卷燎然之一助」，桂仙念及「彼此都在中年，聚首之日正長」而不願著筆，檜珍再四相請，桂仙撰成此劇，但表示「從今後洗心絕筆不摘詞」。

第一齣前，有《題詞》（又曰《發端》）自述創作緣起及全劇梗概，錄之如下：

〔戀秦娥〕繡罷閨中操不律，似古非今，把往事從頭記。人在戲中更名字，識家自曉其中趣。不妨暫借梨園習，本來面目何曾失、何曾失，一生一旦，天然佳匹。

〔鳳凰臺上憶吹簫〕才子沖齡、佳人稚齒，神前戲訂蘭盟。隔千年未合，兩意難通，老姑母強執柯斧，破前緣改適藩封。拜除夕無心

賀歲，巧會娉婷。

鍾情戊辰七月，恰嬌花抱恙，豔魄將傾。賴檀郎妙手，二豎潛蹤。

中秋節施身報德，鸞盟證乾坤始定，浴蘭湯囑儂作記，因此填成。

照下土的無量佛、慈鑒恩情誓，附上水的老姑母、硬破婚姻事。

善治病的俏情郎、妙手作良媒，愛讀書的小宮娃、靈心填密記。

「繡罷」、「閨中」等字眼也透露出作者的女性身份。能夠體現該劇「編年紀事」的寫作體例的是，自第五齣《奇遇》以下，每齣齣目旁皆有年月標示，記錄故事發生的時間。據《題詞》中「人在戲中更名字，識家自曉其中趣」之語，可知桂仙非作者真名，檀珍也是假託的名字，但劇中所敘生旦情事當為實事無疑，因為儘管《凡例》中強調「此記惟述兒女私恩，凡有關係國家政事者，無論得失不敢附入。」但由於男女主人公身份特殊，還是提及了兩椿嘉慶朝重要的政事，足可證明劇作所本乃「實錄」的創作原則：一是嘉慶十四年的假印大案（《措捐》、《贈囊》），一是嘉慶十八年天理教攻入紫禁城事（《冠警》），與《遇合奇緣記》所標示的時間正同。劇作內容敏感，作者不願以真名示人是可以理解的。

《奇遇》、《訂盟》二齣署「庚戌八月」（即乾隆五十五年八月，1790 年），寫生旦幼年於佛前盟誓事，其時生八歲，旦七歲，可推知作者桂仙生年在乾隆四十九年（1784）。〔註 76〕最後一齣《作記》署「丁丑十二月」（即嘉慶二十二年十二月，1817 年），可知《遇合奇緣記》於此年完稿，所記檀珍與桂仙情緣時間跨度近三十年。《降凡》一齣中，玉帝將金童、玉女貶下凡塵時預言：「男生帝室懿親，女降椒房貴戚」，桂仙自稱「長白女史」，且嫁入藩府，當為滿洲人；檀珍之父自稱「親藩嫡派」（《奇遇》），檀珍自言與桂仙丈夫「同譜同窗」，但「潦倒一官，車服不備」（《囑繪》），幸賴桂仙幫助，方得以在戶部謀職，其身份當為沒落失勢的皇室宗親、外戚。檀珍詩、文、曲皆擅，且非常熟悉（甚至有可能親身參與了）劇作的創作過程。

《遇合奇緣記》劇末有一篇署「庚辰三月總角盟兄檀珍氏」之跋，提及劇作完成之後的情況，原文如下：

嗚呼！自《作記》之後，夫人即絕筆矣。問其故，則笑而不答；求

〔註76〕《祝壽》寫癸亥（1803）九月桂仙作二十整壽、《再慶》齣提及癸酉（1813）九月十三日為桂仙三旬大慶，皆可作為旁證。《祝壽》中同時提及桂仙之夫二十有三，檀珍二十有一，可知二人生年分別為 1781 和 1783。

其詩、古文、詞，片紙隻字，皆吝而弗與。未二年而修文天上，可勝悲哉！豈彼蒼之定數，僅令留此一記，以爲人間之夢幻泡影乎？是又不可知也。然讀之則傷心，置之則未忍，談之則無人，刻之則不敢，將抱此以爲殉乎？是使錦心繡口，後世無知音也，可奈何？思之思之，鬼神通之，俟余罷閒之日，諒擇一二同志之友，於花朝月夕，酒後燈前，讀之、玩之、評之、注之、歌之、詠之，以不傳之傳而傳之，使記內之生、旦、淨、末、外、貼、老、丑以至鸚鵡金鈴，凡屬含生賦者，一併同垂於不朽焉，斯亦庶幾其無憾矣。

「庚辰」即嘉慶二十五年（1820），桂仙此年已逝。儘管檀珍最初表示這部劇作並不外傳，他二人「各收一本」、「彼此分藏」，但在這篇《跋》中流露出將此劇與知己友人同讀共賞之意。那麼，劇中匿名所作多條批語，如非出自檀珍之手，即爲檀珍密友所作。又，《凡例》署名作者「韞齋」，筆者以爲很可能與傅惜華《清代雜劇全目》中所錄《龍江守歲》雜劇的作者「存韞齋」〔註77〕係同一人。傅先生舊藏乾嘉間精鈔稿本《龍江守歲》亦刻有「韞齋」方章，且據《清代雜劇全目》所記，存韞齋爲滿洲人，宗室，姓愛新覺羅氏，擅詞曲，亦爲乾嘉時人，與劇中檀珍的身份及生活時代皆接近，此人如非檀珍本人，很可能係其密友；《遇合奇緣記》與《龍江守歲》傳本皆極罕，兩書可能是一同從內廷流出，爲傅先生所收藏。諸多問題有待進一步詳考。

（十六）姚氏《才人福》、《十二釵》（與朱鳳森合撰）

1、關於作者

關於姚氏與朱鳳森合譜戲曲的記載，見於惲珠《正始集》：「姚氏，朱鳳森室。鳳森字韞山，嘉慶辛酉進士，與氏同工塡詞，曾合譜有《才人福》、《十二釵》等曲，子琦，舉道光辛卯解元。」〔註78〕又，徐世昌輯《晚晴簃詩彙》記：「姚氏，臨桂人，嘉慶辛酉進士，同知朱鳳森室，琦母。詩話：姚嫻詞曲，與夫韞山曾合譜《才人福》、《十二釵》等曲。」〔註79〕此書收姚氏《三元詩》一首，敘家鄉臨桂自古至今科甲興旺、狀元迭出事，可知姚氏籍貫爲今廣西桂林。

朱鳳森（1776～1832），字韞山，臨桂（今桂林市）人。嘉慶三年（1798）

〔註77〕傅惜華《清代雜劇全目》，北京：人民文學出版社，1981年，第181頁。
〔註78〕〔清〕惲珠輯《正始集》，道光十一年（1831）紅香館刊本。
〔註79〕徐世昌輯《晚晴簃詩彙》，北京：中華書局，1990年，第8478頁。

鄉試中舉，六年（1801）成進士。未得選官，應原授業恩師劉金門之邀，至山東聘掌琅邪書院。在此期間，因原配王氏無出而繼娶姚氏，生有二子：琦、輅。長子朱琦（1803～1861），字伯韓，道光十五年進士，官至御史，是桐城派在廣西的代表作家之一，著有《怡志堂詩文集》。〔註80〕

2、關於劇作

《十二釵》、《才人福》今存嘉慶十八年癸酉（1813）晴雪山房《韜山六種曲》本。

《十二釵》為阿英《紅樓夢戲曲集》收錄，共《先聲》、《入夢》、《緣香》、《省親》、《夜課》、《葬花》、《撕扇》、《結社》、《折梅》、《眠茵》、《品豔》、《殞雯》、《誄花》、《撫琴》、《釵配》、《斷夢》、《遠嫁》、《哭黛》、《出夢》、《餘韻》二十齣。其中，《斷夢》、《醒夢》二齣係據許鴻磐《三釵夢北曲》移錄，許氏自題《三釵夢北曲小序》云：「《紅樓夢》小說膾炙人口，續之者似畫蛇足，其筆墨亦遠不逮也。近有傖父，合兩書為傳奇曲文，庸劣無足觀者。臨桂朱韜山別為《十二釵》十六折，思有以勝之，脫稿示余，未見其能勝也。（韜山後刻其《十二釵》，將此四折中之《斷夢》、《醒夢》借刻其甲內，意亦不相入也。）」〔註81〕據此知《十二釵》原為十六齣，《先聲》標明「試一齣」，《餘韻》標明「續一齣」，仿孔尚任《桃花扇》體例，當為後來補作的二齣。

《才人福》，演司馬相如、卓文君事，十六齣。據朱鳳森《韜山六種曲》自序云：「嘉慶庚辰（1820）春寓梁園，與許子雲嶠友善，余讀史記司馬相如殘傳，以為長卿與文君之事，兒女私情耳。後世史筆不肯書、不暇書、亦不能書，而史公文乃淋漓曲盡如此。因玩賞不忍去手。適雲嶠至，曰：『韜山曷加之粉黛，叶以宮調，使古人復開生面乎？』余唯唯謝不敏。然竊韙之，偶坐小窗演《才人福》十六折，喜雲嶠諳於宮調，句之拗口者，相與酌定，書成聊以自娛，不敢示他人也。」

（十七）吳藻《喬影》（又名《飲酒讀騷圖曲》）

1、關於作者

吳藻（1799～1862）〔註82〕，字蘋香，號玉岑子。浙江仁和（今杭州）

〔註80〕參見韋盛年《朱鳳森年譜》，《廣西地方志》2005 年第 6 期。
〔註81〕《紅樓夢戲曲集》，第 368 頁。
〔註82〕關於吳藻生年，有 1795 和 1799 兩種說法，而以第一種說法影響最大。參見陳志平，程明華《吳藻生卒年和著作辨誤》，《黃岡師範學院學報》第 27 卷第

－223－

人，有《花簾詞》、《香南雪北詞》（列入《小檀欒室彙刻閨秀詞》第五集）、《花簾書屋詩》（碧城仙館女弟子詩著錄）。詞筆豪放，與納蘭容若稱清代二大詞人。

〔清〕陳文述《西泠閨詠》卷十六：「《花簾書屋懷吳蘋香》：蘋香名藻，錢塘人，高致逸清雅工詞翰，善鼓琴繪事，嘗寫飲酒讀騷小影，作男子裝，自填南北調樂府，極感淋漓之致，託名謝絮才，殆不無天壤王郎之感耶。著有《花簾影詞》，自稱玉岑子，余弟子也。　　玉情瑤怨渺無儔，曠世嬋娟第一流，金粉難消才子氣，湖山易動美人愁。酒邊疏雨涼生夢，畫裏停雲冷帶秋。惆悵青琴弦上語，花簾影澹水明樓。」〔註83〕

〔清〕梁紹壬《兩般秋雨庵隨筆》記：「蘋香父夫俱業賈，兩家無一讀書者，而獨呈魁秀，真夙世書仙也。初好讀曲，或勸之曰：何不自作，遂援賦浪淘沙一闋，輕圓柔脆，脫口如生，一時湖上名流傳誦，自後遂肆力長短句，不二年著《花簾詞》一卷，逼真漱玉遺音。」又卷二記：「（蘋香）嘗作《飲酒讀騷》長曲一套，因繪為圖，己作文士裝束，蓋寓速變男兒之意。余為題圖有句云：『南朝幕府黃崇嘏，北宋詞宗李易安。』蓋非虛譽。」〔註84〕

《杭郡詩三輯》記：「女士幼而好學，長則肆力於詞，居恒庀家事外手執一卷，興至輒吟，嘗寫飲酒讀騷圖，自製樂府名曰《喬影》，吳中好事者被之管絃，一時傳唱，幾如有井水處必歌柳七詞矣。厥後移家南湖，古城野水地多梅花，取梵夾語顏曰：『香南雪北廬』。嘗自序曰：『憂患餘生，吟事遂廢，因檢叢殘剩稿，恧而存焉。自今以往掃除文字潛心奉道，香山南，雪山北，皈依淨土，幾生修得到梅花乎？』觀此亦可以知其遇矣。」〔註85〕

吳藻的作品及其版本，依問世先後有：

《喬影》（《飲酒讀騷圖曲》）一卷，道光五年（1825）刻本；

《花簾書屋詩》（詩九首，收入《碧城仙館女弟子詩》），道光六年（1826）吳藻拜陳文述為師，學習作詩不久後結集，道光二十二年（1842）聽香閣刻本；

《花簾詞》一卷，收詞160多首，前有陳文述、魏謙生作於道光九年（1829）

1 期，2007 年 2 月。

〔註83〕道光七年（1827）漢皋青鸞閣原鐫，光緒十三年（1887）西泠翠螺閣重梓本。
〔註84〕〔清〕梁紹壬《兩般秋雨庵隨筆》，上海：上海古籍出版社，1982 年影印本。
〔註85〕引自施淑儀《清代閨閣詩人徵略》卷八，第 445～446 頁。

的序和趙慶熺次年所作序，可知刊於道光十年（1830）；

　　《香南雪北詞》（收詞 120 首，附曲一卷）道光三十年（1850）刻本；

　　《香南雪北廬集》（詩詞合集，詩一卷 75 首，詞一卷 17 首），咸豐六年（1856）評花館活字排印本。此為吳藻生前作品的最後一次結集。是在錢塘金繩武（字述之，號眉生、韻仙）的幫助下完成的。

　　《香雪廬詞》（《花簾詞》一卷，《香南雪北詞》一卷），後附錢塘張景祁《香雪廬詞敘》，漏收了原《香南雪北詞》中的 17 首詞，為吳藻逝世後由其侄孫黃質文整理。〔註 86〕

　　2、關於劇作

　　《喬影》，今存鄭振鐸《清人雜劇二集》本，據道光五年萊山吳載功刊本影印。一名《飲酒讀騷圖曲》。卷首有許乃穀、齊彥槐、陳文述、葛慶曾、郭麐、許乃濟、李筠嘉、胡敬、沈希轍等文士以及汪端、張襄、岳蓮、歸懋儀、徐鈺眾閨秀題辭，後附吳載功《跋》。另有華瑋《明清婦女戲曲集》（臺北：中央研究院中國文哲研究所，2003 年）點校本，附錄眾人題辭。

　　《今樂考證》「國朝雜劇」著錄「吳蘋香一種：《飲酒讀騷》」。

　　此劇獨特的女性意識受到西方學術界的重視，英譯版本有二種：

　　The Red Brush: Writing Women of Imperial China.

　　（作者：Idema, WL/Grant, Beata,　出版社：Harvard Univ Pr, 2004, P687-694.）

　　Under Confucian eyes: writings on gender in Chinese history,

　　（作者：Mann, Susan,/Cheng, Yu-Yin,　出版社：University of California Press, 2001, P243-248）〔註 87〕

　　（十八）顧太清《桃園記》、《梅花引》

　　《桃園記》和《梅花引》二劇，向未為世人所知。莊一拂《古典戲曲存目彙考》卷一二「雲槎外史」名下著錄《桃園記》一部，謂作者姓名、字號、

〔註 86〕陳志平，程明華《吳藻生卒年和著作辨誤》一文對吳藻作品的刊印情況有詳細考辨。見《黃岡師範學院學報》第 27 卷第 1 期，2007 年 2 月。

〔註 87〕此英文版本信息據臺灣經國管理暨健康學院沈惠如女士提供，採自她 2008 年 1 月參加香港中文大學主辦「重讀經典：中國傳統小說與戲曲國際學術研討會」所提交的論文：《從〈喬影〉到〈小船幻想詩〉──論清代劇作家吳藻的性別意識與當代詮釋》（未刊稿）。2006 年秋，由戴君芳導演，沈惠如編劇，取材自吳藻《喬影》的古典新詮的實驗崑劇《小船幻想詩──為蒙娜麗莎而作》在臺北上演，此為明清女劇作家的戲曲作品在當代的影響之一例。

里居皆未詳，劇已佚。〔註88〕《梅花引》僅見《中國古籍善本書目・集部》著錄，謂存清抄本，雲槎外史撰，藏河南圖書館。〔註89〕1989 年，趙伯陶據日藏抄本《天遊閣集》詩卷七署「雲槎外史太清春著」，考證雲槎外史爲清季著名女詞人顧太清之號〔註90〕；近年，黃仕忠從日本東京大學東洋文化研究所帶回於庚子（1900）事變中被劫散出的《桃園記》劇本，並撰文對顧太清的戲曲創作予以介紹，〔註91〕顧太清的戲曲家身份及《桃園記》、《梅花引》的具體內容始爲學界所知曉並關注。

1、關於作者

顧太清（1799～1877），滿洲鑲藍旗人〔註92〕，本爲西林覺羅氏，後改姓顧，名春，字子春、梅仙，號太清，別號雲槎外史，嘗以太清春、太清西林春等自署。是多羅貝勒奕繪（1799～1838，字子章、號太素）的側福晉。善詩，而尤長於詞，通繪畫與音樂，著有詩集《天遊閣集》、詞集《東海漁歌》、小說《紅樓夢影》和戲曲《桃園記》、《梅花引》。清季詞家論滿洲詞人有「男中成容若，女中太清春」之語，將她與清初著名詞人納蘭性德相提並論，可見她在清代詞壇地位之一斑。《紅樓夢影》是太清晚年爲《紅樓夢》小說所作的續書，有論者將太清譽爲「中國第一位女小說家」。〔註93〕

關於顧太清的生平事迹和作品版本的情況，在上個世紀的百年時間中，吸引了許多學者的關注，也引起了很多討論，陳水雲《顧春研究的世紀回顧》對此有詳細的分析評述，〔註94〕茲不贅述。

2、關於劇作

《桃園記》，原爲日本東京大學東洋文化研究所雙紅堂文庫所藏「戲曲」之第四十二種，稿本，一冊。經黃仕忠先生的努力，此劇與其他流入日本公私圖書館的多部戲曲珍籍一同影印出版，收入《日本所藏稀見中國戲曲文獻

〔註88〕《古典戲曲存目彙考》，上海：上海古籍出版社，1982 年，第 1482 頁。
〔註89〕上海古籍出版社，1998 年，第 2154 頁。
〔註90〕《〈紅樓夢影〉的作者及其他》，《紅樓夢學刊》1989 年第 3 輯。
〔註91〕黃仕忠《顧太清的戲曲創作與其早年經歷》，《文學遺產》2006 年第 6 期。
〔註92〕關於顧太清的家世和姓氏，有吳人說和滿洲說、本姓顧說和改姓顧說兩種。此處採張璋《八旗有才女　西林一枝花——記清代滿族女文學家顧太清》（《文學遺產》1996 年第 3 期）的說法。
〔註93〕張菊玲《中國第一位女小說家——西林太清的〈紅樓夢影〉》，收入張宏生編《古代女詩人研究》，武漢：湖北教育出版社，2002 年，第 465 頁。
〔註94〕《滿族研究》2005 年第 2 期。

叢刊》第一輯。〔註95〕書衣題「仙境情緣」，當爲此劇別名。正文首頁署「草堂居士訂譜，雲槎外史填詞」，無序跋。

太清《東海漁歌》卷四有〔金縷曲〕《題《桃園記傳奇》》詞一首，詞云：

> 細譜《桃園記》。灑桃花、斑斑點點，染成紅淚。欲借東風吹不去，難寄相思兩字。遍十二、欄杆空倚。冰雪肌膚人如畫，繞情絲麝損春山翠。仙家事，也如此！

> 淩風待月因誰起？總無非、心心相感，情情不已。南海觀音慈悲甚，泛出慈航一葦。渡仙女、仙郎雙美。記取盟言桃花下，問三生石上誰安置？得意處，莫沉醉。〔註96〕

據詞作之編年，《桃園記》作於道光十九年（1839）夏奕繪去世週年之際。

《梅花引》，清抄本，一冊，河南省圖書館藏，中國國家圖書館有縮微膠片。題「雲槎外史撰」，卷首有署「西湖散人拜撰」之序，錄之如下：

> 雲槎外史逸才天縱，雅抱霞蒸。著作等身，溯詞源於漢魏；文章餘事，仿樂府於金元。慨塵夢之迷離，晨鐘忽警；念幻緣之生滅，慧劍初揮。此《梅花引》所由作也。是以章後素學博情癡，爰且寓名乎五柳；羅浮仙冰肌玉骨，允宜託姓於孤梅。當夫竹屋紙窗，嬌妹入夢；清溪幽谷，吉士尋蹤。二百載舊約新諧，遂良緣於暗香疏影；卅六旬於飛共樂，結連理於月下水邊。以世外之仙姿，作人間之美眷，宜其笑彼師雄，聞翠羽而酒醒人杳；勝他和靖，調素琴而雪冷山空。誠豔福之無雙，洵清才之第一矣。方其鴛偶綢繆，樂閨房之靜好；駒陰匆促，歎露電之空虛。幸迷途其未遠，思覺岸以同登。適逢好事維摩，當頭棒喝；多情天女，著手春生；天花散分生天，佛果圓而成佛。君歸極樂，五蘊皆空；妾領群芳，萬緣俱寂。劇雖六齣，能含離合悲歡；制出一編，不愧清新俊逸。花本美人小影，月爲才子前身。玩花韻於午晴，騁妍抽秘；對月明於子夜，換羽移宮。以璇閨之彩筆，奏碧落之新聲。將見不脛而走，播遍管絃，有目同珍，貴於璆碧云爾。

〔註95〕黃仕忠、〔日〕金文京、〔日〕喬秀岩編，桂林：廣西師範大學出版社，2006年。

〔註96〕張璋編校《顧太清奕繪詩詞合集》，上海：上海古籍出版社，1998年，第260頁。

「西湖散人」乃才女沈善寶之號，她曾爲顧太清的小說《紅樓夢影》作序。上引序文指明《梅花引》之創作緣起在於悼亡，演述的是才子佳人的「離合悲歡」，劇本風格「清新俊逸」，可謂知言。而「以璇閨之彩筆」之類的句子明顯透露了作者的性別信息。

（十九）何佩珠《梨花夢》

1、關於作者

何佩珠字芷香，號天都女史，歙縣（今屬安徽）人。兩淮鹽知事何秉堂第四女，歸張氏。何佩珠的生年未見明確記載，嚴敦易推測在嘉慶二十四年（1819）左右〔註97〕；王永寬據何秉堂《桐花書屋詩草》中的線索推測佩珠生年在嘉慶十九年（1814）前後〔註98〕；華瑋據上海圖書館藏何佩芬《綠雲閣詩鈔》之序繫年爲道光庚寅（1830），其時佩芬「年甫及笄」判斷，其二妹佩珠之生年約應在1819左右。〔註99〕

佩珠與姊佩芬（字吟香）、佩玉（字浣碧）俱有詩名。佩珠的作品，今存《津雲小草》、《竹煙蘭雪齋詩鈔》、《紅香窠小草》和雜劇《梨花夢》。另據《正始續集》著錄，尚有《環花閣詩鈔》一部，筆者未見。

2、關於劇作

《梨花夢》今存《津雲小草》附刻本，《津雲小草》二卷四冊，北京大學圖書館藏道光間刊本，鈔本藏北京圖書館古籍部。另，王永寬在上海圖書館、筆者在中國藝術研究院圖書館都讀到了一部《竹煙蘭雪齋詩抄》、《津雲小草》、《梨花夢》同刻本，覽輝堂藏板，共四冊（第一、二冊爲《竹》、第三冊收《津》，第四冊是《梨》）。又，臺灣學者華瑋對此劇進行點校，收入《明清婦女戲曲集》（臺北：中央研究院中國文哲研究所，2003年）。

此劇雖爲雜劇，但不按一般雜劇體例以「折」標次，而以卷示序，每卷一折，共五卷。有「鑒湖陳昱浣雲氏」「味蘭程鍔」、「綠卿張萼」、「少亭杜守恩」「虞山靜香氏陸縉」、「燕山夢九陳宏勳」等人題辭。

姚燮《今樂考證》著錄四「國朝雜劇」有「何芷香一種：《梨花夢》。芷香名佩珠，天都女史」。〔註100〕

〔註97〕《元明清戲曲論集》，第301～302頁。
〔註98〕《明清女戲曲作家生平資料補證》，《戲曲研究》第三十四輯。
〔註99〕《明清婦女之戲曲創作與批評》，第129頁。
〔註100〕《中國古典戲曲論著集成》（第十冊），北京：中國戲劇出版社，1959年，第

（二十）劉清韻《小蓬萊傳奇》十種及《拈花悟》、《望洋歎》

1、關於作者

劉清韻（1842～1915）字古香，小字觀音，江蘇海州（今連雲港市）人。父劉蘊堂爲二品封醝商，長期業鹽於東海中正鹽場，母王氏。十八歲時，嫁給比她年長一歲的沭陽秀才錢德奎。錢氏乃沭陽望族，錢德奎，字梅坡，號香岩，是當地有名的才子，在劉清韻存世的每部劇作之前，都有「東海劉清韻古香塡詞，古僮錢梅坡香岩較訂」的字樣，可以想見夫妻二人也曾就戲曲創作進行過討論。

2、關於劇作

劉清韻一生所作戲曲不下二十四種，掀開了「女性戲曲史上最光輝的一頁」〔註101〕。其《小蓬萊傳奇》十種 1900 年由上海藻文石印社刊行，按照原書編排次序，依次爲：《黃碧籤》（12 齣）、《丹青副》（12 齣）、《炎涼券》（8 齣）、《鴛鴦夢》（12 齣）、《鴛盉釧》（10 齣）、《英雄配》（12 齣）、《天風引》（10 齣）、《飛虹嘯》（10 齣）、《鏡中圓》（5 齣）、《千秋淚》（4 齣），均題「東海劉清韻古香塡詞，古僮錢梅坡香岩校訂。」蠅頭小楷，繕工精細閱目。1990年，江蘇淮陰市文化局的李志宏在沭陽 83 歲老人謝方同處發現其所藏劉清韻《小蓬萊傳奇》之外的戲曲兩種：《望洋歎》（6 齣）和《拈花悟》（4 齣）抄本，《望洋歎》後附沭陽張潤珍瑟農氏《敘》。兩劇先由沭陽縣詩詞協會謄印，後在 2003 年經臺灣中央研究院華瑋點校，收入《明清婦女戲曲集》面世。

（二十一）王妙如《小桃源》

此劇未見任何戲曲書目著錄。王妙如（約 1877～約 1903），名保福，號西湖女士，錢塘（今浙江杭州）人。以女權小說《女獄花》（一名《紅閨淚》、《閨閣豪傑談》，存光緒甲辰刊本）聞名於世。王妙如之夫羅景仁爲《女獄花》所作《跋》中透露：「（王妙如）幼時性質聰慧，且嗜書史，年二十三匹予爲偶。予每自負得閨房益友，乃結縭未足四年，而竟溘然長逝矣。其生平所著之書，有《小桃源》傳奇、《女獄花》小說、唱和集詩詞。」〔註102〕《小桃源》傳奇今不存，內容不詳。

---

181 頁。

〔註101〕譚正璧《中國女性文學史話》，天津：百花文藝出版社，1984 年，第 363 頁。

〔註102〕《中國近代小說大系：〈女子權〉、〈俠義佳人〉、〈女獄花〉》，南昌：百花洲文藝出版社，1993 年，第 760 頁。

　　《女獄花》是王妙如生平最得意之作，小說借筆下的女性形象揭示婦女在現實社會所遭受的種種苦難，表達婦女解放的主張和願望，表明作者對社會改革以及婦女解放事業的關注和熱心。王妙如曾對丈夫說：「近日女界黑暗已至極點，自恨弱軀多病，不能如我佛釋迦親入地獄，普救眾生，只得以禿筆殘墨爲棒喝之具。」從中可見作者對於文學創作的社會功用的重視。

（二十二）古越嬴宗季女《六月霜》

1、關於作者

　　作者姓劉，眞名不詳，原籍浙江，寓居上海。《神州日報》1907 年 11 月 11 日所登廣告云：「《六月霜傳奇》，劉家小妹嬴宗季女新撰，幼同里，長同學，稔其生平最悉，哀其犧牲於男女革命，爲傳奇以壽世。附以傳記遺文，及海內弔挽詩文，爲他本所不載者。閱者當先覩爲快也。洋裝一本，價洋六角，鴻文書局小說社。」〔註103〕《六月霜》劇前有作者的一段小序，云：「僕故越人，流寓海上。性不諧俗，終日閉關。然而拳拳桑梓之心，未嘗一日少忘。屬吾鄉秋瑾女士之獄起，申江輿論，咸以爲冤，幾於萬口一辭。而吾鄉士夫，顧噤若寒蟬，僕竊深以爲恥。會坊賈以採摭秋事演爲傳奇請，僕以同鄉同志之感情，固有不容恝然者。重以義務所在，益不能以不文辭。爰竭一星期之力，撰成十四折，匆匆脫稿，即付手民。」可知作者爲秋瑾之同鄉、同學，《六月霜》在秋瑾殉難後不久完成。

2、關於劇作

　　現存改良小說會光緒三十三年（1907）九月刊行之鉛印本，中國國家圖書館和中國社會科學院文學研究所資料室藏。書衣及版心題「六月霜」，卷首有秋瑾女士小影、作者自序、自題詞及「南徐香雪前身」、「宛溪雙玉詩媛」、「蘇臺桂宮仙史」、「初雲女史」、「巫雲女史」等人題詞或曲，後附秋瑾好友吳芝瑛所作《秋女士傳》和《遺事》。阿英編《晚清文學叢鈔》（傳奇雜劇卷）（北京：中華書局 1962 年出版）收錄。

（二十三）陳慧《冰玉影》

1、關於作者

　　陳慧（1883～1947）字仲瑄，別署拜石，江夏（今湖北武漢）人。曾祖

〔註103〕引自郭長海、李亞彬編著《秋瑾事迹研究》，長春：東北師範大學出版社，1987年，第318頁。

陳鑾，嘉慶二十五年探花，官至兩江總督。父陳石臣仕於皖，與太湖趙氏聯姻，適趙文楷重孫恩彤。陳慧乃趙樸初之母，文學修養極高，能作詩填詞，寫過不少詩詞和劇本，惜皆散佚，僅存傳奇《冰玉影》一種。

2、關於劇作

該劇未見前人著錄。係陳慧中年時所作，今存其長女鳴初所錄藏抄本，一九九六年由佛教文化研究所校印出版線裝本，分贈親友。封面有趙樸初題簽「冰玉影傳奇」，署「冰玉影傳奇，陳仲瑄著」。卷首有趙樸初一九九六年十月所撰《引言》，茲全引於下：

> 一九九〇年，余回故鄉安徽太湖縣寺前河（今名寺前鎮），以先母之別號拜石之名義捐獻獎學金人民幣 2 萬元。此後每年繼有捐獻，至今已達 10 萬元。蓋欲用以培植掌握科技振興家鄉之人才，以報答先母愛念鄉人子弟之遺願。

> 先母姓陳名慧，字仲宣，湖北武漢人，曾祖陳鑾，清殿試探花及第，任兩江總督，父陳石臣，仕於皖，因與吾家聯姻。一九一一年，先父煒如公與先母攜子女由安慶遷回太湖老宅。一九四七年，蔣介石發動內戰，先父母因避兵禍，始欲離鄉返安慶，臨別先母有詩云：「寄住湖山四十年，一丘一壑總留連。」於太湖山川人物情意至深。先母辭世將五十年，余年已九十，常有子欲養而親不待之感。以吾姊鳴初錄藏先母中年時戲作劇本名《冰玉影傳奇》者，印若干冊，分贈親友，以為紀念。

> 書中人皆化名。沈潔者，先母自謂也，傳奇中簡稱「玉」。謝清者，先母之義姊關素，字靜之，余兄弟稱之為大姨者，傳奇中簡稱「冰」。主要內容乃敘述二人之友情及晚年同隱西湖之願望。今之觀者，或可窺見當時社會狀態之一二。

> 余少小離家，又屢遭喪亂，先人遺墨幾無一存。惟於吾母致關大姨書箋中，偶憶其詩詞零句，如「怎得化為明月，照他江北江南。」余少依關大姨如母，姨亦能詩，傳奇中酬詠一折，所載冰寄玉惜別詩，乃姨之親作也。又有「西風吹老一天秋」之句，皆一般士人所難及。曩昔子女無受教育之權利，其文藝乃自學得之。假令生於今日，其造詣可勝言哉？

> 此書之校印與裝幀設計，皆得佛教文化研究所同仁之助，附此致謝。

該劇計一卷十九齣，依次爲《玉影》、《冰痕》、《病池》、《愁束》、《喜聚》、《掃墓》、《探候》、《迎冰》、《禮祠》、《情話》、《祖餞》、《旅途》、《舟別》、《雨阻》、《山行》、《泣箋》、《酬詠》、《招隱》、《璧合》。劇寫鄂都沈潔，自幼隨父宦居吳郡，年及笄，與蕭氏子結縭。其父解組歸田後，遂遠居異域。潔有義姊謝清，又是親戚，年幼許配宋仲子。不料仲子早亡，父母相繼去世，清矢志不嫁，助弟成立。後亦隨弟宦居滬濱，潔與清姊情投意合，親似一母所出。雖分割兩地，然雁書往來，以慰相思。或因事來滬，與清姊聯榻言歡；或借赴杭州省視姨母，約清姊作湖上游。宋家欲迎歸謝清立嗣，沈潔也要回楚爲祖父祝壽。兩人又相聚於武漢，盤桓多日。潔與其夫乘舟回皖，清戀戀不捨，送至九江才分袂。後謝清弟已娶妻生子，官有政聲，心願已了，便卜居西湖，約沈潔同住。潔也覺得大責已卸，夫有佳麗侍側，兒女亦已有家室。於是應清姐之招，隱居西湖，「到如今才合了冰痕玉影」。結合趙樸初所撰《引言》可知該劇記錄作者（沈潔原型）與義姊關素（謝清原型）多年之友情，且將二人寄贈文字直接錄入劇中，爲明清女性劇作家的「私情」書寫傾向又增添了一個例證。

（二十四）陳小翠《焚琴記》、《夢遊月宮曲》、《自由花》、《除夕祭詩》、《黛玉葬花》、《護花幡》

1、關於作者

陳小翠（1902～1968），名璻，字翠娜、小翠，號翠侯、翠樓，室名翠雲樓，別署翠吟樓主，浙江杭縣（今杭州）人。父爲著名作家陳蝶仙（號天虛我生）。天資奇慧，十三、四歲時爲詩，其父改竄數字，輒不滿意，而自存原稿。十七歲從山陰畫家楊仕猷學畫，擅長工筆仕女、花卉。廿六歲適湯彥耆（字長孺），浙江省督軍湯壽潛之長孫。廿七歲生一女，後離異。1934 年於上海創女子書畫會，1947 年任上海無錫國專詩詞教授，1958 年受聘於上海中國畫院爲畫師。因在文革中飽受迫害而於 1968 年 7 月 1 日自殺而終。

1927 年上海著易堂書局刊印了《翠樓吟草》和《翠樓吟草二編》，收錄陳小翠自 13 歲至 27 歲出閣之前的詩詞曲及文章；《翠樓吟草三編》爲 1942 年油印本；2001 年，陳小翠之女湯翠雛、侄子陳克言重新編輯出版了《翠樓吟草全集》二十卷，〔註104〕收錄了陳小翠從 1915 年到 1966 年的詩、詞、文、

〔註104〕三友圖書有限公司，2001 年 2 月出版，影印本，廣東中山圖書館藏。

曲，各體俱備。詩集有《銀箏集》、《天風集》、《心弦集》、《香海集》、《滄州集》；詞集有《綠夢詞》、《湖山集》、《掃眉集》、《丹青集》、《倚柱集》、《劫灰集》、《思痛集》、《中興集》、《夜錦集》、《綠夢詞續》、《微雲詞》、《冷香詞》，散曲劇曲集《翠樓曲稿》，並附文稿一卷、《翠樓吟草四編》即《甲午》卷。除《翠樓吟草全集》中的作品外，陳小翠還曾創作小說《療妒針》、《情天劫》、《望夫樓》、《薰蕕錄》、《視聽奇談》等，翻譯過法國丁納而夫人（Maacelle Tinayre）的小說《法蘭西之魂》（載《小說海》第 2 卷第 9 號，1916、9、1）等。

陳聲聰《兼於閣詩話》「江南詩媛」條：「陳小翠爲栩園居士女，定山先生妹，一門風雅。女士以畫名，詩詞亦工，有『半臂塡詞耐薄寒』，『一曲銀箏人一世』，『莫愁人向閒中老，爲有花從冷處開』，『好句能支五百年，瓊樓更上二千級』諸句，膾炙人口，鬱有奇氣。其絕句之冷然可誦者，如《湖上》：『……』。靈襟夙慧，女中俊傑。當十年動亂之始，不肯屈供，引煤氣自盡，冤哉！」〔註 105〕

陳巨來《安持人物瑣憶》中有一篇《記龐左玉和陳小翠》（《萬象》第三卷第七期）

2、關於劇作

陳小翠共有劇作六種，其中傳奇一種：《焚琴記》；雜劇五種：《夢遊月宮曲》、《自由花》、《除夕祭詩》、《黛玉葬花》、《護花幡》。

《焚琴記》傳奇共十齣，演蜀帝公主與乳娘之子琴郎情緣幻滅事。《翠樓曲稿》收錄。

《夢遊月宮曲》（原題《仙呂入雙角合套・夢遊月宮曲》），譜小翠夢中爲月中仙女寒簧招引，前往廣寒宮遊歷事。載天虛我生編《文苑導遊錄》（上海時還書局 1926 年印行）第一冊，作者署「陳翠娜」。此劇又刊於 1917 年 9 月 30 日的《申報》，署「栩園正譜、小翠倚聲」。同時收入《栩園叢稿二編・栩園嬌女集》之《翠樓曲稿》（上海著易堂印書局 1927 年刊）。

《自由花》雜劇，單折，譜鄭憐香爲追求婚姻自由被騙而墮入煙花事。收入《翠樓曲稿》。

《除夕祭詩》雜劇（原題《南仙呂入雙角・除夕祭詩雜劇》），單折，寫

唐人賈島因奚落皇上不解其詩而被降爲長江主簿，除夕夜鬱懷難平，飲酒祭詩事。載《文苑導遊錄》第六冊，作者署「陳翠娜」。

《黛玉葬花》雜劇（原題《南雙角調‧黛玉葬花》），單折，演黛玉暮春往園中葬花，因憐惜滿地殘紅而自傷身世事。載《文苑導遊錄》第六冊，版心標明「戊午四月」，即1918、5～6月，作者署「陳翠娜」。

《護花幡》雜劇（原題《南仙侶入雙角合套‧護花幡雜劇》），載《半月》雜誌第二卷18號，1923年5月30日出版。

2010年，陳小翠的《翠樓吟草》經大陸學者劉夢芙編校出版，《夢遊月宮曲》、《自由花》、《護花幡》、《焚琴記》得以以「補遺」形式收錄其中。〔註106〕

三、誤爲明清女作家所作傳奇三種辨正

（一）《摘金圓》傳奇

王國維《曲錄》卷四錄「明閨秀顧采屏《摘金圓》傳奇一本」，云：「《列朝詩集》有顧氏妹，崑山顧茂儉之妹，雍里方伯之女，嫁孫僉憲家爲婦，甚有才情。案，方伯及茂儉兄弟均善製詞曲，則采屏或即其人歟？」〔註107〕

明沈自晉《南詞新譜》卷首「詞曲總目」有《摘金園》一種，注云：「傳奇，顧來屏」作，姚燮《今樂考證》據此著錄。趙景深先生早在1957年出版的《明清曲談》一書中即已辨明：「『圓』乃『園』之誤，『采』乃『來』之誤；園圓和采來均形似，以致王國維把男性也認成女性了。」〔註108〕所謂女曲家顧采屏作《摘金圓》傳奇實屬誤解，一些研究女劇作家的專文實應將之排除在外。

顧采屏，明崑山人，顧夢圭女，顧懋弘妹。夢圭（1500～1558）字武祥，號雍里，嘉靖二年（1523）進士，善詞曲，《南詞韻選》收其散曲。懋弘（1538～1608），字茂儉、懋儉，號蓉山，萬曆十六年（1588）舉人。著有傳奇《椒觴記》一本，呂天成《曲品》著錄，全本已佚，《群英類選》、《月露音》殘存佚曲。查《江蘇藝文志‧蘇州卷》，在顧懋弘小傳中云：「與兄允默、妹采屏均以善製曲名。」〔註109〕顧采屏在曲學濃厚的家庭氛圍中也可能成長爲一位

〔註106〕陳小翠著、劉夢芙編校《翠樓吟草》，合肥：黃山書社，2010年。

〔註107〕《王國維遺書》第十六冊，上海：上海書店影印本，1996年，第128頁。

〔註108〕趙景深《明代二戲曲家小考》，收入《明清曲談》，上海：古典文學出版社，1957年，第124～126頁。

〔註109〕南京師範大學古文獻整理研究所編《江蘇藝文志‧蘇州卷》，南京：江蘇人民

女曲家，但其作品並未見著錄，究竟是散曲還是戲曲不得而知。

顧來屏名必泰，浙江嘉興人，秀水卜世臣甥，有散曲《耕煙集》，妻沈蕙端爲沈自晉侄女，亦善製曲。《摘金園》今存一齣，見《南詞新譜》卷一八頁二二，趙景深《明清傳奇鈎沉》轉錄。

（二）《章臺柳》傳奇

梁淑安、姚柯夫《中國近代傳奇雜劇經眼錄》著錄該劇，云：

> 《章臺柳》傳奇：原署『胡無悶女士』，載《大共和日報》，民國三年（1914）三月一日至六月二日刊。後有繪圖石印單印本，首都圖書館藏。

> 此曲取材於唐人小說《柳氏傳》，寫唐代才子韓翃與柳氏悲歡離合的故事。共二十八齣。齣目爲：《贈馬》、《懷春》、《宸遊》、《邂逅》、《緣合》、《參成》、《詞約》、《懷仙》、《議妒》、《醳負》、《逆萌》、《逢世》、《言祖》、《悟眞》、《焚修》、《西幸》、《祝髮》、《兵變》、《逃禪》、《入道》、《遣訊》、《感舊》、《嗣音》、《砥節》、《聞晤》、《道遘》、《投合》、《還玉》。第一齣前加《標目》，以〔玉樓春〕開場：「畫堂春色濃於酒，花插盈頭杯到手。百年三萬六千場，人世難逢開笑口。　青天高朗閒搔首，眼底英雄誰更有？試歌垂柳覓章臺，昔日青青今在否？」結詩云：「莫辭換羽更移商，吹律陽回一線長。不是一番寒徹骨，怎得梅花撲鼻香？」〔註110〕

莊一拂《古典戲曲存目彙考》同樣著錄此劇，〔註111〕左鵬軍《晚清民國傳奇雜劇考索》記胡無悶除《玉管姻》傳奇之外，尚有《章臺柳傳奇》。〔註112〕筆者在國家圖書館得見民國三年繪圖石印單行本《章臺柳傳奇》，署「胡無悶女士倚聲」，齣目、開場曲、下場詩皆與梁、姚《中國近代傳奇雜劇經眼錄》所錄內容相同。但筆者發現這部《章臺柳》傳奇係明代戲曲家梅鼎祚《玉合記》的刪節本，不能視之爲胡無悶的戲曲作品。

梅鼎祚《玉合記》傳奇，一名《章臺柳》，共四十齣，今存明萬曆金陵唐氏世德堂刻本。此劇改編自唐人孟棨《本事詩》和許堯佐《柳氏傳》，以韓翃

出版社，1996年，第1921頁。
〔註110〕北京：書目文獻出版社，1996年，第170頁。
〔註111〕上海：上海古籍出版社，1982年，第1477頁。
〔註112〕北京：人民文學出版社，2005年，第39頁。

與柳氏的悲歡離合爲主線，以安史之亂爲副線。署「胡無悶女士倚聲」的《章臺柳》刪去了其中《除戎》、《譯賓》、《拒問》、《發難》、《杭海》、《奏凱》、《卜居》、《出山》等與韓、柳情事無關的齣目及故事結尾的三齣：《謝愆》、《聞上》和《賜免》，而將原第一齣《標目》置於劇首，以原第二齣爲第一齣，以下依次後推。《玉合記》在明末享譽士林，沈德符《顧曲雜言》稱：「梅雨金《玉合記》最爲時所尚」，徐復祚《曲論》也說：「（《玉合記》出，）士林爭購之。」堪稱中國戲曲史文詞派傳奇的典範之作。

（三）《玉管姻》傳奇

左鵬軍《晚清民國傳奇雜劇考索》之「晚清民國傳奇雜劇新考」中曾予以介紹：

> 《玉管姻》傳奇，題「凝香樓叢曲・玉管姻傳奇」，載《鶯花雜誌》第一期、第二期、第三期，1915 年 2 月 1 日、4 月 1 日、5 月 15 日出版。共刊五齣，齣目爲：第一齣《彈絲》、第二齣《郊遇》、第三齣《閨詠》、第四齣《湖賞》、第五齣《媒合》，似未完。作者署「無悶」。
>
> 劇寫蘇軾與王朝雲故事。蘇軾任杭州太守，妻子王氏以自己年華已老，勸蘇軾納妾。一日，蘇軾於治理西湖之餘，邀官妓琴操宴樂。席間琴操萌生出家爲尼之念，並出示其同行姊妹王朝雲所作新詩，蘇軾歡賞不止，認爲此才女必有出人美貌，遂要將玉管一支送與朝雲，並請琴操爲其做媒。琴操出家之後，帶蘇軾所贈玉管，前往王朝雲處做媒，朝雲先是不無顧慮，最後還是答應此事。所刊五齣故事至此而止，以下未見。

筆者於中國科學院圖書館查到此刊第一期，其第一齣以〔薄幸〕開場：「細雨妝凝，輕煙夢杳。正春寒江樹，愁濃湖草。聽流鶯百囀，縈人煩惱。試看腰肢一撚，更爲春來漸小。」據比對，此劇很可能是明代陳汝元《金蓮記》傳奇的刪節本，《彈絲》、《郊遇》、《閨詠》、《湖賞》、《媒合》分別出自《金蓮記》第三齣、第四齣、第九齣、第十一齣和第十二齣，其刪節情況與《章臺柳》相同，也不能夠視爲胡無悶的戲曲作品。

胡無悶小字玉兒，號凝香樓主人，生卒年未詳，廣東人〔註 113〕。1915 年

〔註 113〕見胡文楷《歷代婦女著作考》附編，上海：上海古籍出版社，1957 年，第 5 頁。

與丈夫孫寰鏡共同主編《鶯花雜誌》（共出版三期），第一期卷首刊有胡無悶照片一幅，說明文字云：「胡無悶女士戲裝小影」。有雜著《凝香樓奩豔叢話》。

《凝香樓奩豔叢話》今存上海中華圖書館 1912 年石印本，前有署名「澹盦」所作序，云：

> ……凝香樓主好讀稗官，且富著述。每得奇書隱集，輒展烏絲，握丹鉛，擇其風雅可誦，心所篤好者，網羅著錄，矻矻傳寫不去手，積之期年，得《奩豔叢話》四卷。凡所取裁，皆闡揚風雅之餘波，薈萃賢豪之軼事。其總擇別錄，均能言必衷理，事必有徵，章章縷縷，極備極奇，是誠能不悖乎雜家之本旨者。

又，《鶯花雜誌》第一期有署名「健鶴」所作《奉題鶯花雜誌七律兩章》，詩云：

> 花月詞場舊主盟，空山偕隱世齊名（靜庵、無悶各有著述行世）。徵文巧展雙飛翼，獵豔歸修五鳳城。軟玉溫香操選政，紅牙檀板譜新聲。年來消盡梁園渴，好作文君策應兵。
>
> 慧業偏同豔福修，騷壇並控紫騛騮。秣陵秋色無雙價（聞金秋無悶女士挾《青衫記》遊金陵，梨園身價為之增重。）稗海春潮第一流（四年一月出版）。紅粉兩行君記室，青衫教闢女班頭。笠翁家樂隨園秀，可有名高菊部否？

詩中不僅提到胡無悶及丈夫創作戲曲事，也述及胡氏熟悉舞臺搬演，至南京以出色演出引發轟動事。胡無悶在與丈夫合辦的《鶯花雜誌》之「遊戲文章」欄目中發表了多篇文章，包括《閨秀詩傳》、《歷朝宮詞彙錄》、《香豔詩話》、《北雅正音譜》、《凝香樓臆乘》、《凝香樓外史》、《曲史》、《梨園瑣志》、《閨秀年譜》等，表現出她在閨秀文學及戲曲文化方面的興趣。但她將明人梅鼎祚《玉合記》和陳汝元《金蓮記》傳奇刪改後署上自己名字發表，不知何意，以俟後考。

參考文獻

一、作品類

1. 阿英編：《紅樓夢戲曲集》，中華書局，1978 年。

2. 阿英編：《晚清文學叢鈔・傳奇雜劇卷》，中華書局，1962 年。

3. 陳小翠著，湯翠雛、陳克言編輯：《翠樓吟草全集》，三友圖書有限公司，2001 年。

4. 陳小翠：《翠樓曲稿》，天虛我生《栩園叢稿二編》本。

5. 陳小翠：《翠樓吟草》，天虛我生《栩園叢稿二編》本。

6. 《古本戲曲叢刊》編輯委員會編：《古本戲曲叢刊》初、一、二、三、四、五集，1958 年。

7. 〔清〕顧太清：《梅花引》，清抄本，國家圖書館縮微膠片。

8. 〔清〕顧太清：《桃園記》，清抄本，黃仕忠、〔日〕金文京、〔日〕喬秀岩編《日本所藏稀見中國戲曲文獻叢刊》（第一輯），廣西師範大學出版社，2006 年。

9. 〔清〕顧太清、奕繪著，張璋編校：《顧太清奕繪詩詞合集》，上海古籍出版社，1998 年。

10. 關德棟、車錫倫編：《聊齋誌異戲曲集》，上海古籍出版社，1983 年。

11. 〔清〕桂仙：《新編遇合奇緣記》，清抄本。

12. 〔清〕何珮珠：《津雲小草》（附《梨花夢》傳奇），清道光二十年刻本。

13. 〔清〕何珮珠：《紅香窠小草》，清道光間朱絲欄抄本。

14. 〔清〕何珮珠：《竹煙蘭雪齋詩鈔》（附《津雲小草》、《梨花夢》），清道光二十八年刻本。

15. 華瑋校點：《明清婦女戲曲集》，中央研究院中國文哲研究所（臺北），2003 年。

16. 〔清〕姜玉潔：《鑒中天》（殘存下冊），清雍正間刻本。

17. 〔清〕蔣士銓，周妙中校點：《蔣士銓戲曲集》，中華書局，1993年。

18. 〔清〕梁廷楠著、楊芷華點校：《藝文彙編》，暨南大學出版社，2001年。

19. 〔清〕林以寧：《墨莊詩鈔》（附《墨莊文鈔》、《墨莊詞餘》），清康熙間刻本，國圖縮微膠片。

20. 〔清〕林以寧：《墨莊詩餘》，胡文楷抄《明清閨秀曲二種》本，1950年。

21. 〔清〕劉清韻：《小蓬萊傳奇》十種，清光緒二十六年（1900）上海藻文書局石印本。

22. 〔清〕劉清韻：《小蓬萊仙館詩鈔》，天虛我生編《著作林》本，光緒三十四年。

23. 〔清〕劉清韻：《辮香閣詞》，天虛我生編《著作林》本，光緒三十四年。

24. 〔清〕劉清韻：《小蓬萊仙館曲稿》，天虛我生編《著作林》本，光緒三十四年。

25. 〔明〕毛晉：《六十種曲》，中華書局，1958年。

26. 〔清〕錢肇修、林以寧：《芙蓉峽》（殘存七齣），姚燮《復莊今樂府選》第112冊，清抄本。

27. 〔清〕錢肇修：《錢石臣詩抄》，清康熙間刻本。

28. 隋樹森：《元曲選外編》，中華書局，1980年。

29. 〔清〕唐英著，周育德校點：《古柏堂戲曲集》，上海古籍出版社，1987年。

30. 天虛我生編：《文苑導遊錄》，上海時還書局，1934年。

31. 〔清〕王端淑編，盧前校訂：《明清婦人散曲集》，中華書局，1937年。

32. 王季思主編：《全元戲曲》，人民文學出版社，1999年。

33. 〔清〕王元常、王筠、王百齡合著：《西園辮香集》，清嘉慶十四年刻本。

34. 〔清〕王筠：《繁華夢》，清乾隆四十三年槐慶堂刻本。

35. 〔清〕王筠：《全福記》，清乾隆四十四年槐慶堂刻本。

36. 〔清〕吳蘭徵：《零香集》（附刻《絳衡秋》），清嘉慶撫秋樓刻本。

37. 〔清〕吳藻：《花簾詞》，冒俊編《林下雅音集》本，清光緒十年如不及齋刻本。

38. 〔清〕吳藻：《香南雪北詞》，冒俊編《林下雅音集》本，清光緒十年如不及齋刻本。

39. 〔明〕葉紹袁原編，冀勤輯校：《午夢堂集》，中華書局，1998年。

40. 鄭振鐸：《清人雜劇初集》，長樂鄭氏影印本，1931年。

41. 鄭振鐸：《清人雜劇二集》，長樂鄭氏影印本，1934年。

42. 〔明〕臧懋循：《元曲選》，中華書局，1958年。

43. 〔清〕鄒世金:《雜劇三集》,中國戲劇出版社,1958 年。

二、論著類

1. 阿英編:《晚清文學叢鈔・小說戲曲研究卷》,中華書局,1960 年。

2. 〔日〕八木澤元著:《明代劇作家研究》,談行社刊行,昭和 34 年。

3. 鮑震培:《清代女作家彈詞小說論稿》,天津社會科學院出版社,2002 年。

4. 陳寅恪:《柳如是別傳》,三聯書店,2001 年。

5. 陳玉蘭:《清代嘉道時期江南寒士詩群與閨閣詩侶研究》,人民文學出版社,2004 年。

6. 鄧長風:《明清戲曲家考略》,上海古籍出版社,1994 年。

7. 鄧長風:《明清戲曲家考略續編》,上海古籍出版社,1997 年。

8. 鄧長風:《明清戲曲家考略三編》,上海古籍出版社,1999 年。

9. 鄧紅梅:《女性詞史》,山東教育出版社,2002 年。

10. 馮沅君:《古劇說彙》,商務印書館,1947 年。

11. 〔美〕高彥頤(Dorothy Ko)著,李志生譯:《閨塾師:明末清初江南的才女文化》,江蘇人民出版社,2005 年。

12. 郭英德:《明清傳奇史》,江蘇古籍出版社,2001 年。

13. 胡曉眞:《才女徹夜未眠:近代中國女性敘事文學的興起》,麥田出版公司(臺北)2003 年。

14. 胡世厚、鄧紹基主編:《中國古代戲曲家評傳》,中州古籍出版社,1992 年。

15. 華瑋:《明清婦女之戲曲創作與批評》,中央研究院中國文哲研究所(臺北),2003 年。

16. 康保成:《中國近代戲劇形式論》,灕江出版社,1991 年。

17. 李祥林:《性別文化視野中的東方戲曲》,香港天馬圖書公司,2001 年。

18. 李栩鈺:《〈午夢堂集〉女性作品研究》,里仁書局(臺北),1997 年。

19. 李志宏等編著:《清末藝壇二傑——劉清韻、李映庚研究》,澳門文星出版社,2003 年。

20. 梁淑安編:《中國近代文學論文集・戲劇卷(1919〜1949)》,中國社會科學出版社 1988 年。

21. 梁乙眞:《清代婦女文學史》,中華書局,1927 年。

22. 劉慧英:《走出男權傳統的樊籬——文學中男權意識的批判》,三聯書店,1995 年。

23. 劉詠聰:《女性與歷史:中國傳統觀念新探》,香港教育圖書公司,1993 年。

24. 陸萼庭：《崑劇演出史稿》，上海文藝出版社，1980 年。

25. 陸萼庭：《清代戲曲家叢考》，學林出版社，1995 年。

26. 〔美〕曼素恩（Susan Mann）著，定宜莊等譯：《綴珍錄：十八世紀及其前後的中國婦女》，江蘇人民出版社，2004 年。

27. 〔日〕青木正兒著，王古魯譯：《中國近世戲曲史》，上海文藝聯合出版社，1956 年。

28. （新西蘭）孫玫：《中國戲曲跨文化研究》，中華書局，2006 年。

29. 孫楷第：《戲曲小說書錄解題》，人民文學出版社，1990 年。

30. 孫康宜：《古典與現代的女性闡釋》，聯合文學出版社（臺北），1998 年。

31. 孫康宜：《文學經典的挑戰》，百花洲文藝出版社，2002 年。

32. 孫書磊：《明末清初戲劇研究》，社會科學文獻出版社，2007 年。

33. 王緋：《空前之迹──1851～1930：中國婦女思想與文學發展史論》，商務印書館，2004 年。

34. 王衛民編：《吳梅戲曲論文集》，中國戲劇出版社，1983 年。

35. 王政、杜芳琴主編：《社會性別研究選譯》，三聯書店，1998 年。

36. 吳秀華：《明末清初小說戲曲中的女性形象研究》，江蘇古籍出版社，2002 年。

37. 夏曉虹：《晚清女性與近代中國》，北京大學出版社，2004 年。

38. 徐扶明：《紅樓夢與戲曲比較研究》，上海古籍出版社，1984 年。

39. 徐扶明：《元明清戲曲探索》，浙江古籍出版社，1986 年。

40. 徐扶明：《牡丹亭研究資料考釋》，上海古籍出版社，1987 年。

41. 徐子方：《明雜劇史》，中華書局，2003 年。

42. 薛若鄰：《尤侗論稿》，中國戲劇出版社，1989 年。

43. 嚴敦易：《元明清戲曲論集》，中州書畫社，1982 年。

44. 葉長海：《曲學與戲劇學》，學林出版社，1999 年。

45. 葉德均：《戲曲小說叢考》，中華書局，1979 年。

46. 張庚、郭漢城：《中國戲曲通史》，中國戲劇出版社，1980～1981 年。

47. 張宏生、張雁編：《古代女詩人研究》，湖北教育出版社，2002 年。

48. 張宏生編：《明清文學與性別研究》，江蘇古籍出版社，2002 年。

49. 張京媛編：《當代女性主義文學批評》，北京大學出版社，1992 年。

50. 張燕瑾：《中國戲曲史論集》，北京燕山出版社，1995 年。

51. 張燕瑾主編：《中國古代戲曲專題》，高等教育出版社，2002 年。

52. 張燕瑾：《煮字齋卮言》，學苑出版社，2010 年。

53. 趙景深：《明清曲談》，古典文學出版社，1957 年。

54. 趙山林：《中國戲劇學通論》，安徽教育出版社，1995 年。

55. 鍾慧玲：《清代女作家專題 —— 吳藻及其相關文學活動研究》，樂學書局（臺北），2001 年。

56. 周妙中：《清代戲曲史》，中州古籍出版社，1987 年。

57. 周貽白：《中國戲劇史長編》，人民文學出版社，1960 年。

58. 左鵬軍：《近代傳奇雜劇研究》，廣東高等教育出版社，2001 年。

59. 左鵬軍：《晚清民國傳奇雜劇考索》，人民文學出版社，2005 年。

60. 左鵬軍：《晚清民國傳奇雜劇史稿》，廣東人民出版社，2009 年。

61. 左鵬軍：《晚清民國傳奇雜劇文獻與史實研究》，人民文學出版社，2011 年。

三、曲錄曲目、戲曲史料、工具書類

1. 蔡毅編：《中國古典戲曲序跋彙編》，齊魯書社，1989 年。

2. 董康輯：《曲海總目提要》，1992 年。

3. 傅惜華：《明代雜劇全目》，作家出版社，1958 年。

4. 傅惜華：《清代雜劇全目》，人民文學出版社，1981 年。

5. 郭英德：《明清傳奇綜錄》，河北教育出版社，1997 年。

6. 胡文楷：《歷代婦女著作考》，商務印書館，1957 年。

7. 李修生主編：《古本戲曲劇目提要》，文化藝術出版社，1997 年。

8. 梁淑安、姚柯夫：《中國近代傳奇雜劇經眼錄》，書目文獻出版社，1996 年。

9. 闕名：《傳奇彙考》，書目文獻出版社影印本，1994 年。

10. 王國維：《曲錄》，《王國維遺書》第十六冊，上海書店影印本，1996 年。

11. 王季烈：《孤本元明雜劇提要》，中國戲劇出版社，1958 年。

12. 王利器：《元明清三代禁燬小說戲曲史料》，上海古籍出版社，1981 年。

13. 么書儀、王永寬、高鳴鷺主編：《戲劇通典》，解放軍文藝出版社，1999 年。

14. 趙景深、張增元：《方志著錄元明清曲家傳略》，中華書局，1987 年。

15. 莊一拂：《古典戲曲存目彙考》，上海古籍出版社，1982 年。

四、論文類

1. 陳書錄：《「德、才、色」主體意識的復蘇與女性群體文學的興盛 —— 明代吳江葉氏家族女性文學研究》，《南京師範大學學報》2001 年第 5 期。

2. 郭梅：《中國古代女曲家的創作實踐及其心態》，《河北學刊》1995 年第 2

期。

3. 郭延禮：《明清女性文學的繁榮及其主要特徵》，《文學遺產》2002 年第 6 期。

4. 華瑋：《馬湘蘭與明後期曲壇》，《中華戲曲》第 37 輯，文化藝術出版社，2008 年。

5. 黃仕忠：《顧太清的戲曲創作與其早年經歷》，《文學遺產》2006 年第 6 期。

6. 黃嫣梨：《顧太清的思想與創作》，《社會科學戰線》1993 年第 4 期。

7. 康正果：《重新認識明清才女》，《中外文學》第二十二卷第 6 期，1993 年。

8. 李祥林：《作家性別與戲曲創作》，《藝術百家》2003 年第 2 期。

9. 李志宏：《戲曲女作家劉清韻生平、著作考述》，《藝術百家》1997 年第 2 期。

10. 苗懷明：《記晚清女曲家劉清韻兩部曾佚失的戲曲作品》，《古典文學知識》2002 年第 4 期。

11. 農豔：《二十世紀明清女性劇作家研究述評》，《民族藝術》2005 年第 3 期。

12. 浦漢明：《〈喬影〉——中國古代知識女性的憤懣與呼號》，《青海社會科學》1995 年第 2 期。

13. 喬以鋼：《近百年中國古代文學的性別研究》，《中國社會科學》2008 年第 3 期。

14. 孫康宜、錢南秀：《美國漢學研究中的性別研究——與孫康宜教授對話》，《社會科學論壇》2006 年第 11 期。

15. 唐昱：《明清女劇作家的「木蘭」情結》，《戲曲藝術》2004 年第 2 期。

16. 王永寬：《清代陝西女曲家王筠》，《陝西師範大學學報》1981 年第 1 期。

17. 王永寬：《明清女戲曲作家生平資料補證》，《戲曲研究》第 34 輯，1990 年。

18. 葉長海：《明清戲曲與女性角色》，《戲劇藝術》1994 年第 4 期。

19. 張宏生：《吳藻〈喬影〉及其創作的內外成因》，《南京大學學報》2000 年第 4 期。

20. 張璋：《八旗有才女，西林一枝花——記清代滿族女文學家顧太清》，《文學遺產》1996 年第 3 期。

21. 周妙中：《明清劇壇的女作家》，中山大學學報編《古代文學論叢》第 1 輯（1983 年 7 月）。

22. 左鵬軍：《近代傳奇雜劇的文體變革及其文學史意義》，《華南師範大學學報》2004 年第 2 期。

後　記

　　這本小書中的大部分文字，是我 2005 年至 2008 年在首都師範大學攻讀博士學位時的心血，其後兩年在華南師範大學博士後流動站工作時也對之進行了不少修改和增補。儘管關注這一課題的時間不算太短，但執掌教鞭以來，每當我在「古代文學史」課堂上給學生談及明清才女文化時，回想自己這些拙樸的文字，總有未能窺其全豹之憾。原想以女劇作家爲切入點，進入到明清才女文化的瑰麗殿堂，其結果卻不盡如人意，惟有寄希望於今後的進一步努力。

　　重訂書稿的這段日子，勾起許多求學時難忘的回憶。尤其是追隨了六年的恩師張燕瑾先生，令我感動、銘記的片斷太多太多。張先生學養篤厚，涉獵廣泛，對待學生更能懷舐犢之情，因材施教，讓每位學生都如沐春風，得以施展個性。那些年裏，每當我遭遇困境、對前途喪失希望時，總能從先生和慈愛的師母那裏獲得勇氣和信心，而這一切，卻是以先生和師母鬢角白髮漸添爲代價的。每念及此，總令我羞愧、不忍。博士階段選擇明清女劇作家爲學位論文的研究對象，曾受到過關於其研究價值的一些質疑，但我的每一步前行，都有張先生的鼓勵來支撐。先生讀到我撰寫的關於王筠、吳蘭徵的論文，給予較高評價，鼓勵我繼續探索；推薦我去香港參加學術研討會，獲得十分難得的向相關研究領域的前輩學者當面求教的機會。在先生的悉心指導下，我的學位論文得以順利完成並獲得了還不錯的評價。離開北京後，親聆先生教誨的機會少了很多，但先生對我的研究工作仍十分惦念，一直希望並囑咐我將這一課題的研究推向深入並有所拓展。今次這本小書得以出版，於我而言雖不能報答先生深恩之萬一，至少對先生這些年的期望和記掛能有

些許交待了。

博士畢業後，我有幸爲華南師範大學左鵬軍教授接納來到廣州做博士後，我的人生也由此步入了一個新的階段。左師治學嚴謹，思路開闊，年輕有爲，在近代戲劇研究方面的成果對我的博士論文的寫作曾有不少啓發。來廣州後，左師不僅時刻以自己對學術研究的嚴苛要求和勤奮態度激勵著我去努力，還慷慨地提供自己所收集的珍貴材料供我研究，使我對陳小翠、劉清韻的瞭解能有所深入。更令人感動的是，左師和師母對待學生事事掛心，無微不至，因爲他們的熱忱關懷和無私幫助，我才有了今天相對安定的生活。博士後階段，在左師的指導下，我將研究領域拓展至明清戲曲的性別研究，無奈因爲自己的愚鈍和懶惰，遠未能達到老師的期望和要求，所幸已有明確的努力方向，希望今後能做出些許成績。

這篇書稿能以相對完整的面目呈現，離不開眾多師友的鼓勵和幫助。華瑋教授、吳書蔭教授在資料查找和論文寫作時給予我許多熱心的幫助；左東嶺教授、趙敏俐教授、吳相洲教授、汪龍麟教授、周曉癡教授和胡明偉教授在我博士論文開題、評議及答辯諸環節提出許多建設性意見，使本文的寫作有了修改和充實的努力方向。難忘和好友王媛、同門邸曉平、張維娟、劉琳琳、敬曉慶、劉鳳玲、尤海燕在首師大讀書時簡單而充實的快樂，那時大家心無旁騖，砥礪前行，許多溫馨、美好的片斷在記憶中留存，如今天南海北，各自追夢，希望我的祝福能陪伴他們左右。

感謝《戲劇》、《戲曲藝術》、《戲劇藝術》、《紅樓夢學刊》、《文化遺產》和《華南師範大學學報》等刊物對本書部分章節的採編刊發；感謝花木蘭文化出版社諸位編輯的辛勤工作。

謹將此書獻給辛勤養育我的父母、十餘載陪伴我輾轉南北求學、工作的愛人陳芝國和將滿三歲的寶貝女兒西珈，他們詮釋了我人生幸福的最重要的涵義。

鄧丹

2013 年 4 月記於廣州